U0599113

黑暗中的光体

影像写作与局部影像史

康 赫 著

作家出版社

康 赫

浙江萧山沙地人，垦荒者和流浪汉生养的儿子，1993 年 8 月始居住北京，经数度搬迁，从王府井来到了回龙观，随后从老家接娶了妻子，随后又有了一个儿子，其间换过许多职业，家庭教师，外企中文教员，时尚杂志专栏作家，大学网站主编，演出公司项目策划，地理杂志编辑，日报记者，戏剧导演，美食杂志出版人，影像作家，样态设计师，大学客座教师，当代艺术鞭尸人，影像写作倡导者，由实而虚，直至无业：一位从不写诗的诗人。"北京犹如沙地，是流浪汉们的故乡。"他说。因而他的命和他的父母一样，是垦荒。

摄影: 廖伟棠

CONTENTS
目 录

第四章：越界者

第五章：影写时代

第 一 章

人 的 位 置

阴阳和
——影像空间中的正与反

随便一个中国人，也许不知道什么是"辩证法"，但都会教训别人"事情要一分为二"。从老子到黑格尔到马克思到毛泽东，"正反合"一再被思想家们描述成宇宙和人类社会运动的基本模型。作为世界观，没有什么观念比它更简洁明了，作为世界观衍生的方法论，没有什么理论比它更普适，高效，富有说服力。在不同的哲学家那里，"正反合"展示为不同的运动图像，老子给出"阴阳和"，他的后继者将它描绘成圆形太极循环，黑格尔给出的是"肯定否定否定之否定"的螺旋上升，马克思给出的是"对立统一"的矛盾斗争，毛泽东则给出了"一分为二"的分解战略。不管它们是否真的契合宇宙自身的运动状况，作为影响广泛的思想认知模型，我们可将它们视为人类自我反射的精神运动图形。

这些精神运动图形也投射到了与人类世界最为相近的运动影像世界。**人**是运动影像世界中最重大的图像。作为关系动物，**人**的界定离不开**另一些人**，最低限度：**另一个人**。一个人是混沌，两个人才有边界，并衍生关系。影像世界也是如此，一个人只能漫游，身体的或精神的，两个人才有对话与注视，即使在沉默时也用沉默在对话，在彼此漠视时，也以冷漠在交流。从格里菲斯至今的一百年里，对于**一个人形**和**另一个人形**的处理一直是电影最基本的任务，在大部分情况下，是首要任务。

1888 年的朗德海花园，
在这最初的两秒钟里，
世界是旋转的，
混沌的

　　"正反打"也被称为"好莱坞三镜头"，是几乎所有电影都会用到的基本句法。在两人戏里，它的最简单的形态是一个单人镜头加一个反向单人镜头加一个两人镜头。如果不从 1832 年诡盘的出现算起，而从 1878 年，爱德华·慕布里奇使用十二根快门线拍下一匹奔跑的马的十二帧定格照片，再用他的活动幻灯机（zoopraxiscope）放映给人看，算作电影的起点，"正反打"这一电影基本句法需要观众等上近五十年，在 1923 年德米尔导演的《十诫》上映时，才以接近现今意义上的面目出现，而且，那只是偶然促成，而非导演有意追求的结果。对绝大部分导演（弗里茨·朗是个例外，也许是唯一的例外）来说，真正开始有意

一束目光游荡，
遇到另一束，
穿越壁障，定义世界的形状，
空间有了尺寸与方向

识地使用"正反打"句法要一直等到上世纪二十年代结束有声电影出现。有声电影让人物之间你一言我一语的对话得以快速轮替，它迫使导演尽快给出与之相应的空间语法。这时候，人类在两千年里反复使用的那个"正反合"关系处理图形就立刻发挥了作用。上世纪三十年代初，"正反打"句法还只是刘别谦、弗里茨·朗、霍华德·霍克斯和希区柯克等个别导演偶尔在使用。1942年《卡萨布兰卡》上映，标志着这一句法已为好莱坞大制作电影接受，从特殊句法变成普通句法，进而成为处理双人关系的主导句法。到了五十年代，为了应对电视的冲击，宽银幕电影开始进入美国各大影院，电影制作全面压倒电影创作，"正反打"作为一种高效实用、可以在电影工业流水线上顺畅运转的技法，遂成为好莱坞电影的本能句法，或者说烂俗句法。不仅科波拉用，马丁·斯科塞斯用，独行侠库布里克也一样难免其俗。

"正反打"的最大优势是可以快速切入人物关系内部，为观众模拟人物彼此视野中同一空间的不同情状，又能随时跳至第三方视角对人物的整体空间情状加以判别。由于"正反打"存在着极其丰富的变化可能，不论人物之间的空间关系与精神关系的转换多么复杂，导演都可以找到自己需要的"正反打"模型，或是发明一种新的"正反打"模型来加以应对。欧洲导演自然也使用"正反打"来处理两人空间关系，在相对宽松态度的电影生产制度下，他们为"正反打"发掘了更多的变体，让它变得更加随机，更富有活力，也更具适应性。1951 年，罗伯特·布列松的《乡村牧师日记》上映，在牧师与伯爵夫人对话的那场戏里，他给好莱坞上了一堂关于如何确切使用"正反打"的语法课：一场曲折艰辛的精神交锋，需要借助与之相应的影像语法，让影像在其自身内部展开类似的战斗，才能令人信服。

我需要学习像罗西里尼描绘人际精神空间中的波浪运动一样来讨论电影史上的**两人关系**问题：一波接着上一波，再次从头说起。

电影出现，人类开始游弋于双重现实。生活已不新鲜，电影才刚刚开始。"电影是一个隐喻。"戈达尔说。相比之下，人们更乐意生活在隐喻里。电影之初，不论摄影师拍一个人来回走，还是一群人坐着喝咖啡，只要里面有东西在动，就能激发观众的巨大热情。这时候，电影还没有语言，或者说，影像之动已是一种全新的语言。到了梅里爱时期，电影开始超越机械的摄录，有了制作、表演和剪辑。影像作为生活的平行现实已被接受，人们想要看到生活中没有的那个现实。魔术师出身的梅里爱满足了人们这一需求。于是，魔法即语言。画面中不停上演着"魔法"，可画面却是死的：一个镜头，一场魔法表演。银幕边界就是舞台边框，电影仍寄身于戏剧概念之下。这时的影像世界还是混沌世界。

这个混沌世界要在十五年后才慢慢离析。1914 年意大利史诗电影《卡比莉亚》上映，摄影机第一次划出充满好奇感和凝视力的线条。从这时候起，影像现实不再是单纯的影像现实，而是由摄影机运动共同参与制造的新的现实。不过，包括《卡比莉亚》和受其影响摄制的《一个国家的诞生》《党同伐异》，在大部分时间里，摄影机仍扮演着剧场里呆坐不动的观众的角色，电影仍没有真正脱离戏剧舞台。

乔瓦尼·帕斯特洛纳导演的《卡比莉亚》已有分镜头，但只是大小场面之间的分镜头，并没有涉及**人形**与**人形**之间的分镜头处理。在《一个国家的诞生》中，格里菲斯第一次对两人关系做影像空间的切分处理，成为后来好莱坞三镜头法的雏形。埃尔西·斯通曼与本杰明·卡梅隆见面。卡梅隆怀里的三 K 党服不小心掉落在地，斯通曼这才知道自己的恋人是三 K 党党魁。受父亲一贯立场影响，斯通曼决定和卡梅隆分手，但爱情并没有因为她的这个决定而消退。格里菲斯给了两人一个"合"的镜头，然后让埃尔西·斯通曼从左出画，又在另一个空镜中从右入画，完成离开。不久，她又回到第一个镜头从左入画，恢复与卡梅隆的"合"。在这场戏里，格里菲斯将这样的分合做了两遍。这段影像跟后来的"正反打"句法比还有很大的差距，因为从根本上，它仍是把人物所处场景当成了固定舞台，变化的只是他将一个舞台通过斯通曼的出画入画切成了两个舞台，并没有给出这两个分裂的舞台之间的实际空间关系，更没有展示彼此在对方视野里的空间状况。而"正反打"区别于传统固定舞台式镜头的根本点在于，在摄影机的独立第三视野之外，又派生出了模拟人物的视野：在 A 眼中的 B 和 B 眼中的 A。模拟的意思是，不一定非要呆板地将摄影机摆在 A 的位置去拍 B，或是反过来，而只是相对地以接近其中一方的视角去拍摄另一方。以今天的眼光看，这场分手戏处理得自然十分简陋，不过它已经展示了这种分合句法在处理类似人物关系时的优势：埃尔西·斯通曼不只是表演得与本杰明·卡梅隆难舍难离，影像语言本身也在有力地传递响应这一点。这里透露出一个重要的信息：正反关系既是一种物理关系，也是一种精神关系。摄影机可以安静地停留在人物外部，也可以随时切入他们内部，游走在双方的视线之中。

次年上映的《党同伐异》在两人关系处理上仍没有新的进展，但在最后那场华丽的"最后一分钟营救"中，除了给火车和汽车"合"的镜头和各自独立的"分"的镜头，格里菲斯突然给了一个汽车上的人看急驰的火车的镜头，然后掉转过来，又给了一个从火车看急驰的汽车的镜头。尽管不是发生在人与人之间，尽管只是昙花一现，这仍是一组前所未有的展示双方视野中的对方模样的镜头，一组标准的"正反打"镜头。这位被戈达尔称为电影起点的天才，如果不是因为贪食过度，一头栽进《党同伐异》的大窟窿里再无机会翻身，那么，电影史将不需要等到 1927 年《大都会》的出现，提前十年拥有一整套完善的"正反打"语法。不过《党同伐异》中的这组"正反打"镜头显然并非自觉而为，更多像是对影像自身发出的召唤的天才响应：当观众看到从汽车位置望出去的急驰的火车头的骇人影像时，他们会迫切想到从火车上看出去，那辆急驰的汽车是否也同样令人惊叹。这是影像在召唤它自身的完整。不论对于在影院看电影的观众还是在现场拍片的导演，这一召唤应是同样强烈。

受"一战"冲击，欧洲电影工业一蹶不振，世界电影中心从欧洲转移到了美国，一大批欧洲最有才华的导演也在这时开始纷纷涌入好莱坞。财大气粗的好莱坞从历史和传奇入手，一味要将电影做大。他们认定格里菲斯的失败不是因为"大"，而是缺少相应的电影制作体制为"大"保驾护航，同时，对导演本人的权力进行约束和分解。这样，电影语言

对面和这面：

影像在召唤自己的完整性

电影的第一次:

决裂不只是一个舞台身姿,

还同时需要离开爱人的相框

探索的重任，主要地留给了欧洲导演。

　　1919 年，刘别谦在《杜巴里夫人》中对格里菲斯的"分合"做了改进：将同一空间的杜巴里夫人和大臣切分开来，先后以近景和中景做正反切换，再回到两人合一的全景。在格里菲斯的分合关系里，只出现两个影像空间（"合"与卡梅隆共同一个空间），而在刘别谦的《杜巴里夫人》这里，正、反、合都有各自独立的空间，中间还增加了一对不同景别的正反空间，总共用了五个独立影像空间。也就是说，时隔三年，刘别谦用比格里菲斯一倍多的影像空间来处理两人关系，语法变得更为曲折动人，人物关系的肌理也随之增加。刘别谦在这段影像处理上有一个极不寻常的创举：在大臣拒绝签字，将文件递还给杜巴里夫人时，夫人从桌边缓缓起身，眼睛斜视画面右侧的大臣，极富挑逗意味的面部和胸却送向前方的摄影机。杜巴里夫人的这个举动——目光与身体运动的偏离，诱惑意图与诱惑方向的偏离——假定了画面之外的摄影机对于两人空间关系的双重主导地位：摄影机代表了观众视角，诱惑了它，就诱惑了观众；摄影机似乎也代表了大臣，诱惑了它就诱惑了大臣。接着插入字幕："对我你也拒绝拨款吗？"大臣还是冷冰冰地拒绝了。摄影机的双重代入之间发生了冲突！他不只是拒绝了杜巴里夫人，事实上是拒绝了观众的认同感。"麻木，颟顸！"观众会在心里骂大臣。这是一个眩晕时刻，夫人香艳诱人的身体在持续向我们逼近，我们又感觉到她也正将自己送向大臣。我们现在已经看不到这样的影像运动，因为电影世界已远离了最初的混沌，摄影机的地位总是会被还原得很清晰，要不代表两人中的一人，变成主观镜头，要不就代表第三方，变成客观镜头。而刘别谦却让摄影机处在主观与客观之间，不做区分，甚至有意混淆彼此。只有在电影从混沌世界向理性世界分解的那个短暂时期，才会出现这样的亦此亦彼的机位，一个**眩晕**影像运动。我需要额外地讨论一下这个影像运动中，已然超出普通人物空间关系的状况。杜

光体对你说：

"连我，你都拒绝吗？"

"我会回来的"，

从维尔托夫那儿，

从奥逊·威尔斯和戈达尔那儿

巴里夫人边对大臣说话边迎向摄影机的时候，摄影机不只是简单地代表第三方观众，它和杜巴里夫人的身体共同构成一个全新的影像事实：演员穿透自身影像空间，向银幕前的观众致意表演。如果考虑到电影空间由舞台空间发展而来，这样的致意表演照理是非常容易想象的，因为在戏剧中，几乎所有的人物独白都有一个面向观众发声的假定，而不只是纯粹的内心表达。为什么这样的表达在电影中迟迟没有出现呢？原因显然是，在舞台空间中，观众就坐在演员前面，无论剧作家、导演或演员是否假定他们的存在，他们总是坐在那儿，是舞台空间的一部分。但在电影中，观众不出现在演员对面是一方面，影像光体与真实观众也并不处于同一空间维度，让幻影向真实的人致意会让人感到错乱。这也是杜巴里夫人这段影像造成我们的眩晕的重要原因。任何边界，一旦有人越过，就会有更多的人以更多的方式试着越过。1925 年，在茂瑙让《塔度夫》的演员对着镜头脱帽致意，说"我会回来的"的时候，茂瑙显然从杜巴里夫人向镜头挺近的方向又向前迈了一步。一方面，刘别谦的那种亦此亦彼的眩晕感减弱了，因为在这里，镜头明确只代表观众，另一方面，观众的空间错乱感却增强了。或者说，在维尔托夫小组提出"电影眼"在场理论之前，电影就已经有"电影眼"在场了，这个故事和蒙太奇的故事如出一辙。

不过就两人空间关系处理的完善度而言，刘别谦句法中仍缺一些东西。无论是乔瓦尼·帕斯特洛纳、格里菲斯还是刘别谦，都试图将观众与影像的关系从观众与固定舞台关系中解脱出来，构造属于影像自己的空间呈现方式与观看关系。传统的戏剧空间，不只舞台是固定的，观众的观看点也是固定的，因而，要将电影从戏剧观看关系中解脱出来，不只是要将固定的舞台空间变成可自由分割或移动的影像空间，也需要将最初只是作为观众视角假定的摄影机从固定的观看位置上解脱出来。必须将观看与被观看同时进行改造，才可能让影像完全脱离戏剧，形成属于它自己的观赏视野。

像《卡比莉亚》那样移动摄影机是一种方式，但如果只是移动摄影机而不对人物之间的影像空间进行拆分，这样的运动只是相当于将固定舞台变成了移动舞台。格里菲斯和刘别谦对两人空间关系做了正反切处理，但仍带有明显的舞台气息。原因在于，在每个被单独切出来的影像空间中，摄影机与人物的关系仍是观众与舞台的关系，只不过以前是整个舞台，现在是舞台局部。唯有当摄影机脱离其观众视角假定，开始替代人物视角的时候，影像才在真正意义上摆脱了舞台概念：在戏剧空间，观众是无法代入角色视角去感受另一个角色的状况的。《杜巴里夫人》这个段落尽管有景别变化，但摄影机一直都静候于稍稍偏向大臣的舞台假定中的观众位置。另外，在给两人的单独镜头时，人物都处于画面正中间，并对画面四角进行了遮挡。这意味着，刘别谦切分人物影像空间，或是放大影像局部，只是为了更集中地展示这一人物的当下状况，而不是人物之间的关系（空间与精神）状况。他是要突出表演，而不是为了突出关系。包括杜巴里夫人那个美妙的起身迎向摄影机的镜头，眼神方向与身体运动方向之间奇特的分离，同样是由于那个时代的"电影眼"仍还只能指代观众眼，而非人物眼。

四年之后《十诫》在美国上映。撇开前半部分"出埃及记"，就现代故事部分而言，这是一部分裂的电影：它的内景部分仍接近格里菲斯的拍法，外景部分的分镜头方式已非常接近当代电影。而在内外景的交汇处，女主角偷香肠那场戏，出现了模拟双方人物视线的"正反打"。这是导演在完善"正反打"语法吗？客观上是这样，但根本上，它和《党同伐异》中汽车火车赛跑时的"正反打"一样，是影像借助观看的欲望在召唤其自身的完整性：当观众得到女孩抱着狗在雨中偷看车厢内食物的画面时，他们自然就很想看到从温暖的车厢里看出去，女孩会是一副怎样的狼狈相。之后的两兄弟和这个女孩在窗户两侧夺爱那场戏，导演又给出了一次类似的"正反打"，也应当作如此理解。无论如何，新的语言方式已显现于一部伟大的电影的裂隙处，电影世界在一个句子一个句子发掘人物正反关系的完整句法组合。

1925 年爱森斯坦处女作《罢工》上映，**蒙太奇**以其惊人面目呈现在观众面前（之前已有蒙太奇，但从未显得如此夺目），但无论是《罢工》还是第二年上映的《战舰》，都找不到展示空间关系最高效、经济的"正反打"处理。为什么一位能将蒙太奇处理得如此丰富多彩的导演没有参与"正反打"语法的发明与开拓？原因是，蒙太奇的使用主要在于展示空间中的诸事物或诸事物局部之间的矛盾冲突关系，目标在冲突，而非完整的空间与空间关系呈现。蒙太奇天然适合在默片中展现，并不需要借助你一言我一句的对话关系（在当代电影中，尤其在好莱坞动作电影中，一旦进入镜头快速切的蒙太奇段落，观众基本就听不到人物对话，就好像一时间他们又重新回到了默片时代）；而"正反打"语法，则需要等到有声电影到来之后，才会显出其强大，也只有到了有声电影时代，才会被广泛使用。

蒙太奇涉及远比两人空间更广大的空间，因而在逻辑上，爱森斯坦一定会遇上"正反打"，事实也是如此，比如 1929 年上映的《总路线》，农民向富人借牛这场戏就可以视为一组极不寻常的"正反打"镜头，只不过，专注于视觉冲击力蒙太奇矛盾关系容易让观众忽略这里的"正反打"关系。对于爱森斯坦而言，类似的两人正反空间关系的呈现只是特定情境中的蒙太奇探索的一个自然结果。

与《罢工》在苏维埃共和国上映的同一年，刘别谦在好莱坞拍摄了根据王尔德同名小说改编的《温夫人的扇子》。这部电影里突然闪出一个未来将大行其道的"正反打"语法中的关键语句：过肩"正反打"。温夫人和丈夫坐在早餐小圆桌边，带房间全景。切近中景，摄影机仍像刚才的全景镜头那样稍偏丈夫一侧。这是为了避免温夫人的侧脸太侧，让她占据更多的表演空间，而不是要代入丈夫视角。两个镜头都是第三方视野。温夫人上前与丈夫接吻，然后坐到了他腿上。镜头沿同一方向切成近景。这是一个动人的场面：温夫人趴在丈夫肩头，她的背面和丈夫的正面，都是带肩的上半身。既然是温夫人主动想和解，观众这时候自然很想看到温夫人脸上的表情。仍是影像自身在发出召唤。刘别谦顺应了这召唤，给出了反面状况：温夫人的正面和她丈夫的后脑勺。摄影机处于两人的绝对正中间。与《杜巴里夫人》中的情形一样，摄影机从头至尾都处于第三方视野，没有代入任何一方。再一次，就结果而言，"正反打"语法从此又增添了一个最关键的新语句：过肩"正反打"。

"正反打"应当包含的基本句法，虽然散落于格里菲斯以来的各个年代各个电影，但至此已经完备。两年后，弗里茨·朗在他导演的《大都会》里给出了一组极为完整的、具有持续变化与推进度的"正反打"镜头。它们包含了有声电影时代一切电影的人物空间关系表达的基本语法因子。朗先是在老板和助理之间使用了一次过肩"正反打"，他处理得非常娴熟。在先给出的"合"的镜头里，老板走向助理，助理显得有点害怕，微微后退并让身体侧斜。这一微小的调度可以看出，朗对自己要处理的过肩正反结构了然于心。在未来有声电影的双人"正反打"镜头中，我们会经常看到这类为过肩"正反打"提前做出的站位调整，不然，如果全景的"合"的落幅是两人的正侧面，它与下一个过肩近景镜头之间就会产生跳感，因两人的正侧面对正侧面，在过肩视野下会叠在一起，而过肩"正反打"如果不想彼此挡脸就必须是错位。朗之后又在玛丽亚与弗雷德里这一对恋人之间使用了一次过肩"正反打"，这次他做得更为非同寻常：在单人俯仰"正反打"中加入运动，摄影机和人物的双重运动，在仰拍玛丽亚走向镜头时，镜头也跟着推近她至脸部特写，然后反过来，俯拍推近弗雷德里的脸至特写；之后，他才又再增加一句带有双人关系的俯仰"正反打"。这一套完整的"正反打"语句中最富想象力的是那个俯仰关系中的双推近。它是高超的句法结构，也是直观感人的爱情结构。1954 年，罗西里尼在《意大利之旅》中模仿了这一运动句法，其效果依然令人震惊！朗的影像语言领先时代近三十年。有意思的是，朗在每一个越肩"正"与"反"之间都插入了对话字幕，因为逻辑上，这本该是有声电影的人物对话关系应当展开的空间关系句法。无论对于朗还是对于其他导演，或是普通观众，如果不是像《温夫人的扇子》那个过肩"正反打"那样存在着影像与影像之间强烈的互相召唤，在剪辑上、在观影上，将这样一对带有人物各自视野的过肩正反影像直接接在一起会显得太过跳跃，就像我们在写作时突然变了人称那样让人不适（故意追求这样阅读的不适合感是另外一回事情）。它们之间需要一座桥梁，有声电影兴起以后，这座桥梁会是人物的语音，但在语音出现之前，只能是字幕条。显然也是因为这一点，朗发明的这一整套"正反打"语法没有立刻在德国电影中流行开来，自然也没有像德国人发明的其他影像技法那样由刘别谦或茂瑙或希区柯克及时带到英国和美国。我们或许可以把这一语法簇的早产归功于朗早年的专业建筑学训练。他在《大都会》里不懈探求影像成为建筑的可能性，而其中最为重要的是影像建筑的对称结构。这意味着他会比别的导演更强烈地渴求由此而彼的影像平衡。除了朗一人，所有其他导演都得等着有声电影来唤醒他们的这一语法意识。

我要多费点笔墨在这里点一下我以后会专门讨论的话题，朗在这场双人戏中还触及了一个微妙的拍摄角度，我称之为"比人类高一点点，比上帝矮一点点"。在玛丽亚走近镜头，仰拍的镜头也迎上前去至她脸部特写，然后镜头反过来俯拍并推近弗雷德里的脸部至特写，这个对弗雷德里的特写反打便是一个"比人类高一点点，比上帝矮一点点"的角度。由于这里涉及我以后的文章中要讨论的**花纹**与**眩晕**，我在这里先只能给出一个结论：这里的两次俯仰"正反打"，一次静止镜头，一次双推近运动，一次近景，一次特写，之所以如此让人动容，除了提前电影史五年被发明出来的完整"正反打"语法，除了领先时代三十年，在"正反打"中还融入俯仰关系与双推近运动，还有一样很重要的东西在里面起作用，就是这个奇妙的"比人类高一点点，比上帝矮一点点"的拍摄视角，它让弗雷德里对玛丽亚的爱感性且绝对。这一微妙的视角未来将在少数几位天才导演的电影中反复出现，而且是以不再依赖双人空间关系的独立面目出现。

电影史也是影像空间由简而繁的演化史。导演自然而然就会面临处理同一空间内局部与局部之间的空间关系的任务。在这种情况下，尽早确立基础空间关系就变得尤为重要。但在有声电影出现之前，导演们还不知道"正反打"是达成这一点的最高效的手段。空间关系一旦稍稍变得复杂，除非坚持不过多切入局部，否则就很容易最终让观众陷入人物位置关系判断上的困惑。这一点，即便是希区柯克这样的天才也难以避免。1929 年上映的《讹诈》正好处于有声电影和无声电影的交汇点，有有声和无声两个版本。这部电影对声音和影像语言做出了非凡的探索，尤其是在对表现主义光影技法的拓展以及它们与爱森斯坦的蒙太奇手法的融合上，让表现主义风格的奇特的影像得到理性的支持，并因此变得可信。但在人物与人物的空间关系处理上，这部电影里出现了混乱。

爱丽丝屏风后换衣那场戏，无论是影像还是观众都在呼唤那个从艺术家向爱丽丝方向的反打镜头。没有这个镜头，艺术家接下去侵犯爱丽丝的行为就显得动力不足，而观众无疑也在期待从艺术家角度捕捉到的爱丽丝的性感模样。这个镜头一直没有出现，这也意味着，并不是所有召唤都会被天才感应到并准确落实。爱丽丝家餐桌前那场戏，希区柯克对刀的画外音处理是有声电影在声音艺术上的第一个伟大的收获，利用爱丽丝与邻家大妈之间长距离来回摇镜头替代"正反打"，即使不能算是一个创举，也是对刘别谦在 1919 年的《牡蛎公主》里首次让镜头在脸与脸之间、脚与脚之间左右摇摄的大胆拓展。接下去外面杂货铺那场重要戏，整个店铺被划分成几个影像区域，五个人物不停在其中游动，空间关系就变得有些复杂。由于希区柯克没有通过利用柜台内外的"正反打"，来尽早确立中轴线两侧的空间秩序，观众并不能直接看清局部区域内的这些人物在整个空间中的实际位置，导致他们难以仅靠想象来跟上影像空间关系的繁复变化。这让整场戏看上去十分凌乱。

美国，1932 年，《疤脸人》，导演霍华德·霍克斯在楼梯口男女主角相遇那场戏里有意识地使用了一次过肩"正反打"。说霍华德·霍克斯这次是有意而为是因为，在从两人正侧面的"合"的画面切换到过肩"正反打"之前，为了让这一切换变得顺畅，导演借助让男主角展示新买的行头，做了一个将他从正侧面到斜侧面的轻微调度。不过这部电影里的很多别的两人对话场景，霍华德·霍克斯并没有使用类似的"正反打"，仍像《温夫人的扇子》那样将摄影机静候于第三方，也即观众视角。因而无论就美国电影还是这部片子本身，"正反打"依然属于过渡技巧。不过，只需再过一两年，包括霍华德·霍克斯本人在内，美国导演们基本都会将类似的对话段落处理成过肩"正反打"。

很难想象希区柯克在重新面对《讹诈》空间处理的败笔时会是什么心情。他需要一次对自己的败笔的完美复仇。事隔六年，他在《三十九级台阶》那场男主角与女间谍史密斯相遇后的室内戏里，为我们演示了一整套完美的"正反打"技法。他将此前他本人和其他几位电影同行在这一领域取得的成果糅合在一起，利用人物左右和纵深调度，机器运动，镜面关系，将一个方盒空间改造成为一个充满变化的流体空间。单人正反，双人正反，过肩正反，镜面正反，运动中随时颠倒的正反，在这段短短的两分半钟的双人戏里像象棋大师手下的棋子一样自由组合，变幻莫测。这是一段纯粹的句法炫技，即使将它完全砍掉，这部电影也将毫发无伤。史密斯对墙上那面镜子的敏感是缺乏说服力的，她应该担心的是窗帘没拉上，而不是外面的人会通过镜子看到自己。设置这面镜子只

正反调度指令：

"不要接电话。"

"你能把那个凳子给踢过来吗？"

调度指令：

从一个正侧面到另一个正侧面

是为了完成一次大跨度的斜线调度，并通过镜像关系在男主角与史密斯之间组织一个全新的趣味盎然的"正反打"。将电话机设置在前景也是如此，男主角必须从后景吧台走到前景来接电话，这样，希区柯克就能通过他来回行走将两人的正反关系一次次颠倒，而不必笨拙地将摄影机来回挪动。最后是那只方凳，男主角从自己身边一脚将它踢到屋子中央，将两人调度到一起，让摄影机及时推进，从全景正反关系转变成近景正反关系。史密斯接过男主角递上的酒，喝了一口，这才说："我们不能在这里说话。"就整部片子而言，这是一只技巧小花瓶，它没有什么意义，但令人赏心悦目。事实上，它也并没有远离主题，史密斯的紧张与男主角的松弛随意还是得到了合理的表达。更为重要的是，这样的纯技术尝试对于希区柯克未来的好莱坞电影生涯至关重要。好莱坞电影一向重制作轻语言，而正是对影像语言的不倦探索，让希区柯克能在好莱坞脱颖而出。什么也没有发生，但影像已展开自己的历险。在《三十九级台阶》之后，刘别谦、霍华德·霍克斯、巴斯比·伯克利、拉乌尔·沃尔什和其他几位天才导演及时跟上，将"正反打"广泛运用于美国电影的各个角落，并演绎出各种美妙的变体。在 1937 年上映的《天使》中，刘别谦已将同一画面中带双人关系的"正反打"挺进到脸部特写。

即便在这样的情形下，好莱坞主流电影仍不敢轻易使用已广泛流传于大师电影中的"正反打"技法。《乱世佳人》比《三十九级台阶》整整晚出四年，在票房和获奖上都取得巨大成功。但这样一部近四个小时的大制作电影，在人物关系处理上却漠视弗里茨·朗、希区柯克和刘别谦等天才电影家在这一领域取得的非凡成果，除了极偶尔用一下过肩"正反打"，基本仍在沿用简陋的默片时代的舞台化拍法。一旦男女主角出现在同一空间里，经常就是这样的情形，两个人正侧面对着观众说话，然后其中一人离开对方走到某处，给一次固定机位的单人"正反打"，然后两人继续合在同一个固定镜头内，侧脸对着侧脸说话。马厩那场戏，

震惊时刻:

一个人面对一群人

男女主角初次坦露爱意，从头到尾差不多就是从一对正侧脸到另一对正侧脸拍到这场对话结束，两人离开那个空间。无论摄影机离这对情侣多近，大部分时间里它都停留在性冷淡的第三方位置。除了两位大牌明星在卖力表演，单纯从影像语言上，观众感受不到一丁点爱情的炽热。对于一部耗资巨大的商业电影来说，"正反打"不只是一套句法，而意味着一个全新的工业流程。尤其是像《三十九级台阶》那样的不停流动的正反关系处理手法，不论对于摄影师、演员、剪辑师或是其他制作部门，不经过反复训练配合很难高效完成，轻易尝试可能会给整个电影制作带来混乱。对电影而言，任何一种句法都对应着相应的金钱。尤其对于《乱世佳人》这样的制作，保证票房是其第一要务，采用相对简单但已经广为接受的影像语言，将主要的精力和金钱花在观众喜闻乐见的制作和明星上，是件最为端庄稳妥的事情。不过，无论好莱坞在语言上如何守旧，它都需要对电影自身的进化需求做出反应。成熟的"正反打"语法在处理两人空间关系上的优势是显而易见的，好莱坞不是不想要利用这一语法的表达优势，而是需要从变化繁复的"正反打"语法簇中提取一套适合自己进行工业流程配合的安全语汇。

在好莱坞，制作人的地位一向凌驾于导演之上，但直到上世纪四十年代，局部地，导演们仍然有机会展示自己的才华。1940 年，希区柯克拍摄了自己来到好莱坞后的第一部电影《蝴蝶梦》，对《三十九级台阶》的影像语法再次加以突破。他不再满足于将盒子空间塑造成为一个流体空间，从整体上粗略地投射危机与情欲，而是大胆将表现主义光影技术运用于人物正反空间关系，让摄影机时刻机敏地紧贴着人物，让每一个空间语句同时成为精神语句。只有到了《蝴蝶梦》，我们才可以说：对于电影而言，一切物理空间皆为精神空间。

雨夜，新婚妻子与丈夫一行人马匆匆走进曼德利庄园别墅。他们走至近景突然止步，音乐也跟着急停。镜头反打，一个出人意料的全景，一大群仆人在风格阴暗沉重的宴会厅中央一字排开，左男右女，左黑右白，面无表情。这一**一个人面对一群人的震惊时刻**显然源于《M就是凶手》中M突然面对一大群将要审判他的匪徒那一"正反打"。区别是《M就是凶手》中的反打的那一大群人是一个缓摇镜头，而希区柯克将它变成了静止镜头，同时也做了更为形式化的处理。我们还将在《公民凯恩》中凯恩怒毁豪室那场戏之后看到类似的**震惊**时刻，只是，那一次，**被震惊的是那一群人**，而不再是**那一个人**。

女主角被吓了一跳，抬头看丈夫，后者却毫不在意。她随丈夫勉强前行。接着是一个从他俩身后拍摄的"合"的大全景，在庄重的、鼓舞人心的进行曲式乐声中，强硬的丈夫几乎是拖着新婚妻子走近阵势吓人的仆人队列。镜头切回夫妻俩正面，跟着他俩前行的步伐缓缓后撤，仿佛仆人们正在缓缓退出他们原先占据的空间。镜头反打，向仆人队列平缓推近，就好像男女主人正进一步压缩他们面前的空间。管家丹佛斯太太这时突然从左入画，挡在仆人前面，并在她到达画面正中位置时主动昂然迎向镜头，用那张冰冷光滑、略微有些扭曲的脸，主动反压夫妇俩面前的空间。年轻妻子举手抹掉头发上的雨水，就像是在抹掉一脸汗水。她听到丈夫在画外介绍"这是丹佛斯太太"，便哀叹似的向正前方问"你好"。进行曲也同时消隐，转换成轻弱的、犹豫的背景音。女主人迟疑着停住，摄影机跟着停住。镜头以对等景别反打丹佛斯太太，她身体挺拔，回问你好："一切都为你准备好了。"镜头切回年轻的女主人，她的身体像小兔子遇上老鹰一般抖动，求饶似的说："你这样真好，我没想要什么东西。"镜头再次反打丹佛斯太太，她目光冷冷地盯向下方。镜头切回年轻妻子抓着小包和手套的双手，像是出于丹佛斯太太那道目光的命令，她松开了手里的湿手套，让它们落到地上。希区柯克没有将这个局部特写接到正打年轻妻子慌乱说话的镜头后面，而是接到了反打丹佛斯太太那道冷冰冰投向下方的目光后面，展示了影像不同于文学的惊人叙事力度：这副湿手套是被丹佛斯太太冰冷的意志射落在地的，而不只是因为年轻的女主人受了惊吓掉下的。镜头这时给了两个女人正侧面的合，她俩犹豫着一起蹲下身去捡手套。丹佛斯太太将手套还给女主人。丈夫从画外传来喝茶的提议。似乎在他看来，紧张局势已随丹佛斯太太刚才这一恪守仆人礼节的举动化解，不必继续为妻子担忧。妻子扭过头来看一眼画外的丈夫，匆匆从左出画。希区柯克没有在这时追加一个她离去的背影的镜头，而是直接就地缓缓推近丹佛斯太太。多么惊人的速度！丹佛斯太太也缓缓侧过她那张橡皮一般光滑的脸来，双唇闭合，嘴角曲起，像是在看着离去的女主人的背影，又像是在盯着镜头后面的观众。丹佛斯太太的脸慢慢叠入一口大钟，在表现主义光影中，它看上去像是正淋着一场无声的大雨。

　　粗心的丈夫显然已经不能保护新婚妻子，她需要独自应战。紧接在下面的那场戏发生在女主人的卧室。丹佛斯太太意外来访。她从门口走近女主人，摄影机以她为轴心向右旋转。她边走向女主人，边稍稍瞥了一眼她的贴身女仆，后者就快速起身离开。现在我们看到，没有那道射落女主人手套的目光在前，多么致命的剪辑！这一道轻易支配女仆的目光就不会显得如此自在，如此有说服力。此后，摄影机一直追随着这位高高站立的女总管，女主人则长时间坐着处于低位。借助高低关系，丹佛斯太太牢牢掌控着整个影像空间。终于女主人站起来，试图改变自己的劣势。两人一左一右，各占画面一侧，一个合。摄影机向前推近，一开始保持中立，但很快抛弃女主人，选择向右偏离让她出画，继续稳定地推近女总管："德文特夫人刚做新娘的时候，我就来了这儿。"这是一句宣告：我不仅是我，我也代表过世的德文特夫人。这个空间的真正主人并不是你，而是我。镜头反打女主人，她稍作犹豫走向女总管。在整场戏里，镜头唯一一次跟着女主人运动，直至两个女人在同一画框中近距离面对面。女主人试图示好。女管家不为所动，表示她曾为德文

一道目光，
射落一双卑微的手套

特夫人周全安排一切直至她去世。说完，她转身出画。镜头顺着女主人的目光切到女管家门前的近景，她打开门，但没有出去，而是停在门口，回身来看女主人。再一次，在丹佛斯太太那一道冷淡的微微向下的目光的命令之下，镜头退回带两人关系的全景，前景女主人背影，后景女管家静立门边的正面。女主人屈服了："我想我现在应该下楼去了。"

如此精妙复杂的语言，需要整个电影团队对导演个人意志进行最高限度的配合。但是，好莱坞制作人专制和明星制度已经确立，把一部电影，尤其是一部大制作电影的命运交给只热衷于探索语言的导演一个人变得越来越不可接受。没有一个制作人愿意经验《党同伐异》式的惨败，能为投资人赢得利润的是故事、制作规模和明星光芒，而不是导演才华和影像语言；因而必须削弱导演的地位，将电影创作变成电影制作，变成各部门能够彼此做出精准配合的高效流水作业。

1941 年的《公民凯恩》是好莱坞电影在影像语言探索上的巅峰标志。年轻的奥逊·威尔斯知道自己应该从欧洲电影和苏维埃电影，而不是从美国本土电影中撷取需要的养分。奥逊·威尔斯的运气也非常好，整个拍摄过程没有受到投资方的过多干预，也正是这难得的对天才的放纵，让好莱坞有机会生产出属于自己的电影杰作，不然我们看到的《公民凯恩》不会是现在这个模样。

《公民凯恩》的光影风格是对德国表现主义电影的延续与发挥，以采访方式剥离层层假象重组影像事实这一叙事模型，让我们能闻到维尔托夫小组"电影眼"在场哲学的气息。撇开这两点，单就人物空间关系处理而言，不论是对大景深空间的利用，还是对角色间的物理关系与精神关系的转换处理，我们都可以在这部电影中看到茂瑙、弗里茨·朗、爱森斯坦、希区柯克等前辈导演的影子。不过，比借鉴更重要的是，年轻的奥逊·威尔斯对前辈的电影语言做了许多独特的、堪称极致的发挥，经常地，他和他们反着来，包括那个**一个人面对一群人的震惊时刻**。天才的傲慢和喜欢恶作剧也许是对此最简便的一种解释，但并不能帮助我们看清他在语言革新上的真实情况，还容易让我们误入歧途。奥逊·威尔斯既没有因其叛逆拒绝博采众长，也没有自恃其才故作惊人之语。一旦深入《公民凯恩》的语言细节，我们很容易看到：一切都是必须如此，就像前辈大师所做的那样。在基础语言上，他甚至比绝大多数好莱坞导演都做得更加平实严谨。

我们来看凯恩成年后与自己的监护人撒切尔先生交锋那场戏。这之前是撒切尔先生在各个不同场合读报的情景，读的是凯恩办的《纽约问询报》。在喜剧氛围的乐声中，撒切尔先生气急败坏：凯恩居然站在了穷人一边。最后一个读报场景，广角特写，仍是撒切尔先生手里举着一份《纽约问询报》在大声读，报纸占了前景一大块中心位置。撒切尔先生念完头版标题，将报纸扔到他前面的办公桌上，凯恩手端咖啡出现在刚才报纸遮挡的下方，这样，虽然镜头没动，空间深度却瞬时拓展，将刚才的稍俯特写变成更深的俯拍。这是一个俏皮机智的场景转换，不过我们还需要看到这里一个不易觉察的变化：在撒切尔先生扔下报纸露出坐在下方的凯恩的同时，凯恩转动座椅，将自己从画面右侧调度到了画面中央偏左，而撒切尔先生也跟着微微右移，从刚才的前景斜侧面变成普通背影，现在，两人处于"正反打"所需的关系结构之中。这场戏显然是要展示初出茅庐的凯恩的强势，但与希区柯克的处理不同，奥逊·威尔斯一直没有给出反打，也即让凯恩占据前景高位，让撒切尔先生处于后景低位，以两人的空间地位来反射两人精神交锋的态势，他的这一处理显示了天才的从容，他有足够的其他手段来展示凯恩的强势：摄影机舍弃反打，但坚持以凯恩为中轴进行调度。虽然凯恩现在处于低位、后景，但占据了画面中心，而且是脸部正面对着镜头，这一点他遵循了之前我分析的希区柯克在《蝴蝶梦》中的拍法。在两人展开言辞交锋后不久，一位报社老记者拿着一篇报道进来请示凯恩，他站到了凯恩右侧，凯恩则要求他向撒切尔先生问好。很快，外面又进来一位高个的年轻人,他来凯恩桌上取一支雪茄,但他取完雪茄后并没有立即离去,而是站到了老记者的右侧,这样前景的撒切尔先生和后景的三位报社成员构成了一个 V 形,凯恩现在不仅处于画面中心,而且被众人拥戴围绕。老记者做完请示,与高个年轻人先后离开,这时撒切尔先生向右前方移动,在凯恩边上坐了下来,两人现在基本处于同一高度,镜头依然没有切换到反打,而是就地做了一个持续的极其缓慢的运动,普通观众大致要等到两人空间关系完全逆转过来的时候才会对此有所反应:在两人激烈的争辩中,摄影机边下沉边向右移动并旋转,直至画面变成凯恩完全占据主导地位的稍仰近景,凯恩提高嗓门及时挺起半个身子,镜头稍稍改变运动线路,向凯恩推近,稍停,等凯恩咄咄逼人说完一句话,撒切尔先生站起身来,凯恩紧咬不放,也跟着站立起来,他高出撒切尔先生一头,摄影机这时跟着上移,撒切尔先生走向门口去取衣帽。像希区柯克在《三十九级台阶》中处理的那样,奥逊·威尔斯不是将摄影机架到对面,而是通过人物调度来颠倒两人的正反关系,也就是说,在一个长长的连续镜头的尾部,奥逊·威尔斯给出了反打。撒切尔先生退回来让凯恩帮他穿上大衣,摄影机迎上前去,凯恩边说话边调整站位,从背影变成侧面,两人现在一前一后,均以侧面对着镜头,撒切尔先生转过来对着凯恩,完成正反合的最后一道语句:合。撒切尔语气缓和下来,问凯恩,每年花一百万来做这种慈善是不是个愚蠢之举,凯恩回答说:没错,撒切尔先生,我确实去年损失了一百万美元,我指望今年也损失一百万美元,我指望明年还损失一百万美元,你知道吗,撒切尔先生,如果我每年损失一百万美元的话,我得六十年之后才能关闭这家报纸。直到他说了最后这半句话,这个长镜头才结束,切换为正打特写,凯恩正面居画中,撒切尔先生半个背影居画右。也就是说,在一个镜头里,从头至尾没有一丝松懈,奥逊·威尔斯通过对摄影机与人物的双重调度完成了完整的"正反打"包含的全部正、反、合三句法,并同时达成对话交锋、人物关系变化以及人物性格刻画等一系列叙事,即便单

是雪橇和刻在雪橇上的"玫瑰花蕊"

在引导凯恩向世界复仇

就影像句法而言，这一个镜头也足以抵得上希区柯克在《三十九级台阶》那一整场室内戏所做的空间关系的探索，而就整体把握而言，奥逊·威尔斯在这里展示的才能已远胜前辈大师。

那么为什么在开始的时候要让凯恩处于后景低位？为了最后的反转是一方面，更主要的是，这是初出茅庐的凯恩生命中的第一次反转，在这场戏之前，是小凯恩收到撒切尔先生送他的圣诞礼物的画面：占据整个画面的包装纸落下（它与之后撒切尔先生手中那张报纸是多么有趣的一个反射），小凯恩抱着一个新雪橇。摄影机跟着小凯恩仰起的脸上摇并仰起，盛气凌人的撒切尔先生高高在上祝他圣诞快乐，并高声强调了"和新年快乐"，在这之前，是雪不停落在他自己那把雪橇上，小凯恩在得知自己要被撒切尔先生领养后拿它推倒了撒切尔先生。在这把被丢弃在雪地里的雪橇上，刻着他临死时念念叨叨的"玫瑰花蕊"。这是一次对自己人生的复仇，必须从那个终生纠缠着他的记忆的人生的低点开始。

现在我们可以说，一位电影天才，在自己导演的处女作里，为电影史增添了一个惊人的长句。事实上，天才导演并不需要资本家对自己放纵，只需要他们**不管**。多年后奥逊·威尔斯感叹，他一生拍片，唯有这部处女作是在没有任何人管束的情况下完成的，之后，像众多好莱坞其他导演一样，他很快被制片人套上了轭具。

1942 年，又一部明星云集的商业电影《卡萨布兰卡》上映，成为该年度的票房和获奖大户。《卡萨布兰卡》是另一个标志：主流好莱坞电影接纳了"正反打"，并确立了一种使用"正反打"的标准语法模型。此后，只要是拍两人关系，谁都知道应该像《卡萨布兰卡》那样，尽快找到合适的动机，让两个人面对面站好，或坐好，然后开始一连串过肩或斜侧"正反打"，中间偶尔插入一个结合其中一方视线的特写或全景，立即又回到过肩或斜侧正反，有些电影会不时让摄影机回到第三方视野，给两人一个近景或全景中的"合"，有些电影则干脆如此一直正反到底。

这一公式化"正反打"语法是如此简便实用，不仅新生代导演科波拉、马丁·斯科塞斯、库布里克使用，甚至像刘别谦、希区柯克、霍华德·霍克斯这些曾一起参与发明"正反打"基本语法及其各种变体的老一代导演，也经常采用类似的标准化语句组合。至此，"正反打"系列句法不但不再是会危及电影制作的语言，反而成了保证电影得以安全生产，好莱坞明星制得以落实的基本句法。单人"正反打"，斜侧双人"正反打"，不同部位双人"正反打"，彼此过肩"正反打"，配以不同的景别不同的时长，是多么合适的让不同等级的明星们恰如其份（就是份）地占据影像框架的工具！在一个民主国家里，尤其在一个看重形态民主的国家，即使是头号女星和一位全片只有半分钟戏份的快递小哥说话，也得给双方一个相同级别的"正反打"。只是快递小哥永远不会知道，半分钟之后，这位女星还会在其他段落占据多久的"正反打"空间，一旦时长或级别不够，导演就得依照制作人的命令给以弥补。与男一号做过肩口水"正反打"，永远都是最省事的办法。

库布里克很早就开始在美国做独立制作电影。之后为了远离好莱坞电影体制，又远赴英国做独立制作，他最耀眼的电影都是在这一时期拍摄完成的。1999年，他回到好莱坞拍摄自己最后一部电影《大开眼戒》。最后一个场景，夫妻俩带着孩子逛超市，他采用了与《卡萨布兰卡》里克与弗拉里酒吧会面时几乎如出一辙的拍法：通过一道引导性的跟拍运动线条（《大开眼戒》在这一点上用心良苦，由女儿的几次出画入画来渐渐引导男女主角入位），中间稍作停顿，提前先在相向斜侧的位置关系上聊上几句，然后让他俩走到一个相对僻静的角落，将机位或演员提前调整到便于马上要展开的"正反打"序列所需的彼此相向的斜侧位，然后就是一连串过肩"正反打"特写直至最后。这场无聊的家庭伦理对话就这样在两位大明星一动不动站着的正反切中持续了整整三分钟。电影在妮可·基德曼的"FUCK"声中结束，那既不是表演也不是语言，而只是明星的肉体挑逗。在这里起作用的不仅仅是好莱坞电影工业对于制作成本和流水线速度控制的要求，还有它一贯的明星制度。明星不仅是票房的保证，其地位有时候还会压过制片人。对于明星的影像待遇不仅有总体时长的要求，自然还有特写时长的要求。如果两人的脸部特写在之前的电影时间里没有给够，那就必须生造出一个空间来补齐。对于乐于掏钱看明星脸的观众来说，这是再好不过的事情。

结论是，在九十年代末好莱坞大牌导演使用的"正反打"技术，早在四十年代便已经定型。因而，由众多电影人在二十多年里共同开发的一整套"正反打"语法，终于为好莱坞主流电影吸收消化，并迅速成为处理双人关系的主导句法，一道像太极图一般普适的处理人物空间关系的公式（越来越接近利益关系，而远离精神关系）。任何一个未经配合的电影团队，不论是导演、摄影师还是剪辑师，都知道如何用这个公式给每个人物配送合适的影像。

电影是现实世界最完整的投影。我们回顾电影史前半段人物的空间与精神关系，从混沌一片走向自由裂变与聚合，似乎能从中依稀看到老子阴阳和学说诞生之前，人类精神世界由简而繁的运动进程。现实不会停留于太极图谱里，影像创造也不会止步于公式化的"正反打"，而是将以此为基点，重新整装出发。

纠缠不休的两个人
——影像空间的流动与纠缠

　　像其他艺术那样，影像也着力营造着自己的完整世界，并且，与我们置身其中的世界构成比其他艺术更全面的投射关系。事实是它自身逻辑演化的结果，事实也是被生产出来的。如果我们必须从我们的历史的内在进程与我们的现实变化的外部动力学来理解我们这个世界为何会是现在这个样子，我们自然也必须从影像自身的历史进程和影像变化的社会动力学来理解影像世界的一切。

　　这样，我们就可以暂时撇开美国人或欧洲人的整体性格，例如究竟是美国人更活跃还是欧洲人更活跃（我们也终于可以免于受人指责开启了一个无解的虚假问题），而只是就影像的历史进程和当下生产关系来理解作为"美国影像"的人物的空间关系和作为"欧洲影像"的人物的空间关系在他们各自电影中的状况。

　　我的结论是，不管你在生活中对美国人和欧洲人各自有什么样的活跃度的印象，在电影里，美国人远没有欧洲人活跃。自《卡萨布兰卡》之后，我们很容易发现，越来越多的美国电影，如果不是剧情需要人物疯狂奔跑，在大部分情况下，他们，尤其在主角之间，会长时间一动不动地站着或坐着说话，用的大致是通行的"好莱坞三镜头法"拍法，也就是正反合。而在欧洲电影里，人物通常都处于游动状态，摄影机也会根据其变化划出相应的线条。

不能以堂吉诃德方式拍《堂吉诃德》，

因为堂吉诃德只有一个仆人，

而拍电影需要很多仆人

如果马丁·斯科塞斯这位同时是好莱坞电影体制的受益者和受害者说的话是可信的，那么：美国电影是在上世纪四十年代达到了它的巅峰。五十年代之后，为了对抗电视兴起而引入宽银幕立体声电影，好莱坞电影便彻底被制作扼住了喉咙。此后，它的主要成就是在类型电影探索上，在影像语言和影像艺术上则鲜有作为。即便像弗里茨·朗这样的大导演也难以有所作为，只能接受一些委托订单。也许聪明又狡狯的希区柯克是唯一的例外，在遵守好莱坞规矩的同时，还能不时有一些创新之举。奥逊·威尔斯的故事我们之前就已经知道。说起自己在《公民凯恩》之后的拍片际遇，这位不世出的天才对着镜头笑道："我爱好莱坞，但好莱坞不爱我。"在天才的创造力与它有可能带来的破坏力之间，好莱坞

威尔斯和戈达尔梦想有二十万观众，
卡梅隆需要十亿，
有人则为拥有两千个观众倾家荡产

毫不犹豫地选择杀掉天才。其他导演也一样，不论牌子多大，除非他甘愿去做小成本制作电影，以换取珍稀的自由（在好莱坞尤为珍稀），不然他就得像库布里克那样，在一动不动站着的男女明星冗长叨叨中结束一部电影。"好莱坞电影需要六千万观众才能打平，我梦想着做小一点但与众不同的电影，可以只对二十万观众说话。"这是奥逊·威尔斯在1953年的梦想。今天，很多导演在梦想能拥有两千个观众。

霍华德·霍克斯是位极不寻常的导演，他不像约翰·福特那样老奸巨猾，为免受体制伤害深藏不露，而是不停地转移自己的战场，尽量为自己赢得更多的自由空间。在黑帮片《疤脸人》获得巨大成功之后，霍华德·霍克斯不断尝试各种类型电影，犯罪，传奇，冒险，黑色，西部，喜剧，歌舞，科幻。他一生拍了近五十部电影，却只获过一次奥斯卡提名(没有得奖)。就在美国人差不多已经忘记自己的天才的时候，法国新浪潮的年轻干将们却重新发现了他，并送去遥远的敬意。这是代价。召唤的代价与回响的收获通常不在同一时候出现。

新浪潮的年轻电影人从霍华德·霍克斯导演的电影里看到了什么？自由。在1940年上映的《女孩星期五》中，霍华德·霍克斯让男主角边连珠炮般说话，边像打陀螺一般绕着办公桌转动女主角的身体足足一分多钟，完全抛弃了由他本人参与发明的"正反打"组合句法。这段拉伯雷式的表达或许启发了戈达尔在1961年导演的《女人就是女人》，两位恋人各自从书架上取来一堆书，一声不吭，拿书名互相对骂。

他们还看到了什么？那就在自由之外再加一项：创造力。"正反打"只是一种两人关系的基本图型结构，可以有各种自由变体。1948年上映的《红河》，最后义父找义子复仇这场戏，霍华德·霍克斯只动用了最基本的"正反打"，让约翰·韦恩面无表情一条直线从头走到尾，却拍得荡气回肠，撼人肺腑。义父托马斯·道森带着一队人马从远处赶来复仇。摄影机隔着一大群牛一动不动对着来者，待他们稍稍靠近后小幅左移，

波浪没有秘密只有表面，

前后相继，

各不相同

将他们保持于画面中心。义父直身下马，离开随从孤身向前。这是第一道波浪。镜头跳回大全景，托马斯·道森的身影也跟着跳远，身前又出现一大群牛，是他的牛，与义子马修和助手老格鲁特一起培育西部荒野十四年的收获，也是父子之争的全部缘由。现在，义子马修已经成功将它们全部高价脱手，为义父挣了大钱，义父却不为所动，仍执意要为当初打掉他行凶手枪的那一枪复仇。随着牛群缓缓散开，像是受了托马斯·道森简洁的身形和步履感召，配着节奏明确的音乐，他那些马背上的随从也以相同的速度跟着他向前移动。摄影机再次像刚才那样，随着托马斯·道森步步逼近而小幅左移，让他和他的随从保持在画面中心。托马斯·道森目不旁视大步向前。摄影机从刚才小幅左移平滑过渡，开始以与托马斯·道森步伐相同的速度跟着后撤。这是一个出人意料但极其连贯流畅的运动，像接连而至的两股波浪合成一股大浪打向观众；仿佛，不是摄影机在后撤，而是空间和观众被这男人的冷酷痛击，不得不跟着后撤（见我在上一篇分析的《蝴蝶梦》语句的变体）。托马斯·道森无视横在面前的牛群、牛群后的摄影机、摄影机后的义子和他的帮手以及对面的观众，仍是面无表情稳步前行；音乐也忠实地配合着他攻城略地的强劲节奏，让复仇变得无可阻挡。在这道波浪的高潮点，镜头反打，给了他义子马修的快枪手同伴和买牛的老头。快枪手边装子弹边看着来势汹汹的托马斯·道森，音乐在他与老头的简短对话中稍作停顿。接着是第三道波浪，托马斯·道森重新被打回大全景：他越过牛群，远远走在一片空地上。他与观众的距离，他与复仇的距离，与他刚下马时一样遥远，仿佛他刚才的全部的努力只是徒劳之举。但他的身姿没有改变，步伐的节奏没有改变，神情和目光的朝向没有改变，于是音乐又起，再次追上他复仇的脚步。快枪手走上前去跟他打招呼。托马斯·道森听而不闻视而不见，继续以同一步幅迈向前方。快枪手在他身后警告："道森先生我只说最后一遍。"未等对方话音落，已来到摄影机前面的托马斯·道森突然转

《后窗》发明了一种世界的内部的观看视野，电影视野：

退回黑暗内部，我们开始观看并剪辑世界

身开枪，对方倒地，托马斯·道森也中了枪，音乐跟着一声尖叫，但镜头并未中断，托马斯·道森一手捂住受伤的腰部，稍有趔趄又转身前行，音乐继续给出有力的节奏，摄影机也像刚开始那样再次被迫步步后退。摄影机在托马斯·道森砸来第三道波浪后已无可后撤，这才任其趔趄出画，然后掉头反打，一动不动看着他轻晃着，朝远景中的仇人，义子马修走去。

在一道接一道的影像的波浪运动中，霍华德·霍克斯让不可理喻的仇恨变得结实可观，成为道义甚至正义本身。在一位伟大导演的镜头下，演员不用任何表演就会散发出星光。约翰·韦恩只需要收起全部表情直愣愣向前走，一遍一遍再一遍，便可彻底征服观众。因为影像的波浪已经替他完成了全部表达。类似的影像运动更接近意大利现实主义，在美国电影，不论之前还是之后，都难得一见。倒是那个流畅又富于变化的由静而摇、由摇而退的轨道运动句法，在十多年后安东尼奥尼的情感危机三部曲里有更简洁优雅的借用，不过那是一道长长的孤立的波纹，而不是由此展开前后相继的三重巨浪。

回头来看一下希区柯克在这一时期的变化。《蝴蝶梦》与次年上映的《公民凯恩》一样，代表了好莱坞影像语言的巅峰，但同时也是边界。希区柯克能在好莱坞得宠，获得继续在自己导演的电影中打上自己风格标记的许可，在于他知道应该从**边界**回撤，而奥逊·威尔斯却无法控制

电影的勇气: 从任何一个缝隙推进去, 进入黑洞, 打开另一重光体世界

自己继续前行。《蝴蝶梦》是希区柯克和好莱坞著名制片塞尔兹尼克合作的第一部电影。两人边合作边冲突, 十年后反目成仇。之后, 希区柯克成立了自己的制片公司, 于是有了《绳索》(1948) 这样采用一镜到底的极端拍法的电影, 但票房口碑很不理想; 而《后窗》(1954) 这样由大电影公司控制制作的电影, 却让希区柯克再次获得巨大成功。不过, 这部电影的突破不在影像语言, 而是它为电影发明了一种电影视野, 以与我们观看电影的视野做有趣的互相投射: 退回黑暗, 世界只剩下电影。

在室内两人空间关系的处理上, 尽管不像同时期好莱坞导演那样简单乏味, 但与他之前在这方面的探索相比, 可谓了无新意。这并不意味着他认为人物空间关系的语言可能性已经穷尽, 或是他作为导演失去了在这方面寻找新的语言的才能。他只是在妥协之道上找到了适合自己追逐的新目标: 关于观看的精神心理学。1960 年上映的《精神病患者》(也是一部他自己任制片的电影) 的那个惊人的开头说明, 只要希区柯克执意想要, 他总是能发明新的人物空间关系的呈现方式。除了希区柯克, 也许再没有第二人, 会将镜头从百叶窗底下的缝隙推进室内, 打开一对情侣的床前关系 (这个出人意料的镜头应该也启发了安东尼奥尼的《职业: 记者》结尾的处理)。男的半裸站着, 女的着蕾丝内衣躺着, 床头有餐盘, 应该是临时订房。男的坐下来, 镜头跟着缓缓下沉, 观众几乎感觉不到镜头的运动。两人一起往镜头方向缓缓躺倒，镜头跟着稍稍后撤又流畅地从两人头部向腿部滑行。摄影机安于一侧没有换位，通过恋人间身体的翻转完成"正反打"，然后以微幅起伏紧随恋人身体的起伏，充满迷人的变化又保持了影像的流畅。两人缠绵良久，女主角突然昂首向床尾起身，摄影机几乎看不出切换痕迹，跟着大幅快速紧追其后，划出一道弧线，紧接着，又从床尾绕到对面床头（镜子前，之后这面从不出现的镜子将会参与丰富两人空间关系），将两人在画面中的左右关系颠倒过来。人物与摄影机的共同运动构造出一个令人迷惑的具有拓扑意味的两人空间……这组镜头或许没同时期安东尼奥尼的情感危机三部曲中塑造的两人空间那般精致，那般神秘莫测，但其变化之丰富，已是一部类型片能触碰的极限。在这个开头之后，接下去还有大量双人戏，除了一些特殊的段落，大部分情况下希区柯克都处理得相当简明，采用了普通的正反合组组合句法。在经历与塞尔兹尼克十年痛苦合作，和更加令人痛苦的个人制片公司经营失败之后，希区柯克变得更乖了。但这个《精神病患者》开头的两人戏必须做得与众不同，它需要传递不安的预感，更重要的是，要以最动人的语句给出爱情最动人的面目。如果没有这样的动人面目，女主角偷钱与男友私奔的冲动便失去了说服力。

"二战"之后，欧洲电影迎来了自己的黄金时期。面对世界和精神的双重废墟，一向崇尚影像语言探索的欧洲电影人以一部又一部风格迥异的杰作告诉美国人，没有制作和虚构故事，作为影像艺术的电影可以是什么样的。

1951 年，布列松在《乡村牧师日记》中拍了一段超常的、长达十分钟的两人室内对话戏。这是一场漫长艰辛的释冰之战。伯爵夫人经历丧子之痛和丈夫不忠，对人对神满怀怨念，将自己彻底封锁于对死去儿子的幻影之爱。年轻的牧师要她放弃，连同自己一齐交给上帝。她决绝地对抗：如果这个或某个世界有一个地方是上帝管不到的，哪怕每秒都得

布列松发明了珍贵的俯角：
我们通过俯视倾听者获得自信

经受死亡直到永远，我也会带我的儿子去那里，然后我会对上帝说：听
凭你来毁灭我们。牧师告诉她，这不算什么，我们甚至将神钉上过十字架。
她那样只会永远地失去她的儿子，她必须放开他，让神之国降临。她将
在那里与儿子重逢。她将在对上帝的爱中重新找回对儿子的爱。镜头从
伯爵夫人拨动壁炉火苗的特写开始，到她下跪接受牧师祝福结束。

　　布列松在这里使用了一些最基本的"正反打"句法，区别流俗之
处在于，他在其中融入了表现主义的反射手法，和希区柯克在《蝴蝶梦》
中运用过的人物高低位表达，将精神空间与物理空间完美糅合在一起。
好莱坞习惯于把镜头分成主观与客观两种类型。这意味着不论人物的目
光还是摄影机的朝向都应当功能清晰，目标明确，界限分明；这同时也
意味着，影像中的精神空间与物理空间将彼此割裂。这显然是电影资本
追求生产效率和票房的结果。在两人关系中，这样的划分意味着，正反

合中的正反就是人物双方目光的代入，当其中一个人朝另外一个方向看的时候，就是要把另外一个方向的空间引入画面。当一个人对另一个人充满欲望的时候，她或他的眼睛就会对镜头（微偏）进行挑逗。一旦到了合，就是第三方客观镜头，是要让观众及时了解两人关系的当下状况。人眼或是电影眼都只是功能化部件，没有凝视，没有出神，没有断裂，没有插入，没有无意义的时刻或等待意义自行降临的时刻。而欧洲却一直是另外一个传统，人眼与电影眼及其眼光所及，从来都在多重反射中相互缠绕难分彼此。如果以好莱坞三镜头法则去测量一下安东尼奥尼的电影，你会发现它们总是有太多的镜头缺失，太多的主客难辨，太多的跳轴错误，太多的无由来的视角，以及更多的不知所云。我们先回到《乡村牧师日记》：

伯爵夫人和牧师，双方的身份地位、年龄、身体、声音和精神状况充满了倾斜，两人的交流与交锋也因之充满起伏与停顿。影像语言理当呈现与之相应的曲折与微妙才会具备说服力。如果只是用僵硬的好莱坞三镜头法来拍，自然可以把基本情况讲清楚，但会让这场戏变得单调乏味，而且很容易变成充满敌对意味的谈判，而不是精神的耐心训导，也就是说，语言自身透露的哲学会反对语言试图描绘的精神运动的内部哲学。而这正是好莱坞式电影的通病。我们不断看到，某部好莱坞电影在用极其华丽的运动句法描绘一群被生活折磨得面目全非的人，或用的是墨守成规的陈腐句法，却试图向观众传递反叛与自由精神。

一切都处于流变之中，布列松面临的工作是不确定的。他需要时刻紧随两人的身体与精神动向，让摄影机随时跟上其运动，也需要不时远离他们，在相对宽裕的空间里重新辨认他们各自的表达。他需要守株待兔，耐心等待人物做出决断，推动自己的身体进入新的空间关系，也需要积极进取，主动用摄影机来改变人物的空间关系，或借用人物与摄影机的双重运动来捕获转瞬即逝的精神迹象。他还需要考虑如何恰当地利用声音蒙太奇关系来拓展这里的物理与精神空间，让这场交流富于呼吸感和穿透力。

　　牧师去找伯爵夫人。前一天她女儿找到他，表达了对父亲的淫乱和母亲的冷漠的怨恨。牧师担心她会自杀。伯爵夫人坐着拨动壁炉的柴火，有些刺耳的刮擦声。我们要到后面才知道这刮擦声是从窗外传进来的，但布列松把它和伯爵夫人拨火的动作合在了一起。伯爵夫人的声量很大，冷淡又生硬，她认为自己女儿不会自杀，"她很怕死"。摄影机缓缓后撤，坐在边上的牧师出现在前景，高出伯爵夫人，并占据了画面主体部分。他低头看地面，声音平缓，提醒伯爵夫人她女儿是有可能那样做的。伯爵夫人态度傲慢，不屑地问牧师："你害怕死亡吗？"牧师沉思良久，回答了是。伯爵夫人站起来，靠着壁炉台，她仍处于后景，但变成高位。牧师告诉伯爵夫人，即便如此他仍比她更无惧死亡。窗外传来仆人用铁耙子刨地的嘎嘎声。摄影机置于窗外，屋内全景，伯爵夫人走到窗前关窗，但窗弹了回去，留下一道缝隙，外头刨地的声音变得轻微，但屋里仍能听到。这条缝隙是伯爵夫人精神状态的一个投射：她并没有像她看上去或听上去那么决绝，不然她应该会把窗户一下关死。这个通过人物运动调度完成的"正反打"，改变了两人的影像地位：伯爵夫人处于前景并且高位。她的声音依然骄傲，无视牧师的精神入侵。摄影机跟着她的背景，到壁炉上方的镜子前面，她在这里形成自我的镜像正反关系，与世界隔绝开来。壁炉台面上放着许多她死去孩子的相框，因而事实上，伯爵夫人的自我镜像关系中最坚实的部分主要地由这孩子的影像在支撑，她从镜子中看到的不只是她自己，而是她和她的孩子——她的全部精神寄托——在一起。每当她站到壁炉前面，她就会变得咄咄逼人，充满战斗力。她慢慢向牧师转过身来，通过质疑丈夫质疑世界："在忍受了这么多年数不清的不忠和荒唐的羞辱之后，现在，我一个老太太，倒应该在乎那些我早已安之若素的一切吗？睁开眼睛，掀起战争，寻找机会，为了什么呢？"镜头顺从了她的意志，听任她冷冰冰地释放控诉，画面中只有她的正面与镜中半身背面。然后是一个给牧师的反打，他接受高位的伯爵夫人的俯视，细心听着，既不淡定，也没有不安，只是专注地听，完全无意于两人的高低关系。也就是说，他以自己的宗教专注，让伯爵夫人的物理高位只停留于物理高位，没有机会转换成为精神高位。牧师从头到尾基本就是这种状态。这种令人着迷的气质是罗西里尼气质：一切都在那里，不回顾不期待，不做判断，只专注于当下的现象世界。相比之下，罗西里尼更刚勇，布列松更诗意。牧师的身体状况越糟糕，这种气质便越强烈地溢出。他静静听着，直到伯爵夫人说："难道我应该在乎我女儿的骄傲更甚于我自己吗？就让她去忍受我忍受过的吧。"年轻的牧师惊觉地叫道："夫人，小心！"伯爵夫人冷冷反问："小心谁？你吗也许？"就逐客了。牧师闭了一下眼睛，站起来，没看伯爵夫人，往门口走。他决定放弃。外面的刨地声再次传来。伯爵夫人送牧师到门口，质问他："我做错了什么？"牧师说："你把一个孩子赶出了自家门。"伯爵夫人将此归咎于丈夫的意愿，并且他相信女儿会回来。牧师追问她是不是相信。她微微低头说："不。""上帝会击碎你。"牧师说。"击碎我？他已经击碎我了。"伯爵夫人边说边转过头去，看壁炉台上儿子的照片。镜头跟着她的头部左摇，然后又跟回来。就像是被重新注入了一股巨大的能量，她从虚弱中挣脱出来，一时又充满了斗志。她昂起头，以强硬的口气回应："不，上帝已经从我这儿夺走了孩子，他还能对我再做什么？我不再怕他了。"牧师告诉她："上帝只是带走他一会儿，但你心中的冷酷将把自己的儿子永远隔绝在外。"伯爵夫人全力抵挡着这强力击打："你是说我儿子会恨我？这是疯狂，纯粹的疯狂。"这长长一段门边对话戏，只有简单的"正反打"，但由于一直紧扣着脸部特写，反而突显了两人间精神交锋的密度与强度。牧师的身体不再支持他的精神。在一阵更轻弱的牧师自己的日记旁白中，镜头缓缓靠近牧师的脸，他陷入短暂的谵妄。伯爵夫人露出她关窗时的那条柔软的精神的缝隙，请牧师重新回到座位，让他恢复体力。在近景的"合"中，两人回到原先的空间关系。老太太仍继续借着影像的俯仰关系展开攻击式辩解，关于爱：没有什么能将她与她深爱的孩子分开。爱比死亡强大，你的经文中就这么说的。牧师说我们人类不发明爱，它有自己的秩序与法则。上帝并非爱的主宰，他就是爱本身。如果你愿意爱，那就不要将自己置于爱无法到达的地方。伯爵夫人无法忍受牧师像对罪犯一样对她说话，她向壁炉台背过身去，继续从她与死去孩子的共同映像中获取能量。牧师没有回答，她与她丈夫与她女儿三人谁对谁错，只是说："我们深藏的错误会毒害他人呼吸的空气。"他要求她："放弃自己，打开心灵。"伯爵夫人继续抵抗："我已经放弃太多，非要让我承认我恨上帝你又能得到什么？"摄影机稍俯，缓缓推近牧师的脸，他虚弱地喘着气。这个镜头的机位像伯爵夫人的视角代入，但推近方式又像出于电影眼自己的意志，也就是说，无法分辨其主观还是客观："现在你并不恨他，最低限度你正和他面对面。"外面刨地的声音从窗缝透进来。伯爵夫人放弃了，从镜子前转过身来，重新在沙发坐下；借着对罪的概念的澄清，牧师起身，让伯爵夫人跟着他祈祷"让神的国降临"。俯仰关系颠倒过来。伯爵夫人再次犹豫，仿佛神之国就要第二次夺走她的孩子。牧师说，她希冀降临的神之国，既是她的，也是她儿子的。于是伯爵夫人祈祷："让神的国降临。"长时间的静默，窗外再次传来铁耙子刨地的声响（这迷人的杂音每次出现都像是要把观众带至物理与精神的双重缝隙，透过它们，我们看到伯爵夫人内心的坚冰在消融，对外部世界的感知力在恢复）。摄影机掉转过来，她女儿在窗口偷听，仆人在远处刨地。伯爵夫人手握儿子肖像按在胸前，说，一小时前，我生活似乎一切井然有序，现在什么都坍塌了。牧师要她把一切如其所是交给上帝。伯爵夫人说，她并不那么温顺，她身上仍留着骄傲。牧师说那么将骄傲连同其他一切都一齐交给上帝。她抬头看了一眼牧师，又低头看手心的儿子肖像，一把扯下，扔进了壁炉。牧师顺应自己本能跪下身去，徒手从火中拿开两块木头，又用手指拨出了那个挂件。动作毫无怯意，但并不鲁莽夸张。牧师也因这个挽救行动而重新处于低位，这是充满尊严和怜悯的低位。两人一前一后，一跪一坐。伯爵夫人被驯服。她请求牧师原谅。她已经获得平静，可以接受祝福。"已发生的已发生，我没有办法。"她从沙发下来，双手捧脸蹲下身去。牧师站起来。摄影机跟着在音乐中抬升，推近牧师入神虚空的脸，然后又跟着他举起的右手，缓缓下降。它在伯爵夫人头顶画了十字。

在众多欧洲电影大师中，布列松或许是一位最不乐意动用演员表演，同时回避电影制作的导演。他善于利用**局部**和**空缺**来扩展影像的想象空间，形成自己的独特风格；而在需要他主动出击的时候，他也同样有能力以娴熟精准的语言，去解决他想要解决的问题。这段奇特的双人戏便是一场积极改造利用流俗"正反打"、展示黑格尔式精神螺旋运动的典范。

欧洲导演们的空间探索从未止步。1954 年的《意大利之旅》，罗西里尼进一步示范了如何利用"正反打"包含的基本空间与精神逻辑，演化出丰富多变的正反句法：平列、圆弧、俯仰、螺旋、镜像、太极。一个三分钟的"正反打"超级复合体，提示存在于人与神、人与历史之间的多重反射关系。从 1960 年至 1964 年，安东尼奥尼连续执导了三部黑白片《奇遇》《夜》《蚀》和一部彩色片《红色沙漠》。单就人物空间关系的塑造而言，安东尼奥尼在这四部电影里展露了他神秘的平衡天才。他借助摄影机运动、人物调度、前后景更迭，尤其是各种"形"与"形"之间的映射与组接，对"正反打"语汇进行了大幅删减与变形，让人一时难以辨别。在动荡如流体一般的双人空间关系中，摄影机无惧一切随机变化，紧贴着流动的空间与人形表面，即兴地做出准确的判断。仿佛，他的摄影机就是那些被工业毁坏的人类神经本身。

上世纪五六十年代是法国新浪潮时期。我们无法在这里过多讨论新浪潮电影中的人物空间关系。几乎所有新浪潮导演都无视电影前辈探索了近半个世纪的一整套"正反打"语法及其各种变体，将大部分注意力放置在摄影机与创作者关联的这一侧，而不是摄影机与被拍摄物的那一侧，也就是人物与空间那一侧。新浪潮的创作者，主要地，导演，他们的个人倾向决定了电影的主导语汇与风格。侯麦的摄影机永远懒洋洋停留在喋喋不休的人物外围，特里弗的电影永远无法让观众记起他对于人物空间探索有什么特殊的兴趣，就像观众永远都记不起他的电影有什么明确的风格，而戈达尔的电影，故事、人物、空间、声音，一切都碎裂开来，一切都需要在强大的戈达尔摄影机和戈达尔剪辑台上重新糅合成为全新的声画序列。关于戈达尔影像的一切，我们还是慢慢来对付吧。

有一个例外，也许是唯一的例外，是 1959 年上映的夏布罗尔的《表兄弟》。两个巴黎男人威逼一位巴黎姑娘，将她从外省表弟身边拉回到巴黎人怀中。女孩陷身低矮的躺椅，两个男人一先一后，与摄影机一起从躺椅的左右两侧轮番向她发起进攻（如果男人从右边靠近，摄影机就从左面靠近，男人在左边向女孩俯下身去，摄影机就在右边压向她的身体）。审视、压迫，从近镜迫近至特写，退回，然后再迫近。男人不时起身，为女孩分析她若与外省表弟结合的可怕将来，摄影机也不时跟着抬高，像只哈巴狗一样跟着他来回移动的身体来回摇动，以示男人作为此空间主人的绝对掌控力。女孩则始终处于被俯拍的地位，无从反抗。给第一个男人的是相对舒缓的运动镜头，在压迫女孩时还最低限度保持了巴黎男人的优雅。第二个男人是个无赖，他急匆匆而至，以短促的影像句法对女孩进行更直白的侵犯。最终，他不顾巴黎姑娘的反感，无赖地摸了她的手臂和头。在一个毫无态度的圆弧运动之后，他拉起她的手，让它贴上第一个巴黎男人的脖子。她陷入男人的丛林，她回到了凶残的巴黎男人的怀抱。

从两侧撕咬一个女人

暴力瞬间的小步舞

这时期的欧洲电影势头强劲,新现实新表现新浪潮,众多受人爱戴至今的伟大导演,带着团队创造出一部又一部伟大的电影。尽管就语言探索而言好莱坞一直在走下坡路,但有一点没有变:好莱坞一直是世界电影的生产中心,仍有能量让观众相信好莱坞神话:制作可以完全替代创造,并维持美国电影一贯的繁华。

马丁·斯科塞斯是一个典型的好莱坞电影体制下的分裂导演。他看清了好莱坞电影工业的全部优势与弊端,但并没有像希区柯克那样找到一条既能避免与体制对抗又能获许在自己导演的电影上张贴个人风格标签的道路,他也不像霍华德·霍克斯那样甘愿游走于各种类型电影,以求得相对自由的创作空间,他只依托于一种类型电影:暴力电影。大部分时间里,他是个靠华丽的运动镜头和高密度旁白加歌剧片段来哗众取宠的花花公子,不过不时地,他也反叛。因而,他执导的电影是怪胎电影。一旦进入暴力场景,他便是天才,一旦离开适合展示运动镜头的大场面,进入明星统治的两人空间关系,他就是个平庸之辈,只会让人坐着或站着从头至尾干巴巴地来回给"正反打"。他导演的《出租车司机》便是这样一部怪里怪气的电影。

一个出租车司机鼓足勇气走进总统候选人拉票办公室,去跟自己觊觎多时的漂亮姑娘说话,这是爱情。这样的爱情是无法用一个滑轨加一长串规矩工整的"正反打"来传递给观众的。马丁·斯科塞斯还加了一只俯拍的罗伯特·德尼罗的手,在女孩面前划出一道弧线,很漂亮,但只是一个小花招,一个小装饰(如果我们仔细看,这只手的运动前后接不上,应该还是后来补拍的)。出租车司机与众不同的爱欲只能以与众不同的影像语言来表达,马丁·斯科塞斯却只有流俗的好莱坞三镜头法。接下去两人在咖啡店见面,斜侧相对而坐,一段更长更呆板的"正反打"。出租车司机与小雏妓那场快餐店的戏,还是两人斜侧相对而坐,还是一个"正反打"加另一个"正反打"。两人从头至尾都一动不动死坐在自己的座位上。

这些戏看上去并不那么乏味。男女主角罗伯特·德尼罗和朱迪·福斯特演技出众，女配角也非常善于以玉女色相挑逗观众。这也是好莱坞电影的长项，事实上就是制造电影票房长项。大部分观众只在乎故事和表演，根本不在意你的影像语言如何。于是，影像的表演完全让渡于演员的表演，并有效地让观众忽略了语言的贫乏。

贫乏是一种传统，一种体制的传统。因而生机，只能出现在体制无法插手的地方。最后那场枪战，妓院走廊照度之低根本不够好莱坞电影的最低标准，空间之小、运动之迅捷完全没有给出华丽的运动镜头和像样的"正反打"的余地，而这场戏分量之重又让再蛮横的电影公司也难以割舍，于是电影体制对影像的管制彻底退出，导演的天才得以淋漓尽致地展示。整场戏，哪怕只有一个罗伯特·德尼罗枪指妓院守门人、在满屋血腥中踩着小步舞缓缓退上楼梯口一个镜头，也足以惊世骇俗。

但暴力电影是一条死胡同，在不忍直视之处，观众会掉过头去。如果马丁·斯科塞斯不愿死在死胡同里，他就必须投降。向魔法电影创始人梅里爱致敬的《雨果》便是一面降旗。只有投降才能帮他赢得大奖。

作为影像艺术，美国电影提前死亡。欧洲人仍在继续探索，继续突破，直至上世纪七十年代结束。1969 年上映的《该诅咒的人》，维斯康蒂只用了两个房间，三个角色，两场戏，便说清楚了纳粹时期整个德国社会的欲望运动、权力争斗和资源掠夺的惨烈状况。用小小的卧室戏来书写大历史，这才是大师该有的风范。

纳粹需要钱需要钢铁，它必须锁定这两样东西目前的拥有者，找出这个族群机体的致命弱点，不断给予打击，以瓦解其内部凝合力，同时从中选择并培育一名自己的代理人，为他注入能量，最终彻底侵吞其财富。如果它瞄准的正好是一个家族，便会在父女、情侣与母子之间制造惊心动魄的背叛与杀戮。

欲望的致命形状:

对称的溢出 1

　　刚被谋害不久的钢铁大王的女儿索菲坐在卧榻上，面对镜头占据前景，房间深处，弗瑞奇坐在椅子上，同样面对镜头。他在说话，对着索菲的后背说话。索菲是钢铁大王的最大继承人，但并不是唯一继承人。她的肉体资源和她的钢铁资源一样可观，不过需要争取。弗瑞奇应当通过占有她的肉体来占有她家族的姓氏，才能最终成为这个德国钢铁巨头的大股东。这是一个耐人寻味的开场。两人目标一致，但暂时，相距遥远，索菲只给了自己的情人一个冷冰冰的后背。她需要从弗瑞奇那里看到一样东西——野心。弗瑞奇对于目前自己所处的人际局势给出了解析，家族中的纳粹表亲表示愿意站在他这一边，并奉劝他及时把握住机会。弗瑞奇边说边起身向前，但并没有走向索菲，而是走向了右侧窗前，因为他还没有展露索菲需要的野心。镜头很快追上他，给了他一个近景，与开始时给索菲的景别一样。通过这一调度，两人目前处在同一平面，弗瑞奇现在是侧着身子跟索菲说话，人物的地位的平等需要影像地位的平等。当弗瑞奇说出"机会"两个字的时候，他那张野心家的面孔在光阴交替中趋近索菲。轻微的弦乐就在这时候响起。索菲再次出现在画面中的时候已经斜倚卧榻，处于弗瑞奇下方。她还是不说话，但张着嘴。弗瑞奇没有俯下身去，而是走到了卧榻另一侧。"你明白那是什么意思吗？"他笑问道。索菲露出笑容，主动但缓慢优雅地将手臂伸给弗瑞奇。后者握住这只手，坐到她身边，吻它。来不及像好莱坞导演那样给出索菲视角的双人反打，弗瑞奇已经起身离开，他需要一个演说来宣告自己的野心和信心：不是任何其他人，而是"我将发布命令，我将做出决定"，然后手指索菲强调联盟意愿："你和我，索菲。"他说完回到了自己最开始坐着的位置，背对着摄影机，背对着索菲，并且站着。当他打乱两人之间原有的空间秩序，分析完局势，表露过野心，发表过同盟宣言，看到一开始背对着自己的女人已向自己转过身来，他便需要恢复原来的空间秩序，重新退隐于他刚才的后景地位，让女人主动越过他刚才越过的空间来靠近他，他需要在最初的物理空间关系中获得精神空间关系逆转的明证。女人也一直等待着这一逆转。索菲迅速起身，走上前去，搂住弗瑞奇的双肩亲他。

如果这场戏开头的那个运动是正，男人面对镜头走向背对着他的女人，这个运动就是反，女人背对着镜头走向背对着她的男人。弗瑞奇向后伸出双臂，搂住索菲的腰。"你要做出什么样的决定？"索菲问道。弗瑞奇转过身来。特写接吻。一个标准的过肩正打，接一个同景别的过肩反打。"继续继续，冲到极巅。"女人急促地发出一串长长的指令来刺激男人。两人紧紧相拥。再一次"正反打"，再一次展示两人各自的正面与背面关系。身体与身体，欲望与野心你来我往、离离合合，终于完成交融。短暂的合的镜头之后，便到了女人表达自己的行动力的时刻，她离开男人，走到妆镜前面。现在弗瑞奇再次对着索菲的后背，不过，这回多了一个索菲正面的镜中映像。她转过身来，抹着唇膏说出了对于儿子马丁的判决："把他当诱饵扔出去，这事我来处理。"镜头在她这惊人的表决中快速贴近她的脸，她将唇膏咬匀于紧闭的双唇，露出杀机……

如果我们撇开影像，只是把两个人当成两个欲望球体来看，便很容易看清楚这场戏中的欲望运动的线条、离合关系及其建筑结构。与此相对应的是另一个房间的另一场两人戏，成为这一欲望运动的反向运动，这一建筑结构的反向结构，或者说瓦解风暴：马丁是家族的笑柄，索菲以为可以轻松搞定，但纳粹看中的是他满身的怨恨，只要将这怨恨注入足够的能量，它就有无限的破坏力。"你给了他一切，所有本属于我的一切，我的工厂，我的钱，我的房子，一片接一片，甚至我的姓，还有你的爱。你是最坏的。"儿子马丁声泪俱下控诉自己的母亲。纳粹党为自己的棋子注入足够能量去摧毁他母亲，和附体于他母亲的野心家。

从来没有哪位导演敢于如此大胆直率地注视母子之间的黑暗空间。在这场惊心动魄的毁灭之战中，母子俩的主动与被动关系一次次反转，直至马丁边脱光自己的衣服边在纳粹气质的进行曲中宣告："我要毁灭你，

欲望的致命形状:
对称的溢出 2

母亲。"他撕下母亲的衣服，实施乱伦。小纳粹睡着了。索菲抚摸着他的脑袋，满脸泪水。身边这个怪胎是她的孩子，是她自己，也是她的时代。维斯康蒂在这一段落里比在上一段落采用了更多的"正反打"，但很少出现对称结构，而是一次次用影像的失衡与颠覆紧随母子间肉体与精神关系的一次次颠倒。在一些两人脸部同处一个画面的时刻，我们看到的不再是母子之间的影像关系，而是恋人之间表达爱欲的影像关系。维斯康蒂比我们所能想象的大胆更加大胆，比我们所能想象的直接更加直接。当摄影机弃绝一切窥视欲，直接注视它面前的一切时，罪恶便离开它定义的狭小意义空间，还原为令人感慨万千的奔腾不息的现象之流。

在这两场戏里，摄影机反复动荡于肉体与肉体，情欲、物欲与权欲的分合之间，让每一个影像运动都携带着与之相应的欲望运动。因而，在现象之流之下，还流淌着一条隐喻之河。它不构成伦理解释，而是构成新的直观，对不可见的精神运动的直观。

维斯康蒂拥有一种奇特的但丁式的融解力，让他能从容不迫游走于普通人急欲掩面而过的视觉禁忌，又不至像帕索里尼那样因过度渲染犯禁之乐而陷于迷狂。这种融解力源于创造者之于创造物的仆从般的奇特情意：他无时无刻不追随着自己的造物，热切地注视它的一举一动，但从不想要去干扰它的自由意志，尽管那只是他自己的虚拟物。1971 年上映的《威尼斯之死》呈现的是一幅爱与死、美与污的混合图景。电影眼接纳了作曲家阿申巴赫的一切，也接纳了他眼中那个男孩塔齐奥。

海边凉廊，长焦压缩景深，将纵深的廊柱压成平面，疏密有致的蓝灰色小方柱。歌剧咏叹。红色海魂背心少年塔齐奥边看着作曲家阿申巴赫，边在细长的小方柱间轻盈旋转。作曲家身不由己跟在后头。当少年与他相向而过，他微微抬起了右手，就像是一只美丽的蝴蝶从他身前飞过，他不由自主想要将它揽在手心。少年离去，作曲家不得不手扶廊柱才不至跌倒在地。他需要喘息，需要休息，镜头从远处边跟摇边推近这位体

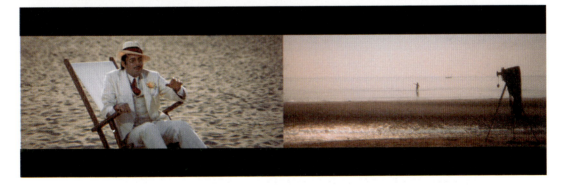

致命的美，

哦美，

在光中融解生命与死亡，

纯洁与污秽，

爱情与欲望，

真实与表演

面尽失的中年男人，陪伴着他在一排海滩休憩屋后面趔趄前行，直到他颓然靠住其中一间小屋，才跟着停下，耐心地等着他大口喘完气，然后再度，在咏叹尾部的弦乐声中缓缓推近他疲倦的身体。

霍乱流行的老巷深处，少年塔齐奥驻足，等作曲家现身。镜头越过霍乱时期烟雾迷漫的小巷，从远处推近少年，一个叉腰而立的侧身造型。大全景，家人在街巷另一侧喊叫少年，出人意料地忽然切入少年脸部大特写，缓缓转向镜头，舞台头像，致命的美。家人回来找少年，看到巷子深处，作曲家探出半个身子又仓皇闪退。

在清晨的海滩，以浓妆掩盖病容的作曲家将要死去。他歪倒在躺椅上，混合着染发剂的黑色汗液顺着抹了厚厚一层白粉的面颊滑下，他的目光追随着远处的少年，他正与同伴在海滩上翻滚。塔齐奥一次次被对方扑倒在地，作曲家看着有点着急，不住轻喊塔齐奥塔齐奥。塔齐奥被同伴掀翻在一架立式照相机下，作曲家几乎站立起来，但剧痛让他又落回到座椅。塔齐奥甩开同伴闷闷不乐走向大海，融入粼粼波光。作曲家双臂垂挂，一口一口咽着气，一条条黑色汗液冲花了他整张脸。远处，少年缓缓往海里走，前景是那架静立的照相机（电影眼隐喻）。少年停下，向镜头转过身来。昏然欲死的作曲家睁开眼睛，努力举起脑袋，露出微笑。少年转回身去，右手叉腰，伸直左臂缓缓抬高，指向大海与天空的连接处，用海神波塞冬的造型为将死的作曲家做最后的表演。作曲家挣扎着挺起半个身体，伸出手去，试图抓住逆光中少年细小的影子。少年继续走向大海，作曲家猝然死去。摄影机凝视着少年的美，仿佛这致命的美吸干了作曲家的整个躯体，直至只留下一堆残渣。摄影机也以同样的热忱凝视作曲家一点一点耗尽生命，走向死亡那张丑陋的面孔。它全力维护着这爱情的均衡：他有多么夺目我就有多狂热。

我必须来说一说伯格曼。1953年的《少女莫妮卡》中，伯格曼用两个景别、运动、光影结构都几乎完全一样的镜头，表达了欧洲导演难于

怨恨的节制形式

启齿的男人对于女人背叛的怨恨（除了戈达尔，不会有其他文明的欧洲导演会让背叛的女人直接去撞车死掉）。这两个镜头如果放在一起，就是一对"正反打"镜头，情感倾向截然相反但影像地位完全对等。一只男人的手往角子机里投入一个钢镚儿，一首欢快的乐曲，镜头跟着这个男人舞蹈的手掌右摇，带出一个女人的半身侧面，镜头慢慢推近这个女人，男人递烟的手入画，女人抽出一支含在嘴上，男人递火的手入画，女人没有点着烟，脸向男人凑近，男人含烟的半张脸入画，他用自己嘴上的烟点着女人嘴上的烟，女人朝男人喷出一口气，男人凌空做了一个刮鼻子的动作，女人仰回座椅，镜头持续向她的脸推近，她转过脸来看着摄影机，摄影机不急不慢，继续推近她的脸，至特写，四周渐渐暗下，只留下女人这张冷漠的脸。男人怀抱新生儿凑近街边一面镜子，低头看着镜中的孩子。镜头持续推近镜中男人至脸部特写。男人似乎觉察到了身后的摄影机在看着自己，或是看到自己在借路边镜子看孩子和自己，一个沉思的片刻，四周渐渐黑下，忧伤甜美的小提琴，一个突然觉醒的片刻。男人微微转头，注视自己的镜像，一张出神的男人的脸，一张渐渐叠入波光闪烁的大海的脸。这一正一反两个连续镜头，中间隔了整整十二分钟其他剧情。伯格曼的处理匪夷所思，却令人叫绝：这是怨恨，男人对女人的怨恨，但经过特写的转移与舞台化的抽离，经过漫长的十二分钟世俗生活影像的稀释，怨恨返回到怨恨的表面，成为两个看似各自孤立的无害表象。

1972 年上映的《呼喊与细语》是伯格曼导演的杰作，电影走到这里已经无可超越，也无需超越。伯格曼在这部电影里处理了四人关系，三姐妹和保姆安娜。局部地，他没有完全摒弃"正反打"，而是像维斯康蒂那样，将"正反打"泛化为正反关系，并将其揉入更复杂精微的影像运动与声音结构之中，使之不着痕迹。在这部电影里，两人关系需要在四人关系中得到定义，而四人关系，除了借助与弦乐四重奏的对位关系来编织，又在总体上对位于更简明的人声正反关系——呼喊与细语。伯格曼融合"正反打"、蒙太奇、音乐对位、反射、隐喻、摄影机运动等电影史最重要的技术手段来帮助自己抵达影像直觉的极限。没有正确的影像，唯有影像是正确的。《呼喊与细语》中的一切影像运动都不再有明确可界定的影像语法或电影法则。当爱森斯坦无法用他一贯的理性的方法论来说明他的剪辑阶段的蒙太奇生产的奥秘的时候，他提出了"泛音"。这时候，这位理性主义者事实上已经走向神秘的直觉。那么在丰富娴熟的影像技法之外，是什么让《呼喊与细语》不同于所有其他电影，也不同于伯格曼自己的其他所有电影？组织《呼喊与细语》的神秘"泛音"是什么？是**凝视**，意大利人的**凝视**，罗西里尼、维斯康蒂和但丁的**凝视**。有**凝视**才会有**涌动**，有**涌动**才会有**波浪**，有**波浪**才会有**诗**，才会有人世内在的音乐性，才会有对位与反射，才会要求召唤最精妙的语言，让影像以其自身内部动力说出它自己的话。

《呼喊与细语》中有两段影像，伯格曼处理得可谓绝对，但同时，自由。

姐姐艾格尼斯已经过世。大姐卡琳的丈夫来了。夫妻俩已很久没在一起。卡琳在吃饭时候故意打碎酒杯，并取走了一块碎玻璃。大特写的手，将一片带双 V 口的玻璃片放入银盘内。镜头跟着手抬起，至特写摘戒指。一个出人意料的近景，三页妆镜前两个女人与三个镜像连成一排。仆人安娜静立卡琳身后，注视着她的镜中映像。卡琳抬起头来，看到安娜在注视自己。两人通过镜子长久对视。"不要看我。"卡琳命令道。镜头迅速反打，两张女人的脸一前一后一实一虚。后面的安娜低下头去。卡琳刚摘珍珠项链，安娜又在后面缓缓抬起头来看着她。迅速扭转的卡琳侧面大特写："不要那样看我，你听到了吗？"突然飞速抬手，镜头同时飞速平移至挨了耳光后猛然弓起半身的安娜，并继续紧跟，惊恐中她慢慢向墙边退缩。卡琳更大的特写的斜侧脸，思量后抬眼："对不起。"特写反打墙前含泪的安娜，使劲摇了几下头。特写正打卡琳，两次欲言

伯格曼的残忍

多重审与多重剥

又止，然后加重了请求："原谅我。"反打安娜更剧烈地摇头后低下脑
袋。正打卡琳特写，思量，欲言又止，神色重新变得严肃："给我解衣！"
然后转身向右，去妆镜前。镜头跳轴，安娜从墙边上前，向左前行，摄
影机跟摇，卡琳特写的脸入画。两个女人一主一仆，再次正面一前一后
一实一虚，镜头稍作停留很快又出人意料地向纵深处推至后面仆人安娜
的脸至特写，安娜为卡琳解外衣。中景，侧拍，妆镜内外，五个人像再
次连成一排，安娜继续为主人解黑色晚礼服，然后白色内衬，然后白色
内衣，直至裸体，腹部深深的刀痕，切至半身近景，又很快退回全景，
一个静止的长镜头：卡琳裸身坐到凳子上，开始变形的中年身体，脑袋
上顶着一圈又高又圆的鬈盘，精致，突兀。安娜收起所有衣服出画，又
拿来睡衣入画，站到卡琳前面，安静地等她脱完丝袜，帮她穿上睡衣，
再披一件睡袍。卡琳坐下，等安娜来解发。特写，从安娜的脸下摇至卡
琳的脸，稍顿，顺着她的目光，沿她的手臂下摇并推近手，至大特写，
它轻轻拨动着银盘上的那块带双 V 口的玻璃片。一个特写的连续镜头，
一根辫子和安娜编辫子的手，顺着辫子摇向卡琳侧脸，"你可以走了。"
卡琳说着举起手里的玻璃片，安娜从后景过，略停，镜头如同波浪轻轻
拉开，给出两人关系，待她出画后又重新推近，卡琳拿手指试着玻璃锋刃，
并自语："除了一堆谎言什么也不是……"稍后，她将把这块碎玻璃片
刺进自己的生殖器，伪装生理期，以避免与丈夫做爱。

这段影像对话缺失，全景缺失。通常导演会选择用中景（再多用近景）
处理的运动，伯格曼用特写和大特写处理，因而，在声画的巨量空缺中，
运动影像以空前的能量爆炸开来。

艾格尼斯就要下葬，家里的财产已分割完毕。大姐卡琳和小妹玛丽
亚仍受困于各自隐疾，彼此隔绝。卡琳在红墙前发出大声尖叫。小妹玛
丽亚无法忍受这瘆人叫声，从自己房间冲向客厅，急欲逃离。卡琳叫住
玛丽亚。玛丽亚止步，转头。后景是她们共用的红色大客厅，一个充满

虚假交流氛围的世俗场所，更远处是艾格尼斯的房间，虚焦，但仍能看清门开着，白色的尸体躺在床上。镜头长时间注视这位生性淫荡的妹妹，眼中挂着泪水，听着姐姐画外的诉说："原谅我，也许你是对的，也许你只是想要更好地理解我。我亲爱的玛丽亚，原谅我，刚才我只是在胡言乱语。"玛丽亚掉过头去。卡琳必须把妹妹从世俗生活场景中，也从艾格尼斯死亡的阴影中拉出来，拉回到自己身边，于是继续从画外发出哀求："不，那也不是真的。玛丽亚，看着我。玛丽亚，看着我。"卡琳说到这里才举着双手入画，捧起了妹妹的脸。玛丽亚也哭着抚摸了姐姐的脸。巴赫的弦乐作为牵引的动机提前进入。卡琳搂着妹妹的双肩将她从客厅牵引到她刚才独自尖叫的红墙前坐下。巴赫的弦乐突起为前景，姐妹对话的语音退化为背景的喃喃细语。一个非同寻常的对着充满整个画面的两人侧面特写的往返平移替代"正反打"，波浪一般来回轻抚着这两张受痛苦煎熬的面孔。姐妹俩在这舒缓的弦乐与影像的波浪中露出笑容，不停地互相诉说，亲吻。镜头退回近景，姐妹俩仍在彼此抚摸、诉说。切回玛丽亚的斜侧面特写，带着姐姐卡琳的小半个侧脸，一个有欧洲绘画传统熏陶的电影导演才会给出的画面。继续无声诉说，继续彼此抚摸。接着一个反打，姐姐卡琳的斜侧面，前景带着玛丽亚的小半个侧脸。继续无声诉说，继续彼此抚摸。然后再次，像开头那样，对着充满整个画面的两人侧面特写往返平移。整组镜头以富于对称性的运动，平衡着姐妹间起伏不宁的情感关系。姐妹和解，镜头抬高，从一片红墙融入三姐妹的精神寄托，保姆安娜的脸部特写……影像纠缠着影像，影像推动着影像，影像融解着影像。电影在这里走到了自己的极限，语言的，诗性的。

上世纪七十年代之后，除了伯格曼、安东尼奥尼、戈达尔等几位巨匠偶尔有佳作问世，电影世界不再生产新的影像语言，但好莱坞的说服力却一如既往，影响着整个世界的电影表达，包括不由好莱坞发明却由好莱坞命名的"好莱坞三镜头法"。好莱坞三镜头法从来都不是一个单纯的影像句法问题，尤其在今天，它变成了或者说被虚构成为，能完美呼应平等与民主的美国式表达习俗的句法，一种政治正确的句法，一种体面的句法。我们或许还远没有创造出民主社会，但至少已经创造出了话语和影像中的民主社会。因而事实如何？或许无人理会，但并非不重要，事实是，好莱坞三镜头法已是被越来越强势的好莱坞电影明星制度胁迫并固化的句法，是在电影工业权力倾轧下和各方权力平衡的游戏中失去了一切变化可能的死亡句法。今天，这一死掉的句法，几乎成了全世界导演的拍摄本能，甚至包括像文德斯这样通常被认为乐于标新立异的导演。

1995 年，安东尼奥尼拍摄了以他的短篇小说为故事底本的《云上的日子》。因为中风不能说话，一直视他为偶像的文德斯成为执行导演。文德斯为此写了日记，像个小姑娘一样诉说自己期间遭受的种种委屈。天才之火必然要清算平庸。安东尼奥尼一次次否决他的提议，要把他的痕迹从自己的影像世界中清除出去。

该片的第一部分在安东尼奥尼的家乡费拉拉拍摄。薄雾中，一条长长的券门走廊，透过券门能看到外侧的细石子路。女主角从长廊深处骑车过来，男主角从左侧石子路开车过来。他们要因为问路而相遇，并相爱。文德斯发现安东尼奥尼只给女主角特写，没给男主角相应的特写。按三镜头法原则（尽管文德斯没这么说，但只有这个原则能支持他之后的建议），这里缺两个给男孩的反打，一个越肩近景，一个特写。由于给男孩的近景反打可以由给女孩的越肩近景正打中男孩转头的侧脸勉强替代，文德斯就建议安东尼奥尼补一个男主角的特写反打。尽管说不了话，安东尼奥尼以不耐烦的手势生硬地拒绝了他的建议。文德斯找安东尼奥尼的助手去劝说老人，可以先补上这个镜头，后期如果安东尼奥尼觉得不需要，可以不剪进去。老人以同样的方式再次拒绝。文德斯事后怪老人眼里只有女人，没有男人。这一年安东尼奥尼八十三岁，那个世界应当不只有他一人了解爱情来临之迅捷，但也许只有这位老人知道如何以影像之倾斜追上爱情之迅捷。女孩注视男孩的特写已经发出爱的信号，影像也必须在电光火石间木已成舟，再给一个男孩接受这信号的反打特写只能说明这不是爱情，只是对等交易，因为影像的交换将反射为情感的交易。安东尼奥尼非常清楚，没有双方在这里的影像上的失衡，之后两人在旅店餐厅再次相遇时，男孩屈身仰面欲吻的动作就会变得轻浮，变成一个蓄意之举，而不会是它现在的动人面目。他必须让男孩蒙受的影像的缺失变成观众观感的缺失，让他们暗中为男孩不平，并充满期待。唯有如此，男孩那个屈身欲吻的动作才会变成一个不由自主的舞蹈，仿佛女孩刚才在长廊尽头那特写的一瞥仍在他心里引起一波又一波潮汐。

人物空间的正反纠缠是物理纠缠也是精神纠缠。在影像世界里，人与人并非从一开始就如此纠缠，但无疑将一直纠缠下去，并不断演化其纠缠。

第 二 章

光 与 影

花纹、眩晕与凸起
——光影的面孔

好莱坞的小金人驱散了电影的魅影

地狱的图案

表现主义天然包含了装饰主义因子，哪种艺术形态的表现主义都是如此；或者说表现主义就是装饰主义，只要表现主义不再表达疯狂与绝望，不再勇于深入黑暗之心，去撕碎自我与世界。在狂乱炫目的线、形、色之中，总是能找到一片"卡夫卡甲虫"般的图案，美丽但凶险，那是它身下的地狱图的反射。但没有几个人愿意从那里挖向地狱，也没有几个人愿意看别人挖地狱。于是它开始一点点上升，从罗伯特·维内的**梦游者**两侧跃到茂瑙的**吸血鬼**身旁的墙面，又跳上希区柯克的**画家**的脸颊，多年后又变成了壮观的**群鸟**，没有人死于这些无辜的鸟群，但它们必须可观，还必须吓人。《变形记》的故事并没有就此结束，一不留神，那只卡夫卡甲虫已经变成斯坦·李那只满天飞舞人见人爱的大彩蛛，这才算是"将野蛮变成了嘉年华"。

在电影世界中，表现主义的泛化远比在绘画和文学领域要快得多，从它诞生的第一天起，就一刻不停地在向更具公众性的方向泛化，泛技术，泛风格，泛装饰，泛娱乐，因为电影工业和电影资本是这个世界的主宰。电影之为电影要与现实世界一样真实可信，这是票房的保证；电影之为电影还应当愉悦观众，这也是票房的保证。

表现主义电影的主要演化方向是两个：理性化与娱乐化。影像的理性化是谁也不能阻挡的，除了资本的要求，也是电影追求与世界一般完整的内在要求决定的；影像的娱乐化更不可避免，有时候会遇到剧组尤其是导演的抵抗，但无济于事，资本家给出的选择很简洁：要不你自己掏钱，要不你让观众替你还钱。总之，不能任由个人情感与价值倾向来决定一部电影的形态。在一百年时间里，不论中间如何反复，电影工业这一权力关系基本格局最终造就了一部不可逆转的达尔文主义电影史，它告诉我们一个事实: 漫威的大蜘蛛是卡夫卡的大甲虫的终极进化形式。这还是好莱坞最宽厚的说法。在美国的众多电影学院里, 很少有教授会去讨论蜘蛛形象中的表现主义基因, 更不乐意承认刘别谦、茂瑙、希区柯克、弗里茨·朗, 如何将当时最先进的电影语言, 从欧洲大陆带到了好莱坞。好莱坞认为美国电影史就是世界电影史, 而世界电影史就是几部奥斯卡最佳外语片史。

无论是欧洲人眼中的电影史还是好莱坞认可的电影史, 最为根本但从来秘而不宣的那部分其实都是电影工业体制的进化史, 它深植于电影史的叙事内部, 生成公理般的进化论历史视野, 左右人们关于电影艺术讨论的基本话语框架。这样的电影讨论对于个人影像写作者来说是有害的。他必须从自己身体内部清理电影体制已有的和将有的腐蚀, 才能真正开始他一个人的写作。那么他的营养来源在哪里呢? 主要地, 他还得回到电影中去寻找, 因为电影是我们最大的影像艺术库。为个人影像写作寻找语言来源, 一直是我讨论电影的出发点, 无论之前讨论空间关系, 还是在这里讨论光影形态, 都是如此。

这看上去是一个自相矛盾的行为, 至少是一个软弱的行为。我没办法在这一点上避免软弱和自相矛盾, 它就是我需要来处理的。我的处理方式的第一步是将一部电影从流俗的电影进化史及其暗含的历史视野和影像价值观中剥离出来, 单独就这一部电影的影像语言和影像形态而来谈论这一部电影创作的得失。认清预置于我们意识深处的电影观念是一方面, 关键是要在吸收电影营养的同时免受其束缚与腐蚀。安东尼奥尼创造力的衰退既不是因为他软弱了, 也不是因为他太孤单, 而是, 他最终被"进化论电影"诱惑并捕获了; 第二步, 则是将一部电影从**电影成品**的观念里剥离出来, 只把它当作一个影像序列来看待。当我们把一部电影当作一部电影来看, 它就是具有一定完成度的一件产品, 这个完成度是由电影工业生产体系来定义的, 不论我们从导演角度从编剧角度还是从表演角度从制作角度来讨论，都离不开产品**完成度**这一基本设定。九十分钟电影制度也由此而来，它不只是影院和院线放映制度，更主要的是九十分钟电影叙事体制。一旦我们不再在意这样的**完成度**，一部电影就变成了一段长长的影像，由许多小段小段影像构成，有些精彩有些糟糕，而无所谓其总体是否构成一个"完整的电影"。这样，影像写作者就将自己从**保证一部电影完整**的叙事体制里解放出来。

当我们讨论《野草莓》的时候，我们就说，一个老人通过回忆看到了自己的冷漠，在他而言这自然是一次救赎；在这个基础上，我们可能会继续讨论一下这部电影中出现的迷人幻象。我不打算这样来讨论电影。不论我的见解有多么独特，一旦开始这样的讨论，我就是在跟不可逆的电影进化史打交道，不是把读者带进软弱的回忆，就是把他们带进对于电影未来的期待，就好像漫威不是已经在今天终结了电影。这并不意味着我想要从自己的讨论中清除一切历史观，而只是清除流俗电影史观，将电影史还原成为影像史。一旦对电影做非工业体制的影像还原，那么，电影史叙事框架中的电影进化史正好就是一部影像的退化史，因为在电影的早期，电影体制和资本权力远不像现在这样全面操控电影创作的方方面面，电影比现在更多地展示了影像光体的自由侧面。那里有更多的"卡夫卡甲虫"需要我们细细观察它们的模样。

当我们如此重新观察表现主义电影泛化进程中出现的各种影像表达的时候，它们便独立为具有电影史超越性的语言晶体，而不再是向着**更高完成度**电影史演化进程中很快将被取代的短暂现象。就像刘别谦《杜巴里夫人》中那个身体与眼神的分离运动，在我的讨论中，主要不是一个在电影史幼年为找到更完善的"正反打"系列语句所做的有趣尝试，而是一朵独特的、可供个人影像写作者们学习和自由发挥的影像晶体。或是，在电影史的或某个地域的某个时期，由于体制的松懈，电影人的不懈探索最终迎来了影像语言的全新革命，它们是电影史进化进程中的

《卡里加里博士的小屋》是简陋的电影，是彻底的影像

逆流，像早期电影一样，蕴藏了丰富的可供影像写作者们学习的语言样本。如此，历史依然存在，演化的力量也依然将在历史中得到珍视，但不再在电影史框架内，而是在影像史进程中。当然，我不会放弃对**电影**和**电影史**进行批判，因为批判的目标仍是要将仍对**电影**和**电影史**抱有幻想的创作者引向"影像写作"。

花纹

那么什么是花纹？每一种花及其枝蔓都有其相应的情感反射力，这是人类对自身情感反复雕塑的结果，让玫瑰指向爱情，让玫瑰刺指向爱情的危险。由具有一定抽象度的花与花枝为基本单元构成的图形集合体称为花纹，通常它不再指向具体的情感和情感倾向，而是指向相对宽泛的情绪与精神。影像中的花纹由花与花枝图形集延伸而来，指的是具有一定密度、重复性与持续性的影像纹样，同时具有错乱感与装饰性，也就是说它既指向影像形态，也指向影像感受（这一点与眩晕、凸起一致）。正是花纹的错乱感与装饰性决定它能很快与影像家族的新成员**运动影像**融合，成为眩晕与凸起的底纹。这一工作主要由茂瑙、弗里茨·朗和希区柯克三个人来完成。花纹包含了叙事潜质，但最初并没有参与叙事。在这里，我将仅限于讨论花纹与装饰、衬托、缠绕、旋涡、眩晕、凸起相关的那一部分影像特性，而将其叙事功能放在下一篇中去讨论。

第一部大面积利用花纹的情绪和精神反射力来塑造空间氛围的电影是罗伯特·维内导演的《卡里加里博士的小屋》。这部电影是一个图案集合，除了人物由真人扮演，画面中绝大部分光、影、形是绘制的，画家甚至也将图案绘制到了人脸上。如果我们只将电影视为一个**影像序**

杀戮。

从花纹包裹的 S 形间歇中，

暴力获得加速度

列或是一个**图像集合**，那《卡里加里博士的小屋》便是一部最彻底的电影；但如果我们只能在电影工业体制的框架内讨论它，那它恐怕只算作是一部极其简陋原始的电影，至少，电影工业不喜欢由手工业来统治自己的地盘。

无视光影生成的合理性，无视空间与物形的现实逻辑，《卡里加里博士的小屋》里贴满了狂乱又好看的**墙纸**，尽管是静态的，但上面的花纹涂得如此繁密，像四处蠕动的不明生物，不断叠堆在观众视网膜上，造成了令人眩晕的运动叠影。因而，即使在这部最早的表现主义电影中，我们已经可以看到花纹拥有的潜质：眩晕。在某些时刻，当花纹拥有了倾向性明确的"形"，它便能从普通的底纹中挣脱，变成"卡夫卡甲虫"一般的凸起物。在凯撒刺杀雅娜那场戏中，我们可以看到凯撒的头部出现在两道画有锥形花纹的垂帘中间，这两个锥形花纹便是具有反射效果的凸起物。当凯撒前行，对着熟睡的雅娜举起尖刀，一时因美而犹豫，身体长时间静止，一个迷人的 S 形。这时候，后景那两道锥形花纹便又蜕变为举刀的凯撒这一更大的凸起物的底纹，不过依然保留了原有的反射效果。希区柯克在《讹诈》（1929）和《精神病患者》（1960）中挪用了这里的花纹与凸起。不过，他也对之进行了出色改造，让它们变得更醒目，更富刺激性。我将在后面讨论希区柯克的时候再来细读这里的具体状况。

《卡里加里博士的小屋》虽然很富装饰性，但并没有什么娱乐色彩。它的影像语言和它要讨论的问题是相称的：关于催眠与精神控制问题，铺展在一片错乱的花纹与古怪的舞蹈肢体中，混合美与凶险、癫痫与舞步、追踪与迷失、控制与崩溃。卡里加里博士就是那个牛头怪弥诺陶洛斯，想要找到真相并杀死牛头怪的勇士走进迷宫深处，发现弥诺陶洛斯已疯了，或者他一直就是疯的。缺少记忆之线引导的勇士无法走出迷宫，于是也一同陷入疯狂。在这块盛产体系哲学的战后的焦土上，这部图像集预言了十年后的德国法西斯危机。

朗与茂瑙

弗里茨·朗从罗伯特·维内那里接过了关于人心控制话题，并在自己电影生涯的不同时期对之进行持续的讨论。朗从《卡里加里博士的小屋》学到的主要不是影像形式，而是其提喻法和预言的勇气。在他的博士系列的第一部《赌徒马布斯》中，卡里加里博士变成了马布斯博士，前者画脸，后者易容，前者催眠了一个人，后者控制了所有他想要控制的人。《赌徒马布斯》以真实光影塑形，侧重影像的几何与建筑感，是

精神控制者的易容术
掌握了自己的脸就掌握了他人

之前的《三生记》影像风格的延续，同时又在各个局部增添了从《卡里加里博士的小屋》提纯而来的更具秩序感的花纹肌理。这种轮廓分明又不失丰富肌理的光影风格与朗关于**精神控制**的基本观念是契合的：严谨的理性与丰富的识见可以导向最骇人的疯狂。在这一点上，他显然比罗伯特·维内更准确地刺中了德国精神的关键病理。这远不只是对于新兴的弗洛伊德学说的反应，**精神控制**电影在德国出现并能得到观众共鸣，意味着它们确实触到了德国精神运动内部的黑暗面，黑暗到即使天才们反复以预言方式说出来，预先以影像事实展示出来，也无法阻止它最终彻底发作。这也意味着艺术预言即便能提供最鲜活的参照，也未必能成为未来的警示。不光当时纳粹讨厌朗这样的预言家，令他被迫逃到英国，又逃到美国，美国人同样不喜欢有人掘出他们的黑暗之心。

当晚辈戈达尔在拍《轻蔑》时见到朗，他已经是个接单拍片的导演，"一直受制于大制片，也许除了他刚出道的那段时间（《大都会》《M》），不过他又不愿意表现出受制于大制片的样子。对我而言，他是一个顺从的人，是好是坏并不重要，事实表明，像他这样有才华的天才导演也要向大制片妥协，没有反抗，这一点令我很感动也很尊敬。假如他真的很独立的话，他应该会以另一种方式处理他拍过的片子才对。"戈达尔的话很刻薄，确实，他在《轻蔑》之后的电影之路"表明"他对电影体制的反抗远比朗走得深远，他可以凭着对于尚未降临的未来之信心来这样刻薄地谈论一位值得他"尊敬"的天才，但当戈达尔到了朗参加《轻蔑》剧组的年纪，他也在蓬皮杜落下了苦涩的泪水。朗在好莱坞拍的电影品质确实远不如《马布斯博士的遗嘱》以前的电影，他也注定会在好莱坞失意，也注定会受制于人，只要他还像戈达尔那样热爱着电影，尽管如此，《你只活一次》《狂怒》《大内幕》《人之欲》这些片子依然坚持在好莱坞讨论人心黑暗面这一好莱坞最不喜欢的话题，并且不再像他在德国那样用隐喻的方式，而是直接面对并处理时代现实，在影像语法上

朗的影像研究:

绝对理性结构中的绝对疯狂

也依然保持了很高的水准。戈达尔之所以在如此刻薄的表达中仍不忘表达对朗的敬意，不只是他拍过很多了不起的电影，更主要的，恐怕是在这部被他认为是"败笔"的《轻蔑》的摄制过程中，他也经历了朗那种被制片人和大明星控制的痛苦。

与朗导演同时期的茂瑙走了另外一条路。他的光影表达更加狂乱动荡，花纹的形态更加丰富，其编织法也更为复杂。令人不解的是，这位表现主义电影大师虽然师承罗伯特·维内，却喜欢为自己导演的每个电影都安上一个光明的结尾。无论如何，大众喜欢这样。好莱坞最喜欢的就是"大众喜欢"。和朗不一样，茂瑙的好莱坞之旅极其成功。《日

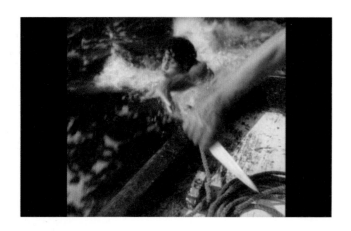

电影老人割断了茂瑙的生命之绳。
他并非那个理应如此的人

出》得到了 1927 年的三个奥斯卡奖项，而不是最佳外语片奖，他已是好莱坞的一员。一位天才将他之前积累的当时电影最尖端的影像语言和影像技术用于《日出》这样一部提倡家庭伦理回归的电影，并且有一个大团圆结局，赢得好莱坞喝彩是件很自然的事情。这很容易让人联想到之后希区柯克的好莱坞之路。但茂瑙缺少希区柯克那种英国人的世俗气质，因而，他拍摄的几部电影都存在着语言与主题，或者说，影像与电影之间的分裂。我们可以说希区柯克是一只讨人喜欢的大花瓶，一位完美融合了技术与娱乐的虚无主义者，但他并不分裂。茂瑙在《日出》大获成功之后，得到了他想要的名声和金钱，然后他去拍了一部准纪录片《禁忌》。在去《禁忌》发布会的路上，他遭遇车祸死亡。一位表现主义开路先锋在好莱坞拍了一部讨喜的家庭伦理片，又去拍了一部准纪录片，不是虚伪就是毫无原则。这或许谈不上什么触犯禁忌或什么命运惩罚，就像《禁忌》里的那位不幸的深潜好手那样，但茂瑙以此种方式结束自己的生命，也是再自然不过。无论如何，这样的惩罚绝不会轮到希区柯克头上，他是那个**理应如此的人**。

最初的面容

《诺斯费拉图》中某些局部的空间和光影表达仍采用绘画的方式（茂瑙的这一创作习惯一直保持到《日出》的制作），但基本是用实际景物和实际光影（棚景与自然景，工业光与自然光）来拍摄完成。绘画电影昙花一现永远消失了，但《卡里加里博士的小屋》的画家之一赫尔曼·瓦尔姆那句话却依然给后来的电影人以启示："电影必须是能够带来生命的绘画。"《诺斯费拉图》最大的贡献便是在普通电影的摄制中展示了绘画的力量，就像朗在他导演的电影中展示了建筑的力量，甚至，我们可以将朗的深具建筑感的影像还原成为一种绘画。表现主义电影家们还没有找到属于自己的摄影机运动方式，还没有从**静态绘画**进入**运动绘画**，不过很快他们将让摄影机以独特的方式动起来，并对运动影像产生持续、深远的影响。

吸血鬼片像所有幻想类题材的电影一样适合表现主义光影表达，人们很容易接受幻想以扭曲的图形出现在他们面前。《诺斯费拉图》的表演、化妆、光影造型、空间形态都扭曲夸张，但并不显得突兀。吸血鬼奇特的老鼠造型可以算作是整部电影中的一个惊人的凸起物，不过并非孤立地凸起，而是结合了影像的其他凸起和对空间光影的整体塑形。

"影子"是《诺斯费拉图》很重大的一个意象。茂瑙从《卡里加里博士的小屋》那场"影子"杀人戏中得到灵感，将"影子"变成电影中的一个稳定影像元素，来参与塑造吸血鬼形象，也就是说，茂瑙给了

电影是关于表面的故事，
尤其是人的表面，
光影中的脸

　　吸血鬼一副新的面容。不仅他的身体造型，那个滑过楼梯墙面利爪徐徐
伸长的黑影，还有投在男主角床板上和女主角胸口的手影特写，都极其
惊人。这部电影对花纹有很好的利用，但对于实体空间的强调，让花纹
的作用并不像《卡里加里博士的小屋》中那么突出。吸血鬼宅府地板上
的窗影显然由《卡里加里博士的小屋》的绘画窗影发育而来，但在这部
电影里的面目变得更为真实清晰也更为醒目。希区柯克后来一次又一次
在自己导演的电影中运用了茂瑙的处理方法。吸血鬼坐在壁炉前的画面
效果惊人，这意味着茂瑙也同时开始学习朗在《三生记》里运用的光影
技法,用一种具有建筑景深感的光影花纹来烘托落于其中的吸血鬼形象。

吸血鬼脸上的窗框影子，在他移动的瞬间，变成了十字。十字对吸血鬼具有震慑力，茂瑙也没有用特写去强调，因而它作为一个不经意的隐喻标记是合适的。这个十字后来出现在希区柯克的房客的额头，一个更为明确更为规整的特写的十字，虽然形式感和隐喻气质大大增加，但以基督受难投射蒙冤的房客太过牵强。茂瑙对棺材的利用令人叫绝：一张张特写的老鼠脸落在一堆腐朽的棺材的花纹之中，足可摄人心魄。

光影塑形历程才刚刚开始，无论"花纹"还是"凸起"，这些电影史上全新的光影胚芽将在茂瑙自己未来的电影和其他导演的电影里迅速发育，成为影像表达的常规语素。

茂瑙之后导演的两部电影《魅影》和《最卑贱的人》都是现实题材，但都涉及幻想与妄想。如果沿用之前《诺斯费拉图》的光影处理，容易让这两部电影的影像表达陷入分裂。尤其《最卑贱的人》，处理的是底层生活的尊严，关乎社会批判，强表现主义光影风格在某些局部会显得很强大，但在另一些局部，可能就会显得不伦不类，难以置信。

《魅影》展示了男人的眩晕，它是由致幻的女人光体引发的。因而空泛的女人的致幻和男人的妄想成了茂瑙的批判对象。在电影主题处理上，茂瑙也许比所有其他电影大师都要幼稚，不过这无损于他在局部影像处理上的天才。男人被漂亮女人的马车撞昏了头，从此目眩神迷，世界只剩下那急驰于黑暗中的"魅影"。他开始围着它旋转，将病重的母亲，温顺的恋人，体面的工作，甚至他钟爱的诗歌都抛在了脑后。女人的光体由此成为黑暗世界的一个凸起物(茂瑙和朗都借助这凸起之"异常"来批判欲望，仿佛一种先验的伦理让他们确信：女人的凸起本身就是一种"倒错"，欲望倒错为"淫欲")。摄影机及时跟上这一需求，开始以前所未有的方式运动，不是《卡比莉亚》《一个国家的诞生》《党同伐异》式的对着大全景推进，平移，追随，升降，追求影像更迭速度或视野的变化，而是主动的晃动与旋转。尽管茂瑙使用运动摄影要比乔

师徒之间，

恰当的标记与不恰当的标记，

恰当的想象力与不恰当的想象力

瓦尼·帕斯特洛纳和格里菲斯晚得多，但他开创了符合表现主义气质的摄影机运动方式：摄影机之于影像空间的扭曲力。它对朗和希区柯克未来的运动影像产生了至深的影响。不过在这部电影里，这种独特的运动只出现在夜总会这一处，它让观众产生了眩晕，而不是像这部片子其他地方处理的那样，只是利用后期技术传递了主人公的眩晕，是运动幻象，但摄影机根本没动。由于广角镜头还没有发明出来，当镜头贴着圆形大厅边缘，带着强烈的晃动感从一层往二层上升旋转，夜总会里的人群突然以一种日常视线很难适应的巨幅尺寸逼近观众，在圆舞曲中猛烈倾泻出来。这一眩晕目前只抵达观众最直接的生理反应，还没有像未来眩晕影像那样能够制造观众空间辨识上的错乱感。

　　这部电影里出现了两种新的、为后来的电影反复引用的"花纹"，一个是飞车走壁轨道和旋转楼梯，在垂直俯拍中呈现出光影交错的蜗形花纹。这是一种简化的物形，也具有初步的眩晕特质。另一种"花纹"的影响更为深远，因为它的潜在变体更加丰富。这是一种活化物的边缘，具有强劲的精神反射力，令人赞叹之处在于它不是借助绘画完成，而是

最初的蜗形花纹

带毛刺边缘的花纹

通过光与物的切实关系来探寻并固定。这种全新的"花纹"样式出现在这部电影最后那场杀人戏中，茂瑙用底光和逆光将床幔和门帘四边装饰性的边缘投出像密集的小软体动物一样的图案，爬行在多重竖条光斑之间，对主人公内心的惊恐和罪恶感做了高效的投射。

《魅影》的开头和结尾都是俗套的家庭归化，相比之下，《最卑贱的人》的社会批判要尖锐得多，不过也只是泛泛的道德评判，远远达不到朗式的无情解剖与呈现。《最卑贱的人》目前有两个版本，当年在美国上映的是以喜剧收尾的版本，那是一个荒唐可笑毫无由来的剧情逆转，但得到了美国观众高度认可；另一个版本则是守夜人发现老司阍死在厕所就结束。这个版本更符合我们对茂瑙的期待。茂瑙本人呢？也许安于自己的分裂，对这部电影应该以喜剧还是以悲剧收场全无所谓。不过美国观众的反应应该给茂瑙的好莱坞之路指了一条明道：技术上的大胆探索与意识形态上的肤浅的正义感。这是《最卑贱的人》的模式，也是《塔度夫》《浮士德》和《日出》的模式，也是表现主义的弟子希区柯克的电影创作模式。希区柯克和茂瑙一样痴迷于影像技术革新，在意识形态上则是彻底的虚无主义。他比茂瑙更坚决一点。

运动摄影以更自觉的面目进入"茂瑙的电影"，尝试着更广泛地将扭曲、眩晕、花纹以及肢体重新编辑于运动影像之中。茂瑙早年的戏剧经历则让他有能力在其中营造出奇特的舞台效果。即使对于早已习惯了高速运动影像的当今观众来说，这部 1924 年上映的电影开头的电梯与旋转门的一连串运动也快得让人目眩神迷。在这个段落，花纹不再只是之前那样的静态的"形"，而是与急速的重复运动混合在一起，也是第一次与运动混合在一起，推到前景，或退至后景，并借此构造出全新的影像层次（尽管光学设备暂时还没能将前后景虚实分离）。花纹的材料和样式也有拓展，电梯格和旋转门在运动中生成新的花纹，密布的雨水则是另一种从日常中开发的新花纹，出现在车窗玻璃上（在希区柯克的《房客》挪用了这一意象之后，它便成为一个电影的公共意象），还与后景的建筑与人影构成复合花纹，让"最卑贱的人"得以以怪兽的形象凸起。

现在，茂瑙有了更多的办法让表现主义影像变得更加强大。不过，表现主义影像最虚弱之处也往往在这里：影像的表现主义风格越强劲耀眼，当它遭遇现实的琐碎的时候也会显得更加刻意牵强。"最卑贱的人"偷制服那一段处理得极其精彩（我将会在下文的"姿式"中分析），但当他抱着制服从大西洋酒店里冲出来，置身于大街这一现实空间的时候，影像就变得十分古怪。他仰起头来，酒店建筑倾倒下来，这只是利用后期做的影像的倾倒，用于描述老人此时的视幻觉显得很幼稚。

没有花纹的装饰，

最卑贱的人就无法成为一头怪兽

下面那段摄影机紧贴墙面的小幅度运动也非常迷人，但夹在那个糟糕的后期幻术和老人穿衣这一笨重的现实行为之间，反而有些不伦不类！

茂瑙暂时还没有能力完全解决这个问题。在"最卑贱的人"偷制服回家的时候，我们再次看到了这种**强表现主义的不适**。茂瑙先拍了老人在墙上的投影，一个像坦克一样巨大的滑稽的脑袋（《诺斯费拉图》中用过的手法）。他也许是太喜欢这个影子了，来回拍了两遍。第二遍的时候，前景有路人入画与老人擦身而过，就是这个太过现实的路人的出现彻底破坏了刚才的强表现主义氛围。这是表现主义的弱点，事实上也是**电影**的弱点：极度风格化的影像遇到了毫无风格可言的琐碎现实，却又不得不迎上前去，**因为这是一个现实题材的电影**。像《日出》那样对两边都做一定的弱化，也就是说，对表现主义加以泛化，是未来电影

一切可观的眩晕都带有可观的戏谑，
如同从严峻的事实
里溢出的一小片轻盈的笑声

通行的办法。但也不尽然，下一个场景，"最卑贱的人"遇到了更多的邻居，更严酷的现实，茂瑙却给出了全片最精彩的一段运动影像。茂瑙在这里巧妙地做了一个"眩晕装置"，借助运动影像让"最卑贱的人"**在一堵势利的人墙前踩着"螃蟹步"行走**。所谓装置就是利用同质的人脸、门洞与窗户以及灯光制造花纹，利用老人异质的"姿式"制造花纹前的凸起，在此基础上利用人物与摄影机的双向运动制造眩晕。这是一段漫长得足以耗尽老人一生尊严的"螃蟹步"，一次庄严又滑稽的凸起，跟着老人的"螃蟹步",邻居们从一个个门洞与窗户里狂笑着鱼贯而出,成为**千人一面**的底纹。摄影机紧贴着依墙侧行的老人同步后撤,动荡的、非匀速的运动,在老人与墙面、老人与"墙洞"里探出的一张张人脸之间构成了庞大的眩晕,重复的戏谑的乐句加剧了这一眩晕。《最卑贱的人》最富观赏性也是最具批判力之处便是将"姿式"与运动镜头结合,在世界残忍的花纹中,展示了一头孤零零的怪兽的眩晕。从头至尾,它像驴围着磨一样绕着自己"丢失的"制服旋转。

到了《塔度夫》,茂瑙的光影实验更趋形式主义,更富于装饰性,但精神反射力也随之降低,相比而言,成熟期的希区柯克的形式主义光影层次更为丰富,那是因为他在其中引入了精神分析哲学,让叙事学上的理性主义与视象上的幻想气象得以完美融合。《塔度夫》已经透露出电影工业对光影表达更高的理性主义要求:光影结构需要符合基本的光照逻辑。不过暂时,这样的指令还只是象征性的,因为电影工业同时也对影像的光影美学提出了更高的要求。《最卑贱的人》中侄女做生日蛋糕那场戏,展示了工业照明在静态光影塑造上能达成的新的美学水准,姑娘卷发上的那片顶光看上去就像是青春自身散发出的光华。在《塔度夫》中,工业照明让女人肉身的光焰变得更加诱人:艾米丽与塔度夫独处时,她的手,她的腿,她云朵一般堆起的金发,她楚楚可怜仰起的脸与胸(在"比人类高一点点,比上帝矮一点点"的俯角下),在遭受"拒绝"后天鹅一般折叠于纷乱的华服之中的肢体,都在高超的人工光下显出凝脂一般半透。不过,这部电影在光影美学上最重大的突破是在运动光影的设计上,仆人手中的蜡烛给出了基础的光源位置(不能再像以前那样无视光照逻辑随意布置光影),同时又制造出全新的光影运动花纹,其运动面积与幅度之大、变幻之眩目对于上世纪二十年代的观众来说一定十分惊人。那个在富商家的楼梯上展开的光影追逐游戏在电影开始和结尾各有一次,第二次,不只是仆人和她手中的蜡烛在运动,摄影机也同时做出了大范围的移动，运动光影的质感也因此变得更加丰富，同时也更加自然。

1926 年《浮士德》上映，再次，在富于魔幻气质的传奇故事中，表现主义发挥了自己巨大的优势。有了《浮士德》，我们或许可以说，茂瑙之前所有的创作实践都是为了完成这部伟大的电影在做技术储备。我打算在光影叙事及其转移那条线索中详细讨论这部电影，与本文要讨论的内容直接相关的是那个气象宏大的俯看世界的运动镜头，它更清晰地显示了运动影像在表现主义影像中的独特面目：扭曲力，而不是速度感。这一段落的假景搭得不是足以乱真，而是让观众处于真假难辨的视觉困惑中，结合摄影机在钢丝绳上运动的独特晃感和景象的频繁更替，让我们有机会在梅菲斯特的引领下，与浮士德博士一起目睹人世动荡不息的光影面孔。魔鬼操控着世界的光影与倾斜度，茂瑙用微缩模型、光影设计和运动摄影给出了这一事实的强大说服力。这一组神奇的运动镜头中间，出现了一片骇人的群鸟的黑影，尽管我们知道它们也不过是一些模型，但仍会不由被眼前的景象震撼。即便是今天，我们仍能不时看到某个当代艺术家在抄袭这片巨大的黑色意象，它是破碎的，尖利的，紧咬着这段运动影像的整体运动，具有摧毁一切的能量。这是梅菲斯特眼中的世界花纹，它目前还是如此纯粹，没有受任何叙事需求的干扰，甚至连精神反射都没有，而只是它自身。四十年后，希区柯克改造了它们，成为攻击人类的"群鸟"。仍是梅菲斯特的世界花纹，但此时有了自己曲折的历史，一个险恶但并不会酿成真正的灾难的弗洛伊德式故事。戈达尔说，电影是一种隐喻，但现在，它是一个可以卖钱的隐喻。戈达尔把希区柯克的群鸟与玛丽莲·梦露盛放的软体叠合。如此，我们才有机会重返无罪的元影像：关于金钱与女人的故事，需要借由这两个动物彼此吞噬来重新说一遍，才能还原为纯净的关于美的事实：鸟与女人彼此穿透，并同时碎裂；它们的碎片彼此紧系，互为花纹；一块无罪的光影织毯，蕴藏着世界的多重事实。

茂瑙的新技术：

通过光源与摄影机运动

制造运动花纹

建筑的暗影

　　弗里茨·朗与茂瑙几乎同时开始自己的电影导演生涯。相比之下，朗比茂瑙成熟得更快，他在 1920 年"寻宝"类型电影《蜘蛛 2》中已经开始尝试表现主义表达，也是因为拍摄这部电影他才拒绝了《卡里加里博士的小屋》的导演邀请。1921 年弗里茨·朗导演了《三生记》，表现主义色彩更加浓重。（罗伯特·维内的表现主义影像实验可以追溯到他 1914 年的导演处女作《他右，她左》，《卡里加里博士的小屋》又是一座如此惊世骇俗的表现主义影像丰碑，我们的讨论自然是从这部电影开始。茂瑙师承罗伯特·维内，所以我选择讲完茂瑙再讲弗里茨·朗）。

　　《赌徒马布斯》以真实光影塑形，侧重影像的几何与建筑感，是之前的《三生记》影像风格的延续，同时又在各个局部增添了从《卡里加里博士的小屋》提纯而来的更具秩序感的花纹肌理。这种轮廓分明又不失丰富肌理的光影风格与朗关于**精神控制**的基本观念是契合的：严谨的理性与丰富的识见可以导向最骇人的疯狂。在这一点上，他显然比罗伯特·维内更准确地刺中了德国精神的关键病理。

　　不同于茂瑙的感性与狂野，建筑师出身的弗里茨·朗喜欢通过理性主义的空间塑造来展示表现主义影像风格，光影的地位依然十分突出，但主要用于人与建筑的塑形。朗的早期电影，包括"博士"系列和《大都会》，一直在讨论同一个问题：理性与知识如何与精神控制合为一体从而走向疯狂。在这一点上，他比罗伯特·维内更尖锐，在《卡里加里博士的小屋》中，一切已然扭曲，已经疯狂，而朗告诉德国人，疯狂可

作为破碎的兽纹"群鸟",

一个好的隐喻,

在希区柯克的算法里变成了钱

《赌徒马布斯》中的实物花纹

以由严整的秩序开始，只要理性失去了心的支持。

朗的影像风格简明有力，少装饰意趣。他也经常制作光影花纹，但通常借助各种实物陈列或前景遮挡,偶尔也借助背景墙纸设计来完成，像《卡里加里博士的小屋》那样的直接绘画则极少使用，而从来不会像茂瑙那样通过丰富的光影材料大面积铺展。在朗的影像中，花纹的存在不会对空间形态的可信度造成破坏，却依然能恰当地成为危机的隐喻，或者说反射物。"危机花纹"正是《赌徒马布斯》的一大发明：在严谨整饬的建筑缝隙之中，蕴藏着动荡不安的花纹暗影，它们随时可能将理性的建筑结构毁成废墟（希区柯克在这部分的工作事实上是将朗的暗纹做了茂瑙式的明处理），就像伯爵秩序井然的客厅一时间挤满了鬼魅，马布斯博士造币厂内的挂件和机器忽然变成了一个个怪物。"危机花纹"是朗连通秩序与疯狂的那道暗门。这意味着朗采取了语言与主旨同构的影像立场，不仅在静态意义上，更是在运动意义上：影像建筑的崩塌过程就是理性秩序的崩塌过程。这是朗最为革命的地方。他在好莱坞的失败同样佐证了他的伟大。

在《赌徒马布斯》中，我们可以看到博士造币厂外的置景：倾斜的屋面，斑驳的墙面，弯曲的街道，鹅卵石路，错落的窗户，以及几何形光斑，表现主义风格的图案完全融解于富于纵深感的建筑实体之中。尽管这个实体建筑也是由木板搭建而成，但它如此注重细节处理，看上去结实可信。这是朗建筑师出身的优势。厂房前，石灰与黑漆营造的明暗效果，整洁的台阶与卷曲的钢筋扶手，看上去简易之极，但肌理丰富，真实可感；厂房内，前景大锯齿转盘和后景门上的铁皮划出的方格，尤其是墙上那个螃蟹状的挂件（它最后和博士一起发疯），处处浮动着表现主义花纹，但并不影响建筑的真实感。伯爵家的客厅和内室，大量表现主义艺术品（朗给了伯爵收藏的癖好）与枝蔓复杂的灯饰以及形状奇特的桌椅都构成形态丰富的实物花纹。屋里的每一样东西都形状古怪，但细部的线、面、体却大都是规则几何，整体布置透着强迫症式的对称结构。这是外化的"疯狂理性主义"博览会。在地下赌场，我们看到了带尖刺的枝蔓状的镂空花纹，作为旋转赌桌的前景黑影与后景底纹。不是茂瑙式的，但更接近现代电影的花纹样态。

在很多场景中，朗的理性主义也造成了弊端。即使是《大都会》那样成熟的作品，当朗想要表达狂乱场面的时候，我们仍很难看到茂瑙那种让人热血沸腾的狂影，而是细心摆放出来的乱流，无论是奔跑的人群还是堵成一团的汽车，还是焚烧机器人的那堆垃圾山，我们总是能一眼看出它们隐含有建筑结构。在需要影像显得无序的时候，朗变得有些笨拙。但在另外一些场景，他这种笨拙，这种无法抛弃的强迫症式的建筑感，又生产出震撼人心的凸起效果，无论是单纯的凸起，还是花纹流动中的凸起。就这一点而言，朗对希区柯克的影响或许要比茂瑙对希区柯克的影响要深远得多。光影形态，只要方法得当就可以模拟甚至超越，观众也很容易辨认出其出处；而朗的理性主义的疯狂不是直接的，现成的，而是精神运动的结果，它是天性上，不可避免的，由此而生的技术一旦掌握，就会成为带有个人标记的财富，普通观众很难看出来。也因为这一点，有太多本属于朗的发明，电影史习惯看作是希区柯克的发明。主流电影史主要是由好莱坞书写的，这是一方面，另一方面，希区柯克结合茂瑙的光影＋运动与朗的建筑＋运动，在激情叙事与理性主义叙事之间走了一条中间道路，并把两位表现主义先锋的影像探索成就推至电影工业渴求的极限。希区柯克极少提到朗，但经常提到茂瑙，他的隐晦可视为普遍的**创造者的隐晦**，不光在电影导演身上，也在其他艺术和文学领域出现。但隐晦并不能拯救希区柯克，他所做的工作就像马布斯博士在片中讥嘲的那样："表现主义只是消遣，但为什么不是呢？现在一切都是娱乐。"

运动凸起与时间眩晕

朗在《赌徒马布斯》中还制造了一种新颖的向着摄影机的"凸起"运动。在公诉人与马布斯博士面对面赌博那场戏中，朗通过后期影像放大（囿于摄影技术还无法做到镜头匀速推近被摄物）和背景暗化来制造"凸起"。暗化的契机是博士掏出了一副济南府生产的精神控制眼镜。当镜片反光对准公诉人的眼睛的时候，博士和公诉人身体两侧都变暗了（遮幅）。即便到了最强劲的表现主义时刻，朗依然会提前给出充分合理的动力学依据。博士发牌，公诉人一阵头晕，镜头跃至博士狮子一般强悍的眼睛大特写，四周一片黑暗。就风格而言它是表现主义，就影像形态而言它是一个大特写，但就影像行动进程而言，它是一次迅猛的"凸起"，而且不是一次，是两次。公诉人变得更加恍惚，镜头重新给马布斯博士和他周围的助手们。博士四周一点点暗下，只留下那个长满雪白枯发的脑袋，如一团强光从黑暗的远端向观众逼近。公诉人被博士接连两次强力"凸起"击打，已经彻底眩晕，将手里的扑克牌看成了翻飞不止的"济南府"。因而，"凸起"促成了"眩晕"，而"眩晕"又催生进一步"凸起"，两者彼此递增。公诉人全力抵挡，直至博士精力耗尽，落败而逃。

这两次"凸起"的有趣之处在于，在给了充足的理性主义动力学依据之后，又立刻对之进行粉碎性突破。在这里，理性如同博士四周的大片黑暗，一种致密的花纹，向后急退，让那张疯狂的脸的"凸起"变得更加猛烈。这一点给予希区柯克、伯格曼和安东尼奥尼那些**冷静、冷酷、冷漠**的理性气质占上风的导演一条充满想象力的创造路径。在希区柯克那里，"凸起"由影像动作变成了**影像事件**，拥有了非同寻常的叙事能量，在伯格曼那里，"凸起"是一种能帮助他随时挣脱世俗秩序并对此痛加鞭笞的**影像姿式**，而在安东尼奥尼那里"凸起"则是均匀平缓的事象序列中的一个**影像肿块**。也许我还应该加上戈达尔，他将整个电影史的一切"凸起"变成自己的花纹，并在这些花纹与花纹之间构造出新的"流动凸起"（当然也可以说，他是在这些花纹与花纹间制造影像内部的蒙太奇，这只是对同一影像进程不同方向的两种描述）。朗的命题：理性沉没于黑暗，野蛮才得以凸起；或是相反，唯有在黑暗之中，光体才得以向我们渴望的眼睛凸起。这就是为什么，我们会在戈达尔的《电影史》中看到如此频繁的"闪烁"，那是光与黑暗的交替。

在这部电影的公路戏部分，朗尝试制造当今电影广泛使用的速度中的眩晕，它不是茂瑙式的借助运动镜头的晃感引发观众生理上的眩晕，而是试图与**退化的花纹**结合来制造**运动中的静止错觉**，一种全新的"时间眩晕"。受制于器材与影像语汇的限制，尽管朗想了很多办法，并没有获得很好的效果。不过我们已经可以从几个局部的处理中，看到未来"运动静止错乱感中的时间眩晕"的基本面貌：公诉人的表情凝固，他的身体与车体在画面中处于相对静止状态，路面与路边树木在急速后退，在后退的同时又保持了总体的均质，事实上就是让急驰的路面退化成为相对一致又有所变化的花纹，并成为人与车体的底纹。也就是说，我们处于动与静的迷惑中，在刹那间产生我们从船舷盯着底下不断退开的波浪时的那种眩晕感。事实上，格里菲斯在《党同伐异》就有机会在那场汽车与火车追逐戏里制造类似的眩晕，但在那个时期，格里菲斯着力想要处理的是"最后一分钟营救"需要的运动与速度，不可能对五年后表现主义影像探索的"眩晕"主题产生需求，因而摄影机不是离拍摄主体——人与汽车——太远，那样田野没有能完全退化成为花纹，而人与车也没能够从花纹中突起，就是摄影机离拍摄主体——火车——太近，

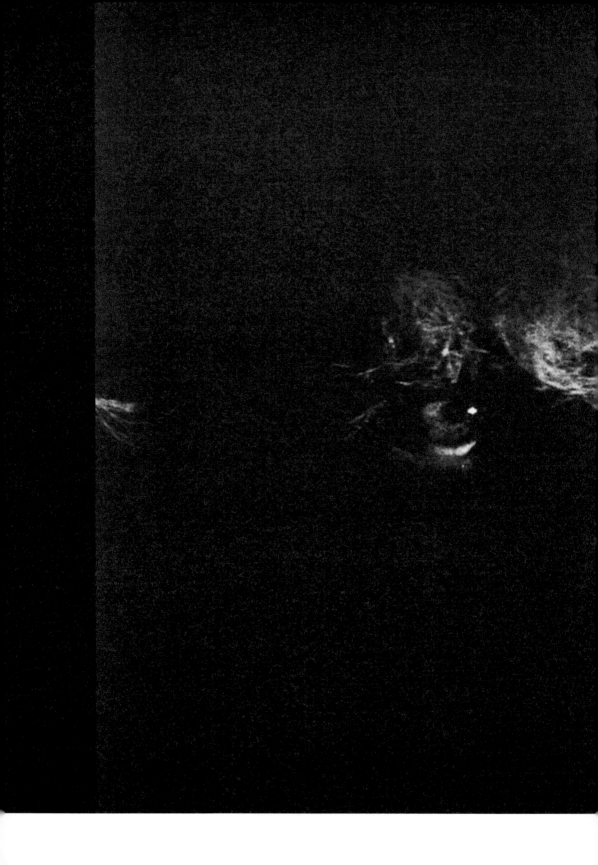

一个特写，一种风格，一次凸起。就如眩晕总是带有戏谑，凸起也总是与癫狂结伴而行

那样行进中的火车几乎占据了整个画面，花纹没有占据足够的面积，这两种拍摄都无法制造出"时间眩晕"感。在《赌徒马布斯》这场汽车追逐戏里，朗的理性主义静观惯性也大大损耗了影像的眩晕感。他用了太多车外的静止镜头拍远处开来的汽车，让观众还来不及充分进入眩晕又立刻调整回来。还有几个镜头是从侧面拍汽车与路边的树林的关系，由于这时还没有大光圈镜头，树木没法退化成为花纹，也就没法让观众感受到眩晕。无论如何，朗已经为在下一部博士片《马布斯博士的遗嘱》中制造更为出色的"运动静止错乱感中的时间眩晕"打下了基础。

我已经在空间关系中讨论过《大都会》取得的成就，现在我要来再次讨论其中一些局部，关于花纹、凸起与眩晕。《大都会》让人留下最深刻印象的部分，便是将人群变成作为凸起物的工业巨兽的花纹，也即，人成为人之异化物的花纹，人之异化物成为人的凸起。如此转换的关键点在于：人被吮吸，被抽象，成为无差别的人，去填充，去具象，去赋予人之异化物以个性。如此，人之异化物成为一个欲望与意志主体，转而开始主动来吮吸、来抽象**无主之人**，并加速整个异化的进程（这一主题在安东尼奥尼的黑白三部曲中有进一步发展）。这不仅是隐喻上的，也是实体上的：工人们千人一面迈着整齐划一的步伐列队而行（仿佛他们不是一个个人，而是一件件等着销毁的复制物品，也因为此，老板的儿子弗雷德里才能与其中一名工人互换身份），进入电梯的大嘴，又进入工业巨兽的大嘴，就像鲸鲨吞下密密麻麻的鱼群（一团团多么优美的花纹）。这只巨兽来自《卡比莉亚》，只不过在《卡比莉亚》中它只是古代世界的神祇，只需供奉有限的儿童祭品，而在《大都会》中，它已成为现代工业怪兽，需要持续地吞下无数劳动者，需要普遍的而不是偶发的献祭。相对于难辨彼此的工人，这头怪兽反而成了个性鲜明的巨型凸起物。

在地下世界，面对站在放射状竖立的蜡烛和十字架群前的玛丽亚

（我不讨论这部片子的人名与人物设置的宗教对位关系），底下的黑衣工人仍然处于花纹的地位，是枝蔓，而如光体一般洁白耀眼的玛丽亚是花纹中的凸起物，是花朵。但花朵拥有光体之美，花纹也正在苏醒：工人们摘了帽子，露出了自己完整的脸，他们或站或跪或坐，有了自己的姿式，他们听玛丽亚描绘城市的拯救者，他们的听觉和视觉都在恢复。不过当他们回到地上世界，他们又变成新的花纹，仍是千人一面，但不再是开始时那种复制的机械物品，而是变成了狂怒的群氓。他们需要再次苏醒。

布里吉特·赫尔姆一人饰演玛丽亚和机器人 Hel。观众看到了一个女人的多重凸起，实体的和隐喻的，玛丽亚的和 Hel 的，圣洁的和邪淫的。布里吉特·赫尔姆跳了一段辉煌的舞蹈。朗利用花纹，让 Hel 变成活力四溅摄人魂魄的凸起光体。Hel 有两次凸起。她在一片圆形镂空花纹的暗影后面缓缓升起，一朵在雾气和蕾丝裙中盛开的圣洁之花，这是第一次凸起。上流社会的男人们，一堆不分彼此的群像，向 Hel 圆睁眼睛和嘴，退化为 Hel 的花纹。Hel 成为他们的凸起，她跳起了淫荡的舞蹈。她快速地消耗着底下的男人们。他们很快只剩下了眼睛，一模一样的贪婪的眼睛，一团凹陷的花纹。Hel 的舞蹈更加淫荡更加迅猛。弗雷德里无法接受这错乱，昏厥过去。这样，女人（从圣女颠倒而来）变成了光辉灿烂的阳具，男人变成了等待插入的阴户。这里的眩晕主要不是视觉上，而是精神上的，一种由错乱引发的致命快感，就像一切淫荡行为都具有某种颠倒特性。就花纹的退化特性而言，富人与工人一样，都是千人一面的失心者，前者被欲望控制，后者被机器控制。

至此，我们看到了两种类型的花纹，一种是就影像的直观形态而言，单一颗粒在集体运动中积集为均质的流体，成为托举它们围绕的凸起物的花纹，另一种是在蒙太奇关系的互相映射中，单一颗粒积集起来在画面中均匀分布，成为凸起物的花纹。在《浮士德》开头，瘟疫来袭，俯

蒙太奇结构中的光体与空洞，凸起与花纹，作为淫乱的倒错意象

拍的奔流的人群是压在他们头顶的十字架的花纹，《大都会》结尾处，工人在三个呆立的管理者前后潮水般奔跑，在新的光学仪器的帮助下很好地虚化为花纹，它们都属于第一类花纹。观看 Hel 的舞蹈的男人群像，布满整个画面的密密麻麻的眼睛，还有《M》最后一幕的倒转，在正反空间关系展示的严酷事实中，人多势众的群氓那一方反而成了 M 的花纹，M 则转变为强劲有力的凸起物，这些花纹都需要镜头与镜头之间的蒙太奇映射才得以成立，都属于第二类花纹。在《大都会》中这两种花纹都基于朗的**一与多**的哲学研究，一是凸起，多是花纹，当**作为多的花纹**其密度与运动速度达到一定阈值的时候，或一与多的力量倒错达到一定程度的时候，眩晕就随之产生，世界便随之陷入混乱，直至最后坍塌。在《大都会》中，这是一种**异化结构**，也是一种**纳粹结构**，纳粹只是异化的其中一副面孔。

还有第三种花纹，出现在《大都会》片头：通过影像内部蒙太奇关系（建筑与机械两种运动意象的叠合），来构造第三种直观面目，一种新的意象或者说花纹（因为它由两种或多种影像肌理生成）。这一类型的花纹不再托举任何凸起物，因为它们自身就是影像内部蒙太奇映射而成的结果。我们能在很多实验电影里看到这一类花纹，但创作者大都缺乏朗的视野与格局，没有能力使其成为携带批判隐喻的双层运动，也就是说，让作为表象的影像运动反射作为隐喻的批判运动：城市即机器，机器即建筑，它们在时间中彼此融解为一种全新的运动花纹，一种只剩表皮失去内质的平面织锦。在这空洞的花纹之上，城市的儿子和女儿，一对拥有**心**的恋人，一天天成长并凸起为**英雄**，来拯救城市和它的人民。直到六十年后，戈达尔才重新捡起并锻冶这花纹工艺，并在《电影史》中大放异彩。

朗开创了许多类型电影，也对影像语言做出了许多重大革新。在朗导演的电影里，不仅花纹、眩晕与凸起开始彼此融合，它们还与蒙太奇、"正反打"技法、复合叙事（包括隐喻叙事）结合，将影像编织法推进至当代影像的复合形态。没有朗的推演，就不会有希区柯克、安东尼奥尼和戈达尔的推演。

致命的眩晕

"比人类高一点点，比上帝矮一点点。"我在之前讨论空间关系的时候已经提到过这一奇特的视角。它是由茂瑙在《最卑贱的人》里头的雨中戏中第一个发现的，之后又由弗里茨·朗在《大都会》的爱情戏中纯化为"致命的角度"。这一视角看上去就是一个普通的俯角，但一般导演不会想到要在这个角度拍摄人物，通常情况下，要不摄影机以人的高度平视，那是我们绝大部分时间里都在使用的、再熟悉不过的视角，要不在更高位拍摄，高到二楼以上，那就是大俯，是上帝视野或借用上帝视野的主观视野，这一角度也是绝大部分人在日常生活中反复经验的。而处于这二者之间的那个角度，不仅直觉上会让创作者感到尴尬，因为不知道这该算是谁的视野，在实际操作中也会相对麻烦，得专门定制一个一定高度的摄影车或搭建一个一定高度的台子来拍摄。因而所谓"比人类高一点点，比上帝矮一点点"，事实上就是一个不上不下且吃力不讨好的角度，普通人平时不太经验，也鲜有导演会去尝试的角度，也正因为此，当它出现在观众面前的时候，会让他们感觉十分新鲜。这个角度一方面能利用地面关系简化人物肢体线条，同时又能够让人物上半身保持在离摄影机足够近的位置，完整展露其变化细节与呼吸感。当摄影机在这个角度下进一步推近人物，将高处的人脸与低处的地面，通常处于两极的事实在同一画面中作为花纹与凸起彼此贴合，使其在轻微的动荡中涌出新生的"形"，这一角度便成为一个"致命的角度"。

　　致命在于这个角度蕴含了一个**精神眩晕结构**：一种置于影像内部的、表面事象与精神隐喻的双重蒙太奇冲突，高处与低处，上升与坠落，天空与地面，渴望与命运。世界将自己的全部重量装入"一只大箱子"，压在"最卑贱的人"的肩头。向上运动和向下运动同时作用在这同一张脸上：它向着天空，它将被压入泥土。这是茂瑙为我们描绘的场景。弗雷德里跪在地上，仰起脸来，渴望着玛丽亚爱的回应。他的脸从未显得如此清晰、纯净。一团谦卑的火焰，一个隐喻。这是朗向我们讲述的故事。这样的关系永远感人肺腑，一个低微又充满渴望的姿式，一个少见又一览无余毫无保留的姿式，处于悬而未决的冲突之中。

　　茂瑙在《塔度夫》富商妻子与塔度夫独处的场景中也给出类似的角度，但并不致命，因为夫人姣好的脸落在了壁板上，而不是尘土中。在《浮士德》中，一个女人袒胸露乳仰面大笑着出现在教士的十字架下，周围是奔跑的人流的花纹。一个教科书一般的"比人类高一点点，比上帝矮一点点"的角度，但仍不是致命的。这个镜头太短，让观众来不及进入眩晕；运动的人流与静态的地面各占其半，互相干扰，难以组织起映衬面孔的单一花纹；教士的十字架黑影，一个高高在上的实物，让画面变得复杂，也阻断了向上延展的空间；最关键在于，女人的裸露与大笑是渎神之举，是从地面发动对天空的冒犯，而不是试图挣脱地面的向上运动，与这一角度蕴含的精神隐喻正好相反。茂瑙对这一场景的处理可谓完美，光、影、形、意，所有影像元素都在这一刻趋于极限并互相激荡，充满了野性能量，但是并不单独由那个"致命的角度"引发，而是借助影像内部的复合蒙太奇掀起了一股强劲的风暴，这二者指向完全不同方向的精神隐喻。

　　希区柯克在《房客》里也用了这个"比人类高一点点，比上帝矮一点点"的视角，而且先后两次。第一次在房客与房东女儿的吻戏中出现，在两人绝对正侧的脸部特写后，希区柯克给了房东女儿仰起的脸一

一个奇妙的视角

比人类高一点点，比上帝矮一点点

个垂直俯拍，一张洁白姣好的面孔，底下是幽暗的地板。她的眼睛一点点张大，像是感受着爱情的困惑，也像是在支持希区柯克营造不安的氛围。不过，在之前正侧面的"合"中，两人的身高看上去很接近，这个作为主观镜头的俯角便显得有点勉强；一小块男房客的头部挡在前景，也破坏了女孩的脸部与地面关系的完整，情形和《最卑贱的人》中那只大箱子有些相似，最大的欠缺是，这个微妙的角度在这里只为单纯的形式服务，缺少朗在《大都会》中给出的那种肉身的饱满触感和精神的复合隐喻气质。在结尾处，房客被众人追至铁栅栏。那个致命的角度再次出现，但底下一团漆黑，没有让地面获得这个角度应有的地位；另外，这里又出现了几次十字意象（铁栅栏的尖刺），跟之前一样，这个基督受难隐喻反而让整场戏显得刻意且牵强。这一时期的希区柯克已基本确立自己未来的电影之路，但影像语言还很单薄，他甚至还没有学会让摄影机动起来。未来属于希区柯克，但暂时，他还是他的德国导师们的学徒。

二十四年后，布列松在《乡村牧师日记》里改造了这一奇特的视角，让牧师直立而不是像弗雷德里那样通过跪地动作有意降低人的高度，同时取消了之前茂瑙、希区柯克和朗在处理这一视角时都借用的另一方主观视角，基本达到了真正的观众平时鲜见的"比人类高一点点，比上帝矮一点点"的**无主视角**。在此基础上，布列松又增加了牧师的运动，用摄影机的引导与陪伴赋予这一视角以崭新的精神气象（安东尼奥尼在《夜》中也是以类似方式运用了这一视角，来追踪女主人公丽迪亚的街头漫游，或者说安东尼奥尼的那个视角才是真正的**无主视角**，因为在布列松的这个镜头中，仍多少隐含有上帝视角的气质，只是这个"上帝"现在处于一种含糊不清的**拟人**状态。不过，安东尼奥尼的那个镜头并不对着丽迪亚的面部，而是对着她的背影拍摄的，因而要显得冷淡得多）。年轻牧师从农户家里出来，一头栽倒在地。镜头缓缓推近牧师头部。许

哀告，

在泥土之上，

天空之下

久，牧师趴在闪着月亮反光的湿泥里一动不动，摄影机则一直在他边上耐心静候。这一幕感人至深，但并不出人意料，因为牧师的脸已然落进泥土，已然归于泥土，**致命在于**：镜头又引导牧师缓缓爬起，他身体也随之一点点抬高，在那个奇特的视角下，他那张刚刚从泥地里升起来的脸，向着天空方向踉跄而行，底下那片闪动着模糊的月光的烂泥，就像是专门为这苍白的哀告的脸铺开的一团织毯。一张苍白的无辜的脸向天举起但仍紧贴着尘土，这是哀告的形象。我们离哀告者如此之近，因而可以听到他无声的呼喊：请你赐予我答案，请你施予我拯救。

　　这一视角内部的蒙太奇关系虽然可归属于爱森斯坦定义的蒙太奇冲突，但从未出现在"爱森斯坦的电影"中。原因是，在"爱森斯坦的电影"中，蒙太奇冲突通常发生于影像与影像之间，较少出现于影像内部；即使有时候蒙太奇冲突出现于同一影像内部，也是撕裂式的，而非融合式，它们能产生巨大的张力，但不会是眩晕。说得更明了一点，电影生产的权力意志（金钱与政治）决定了电影最根本的影像形态：苏维埃政权只需要革命与进步，不需要眩晕与迷失。

朗在《大都会》中还有一个将对未来影像语言产生至深影响的发明，仍是眩晕，但不属于我们之前讨论过的任何一种眩晕，而是一种具有纵深感觉的运动的眩晕。它大致接近于我们现在习惯称之为"希区柯克滑动变焦"的那种运动影像，但它诞生在变焦镜头出现之前，甚至在变焦镜头出现之后，希区柯克本人仍采用朗当年的方法来制造《精神病患者》中的运动眩晕，原因是它带来的视觉刺激无法通过"滑动变焦"来实现。现在，一架好一点的航拍器就会有"希区柯克滑动变焦"的自动设置，操作者一键便能生成"希区柯克式的"眩晕影像。但这里有两个问题，第一是这种影像已经泛滥，几乎一个模样，第二，当好莱坞将这样的运动定义为"希区柯克滑动变焦"时，创作者便开始将注意从"运动眩晕"本身转向"滑动变焦"，也即，生产这一影像的最简便的工业模式。一切都变得简单，同时也变得无聊。它让我们忘记这种"运动眩晕"的精髓在于**运动静止在同一空间中引发的时间错乱**，最终要引起我们身体内部的时间眩晕感，而不是只停留于影像表面的空间紊乱。一旦人们习惯了这种精准的千篇一律的**工业化**眩晕，那么他们就很可能会把朗发明的那种**手工的、低效的、充满不确定性的**运动眩晕视为可笑的工艺瑕疵。我们需要回到上世纪二十年代，以影像写作的名义，而非电影工业的名义，来仔细看一下朗的发明。

朗在《大都会》里做了许多这样的运动眩晕，其中两处的处理确立了未来希区柯克运动眩晕与滑动变焦的基本工作原理，而这两处的处理方式也存在着很大差异。第一处是弗雷德里来到地下工业区，看到工人们在流水线前木偶一样做着整齐划一的动作。那位控制大机器压力阀的工人体力耗尽跟不上节奏，压力急速升至峰值。弗雷德里觉察到大机器马上就要爆炸，冲上前去，又被前方大机器释放的气压冲回墙角，倒在地上。摄影机在弗雷德里冲向自己的同时向弗雷德里推进，因而，这里有一个短暂的人与摄影机的相向运动，弗雷德里的空间随之快速收缩，而在他往墙角退离摄影机时，摄影机仍继续以刚才的速度推向他，刚才人与机器的相向运动突然转变为同一方向的运动，也就是说，从影像表面，我们一方面看到人与机器都在运动，另一方面，不变的人机距离、不变的人物景别又让我们感觉到摄影机和人都没有动。这样，在空间急骤收缩的中途突然又出现了静止的假象，让我们产生时间错乱，即眩晕。由于与运动突变一起到来，我们的眩晕感在动荡中被成倍放大。整个镜头只持续了短短的一秒半，却给我们造成了巨大的震荡。随之大机器将工人一一喷到了空中，变成了一只工业巨兽，它张开大嘴，要求工人向自己人牲献祭。这短短一秒半运动的爆炸性能量是大机器内部蕴藏的能量的一个投射，如此，在影像内部的风云突变中，大机器也同时突变为巨兽。如果朗不以如此猛烈运动眩晕提前暴击我们，随之的机器突变和人牲献祭场景就难以彻底震撼我们。

第二处是弗雷德里听到玛丽亚的呼叫，便冲向地下世界要去救玛丽亚。一道道门在他身后关上，他被封闭在一个有很多门的环形屋子里。一个稍俯的视角，弗雷德里看到其中一道门槛上有一块碎布，像是从玛丽亚的裙子上撕下的，他的右手自左入画快速伸向那块布，镜头几乎以与他这只右手一样的速度跟着向地上那块碎布急坠。这个镜头在现在看来就是一个简单的第一人称视角，但它的独特之处不在于第一人称，而是摄影机与画面中的运动主体以同一速度向形态简约（类花纹）的地面运动，并且让那个运动主体基本保持于最初出现于画面中的位置。它让观众产生了运动与静止同时并存的错乱感，就是我们之前讨论的时间眩晕。时间眩晕在这里的特别之处在于，手与摄影机一起向下运动，一个

眩晕，
一秒半与四秒

急坠，一种过山车效应，仿佛我们一动不动却正在坠向深渊，也就是说在普通的时间眩晕中又注入了恐惧与不祥感，我们可以称之为"塌陷眩晕"。希区柯克的《眩晕》中的楼梯口垂直俯拍镜头便是朗这个镜头的浓缩版本，只不过希区柯克用了"滑动变焦"来完成：靠近摄影机这头的楼梯口大小基本不变，楼梯底部却在飞速向深渊坍塌。由于每次持续时间都很短，第一次看到这个画面的观众会感到十分困惑。两年后上映的《精神病患者》则是通过人物与摄影机之间更为复杂的运动关系设计（非滑动变焦）增加了这一眩晕的戏剧性，也扩大了其运动体量。这段著名的"侦案遇刺"影像在制作难度上会比弗雷德里捡破布要大得多，但基本工作原理却与后者完全一样。

我们来细看这段"侦探遇刺"：私家侦探一点点往楼上走，摄影机平滑地跟着他上升。他在向我们走近，却一直和我们保持着同一距离。这里已经有一种轻度眩晕，一种上升眩晕。由于缺少了下坠的恐怖感，它的强度并不大，但它让影像的疑云变得微妙，因而无疑是紧随其后"塌陷眩晕"的一个很好的引子。一道细细的门缝光一点点拉大（表现主义光影）。侦探继续上行。镜头突然跳至广角的垂直高俯，将楼梯和侧门都摄入画面，并拥有了纵深感，为下一个"跌落"运动储备足够的空间深度。这个意外的镜头极富想象力，它似乎突然从环环相扣的影像叙事中脱落，却立刻又将环与环扣得更紧。尖叫声效。"精神病患者"从侧门举刀出来，刺中侦探额头。特写侦探带血的额头，他身体后仰从楼梯跌落下去，摄影机跟着他一起向下。这个运动与弗雷德里捡布条的运动的方式接近，但持续时间更长，起伏更大，被摄物与摄影机与地面之间的关系也更加奇崛，并且《大都会》那个运动是第一人称视角，这里谈不上什么人称，只有表演（也许刚开始可以勉强假定为"精神病患者"的视角），镜头与演员一起运动一起表演，具有强烈的舞台气息。希区柯克的改造让这一"塌陷眩晕"变得更为强劲也更富形式感。除了"塌陷眩晕"必须具备的几个要素，他又加入了"比人类高一点点，比上帝矮一点点"这一视角，以制造带血的人脸与地面之间的关系；另外，在保持演员的面部表情与景别基本不变的前提下，希区柯克增加了演员手臂与身体的晃动幅度，让影像质感变得更加丰富；希区柯克还巧妙地在地上设置了一块地毯，一个抽象又均质的花纹，大大增强了观众的眩晕感觉。很难说希区柯克是最具原创精神的导演，但他总是能够将前辈的重要发明推向极致，使其空前绝后。

在眩晕中，
恐怖的真相与死亡的戏谑一齐降临

终极形态

我要将朗的《马布斯博士的遗嘱》和希区柯克的《深闺疑云》中的汽车追逐戏进行对比，来进一步讨论花纹、眩晕与凸起。

相比之前的《赌徒马布斯》，《马布斯博士的遗嘱》中的汽车戏有了全新的气象，不过依然遵循了朗的理性主义风格，一步步由正常推向疯狂。希区柯克《深闺疑云》中的汽车戏尽管也是遵循理性原则步步推进，但蒙太奇节奏更紧凑，转换更迅捷，影像自身的刺激性与叙事性也更强，从头到尾没有给观众以任何喘息机会。这也许就是上世纪三十年代电影与四十年代电影的区别。

罗曼警官和鲍姆博士曾经的下属汤姆驾车追鲍姆博士，两边都是敞篷车。机位在车前盖，微仰，切到罗曼警官和汤姆完整的半身，以及后景的树梢。罗曼警官在一旁不停催促，汤姆没有表情。整场追逐戏，车体带人的正面部分基本是棚拍，而十一年前那场追逐戏显然是实景拍摄，但车体和人物的照度也因此显得严重不足。除了光照方面的原因，棚拍更容易将车体与人稳定地保持于画面的固定位置，在与急驰的花纹融合之后也更容易使观众产生运动静止的错乱感，即时间眩晕。朗还增加了大量树冠的镜头，用工业照明打得雪亮。它们将在蒙太奇节奏达到峰值时彻底退化成为抽象花纹，来托举朗的终极凸起物——"疯狂"。

通过一个提前退化的路面花纹（事实上那只是一片雪亮的豹纹，完全看不清是不是路面），镜头切给鲍姆博士，机位也是架在车头前面，但将博士和半只车前灯一上一下都切入了画面。博士和汤姆一样没有表情，他的脸和身后的树也由工业照明打亮。下一个镜头给了鲍姆博士车前方路面的全景，路边有白色水泥护栏和幽暗的树林。和《赌徒马布斯》相比，这个镜头不带人物，只给了公路，选景仍在直道，两边仍有密林，

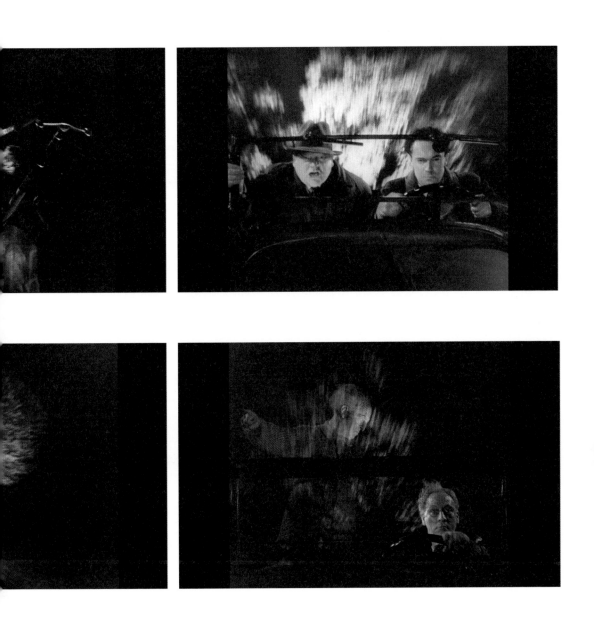

花纹凸起眩晕，疯狂

但多了两排白色水泥路桩，增加了画面的颗粒感，在更快的速度和更小的景别下，这些影像颗粒会提升花纹与眩晕的刺激度；画面更富对称感，有更深的景深，远处一片漆黑，很容易引导观众进行黑暗隐喻联想。在一个从路边拍摄的固定机位的全景镜头之后，两边的车速都开始提升。《赌徒马布斯》中也有两次跳回路面的静止镜头。显然朗偏爱通过插入这种静止镜头来控制节奏。随着车速提升，马达变粗，博士头顶的树叶渐渐模糊成一片。博士的表情更加凝固。道路似乎一下子变窄了，画面的动荡感随之增强（空镜全为实拍，动感强烈，带人物镜头基本棚拍，要相对稳定得多，不过两者剪辑在一起并不显得突兀，显然花纹眩晕凸起在蒙太奇中的快速交替很好地弥合了它们之间的裂缝）。路边出现了一辆马车，再次插入一个路边的静止镜头拍追车，然后特写两匹马在黑暗中跃起。这是一个极其有效的新的蒙太奇元素，一个凸起。之后，给博士的景别变小，画面中只剩半个车窗，但依然能看到后景雪亮的树冠。显然，朗在这时候选择更小的路，就是为了让树冠可以在后景入画。树叶变成了一团团耀眼的光斑。博士一动不动，无表情的脸静止于飞驰的花纹中，眩晕在增强。但随即，工厂和附近道口的静止镜头再次打断了整个运动。

两辆车都在最后一刻冲过道口，但汤姆和警官的车被一辆木材车给挡住了。依然是朗喜欢的节奏。下面的镜头直接切到了俯拍的流沙般的路面，和一侧仰拍的树冠，它们成了黑暗中的光的流束，只留下最低限度的树叶的颗粒。下一个镜头的场景选择极为出色，连续的 S 形弯道，车灯打得雪亮的路前方有两根高高的 A 形电线杆子，后面是一棵低矮粗壮但叶子茂密的树，在一股持续的强风中狂舞。这棵疯狂舞蹈的树在整段追逐戏中给人印象至深，它是高耸物中的一个低矮物，细长物中的一个粗壮物，黑暗中的一团毛茸茸的白光。在一长串退化成花纹的蒙太奇碎片中，它像是远远就吸附在摄影机上，以一个强力的**凸起**带着弯道急甩的眩晕与不平路面的剧烈跳感迎面扑近（这一小段进入了戈达尔的《电影史》，在他的新片《影像之书》中又再次出现）。再次插入静止镜头，从外围拍带弯道的公路。罗曼警官挥舞着拳头不停催促汤姆加速，他的帽子飞了起来，汤姆的神情更加专注，但仍一动不动。这时轮胎爆了。博士身体僵硬，头发在头顶飞舞，后方的树冠和地面彻底退化成光带，他的神情凝固于疯狂，只有双手在转动方向盘。**凸起**。音乐变得激烈，同时出现尖厉的有刮擦感的人声，马布斯博士的魅影出现在博士副驾座上，穿着病号服高高站立。**凸起**。左俯路边白色水泥桩急晃而过，**眩晕**，猛跳至右仰树冠的光带飞过，再跳至地面的光带，树梢左右左右跟着音乐节律快速轮替，带刮擦感的人声变成桀桀的笑声，马布斯博士的魅影缓缓举起手来，指向了疯人院。

八年后《深闺疑云》上映。希区柯克向我们展示了他惊人的学习和转化才能。与朗一样，希区柯克在这一段落制造了花纹、眩晕、凸起，以及疯狂，确切地说是疯狂的假象。他使用的基本手段也一样，实景退化成花纹，公路车戏的晃动感，路桩的颗粒感，两者与稳定的人体造成时间眩晕，以及最终的凸起效果（涉及人物部分显然也大都用了棚拍，但处理得足以乱真）。不过，希区柯克对朗的影像语言的提升也同样令人瞩目。《马布斯博士的遗嘱》的追逐戏有将近三分钟，而《深闺疑云》的追逐戏只有一分多钟，考虑两者的蒙太奇部件的数量相对接近，《深闺疑云》的节奏显然要快很多，而且前者有多次跳至路边的静止镜头，《深闺疑云》则马不停蹄，一气呵成。就电影的观赏性而言，《深闺疑云》的处理显然要比前者成功得多。由于《马布斯博士的遗嘱》描述的是个体对整个社会施展精神控制，而《深闺疑云》只描述夫妻之间的情感关系，因而需要对外部影像关系进行收缩，以便将观众注意力集中到两人急剧变化的精神情况中来。《深闺疑云》只有一辆而不是两辆汽车，上面坐着夫妻两人。人物之间空间关系越近，他们之间的精神反馈自然也会越迅捷、强劲。希区柯克选择在一条荒凉的海边公路上来拍摄这场戏，以提升丈夫的危险和妻子的无助、惊恐。这个场景选择令人叫绝，这意味着他将在自己的蒙太奇元素中拥有朗那场戏中没有的大海与悬崖。紧贴公路的悬崖，底下是汹涌的大海，一个让人身不由己要纵身其中的巨大旋涡，这一眩晕意象在蒙太奇关系中造成的视觉和精神冲击大大超过了《马布斯博士的遗嘱》中的那个深远的黑暗，希区柯克也以自己超凡的敏锐将其利用到了极限。另外，希区柯克保留了水泥路桩，但放弃了马车和相对常规的道口意象，也放弃了路边树丛与树冠花纹的意象（这一点出于不得已，临时大规模在山崖边植树显然不太现实，效果也不一定理想）。在蒙太奇部件的选择上，希区柯克又增加并改造了几样东西：增加了妻子的主观镜头，在丈夫凝固的侧面与后景山体的花纹之间构造眩晕；选择了更大的弯道和前方更凶险的路面结构——用一个迎面而至的三角凶象替代了**狂舞的树**的意象；在两人空间内部，他增加了方向盘、数值持续提升的车速仪表盘及其玻璃表面的环境反射——花纹。

大全景，汽车飞速开过海边公路，立刻切到与《马布斯博士的遗嘱》那场戏类似的车前机位，夫妻两人面无表情，对着观众僵坐在车里。后景，凹陷于山体中间的公路，半虚半实，还没有退化成花纹。音乐渐紧，节奏单一。丈夫伸出左臂越过妻子身体关紧车门，这是一个有意要引起观众误解的危险的动作，因为妻子外侧就是悬崖。紧接着镜头切至左前方抬起的公路，一个急剧的弯曲，上面分布着一排参差不齐的白色路桩。广角镜头在这里起了重要作用，它使得颠簸的车体、带颗粒感的弯道以及后景巨大的天空构成膨胀的眩晕感。从刚才两人带车前顶的半身景别切至只有挡风玻璃的两人正面近景，依然面无表情，但后景已经虚化。圆形车速仪表盘特写，指向四十迈，仪表盘玻璃上有飞驰的山体的流沙般的花纹反射。妻子的侧面特写（丈夫的主观镜头），后方晃过一个个路桩的黑影，更后面是虚成一片的大海。她转头看了一眼大海方向，然后又转回来，身体往悬崖方向后仰，来看丈夫。丈夫纹丝不动的侧面特写，后景山体虚成花纹。手握方向盘的特写，切回丈夫纹丝不动的侧面特写，加剧运动静止的时间眩晕感，从弦乐中凸起的急促管乐，随后弦乐也跟着变尖锐。妻子近景，她更加不安。仪表盘五十迈。妻子脸部扩成特写，视线从仪表盘转向丈夫，又慌乱地转向悬崖底下的大海，一个巨大的令人眩晕的凹陷。妻子缩起了身体。左前方带白色路桩的弯道，汽车从边上急晃过去。如果我们仔细观察，就会发现，这个凶险的带路桩的镜头前面已经出现过。这不是两段相似的路面，甚至也不是同一个镜头中相似的两条，而是同一个镜头用了两遍，就像朗那场戏，后面出现的那片"雪亮的豹纹"与开始就出现的是同一个镜头。如果我们追溯到爱森斯坦的敖德萨阶梯，会发现那里有更多的重复镜头，在影院观影时代，这样的重复是允许的，只要它们能造成足够的蒙太奇冲突，因为普通观众基本看不出来这是重复镜头。这个重复镜头也表明，在希区柯克的眼里，这个带参差路桩的弯道在视觉上有多么重大。这自然应归于朗的发明，但希区柯克的改造也同样出色，他把它们放在了更刺激的位置上：高坡，弯道，崖顶，大海。在急转弯引起的刺耳的刹车声中，妻子身体缩成一团，边全力靠向悬崖那侧的车门，边飞速扭头看丈夫。丈夫头部斜侧面特写，带着微微的俯角，他的头发在飞动，后面的山体花纹在急退。他神情更加严峻，但仍纹丝不动，似乎心中有一个坚决的计划马上就要实施。表盘特写六十二迈，音乐突然拉高，车头对着前方岔路口中间尖刀一样三角突起的岩体直冲过去。一直双唇紧闭的丈夫像断然下了决心大声喊道："我想我得抄个近道。"声音听上去如此怪异突然，像是在说：我想我得杀掉你。妻子朝悬崖方向推开了车门。底下塌陷的大海，一片急欲纵身而去的眩晕。妻子扭头看丈夫。一个奇特的大广角，丈夫身体后仰，脸如恶煞，在一片眩晕的花纹中突然抬起左臂，一只巨大的手掌推向妻子。这只手来自 1920 年《卡里加里博士的小屋》那场"影子谋杀"，在举刀的巨影在墙面凸起之后，两只绝望的手掌伸向镜头。但由于缺少广角镜

花纹眩晕凹陷凸起，"疯狂"表演

一与多，朗的纳粹研究：

在城市、工业兽、巴别塔、女人、十字架前，

人群退化为花纹。

那么朗和他庞大的《大都会》剧组呢？

头的支持，那时它们还无力真正凸起。需要等上二十一年，它们的内在能量才能在表现主义的天才弟子那里完全爆发。加里·格兰特给出了一个无与伦比的凸起，一个匪夷所思的**蒙太奇至高点**，仅有短短的数分之一秒钟，但是由于它后面是时间眩晕——山体花纹与人脸，前方是塌陷眩晕——悬崖之下大海急坠的旋涡，这一凸起便蕴藏了与凹陷的大海对等的巨大能量与暴力：他要将妻子推下大海。但下一个特写是妻子用双手抓住了丈夫的手。丈夫刚才伸出手来只是要将车门重新关上，以免妻子跌落悬崖。妻子尖叫着晕了过去。当她清醒过来的时候，发现不仅刚才是误解，一切都是误解：她丈夫是因为觉得自己无能，一直想要找一种合适的毒药不露痕迹地自杀，而不是要杀她。

弗里茨·朗与希区柯克，一个利用表现主义影像技术探讨人类精神控制与被控制，另一个则是用最精妙的表现主义技法做了一只漂亮的影像花瓶，讲了一个危机四伏最终却不过是一场误会的家庭八卦。希区柯克的虚无主义与好莱坞的票房主义互相需要并成就对方，而弗里茨·朗，因为拍了这部《马布斯博士的遗嘱》，与已加入纳粹党的妻子离婚并远走英国，本片也在德国遭到禁演。朗之后又到了美国，在好莱坞拍了不少片子，继续探索精神世界的阴影，但并不受美国人待见。他在采访中说：拍电影需要不停地斗争，尤其是在美国拍电影。

我陷入了戈达尔式的对好莱坞既爱又恨的情绪。作为学生，还有谁比希区柯克更勤奋更聪慧吗？作为导师，还有谁比希区柯克的遗产更丰富，影响力更广泛吗？作为先锋，还有谁比希区柯克技术更出众，行动更坚决，更乐于挑战极限吗？哪怕是作为匠人，还有谁比希区柯克更心无旁骛专一于自己的工作领域吗？他学习、利用、改造前辈导演的光影成就，带着一群人马为好莱坞做了一只又一只耀眼的电影花瓶，他自己也成为好莱坞最宠爱的大花瓶，一只值钱的大花瓶。戈达尔立志于将所有值钱的电影花瓶打碎，重新组装成他自己的电影花瓶，它们不值钱，

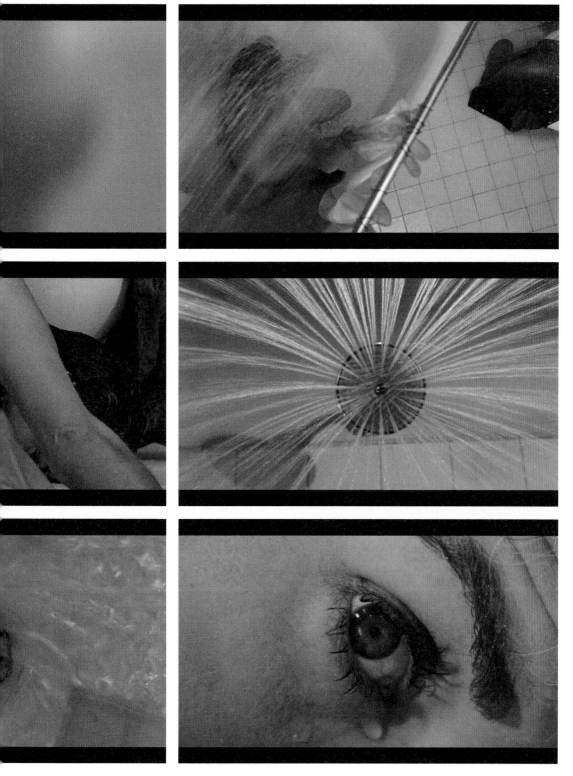

一个意外的凸起引导一段新的蒙太奇叙事

但它们是革命的，并且是炫目的。革命的电影依旧是电影，电影的荣耀他可以享受，电影原罪的恶果他也必须吞咽。我的工作呢，其实就是希区柯克的工作，对前人的影像技术做出我自己的分析与评估，除了自己吸收利用，也推广给他人。区别在于，我拆碎一只只漂亮的电影花瓶，不是为了做一个个新的**属于我自己的**电影花瓶，而是要把它们变成影像写作者们进行影像再革命的弹药。

　　拍电影与巴尔扎克式的孤独作业是完全不同的两件事情。**属于我自己的电影**，这是一个贪婪的说法。电影，只要是电影，就不会属于一个人。我不得已，在这里勉强使用朗如何，希区柯克如何，好像他们独自创造了他们导演的整部电影，就好像希区柯克的谬误不是从根本上已然出现于朗身上，或没有不可避免地重现于伯格曼身上，甚至部分地，也存在于戈达尔身上。旧话重提，一位刻意强调自己作者身份的电影导演，无可避免要剥削剧组其他创造者的名望、利益尤其是才华。那三万多名演职人员的姓和名、功与劳如今难道不全都被一个更光辉的名字：弗里茨·朗吞没了吗？没有一个被《大都会》的大场面震撼的年轻人不渴望成为电影的国王。只有成了国王，他才能有权支配十来个人连续工作八天，为了让其中十秒的长影像，那三百辆模型汽车**看上去是在动的**。一位导演利用自己拥有的社会关系，垄断整个剧组的意志，花费默片时代最大数目的金钱，最庞大的演员和制作队伍，以及巨量的胶片，生产出这样一个影像的庞然大物，来讨论异化与救赎的电影，这件事情值得信赖吗？《卡比莉亚》吃人的神兽在这部电影里演化为吃人的工业巨兽，一个关于异化的隐喻，难道这部片子不是一只异化了的电影怪兽吗？难道弗里茨·朗不正是从这"正确的谬误"的国王逻辑中获取了本不该属于他一个人的"国王的"荣耀吗？将这国王的逻辑稍加推演，不就是纳粹崛起的逻辑吗？三年前，在战败的德国经济和民生最凄凉的岁月，弗里茨·朗用巨额资金拍摄了史诗巨片《尼伯龙根》，片头题词"献给德国人民"，要为垂头丧气的德国人打气。这部希特勒十分喜爱的电影很快成为纳粹设计师 Benno vo Arent 最主要的纳粹图像的设计参照，也就是说，《尼伯龙根》开启了尔后席卷德国的纳粹设计风潮（当我们习惯于扔出"朗的电影""希区柯克的电影"这样的说法的时候，我们恐怕也只能接受：反纳粹者弗里茨·朗正是纳粹设计风潮的始作俑者这样的说法）。屠龙英雄齐格弗里德通过沐浴龙血而刀枪不入，因而屠龙英雄实际上也可视为另一条恶龙。最动人心魄的正是，且总是那同一个肮脏的隐喻，纳粹的火种便埋藏于此。而风格，在这里，只不过一如既往响应了主旨的召唤。与《尼伯龙根》有所不同，《大都会》是一部批判电影，但与《尼伯龙根》如出一辙，《大都会》浑身上下同样摇曳着纳粹的火光。在弗里茨·朗着手与体制与纳粹"斗争"之处，体制和纳粹的病毒正活跃于这"斗争"内部。它的批判主题正好可以拿来反对自己的生产模式与表现风格。要知道正是《大都会》的过度消耗让曾一度力压好莱坞的德国电影巨头乌发公司濒临破产边缘，最后不得不听任纳粹将其接管。德国电影的黄金时代就此终结。《大都会》是一部伟大的电影，也是一部堕落的电影；是一部纳粹批判电影，也是一部纳粹电影。这是一个马布斯博士炮制"反马布斯博士的故事"的故事，而远非只是如一切电影都在讲述的那个专制故事。就这一点而言，朗甚至不如希区柯克来得坦率。希特勒已经崛起，足以让朗看清楚包括他本人在内的德国人和德国精神的致命问题，并从此转向更具反射力和穿透性而不是更多依赖规模效应来达成的精神批判。这样，我们才有了《M》这部无比尖锐的电影，也正是这部电影，让朗为躲避纳粹迫害而远走他乡。

电影令人敬畏之处在于一个集体共同为一尊辉煌的光体塑形，就像长城与金字塔，它们有多雄伟就有多堕落。可是我们应当就此拆掉长城或金字塔吗？当我们站在长城或金字塔面前，我们唯一能做的只是咒骂秦始皇或埃及法老吗？它们的气势没有撼动我们的心灵吗？既然**众人**已然难以一一分辨来细述他们每一个体在完成某个非凡工作中的各自功绩，那么我们不如放下可疑的愤怒与悲切，来尽情欣赏这众人造就的黑暗中的迷人光体。

让这篇文章在一个迷人的凸起的故事中结束吧。《精神病患者》的"浴室谋杀案"，无数电影史已经反复讨论过这一段落，我要来重新讨论。

Marion 在洗澡时被 Norman 刺了许多刀。透过水帘，Marion 大特写的手掌，抠着光滑的瓷砖一点点往下滑，切至近景，她从瓷砖前费力地转过身来，残喘中身体贴着瓷砖不住下滑，直至坐倒在浴缸里。她奄奄待毙，气息越来越弱。谋杀已经完成，刺客已经离开，高潮已经过去，尖叫声效也已经随之平息，关键，眩目的蒙太奇运动已经展示完毕，观众也已经被彻底征服。一切可谓尽善尽美，通常情况下，这场戏会在此收尾，但希区柯克不愿意：还是那只手掌，由 1920 年的那两只手掌进化而成的 1941 年的手掌，这次，它缓缓从画外抬起，伸向镜头，从行将寂灭的死亡地带再次向观众凸起，正是这个凸起，将影像又带入下一个蒙太奇段落，它报复了 1923 年《十诫》杀人时的松懈迟缓，更重要的是，它报复了 1929 年《讹诈》那次杀人的简陋：这只死而复生的凸起之手以更大的特写抓住了浴帘，Marion 裸身倾倒，浴帘顶上的金属扣子爆裂开来……一只死亡之眼盯着它的死亡之源：一包钱……

最初的凸起，渐渐摆脱自己的光影面容，重生于与摄影机的双向运动之中。至此，表现主义光影泛化于新生代电影的各个局部之中，让人一时难以辨别。罗西里尼说："当然，我从那些我从未看过的电影里借用了大量的表现主义手法，你知道，信息是口口相传的，我听人说起过那些手法，事情就是那样。"

影子、反射与残缺
——光影时间线

反射叙事一二

　　阿兰·德龙驾车离去，镜头在高处跟着，小提琴开始呜咽。风吹动德纳芙一头金发。汽车从空旷的路面驶近冬霾中密织的乱树枝，一串低音提琴拨弦加入，观众被击中。镜头继续隔着黑色乱枝紧随汽车移动，拐弯。阿兰·德龙与同事并排坐在车内，小号加入，同事递给他一块口香糖，他摇头。小号尾音后面紧接两声汽车喇叭的嘀嘀。

　　或是这一段：克莱奥泪光盈盈唱完《没有你》，离开好友，黑帽黑衣灰裙，独自从楼上下来。在她推开门的那一刻，我们听到外头院子里传来叮叮两声琴音。院子一侧，一个幼童坐在地上磕磕绊绊弹一只音盒，听着似有旋律。克莱奥走过幼童，拐弯，贴着黑色墙面前行，小提琴用拨弦接上幼童弹出的弦律（事实上是拨出了刚才《没有你》的旋律），竖琴和声铺垫在后面，镜头跟着克莱奥在黑墙前移动，观众被击中。克莱奥出了铁门在人行道上行走，后面是建筑物高高的墙体，镜头则在外侧马路上跟随，一路掠过一个又一个车顶，拐角处，一群鸽子扑棱着翅膀在她面前飞起。鸽群掠过镜头飞起，黑色的克莱奥从它们后面走近镜头。鸽子响亮的振翅声打断琴音，嘈杂的环境音从克莱奥四周涌起。

　　结合之前关于花纹的讨论，我们很容易得出结论：观众被击中的那一刻正好是这两段影像的花纹泛起的时刻，也是新的音乐元素加入的

在泪光和歌声中，
癌症与青春转换为纯黑与纯白，
一个意象，一个隐喻：
黑影里的白鸽

时刻，因而观众的情绪是被花纹与音乐的对位运动激起的。这样的解释只触及到部分事实，只触及到那个我称之为"情绪触点"的东西。"情绪触点"需要一个生成过程，在上面两个段落中，是由一系列"反射"来激发的。

瓦尔达用一个连续镜头拍了克莱奥唱《没有你》，并利用光影设置最终给出了克莱奥**黑影里的白鸽**的意象。不过，这个运动是经过几次嬉闹的铺垫之后才实施的。两位音乐家朋友来探望克莱奥，其中一位是《没有你》的作者，也是本片的作曲家 Michel Legrand。三人先后唱了三首曲子，第一首是作曲家本人弹唱，镜头跟着用人吊床的节奏在几个人之间左右摇荡。第二首瓦尔达支开用人以简化人物关系，镜头从侧面推近钢琴开始，以作曲家胡闹躺地上结束。第三首《没有你》是一首悲伤的抒情歌曲。抒情，这才是瓦尔达拍这场戏的目标。新浪潮的创作者们尤其男性创作者们对于"抒情"一向缺少意大利人的光明态度，对于抒情性光影与音乐的运用总是遮遮掩掩，不愿让观众觉察，仿佛原始的直接的抒情是一种"外省人"行径。在这一点上，瓦尔达要放松一些，但也少不了游戏和胡闹的铺垫。终于第三次，镜头从钢琴一侧的中景开始，通过一个长长的圆弧运动，绕过钢琴和钢琴师来到克莱奥的面前，后期弦乐队不失时机地悄悄融入同期琴音，空间混响加重，音乐彻底抒情化，同时镜头继续不易觉察地边运动边变焦，推近克莱奥的正脸至特写，背景是预先确定好落幅的纯黑帘布。所有光都集中在克莱奥身上，象牙白的外套，领口一圈洁白的羽毛，上面是同样洁白的脖子、脸和发套，以及闪烁的泪光。整个镜头的长度正好是这首曲子的长度。尽管过程曲折，但对于法国观众来说，这样做比直接给克莱奥一个特写让她站在黑背景前唱歌要好。意大利人或许会不同意这一点，但是基于他们更悠久更广泛的抒情传统。

在完成**黑影里的白鸽**这个意象之后，悲伤的克莱奥突然对好朋友大发雷霆，冲他们吼出伤人的话。但观众会感觉她**像孩子一般纯洁又脆弱**，如此任性只是无法接受死亡的阴影落在自己身上。因而之后当弹玩具钢琴的孩子和她一起出现在院子里的时候，观众很容易在两人之间建立起镜像反射。

克莱奥下楼前已经将一身白衣换成黑衣，衬着她苍白的脸。在她推门的时候，我们已经听到从外头传来的叮叮两个琴音，它们提前进入了克莱奥的身体。这样，当她来到院子的时候，那个幼童和他的琴音就不再是完全的外来物，或附属性点缀，联系刚才克莱奥孩子似的发脾气，瓦尔达很顺利地构筑起双重反射关系：**克莱奥是一个孩子。那些磕磕绊绊的音符是那个孩子的，也是克莱奥的。**

黑暗的花纹上一小块凸起的光斑

纯洁与破碎的双重反射

一切准备就绪，当克莱奥转过院子拐角出现在墙面的**黑色花纹**前时，**一束微光**落在她的脸和帽檐下的一抹金发上，**黑影里的白鸽**意象的再现或变体！拨弦乐模仿小孩磕磕绊绊的琴音及时追上这一意象，将属于孩子的琴音接续于属于克莱奥的弦乐之中，并将刚才构筑的双重反射融入这一意象之中。这一段弦乐同时也是刚才《没有你》歌唱的一次回响。多重反射汇聚于此，使其成为一个"情绪触点"。借着它，音乐从院子的物理空间移向克莱奥的精神空间，听上去就像是克莱奥内心有一个音盒在磕磕绊绊拨动琴弦。之前克莱奥唱歌的那个段落并没有产生情绪触点，因为那一段的情绪是在**私人空间中的公共空间**中被逐渐推向峰值的，**黑影里的白鸽**的意象是最后才形成的，其反射关系也相对简单；而在这里，墙面的**黑色花纹**与那**一束微光**作为黑影里的白鸽意象的再现，是在拐角处的**公共空间中的私密空间**中忽然降临的，并且吸纳了丰富的反射与回响。观众被一时击中，并随着音乐与克莱奥一起上街。鸽群飞起，又一个双重反射，鸽子形象的反射，纷乱与破碎的反射（从起飞的鸽子这边望过去，克莱奥的身体是破碎的，就像《电影史》中，玛丽莲·梦露在希区柯克的飞舞的"群鸟"中破碎）。鸽群的振翅打断音乐，整个运动结束，它由反射开始，在反射中结束。

《一个警察》结尾处的反射关系更为复杂，但梅尔维尔的处理却极为简洁。他用了几组具有清晰对称性的意象与声象来组织整段影像，让观众能够借助自己的观影情绪在它们之间建立起反射与转换。

黑帮老大西蒙提了箱子走向前来接应他的妻子的汽车，身后有人叫出他名字，是他的警察朋友爱德华，手里有枪。爱德华提醒西蒙别动。西蒙很清楚爱德华在说什么。两个男人之间说不清的友爱与敌意在这一刻简化为保护共同喜欢的女人的默契，而女人就坐在马路对面的车内。一辆警车在拐角急转急停，车轮与地面的刮擦像一声男人的哀叫。爱德华向西蒙走了两步，西蒙面带微笑走向爱德华，镜头迎上前去。爱德华再次提醒：别动，西蒙。西蒙立即做了个往怀里掏枪的动作，于是爱德华开枪将西蒙打死。爱德华和同事上前摸了西蒙胸口，说没有枪。女人站在街对面，车外，观看了这出男人用生命为她表演的戏剧。她已暴露在外，若不是两个男人掩护，便是一个无处可逃的猎物。她以无畏的裸露回应了男人们的慷慨，她的一头金发是乱的。镜头给回爱德华和他同事，爱德华的头发也是乱的，这时我们才会想起来，刚才爱德华跑到西蒙的尸体边上的时候，他的头发就已经是乱的。同事质疑爱德华是不是开枪太快，爱德华敷衍过去。他的另外几个同事也赶到。这时候画外传来两声轻弱的汽车的嘀嘀，听上去格外不真实因而也格外清晰。

我们可以将**乱发**视为花纹的一种变体。阿兰·德龙和德纳芙的乱发首先是他俩各自内心图景的反射，不过相对微弱，易于被忽略。但当两者彼此形成镜像反射关系的时候，它们便合成一个强劲的**乱的**意象，并重新与两人的内心图景构成强劲反射。梅尔维尔的语言的简约在于，他没有特殊地用额外的语句或强化的表演来处理这一反射，而是在普通的影像空间关系中将其呈现。因而，这样的反射关系，你可以说它存在，也可以说它并不实际存在。没有人可以完全反驳这样的说法：阿兰·德龙的乱发偶遇了德纳芙的乱发，因为当时有风，没有确凿的证据可以表明，他俩那时的心情也跟他俩那时的头发一样乱。恐怕也是因为这一点，一些观众会认为梅尔维尔的电影存在信息缺失。但不管你是否注意到或承认这些事象之间存在着反射关系，如果类似的偶遇在某一影像序列中频繁出现，我们的观影情绪就会受到影响。我们之前已经讨论过**花纹的反射力**，我们现在要讨论的"反射叙事"正是基于事象的反射力构筑起来的一种叙事模式。既然"反射"真切可感，"反射叙事"自然也当有迹可循。与所有成熟的叙事手段一样，"反射叙事"也有其由简而繁的演化历史。我们将在历史中辨认它的各种变化模样。

下一个镜头更能展示梅尔维尔的简约风格，出人意料的高位垂直俯拍,阿兰·德龙走向汽车去接总部电话。梅尔维尔至少将三重关系融于这高位垂直俯拍之中。首先它对过于浓烈的影像情绪做了一次疏离;其次,街道拐角的弧线与汽车深蓝色的直线以及左侧大面积的空白路面构成一个"纯形",一个处于远观中的事物的优雅的框架,因其洁净而靠向虚无,从而消除急欲收缩并确定的语义边框,进入广泛的自由语义运动;最后,梅尔维尔需要让汽车在这一机位下离开,进入新的反射。梅尔维尔影像中经常有极为丰沛的语义从叙事中溢出,但它们不是通过相应的额外影像,反而是通过影像的缺损来传递,使得叙事语义远远超过影像运动的密度,从而制造其简约影像风格的悠长余韵。

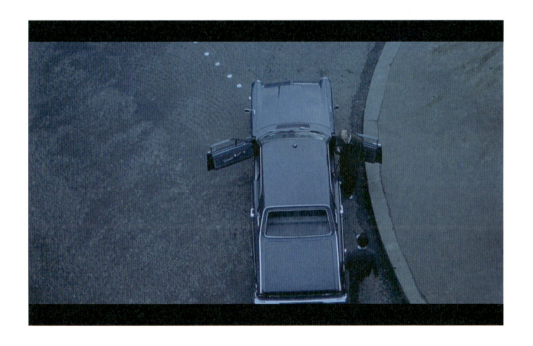

一次疏离,

一个纯形,

一个预置的离场机位

阿兰·德龙打完电话要从另一端上车。镜头切回他的侧面近景，他的乱发已经复原，他抬头看到了对面的德纳芙，停顿，后景是虚焦的梧桐乱枝。同景别反打德纳芙侧面，她的面容美丽、空无，她裘皮大衣上一头瀑布般的金色长发格外迷人，后景是虚焦的梧桐乱枝。这是之前两人乱发反射的再现与强化，他俩真正地像镜子一样相向而立。两人侧脸与后景虚焦的梧桐枝也存在着反射关系，只是由于持续时间较短，并不突出。德纳芙微微低头，镜头推近至她侧脸特写，微风吹动她的金发，她又抬头来看着对面，同景别阿兰·德龙侧脸特写，他从德纳芙方向收回目光，转过头去看，全景，他的两个同事在处理地上西蒙的尸体，切回阿兰·德龙脸部特写，再切对面德纳芙侧脸特写，她的金发占了近一半画面，风把它吹得更乱了，几乎遮住了她整张脸。这样，在阿兰·德龙与德纳芙之间有了两个来回的对等景别的互看，中间有一个全景的死去的西蒙插入镜头。德纳芙的侧脸占了更长的时间和更多的画面，并且有一次推近，她浓密的金发（连着底下的裘皮大衣）的反射力远远强于阿兰·德龙的头发。

镜头跳回刚才的警车的垂直俯拍，阿兰·德龙绕至驾驶座，开车离去，镜头跟着它向前移动，小提琴的女性般的哭泣在汽车马达声中及时溢出，它首先是德纳芙内心状况的一个反射，但同时也与西蒙倒下前

在彼此的乱中注视彼此

警车刮擦地面的尖叫构成反射，这一双重反射关系增强了"哭泣"的空间感和绵延感，死亡，尖叫，休克，哭泣，"哭泣"成为"尖叫"的延续。镜头在高位跟着汽车摇过两排冬日梧桐稀疏的乱枝，然后在小提琴持续的呜咽中，又出人意料地切回立在原地的德纳芙的侧脸特写，她缓缓收起目光，将半个脑袋埋进衣领，如同默哀。风稍大，呼呼吹着她的金发。镜头回到高位跟摇，汽车从空旷的路面驶入一团乱麻的树枝。乱枝一方面是德纳芙乱发的反射，另一方面又是乱发意象的转换与延续，自然也承接了乱发意象所蕴含的德纳芙之前内心的全部反射。乱枝的面积之大不仅足以承接这些反射，还能将它们进一步扩散开去。由于摄影机此时隔着乱枝追踪着底下的汽车，因而它扩散的主要方向是坐在车里的阿兰·德龙，也就是说，德纳芙的内心之乱通过乱发反射至乱枝，再借由乱枝反射为阿兰·德龙的内心图景。当然部分也重新反射回德纳芙内心，部分则扩散至更大的空间，因为反射总是互相渗透的，也总会伴随散射。汽车一出现于乱枝之下，那串低音提琴拨弦便立刻给出，因而它首先是乱发与乱枝反射落在声音空间上的一个同步涟漪。它是低沉的，但保持了应有的弹性，不同于铺在底下的细小尖细的小提琴的哭泣（那是德纳芙的），因而就对位关系而言，它可视为阿兰·德龙内心震荡的

在意象与意象的反射中，
"乱"从悲伤的德纳芙向整个巴黎扩散

一个反射。这只是根据声音与角色之气质的对位关系及其在影像空间中给出的时机做出的基本判断，而无法完全言之凿凿说这是什么那是什么，如前所言，反射总是彼此渗透的，并且总会伴随着更难确定其边界的散射，这也正是反射叙事的魅力所在。这是本叙事段落最强大的一次反射，也是此前所有反射的一次聚合。一串气质迥异的低沉提琴拨弦在此聚合点忽然不期而至，它便成为了整段影像最重大的情绪触点：观众不再在意小提琴是给谁的，大提琴是给谁的，这一串拨弦发出的震荡，太像是有人拨动他们的神经发出的声响。他们甘愿被动地跟着镜头在乱枝间滑行，听任反射的涟漪持续蔓延开去。

镜头切至汽车前窗，两个男人默然看着前方，后景是凯旋门。反射幅度继续扩大，同时也逐步稀释，阿兰·德龙从兄弟义气、儿女情长重新回到了一个警察的本分，清亮的小号替代了弦乐，随后，我们听到了嘀嘀，是很早前那两声轻弱的嘀嘀的反射，将我们带回刚才的杀人现场，就好像这是它发出的一个渐弱的信号。这生硬的嘀嘀同时也是阿兰·德龙生硬内心的反射，它作为声音是如此具体，作为反射又是如此抽象，淡漠，但也因此更多余韵，它们不断地重复直至影片结束。

作为隐喻的电影

以幻象之持续模拟世界之持续，以幻象之完整模拟世界之完整，让人类有机会观看两种平行的现实，这是电影相较于其他艺术的独特优势。但电影作为黑暗中的光体，从根本上，如戈达尔所说，是一个隐喻，一个持续的但短暂的世界幻影。如果坚持电影作为隐喻，作为短暂的幻影，那么，电影和其他艺术一样，相较于广阔的世界，终究也是一种残缺艺术。这样，以影子呈现，以隐喻说话，以反射指意，以虚拟创世，意味着电影不再拟真现实，而是以影像之所是追求影像之真实。这便是影像世界的表现主义的由来。

早期的表现主义电影家们痴迷于事物的光影面容，并以光与影来为世界塑形：不是一朵花，而是一朵由光与影织造的花，不是一只手握住了一朵花，而是一团手的光影握住了一团花的光影，不是一个人的命运，而是一个人的光影体积的命运。而电影作为黑暗中的光体运动，抓住了光与影便抓住了电影艺术的根本。这就是为什么，电影中的表现主义运动远比其他艺术领域的表现主义运动影响更广大，更持久。对光与影与形以及与之相关的叙事技艺的持续探索，为电影带来了影像语言和影像叙事学最重大的革命。最先投入这一激进的探索的是德国表现主义导演们，罗伯特·维内则是这些先锋中的先锋，他甚至在他 1914 年的导演处女作《他右，她左》时就开始探索表现主义影像，比《一个国家的诞生》上映还早一年。他导演的《卡里加里博士的小屋》则展示了一个完整的光影叙事样本，并将表现主义之风推至极限。

就影像的形态与风格而言，表现主义电影运动为电影制造了花纹、眩晕、凸起等丰富的光影面孔，就影像叙事学而言，它创造了光影叙事，并由此催生出影子叙事、反射叙事、悬念叙事、残缺叙事、意象叙事、隐喻叙事等一系列叙事艺术。通过直接观看，也通过罗西里尼说的"口口相传"，通过模仿与再模仿，挪用与再挪用，通过拓展、转移与再创造，表现主义电影运动影响之深远，波及当今电影的每一个角落。今天，当我们看到一部电影中成熟的反射手法时，我们会敬叹导演的天才，却很难将它与上世纪二十年代的表现主义电影挂上钩。而事实上，不光本文开头两个电影段落中的反射叙事技法与表现主义电影有关，电影史津津乐道的刘别谦"触感"、布列松"反应"和希区柯克"悬疑"，甚至爱森斯坦的"蒙太奇"，我们都可以从表现主义电影中里找到其胚芽。即便那些不以表现主义影像风格著称的大师们，奥逊·威尔斯、罗西里尼、梅尔维尔、伯格曼、费里尼、安东尼奥尼，甚至戈达尔，如果我们想要了解他们导演的电影的影像语言与影像叙事学的完整内涵，我们就当回溯魏玛时期的德国表现主义电影运动，直至罗伯特·维内那部《卡里加里博士的小屋》。

表现主义电影运动是艺术领域表现主义运动的延续，但电影作为工业，需要资本支持和团队合作，得有更大的驱动力才能最终促成如此巨大的一个运动。此前盛行欧洲的柏格森生命哲学和弗洛伊德精神分析哲学是驱动力之一；"一战"之后，欧洲的现实与精神的双重废墟促进了欧洲人的精神内视意愿，这是驱动力之二；战争同样也将当时欧洲的电影工业毁坏殆尽，欧洲人尤其作为战败国的德国人，不再有财力去搞之前在世界范围内流行的历史传奇电影，那样的电影也缺乏视觉说服力。笼统地来说，美国电影与欧洲电影就此走上不同的道路，一边是资本控制的片厂与制作人中心制，一边是以探求语言为己任的导演中心制。对金钱与创造视觉奇观的渴望让众多欧洲天才导演，尤其是德国导演，开始纷纷向好莱坞迁徙。按戈达尔的说法："当时好莱坞有近一半人都来自德国，环球公司也是德国人卡尔·莱姆勒创立的。"表现主义电影成就也因此融合于好莱坞电影。

我们已经讨论过表现主义电影的光影面容，现在，我要来讲它们在叙事学上的成就，内在的，幻想的，扭曲的，反射的，残缺的，隐喻的，运动的。

爱森斯坦在拍摄第一部长片《罢工》（1925）之前就参与了苏联版的朗导演的《赌徒马布斯》的剪辑工作，他此后导演的包括《罢工》《战舰波将金号》《十月》等电影，都有明显的表现主义风格痕迹，无疑与此有关。不过，我仍然不会在这里讨论"爱森斯坦的电影"，不然我们的讨论就会变得十分复杂，他在光影叙事上的成就引人瞩目，但主要是服务于他的蒙太奇叙事，很难单独拿出来讨论。况且，本文的主要任务是讨论光影叙事的起源及其与后来电影中出现的反射叙事和残缺叙事的关系，爱森斯坦的电影则与此并无太多关联。我将撇开一些枝节，尽量将讨论集中于德国表现主义电影与那些流传至今的重大的影像叙事学之间的关系，其余则留给读者自己去分析。

电影仍处在默片时代，电影大都会通过强化其他部分，尤其肢体与面部表达，来弥补声音的缺失。这造成默片时代的电影多少都会有些表现主义倾向。不过由于这种倾向是被动的，它因而也是局部的、软弱的。拿同时期的美国电影与《三生记》《卡里加里博士的小屋》或《诺斯费拉图》作比较，我们很难看出它们之间的差异。《卡里加里博士的小屋》的出现意味着表现主义影像有了自己完整的形态：面孔（错乱的光影），姿式（癫痫与舞蹈），主题（精神控制），场景与剧情（剧场与棺材，梦游与谋杀，精神病与精神病医生），叙事基于所有这一切展开，形成强烈的、持续的、可辨认的影像风格。因而可以说，《卡里加里博士的小屋》是表现主义电影的元年。这部电影的出现，让影像从此有了有别于**历史真实与日常真实**的真实追求，**精神真实与狂想真实**，其使命是构造黑暗中的新事实，或者说自行其是的独立影像事实。那么"超人大白鲨蝙蝠侠蜘蛛侠"是否也可归于**狂想真实**？就这些好莱坞电影的影像形态都能从表现主义电影那里找到源头而言（"弗里茨·朗的电影"或许为好莱坞贡献了最多的幻想类电影的基本模型），我们自然可以说它们与表现主义电影的**狂想真实**存在着关联，至少，是一种**堕落了的**关联。好莱坞式的幻想影像其实只是**日常真实**的一个延续，是对日常的一种嵌入或修饰。"超人大白鲨蝙蝠侠蜘蛛侠"，无一不崛起于日常生活场景，又无一不在两小时之后回归日常生活场景；就观影哲学而言，这些电影都存在同一个观影假定：无论你看到的景象有多么离奇，在离开影院之前，你最好相信它们确实存在于电影院之外的日常生活之中。而表现主义电影则试图告诉观众：你看到的是一个隐喻，它们存在于我们精神的影子里。

光影叙事应当是一种整体的连续行为

影子

　　罗伯特·维内利用绘画的便捷和低成本快速地确立了影像的光影风格，但也因此令电影工业难以插足其影像生产，事实上是让电影生产从电影工业链条里脱落了，因而，这样的电影在电影史中也就此一例。很快，茂瑙、希区柯克和朗，会将罗伯特·维内取得的叙事成就重新倒回电影工业体系中去。这是资本的要求，也是电影宿命。尽管如此，这部电影依然引导了未来电影的走向，不论朗、茂瑙还是希区柯克，他们各自取得的影像成就都离不开罗伯特·维内的这一伟大示范，包括我们接下去要讨论的"影子"与"姿式"。

1920 年，

罗伯特·维内的影子已经凸起，

手

还陷落在晕眩的花纹平面里

影子艺术应该很早就存在于民间艺人表演和戏剧舞台。电影里的影子叙事无疑也来源于此。1920 年，有三部电影都出现了影子叙事（或许还有更早），弗里茨·朗的《蜘蛛 2》，法国人莫里斯·都纳尔和克拉伦斯·布朗共同导演的《最后一个莫希干人》，以及罗伯特·维内导演的《卡里加里博士的小屋》。《蜘蛛 2》与《最后一个莫希干人》中，涉及影子叙事的段落都与"野蛮人"形象刻画相关，似乎，**影子之特殊**正好可以对应于"野蛮人"**形象之特殊**。不过，《最后一个莫希干人》结尾处莫西干人伸向女主角的手影只是短暂地一闪，整体叙事手法上，这部电影与同时期其他默片相比也并无特殊之处。相比之下，《蜘蛛 2》在处理千里眼寻找"佛头钻石"那一段中，可以看出朗导演强烈的光影塑造意愿，也最终形成了明确的影像风格：千里眼出场的镜头是一个全景，千里眼端坐在卷曲的花蕾状层层深入的门洞最深处，他影子在他身体四周像莲花花瓣一般张开。来访者进屋后，朗又以连续的多人脸部特写来强化这一段落光影结构的神秘效果。在唐人区，朗则是通过大环境的光影布局，在全景中给出唐人区整体上的神秘与腐败。如果把影子叙事放在光影叙事框架下来讨论，我可以将《蜘蛛 2》的这些影子戏归属于光影叙事，而《最后一个莫希干人》则算不上。不过，撇开总体上的光影风格塑造，单就具体的影子叙事而言，它们都没法与同年上映的《卡里加里博士的小屋》相比。

梦游者杀死了阿兰，但我们没有看到阿兰如何被谋杀，只看到梦游者在墙上的影子举起尖刀刺向阿兰的影子。这之前，梦游者还没走近阿兰，就已在阿兰卧室墙上投出了一块缓缓升起的大黑影，然后是阿兰惊恐地伸向镜头的双手特写（《深闺疑云》中，希区柯克将之改造成为惊人的凸起），切回两人投在墙面的影子的搏斗，直到尖刀刺下，整个过程都通过影子运动来叙事，没有回到真实的人与人之间的搏斗。这不只是一段强表现主义风格的影子叙事，它事实上已经开启了一种全新的叙事形式：间接叙事。间接叙事得以成立或多或少基于事物广泛存在的反射性，不论这种反射是指向精神运动还是指向故事运动。而影子运动正好可以以最直观的方式指向精神，或指向故事，或是同时指向精神与故事。尽管之后的电影中出现的间接叙事并不一定都与影子叙事有直接关联，但其源头是影子叙事。我们将通过见证影子叙事的一次又一次"变奏"再"变奏"来验证这一观点。

《诺斯费拉图》中那些影子戏显然是从《卡里加里博士的小屋》的这段影子叙事得到了启发。它们作为电影整体的光影叙事的一部分十分精彩，影子形象塑造之醒目甚至远胜老师，但就叙事而言，它们都不够完整，并不能像梦游者杀人那样构成独立的叙事单元。《魅影》中那场小镇黑影追人戏十分著名，它证明表现主义光影想象力可以出色地融入现实题材的电影。不过，这场戏动用了大型机械装置与巨量工业灯光，这意味着个人的景观式的光影想象需要置于电影工业框架中才能得到实施。是个人的，还是大工业的，需要分配的远不只是创作，还有成果与权力。无论如何，这场影子戏的运动光影是对《诺斯费拉图》的静止光影雕刻的突破，展示了将影子转变成花纹的新可能性。《塔度夫》中楼梯口华丽的运动影子或者说花纹，是这一光影运动的延续与发展。

影子叙事最重大的演化出现在《讹诈》画家工作室那场杀人戏中。希区柯克在这里展示了天才的综合才能。这场影子杀人戏本身就是一段完整影子叙事，但希区柯克并没有像梦游者杀人那样把影子戏单独拿出来加以展示，而是将它们作为光影部件之一融于整个画室戏的整体光影叙事之中，最终完成了一种全新的间接叙事。可以说，这场戏中的主要光影部件都来自他人，但希区柯克不仅在每一个局部上做了出色的改造，还把它们很好地糅合在了一起，让它们在保持高度风格化的同时依然具有现实可信度。这是电影工业期待的。画家工作室的光影设置是《卡里加里博士的小屋》与《诺斯费拉图》室内风格的延展。斜面柱体和倾斜的画架，皇冠状壁炉，黑色屏风，方格落地窗，大帘布和锥形吊灯，适合制造灯光下或假定月光下阴郁的光影效果。就在这场戏和这场戏之后，我们看到了许多新的反射手法，指向环境氛围或是心理感受，比之《房客》中的反射更显成熟而且丰富。希区柯克采用《房客》的"影子标记"（脸部十字）手法做出第一个反射，他从《卡里加里博士的小屋》梦游者谋杀珍妮现场的后景的花纹中提取的一朵锥形之"花"投在了艺术家脸颊上，它来自边上的锥形灯罩。这是一个有趣的**关于凶险的反射，是影子以花纹内化，构成反射**，比房客脸上的十字黑影要更为明确有效。不过，这种"影子标记"依然太过强烈，也太过生硬，希区柯克以后几乎没有再用。之后，画家试图在壁炉前强奸爱丽丝，希区柯克在这里用了一段完整的影子叙事，让两人的影子在皇冠边饰投出的尖锐的大锯齿黑影下搏斗，当镜头跟着影子右摇的时候，两人已经进了剧烈晃动的帘布后面，爱丽丝在不断叫着"让我走"，她的手挣扎着从帘布后面伸出来，镜头不作切换，快速推近爱丽丝绝望挥舞的手臂，事实上，我们看到它在同时向三件彼此靠得很近的东西推近，面包刀，爱丽丝挥舞的手臂，和它张开的手指在墙上的黑影，边上是几道形如尖刀的壁炉投影。一个无与伦比的影像内部蒙太奇，除了面包刀和手臂，主要元素是两个具有强反射效果的影子"花纹"。爱丽丝抓住面包刀的手缩回到帘布后面，一阵晃动，画家的手垂下来，搁在刚才放面包刀的地方，然后爱丽丝缓缓地从帘布后面退出来，手持杀人凶器，雪白的半裸的身体长久地站在那块凶险的壁炉黑影前面。整个搏斗到最后杀人，用两个长镜头，结合推近运动，花纹反射，作为间接叙事的影子叙事，和以表象反射实情的间接叙事（动荡的帘布反射杀人），共同构成一段极富于刺激性和想象空间的完整的间接叙事。从影子戏与帘子戏的融合，我们可以看到，间接叙事除了借助影子，还可以用其他方式达成，并且它们可以完美地融合在一起。到了弗里茨·朗导演的《M》，我们将看到，影子叙事不再局限于**具体的运动内容**，一次谋杀，一次移动，或一次搏斗，也不再依赖**形态与所指都很明确且刻意强化的反射**，一个凶险的"影子标记"，或是一道可怕的锯齿黑影，而是演化成了表面形态更加日常普通内涵暗流更加丰富也更加不确定的**反射叙事**。正是这样一次次的综合与推进，地域化的表现主义光影艺术才一步步纳入到了现代电影的表达之中。有意思的是，在《M》上映后的第二年，丹麦人德莱叶又反过头来，利用德国人取得的成就，在他导演的《吸血鬼》中单独将影子叙事推进成为电影的主体叙事，并成为影子叙事的典范。对于影像写作者来说，影像是至上的，电影是次要的，电影史的演化序列只是一个坐标参考，他可以将其重新打散，以自己所好将它们并置、倒置或是彻底重置。

姿式

我在这里说的"姿式"并不是指通常所说的戏剧化肢体造型，而是指创作者赋予人物的性格化行为模式，也就是说，前者是临时的，或因地制宜的，而后者因为与性格相关，是持续的、稳定的、可辨认的。电影中最早的"姿式"出现在默片时期的喜剧人物身上，巴斯特·基顿有其"姿式"，卓别林也有其"姿式"。而罗伯特·维内则将"姿式"揉入表现主义光影叙事，在《卡里加里博士的小屋》中，他给了卡里加里博士的一个"癫痫姿式"，给了梦游者一个"舞蹈姿式"。这是一次极富想象力的嫁接，因为在动作喜剧中，"姿式"只是通过固化行为模式加强了表演的喜剧性，它一旦与表现主义结合，便具有了前所未有的精神反射能量。观察一下朗、茂瑙和希区柯克如何利用"姿式"来创作影像，我们就能知道这一嫁接对于后来者的启示意义。塞西尔·德米尔导演的《十诫》于 1923 年上映，最后那场谋杀戏，尽管在光影风格上有浓烈的表现主义倾向，整体叙事却十分软弱，远远达不到朗或茂瑙导演的电影的张力与速度感，除了蒙太奇节奏过于缓慢，最主要的原因是缺少"姿式"。

梦游者刺杀阿兰和刺杀珍妮两场戏，一场拍了影子，一场拍了真人，它们都展示了强化的"姿式"（持续、特写、舞蹈化）对于"凸起"的决定意义。虽然这些"姿式"在经过强化以后更显夸张，但依然并不突兀，原因就在于它们已被内置于人物性格，并作为其稳定的行为模式融于影像的整体风格。**借助姿式的性格内化**，即便是在越来越强调影像真实感的今天，我们依然可以利用"姿式"创作出生动的影像。

最早吸纳罗伯特·维内"姿式"成果的仍是茂瑙。他在《最卑贱的人》中给了老人"倾斜姿式"，让他踩出无法见容于世界的横行"螃蟹步"。这样的"姿式"是卑贱的，因为它是偏执的。"最卑贱的人"的脸、身体和腿在失去体面的制服后突然倾斜了，仿佛他的世界也在那时突然倾斜了。"姿式"在这里不仅是一种性格化的人物行为模式，也是与主题一致的语言。就这一点而言，"姿式"具有了叙事学的意义。

当"最卑贱的人"偷了制服来到大厅，我们看到他忽然一连串的制动、旋转、倾斜、急行，将自己的古怪的"螃蟹步"变成了更加古怪的舞蹈；中焦镜头（跟《魅影》中一样，囿于光学仪器的滞后带来的无可替代的影像的迫近感）及时大面积急速移动，越过老人臃肿的身体甩向沉睡的大堂服务生（同样囿于摄影机运动能力造成的无可替代的影像的晃动感），将观众抛入一片眩晕。这是表现主义最强大的时刻，是"姿式"与摄影机携手共赴眩晕并有充足能量化解一切负面的戏剧时刻。它是戏谑的，同时是优雅的，解放的。

一种倾斜的"姿式"

在致命时刻变成了一种舞步

在无声电影时期，如果故事不够强大，那么"姿式"的设计就变得至关重要。《诺斯费拉图》没有"姿式"但有奇特的造型，因而观众对吸血鬼印象深刻，但感觉不到他的性格。《魅影》没有"姿式"，只有幻象，观众记住了一些有趣的光影画面，却记不住任何人。《塔度夫》中的伪善者用了"蛤蟆姿式"，《浮士德》中的第一个魔鬼用的也是这个姿式，不过一个是淫荡的斜眼蛤蟆，一个是蔑视的跳舞蛤蟆。塔度夫不仅自己让观众过目难忘，也让艾米丽显得更加光彩照人。《浮士德》中撒旦一号借助"蛤蟆姿式"而魔焰万丈，风头完全盖过了撒旦二号，因为后者虽然也有"姿式"但只是个普通的小丑。

在《日出》中，茂瑙给了男主人一个沉重的"姿式"，那是一种负罪的"姿式"，为了制造这一"姿式"，他在男主人衣服的背部垫了

埃米尔 · 雅宁斯的 "蛤蟆姿式"

像受了惊吓的鸟儿一样缩起身体

东西，看上去他永远低着脑袋，又在他鞋子里装了铁块，让他迈不开步伐。只有他流下悔罪的泪水，搂着妻子从教堂出来，他才恢复了年轻人的挺拔"姿式"。相应地，茂瑙给了他妻子一个受到惊吓的"蜷缩姿式"。

弗里茨·朗导演的大部分电影都不使用"姿式"，对理性和影像建筑感的强调让他在这方面十分谨慎。不过，他在《大都会》中使用了"姿式"。他给了被梦游症控制的工人以"机械姿式"，并以此制造出庞大人群的"机械花纹"。玛丽亚与 Hel 用了同一个演员，在无声片时代，朗只能利用"姿式"让观众可以很快将两人区分开来。玛丽亚是爱的化身，爱不需要太多"姿式"，因而玛丽亚的"姿式"很贫乏，不是张开怀抱就是将手放在胸口。Hel 代表欲望，朗给了她拥有活跃曲线的"野猫姿式"，她也因此成功地凸起于男人面前。在雷诺阿导演的《娜娜》（1926 年上映）中，我们同样见到了类似的"野猫姿式"，但更急速，更自发，更密集，也更短暂，它不再是**欲望诱惑**的"姿式"，而是**欲望消耗**的"姿式"，娜娜的生命随之快速消耗，就像一颗蜡烛的火苗在上流社会短暂地蹿跳了几下。

有声电影出现之后，"姿式"开始快速退化，不仅因为人物的辨认变得容易了，影像空间也因为有了声轨而变得更接近现实空间。对于许多导演来说，通过声音来制造"姿式"远比通过人物身体制造"姿式"来得简便，而且"可信"。有意思的是，在"黑泽明电影"里，"姿式"又再次被强力运用，并成为"黑泽明电影"的标志。日本是一个崇尚形式的国家，罗兰·巴特称其为"符号帝国"。"黑泽明电影"中的人物"姿式"符合人们关于日本气质的想象。这或许是黑泽明电影能在西方产生如此巨大的影响力的原因之一。

"希区柯克电影"中的人物几乎都没有上面讨论的那种**固定的"姿式"**，这是因为悬疑叙事需要人物对环境变化做出及时反应，不变的"姿式"或浓墨重彩的性格描绘反而会对悬疑叙事起到破坏作用。丹佛小姐的"僵直"或许可以勉强称得上是一种"姿式"，她也因此而成为整个电影中最具性格魅力的一个角色，但《蝴蝶梦》恰好不是一部真正的悬疑电影。尽管如此，我仍要说，希区柯克或许是有声电影时代最懂得利用"姿式"的导演。《深闺疑云》中加里·格兰特那只"凸起"的手掌利用了"姿式"。虽然丈夫之前没有过这样奇特的"姿式"，但他一直是以**一个有谋杀意向的角色**出现在妻子和观众面前，也就是说**谋杀动作**一直潜伏在这个角色的身体内部，而最后一刻手掌的凸起只是那个潜伏性格的行为外化。因而，这是一个稳定持续的"谋杀姿式"，虽然出现时间不到一秒，但好像早已在他心中演过一遍又一遍。《精神病患者》中侦探遇刺跌下楼去，他瞪大双眼，疯狂地挥动着两个手臂。这个动作跟侦探之前的平静细心形成巨大反差，完全不能反映这个角色的性格特征。观众无疑看到了这一点，也会觉得他的动作很夸张，却仍然会为之喝彩。原因不仅仅是希区柯克在这里制造了一段精彩的眩晕，而是，侦探突然变得如此"癫狂"意味着希区柯克将会满足他们对于电影的渴望：侦探在死亡降临的那一刻看到了一个观众没有看到的可怕真相。也就是说，他瞪大的双眼是一个反射叙事：一个他之前盘问过好半天并有所怀疑的男孩，以一种彻底超乎他想象的恐怖面目出现在他面前并将他杀死。我们之前已经在女主角被刺杀时目睹过这个"恐怖"，也目睹过其从罗伯特·维内那儿借用的"姿式"，但那块塑料帘布挡住了刺杀者的完整面容。我们隐约感觉那是一个老妇人，但这反而令我们更加疑云重重。一个真相不仅超过了一名嗅觉敏锐的职业侦探的想象力，还令他感到恐怖，在谜底已揭晓之后，死亡又将它重新掩埋，于是，它便成为了观众更急欲一窥究竟的悬念。作为**真相的反射**，这个"姿式"实际不是侦探的，它一方面属于事件，一方面属于杀人犯，他在说话的时候，他在杀人的时候，都显示出了精神病患者的痉挛症状。这是一个"痉挛姿式"，它不仅没有损害希区柯克的悬念叙事，还与巨大的眩晕一起将其急速强化。因为它没有停留于"造型"，或止步于"性格反射"，而已然是一种自觉的语言，一种用以实现希区柯克叙事美学的语言。也只有从语言的角度，我们才能恰当理解希区柯克拍摄的电影里众多"姿式"，以及它们与早期表现主义电影中出现的"姿式"的差异。

现在我们需要来重新看一下《出租车司机》那段"暴力瞬间的小步舞"。罗伯特·德尼罗一手捂着中弹的脖子，一手枪指满身血污号叫着爬向他的妓院老板，踩着轻柔的小步舞缓缓退向楼梯拐角。这是一个"姿式"，而不是一个造型。它构成凸起却并不突兀，因为它和出租车司机自己剃的莫西干人发型、他练习枪法的优雅动作、他行车时的绚丽视野，包括他那只在第一个女孩面前划出一道优美弧线的手掌一脉相承。尽管这些"姿式"不以固定的"形"出现，却保持了互相间的内在精神关联，都是主人公敏感气质的投射。在这里，它看上去像是杀手的一个莫名的

以酒神的"姿式"赴死

灵感反应，一个古怪的眩晕，就好像屠杀现场之外的某个灵启忽然降临到他身上，让他在暴力一刻的瞬间出离，站在了血腥深处那条优雅的"事象地平线"之前。正是"姿式"的力量，造就了妓院暴力巨大的亦正亦邪的眩晕涡流。这是对"最卑贱的人"那个奇特的"螃蟹舞步"的回溯与超越。它是残暴的，轻盈的，偏执的，戏谑的。

"姿式"从未从电影中消失，在有声电影时期，它不断以死亡舞蹈面目出现，在《咆哮的二十年代》中是艾迪对禁酒时期走私生活的追忆，在《邦妮和克莱德》中，是雌雄大盗的终极狂欢，在《法外之徒》和《美国制造》中，是戈达尔本人不倦的反电影游戏。它们是反体制者们拒绝医治的癫痫，是电影献给自己无声的自由童年的挽歌。

光影叙事的材质

1921 年的弗里茨·朗，
大光影与小光影，
建筑与"天书"

在罗伯特·维内之后，朗和茂瑙从完全相反的两个方向继续表现主义电影实践。朗通过极限推演，将理性主义与表现主义这两种本来水火不容的精神强行打通，其成就也是全方位的，对于影像叙事技法的探索（空间、光影、运动、蒙太奇）和电影形态的开拓（寻宝、寓言、神魔、精神分析、悬疑、科幻）都远远走在时代前列。几乎在影像艺术的每一个方向上，朗都留下了自己的创造印迹，后人也因此很难像给"天才茂瑙"那样给朗以简单的表现主义电影导演的标签。"弗里茨·朗的电影"崇尚理性主义的冷静优雅，注重影像的建筑感，但并没有茂瑙式的极端的、标志化的持续风格。在光影叙事方面也是如此。1921 年上映的《命运》的许多局部，尤其在死神领地和中国故事部分，都展示了比前一年上映的《蜘蛛 2》更为杰出的光影叙事才能，尤其对死神领地的光影设计，朗以其建筑师出身的严正风格告诉自己的电影同行们，什么是**光影建筑**。他这方面的成就，在之后的《赌徒马布斯》和《尼伯龙根 1、2》中都有持续提升，直至《大都会》，展现为一种盛大的将丰富的运动和空间表达融为一体的叙事风格。

相比之下，茂瑙的电影实践更专注也更感性。作为罗伯特·维内的天才学生，他将导师的光影艺术成就作为自己电影探索的基础，进一步拓展影像的光影形态与光影叙事手段，并将它们与姿式、运动结合在一起，让表现主义电影从一种影像风格转变成一种影像运动，取得这样的成就离不开最基础的工作：对新的光影表达新质料的持续探索。

对电影工业来说，《诺斯费拉图》最大的功劳是让表现主义进入了自己的工作体系。而就光影叙事而言，它最引人瞩目的成就是将《卡里加里博士的小屋》的绘画光影转化为具有同等绘画效果的实际光影，也即我在前文说的**"在普通电影的摄制中展示了绘画的力量"**。由于摄

如果茂瑙有一个广角镜头,
他就不会用遮幅来增强景深感

影机暂时还没有在"茂瑙电影"里动起来，观众在这部片子里还只能看到**光影雕塑**，看不到后来的**光影运动**。由于对实际光影表达所需要的光影质料开发还远远不足，在许多场景，茂瑙还难以弥补影像离开绘画后造成的光影质感的匮乏。不过，吸血鬼老巢的设计十分成功。茂瑙转化了大量《卡里加里博士的小屋》的绘画图景为实景，并利用工业和自然照明对包括人在内的建筑物进行风格化光影雕刻。明暗对比强烈的多层拱门，棺材，透出深远后景的棺材状的卧室门框，骷髅钟，大厅尽头的T型壁炉，在墙上和地面投出光影花纹的窗栅，这些狂野意象借助电影工业的能量呈现出崭新的影像肌理。窗栅、骷髅和棺材的意象都来自《卡里加里博士的小屋》，但诺斯费拉图躺在棺材里的意象显然要比梦游者躺在棺材的意象骇人得多。当吸血鬼抱着一具棺材在城里快速移动的时候，没有人会怀疑设计这一场景的是个电影天才：他知道该把什么东西与什么东西放在一起。在后来者当中，只有表现主义弟子希区柯克拥有类似的对前辈成就的消化力和拓展力。

在《魅影》中，茂瑙找到了适合进行光影叙事的新场景：穷人家庭的破碎肌理。但对上流社会家庭环镜的描绘却显得平庸又呆板，似乎离开了粗砺狂野的光影格局，茂瑙有些不知所措。相比之下，同年上映的《赌徒马布斯》，朗对于公爵宅第内的光影刻画就要成功得多，不过，还是有些生硬。这个难题需要等到奥逊·威尔斯拍出《公民凯恩》才会给出完美答案：深景深空间加大面积光影雕塑，再加上符合空间塑造需求的摄影机运动。也正是这一点，让奥逊·威尔斯这部处女作得以大放异彩。事实上，朗在《命运》的死神宫殿中、《诺斯费拉图》的老巢内部空间中都展示了层次丰富的深景深光影结构。最显著的自然是《魅影》结尾处 Lorenz 出监狱那场戏：Lorenz 从监狱深入，穿过无数道门，远远走向未婚妻，为了展示这一奇特的空间关系，茂瑙用了当时几乎还没有人用的"正反打"。在苏珊离开凯恩那场戏中，奥逊·威尔斯几乎原封不动地将这一空间场景连同茂瑙的句法一同照搬了过去。茂瑙和朗没能将他们经摸索到的大景深光影空间处理技术运用于上流社会家庭空间，很大程度上恐怕是受到了当时电影器材的局限。广角镜头对于景深表达多么关键，但还没有开发出来，同样关键的还有声音，奥逊·威尔斯是位声音天才，茂瑙和朗只能用现场配乐，还有，更自由的运动摄影，远非钢丝轨道和手推车能够比拟……这就是历史的设置，一切天才都必须接受的历史设置。

《魅影》展示了一些新的光影质料：**布幔、螺旋楼梯、飞车桶和手电光**。布幔在两个场景中对光影叙事起了重要作用，妓女卧房和姨妈卧室，后者结合手电光营造出"恐怖花纹"，对于希区柯克是很好的启示。在《最卑贱的人》和《塔度夫》中，涌现出更多的光影表达新质料：电梯、雨、玻璃、模型大楼、纱帘、风、蜡烛、球形咖啡壶、眼泪、树枝、台阶、栅栏、胡子，以及头发。"最卑贱的人"的胡子在成熟的光影设计中与其"姿式"融为一体，成为人物性格的有效反射；侄女因其一头乱发而俏皮可爱，富商夫人因其丝滑的云鬓更显其成熟诱人，意味着光影叙事已有能力处理人类生活最细小的局部。除了拓展光影质料，茂瑙也在不断寻求光影叙事与运动、姿式、景象、蒙太奇（前爱森斯坦意义上的）等叙事手法融合。一切准备就绪，里程碑式杰作即将诞生。

《浮士德》是一件辉煌的表现主义光影作品，如果替换成普通电影的光影，那么这件作品将"黯淡无光"。光影表达的全面提升取决于几个重要的突破：大面积的城市微缩模型的设置；更持续更具眩晕感的运动影像的加入；风、火、烟、雪等自然元素作为新的光影质料加入，为影像带来了惊人的动荡感与氛围效果；大胆狂放的后期技术的运用，在这一点上，茂瑙为未来的好莱坞电影提供了最佳范例：哪些影像元素适合进行后期处理；歌德原著自身具有的非凡的精神气象与景观格局；以及，电影永远绕不开的，电影工业的新成就。

一个光影装置，
三个地狱恶煞

开头出场的地狱三恶煞，是从"魅影"意象演化而来的，但用的是模型拍摄而不靠"魅影"那样的后期技术。玩偶的制作、烟雾与火光都富有想象力。旗帜般飞扬的斗篷是神来之笔，让三恶煞有了飞驰的感觉，尽管它们并没有实际移动，只是在底下加了一个起伏装置。瘟疫来袭，光影交错的城市微缩模型与梅菲斯特巨大的黑色翅膀，影像内部蒙太奇张力。杂耍场面，狂风卷动大片大片篷布，大空间中极佳的光影质料。教士抗拒瘟疫，更复杂的光、影、形、空间以及人流的混合编辑：有景深的多重拱门，火光与烟雾，奔涌的人流与他们投在远端墙面杂乱的黑影，教士持十字架特写，十字架黑影与底下人流的花纹，一个袒胸露乳仰头大笑的女人，影像内部的蒙太奇冲突。将这场戏与《大都会》

光影雕塑与质料

洛特汪博士追玛丽亚那场戏对比，可以看出两位导演光影风格的差异，一位喜欢动用很多光影元素来制造狂乱的影像，一位即便在描绘疯狂的运动人流时，也总是摆脱不了画面的秩序感。浮士德博士室内，燃烧的书与字的意象，需要书底下有一个发光装置，再加烟雾。浮士德在旷野召唤梅菲斯特，也需要类似的一个圆形发光装置埋在泥土底下，后期制作的闪电和光圈，它们的粗糙与影像的狂野相得益彰。梅菲斯特以神采飞扬的蛤蟆现身：它趴着吹旺火焰，身体快速膨胀；它变成黑影从弯曲的天花板上浮现，伸手挑起一大丛火星，悬浮着伸展双臂；它特写的半透明的手伸向火中的盖毯……这些特效现在看来简陋之极，其震撼力却非电脑特效能比。茂瑙抓住一个致命的"姿式"，围绕它追加火焰的光影，只求光影自身的真切，不在意它是否经得住现实空间逻辑的衡量。这些场景撼人肺腑，却不如格蕾琴雪中埋子那场戏叫人动容：漏顶的屋子，黑梁木，无门的拱门，积雪覆盖的起伏的坡面，亮光与黑影绘制的破败图形；格蕾琴怀抱幼子蜷缩一角，光与风与雪粒从同一方向打向她俩，搭在她头顶的披风，以身躯撑起三角，柔和的皱褶，圣母怀抱圣子的反射；特写，无悲之哀的脸与泪光；她如一团黑影跟跄下行，她顶着扑面的闪烁风雪；黯淡的雪地上的光斑，村里人家的窗口；她向发光的窗口伸出手臂，带雪沫的狂风掀动她的衣袍，跌倒；倾斜的身体，她向一抹微光举起幼子；窗户光剖开风雪，照亮她和孩子；邻人拒绝，将窗户紧闭，黑暗再度降临……高低起伏的空旷雪地，她被风吹弯的黑影走向前方一个黑色的烂木架子，简洁的形；她身子歪斜着由远而近，每一帧都是一幅动人心魄的绘画。我不打算这样从头到尾罗列这部电影的全部光影效果，在如此动人的画面前面，我们只需要睁大眼睛。这部电影其影像景观之强悍，唯有朗的《大都会》可以与之相匹敌。两部电影都大大超越了那个时代的电影消化力。

不过，茂瑙对歌德原著的过度简化和在终局处理上一贯的庸俗，让这部电影头重脚轻，缺乏与其影像风格相匹配的叙事节奏。它不是一个可以消磨上九十分钟的电影，看上去更像是一件由许多伟大的光影装置勉强连缀而成的艺术品，其中每一个局部都远远超出了一部普通电影给予观众的冲击力。说《大都会》能与其相匹敌，指的是它巨大的哲学容量和影像容量。《大都会》至少包含了四部电影，一部哲学片，一部爱情片，一部双重人格片，和一部科幻片，其思想涉及马克思异化论、精神分析学以及基督教教义。朗的野心显然比茂瑙更大，他想要造一个电影的巴别塔，而且他成功了，用电影工业的纳粹意志。在这两部电影之后，茂瑙在美国拍了《日出》，朗继续留在德国拍了《M》，两人都回归有限的当代题材继续自己的影像语言革新和哲学探讨。表现主义电影运动随着默片时代结束而进入泛表现主义时期。表现主义的光影艺术和叙事艺术不仅融入到美国好莱坞电影之中，也融入到欧洲其他国家的电影之中，"德莱叶的电影""弗朗叙的电影""布列松的电影""梅尔维尔的电影"和"伯格曼的电影"，融入到苏联"杜甫仁科的电影""塔可夫斯基的电影"，甚至在意大利新现实主义电影大师罗西里尼、费里尼、维斯康蒂和安东尼奥尼导演的电影中，我们也能轻易发现表现主义的印痕。

"亚光"与悬疑叙事

茂瑙和朗一直在探寻表现主义电影的转化路径，在保持影像的强劲风格的同时，还能满足观众和电影工业的双重需求。希区柯克是表现主义阵营的后来者，在进入好莱坞之前，影响力远不如两位导师。不过以现在的眼光看，希区柯克的出现扭转了整个表现主义电影的进程。他也像两位老师那样注重光影表达，但明显趋向平面、均质、秩序和装饰，缺少了朗和茂瑙影像的精神辐射力，我称之为"亚光现象"；同时，他用前辈的光影成果，开启了一种全新的类型电影叙事：悬疑。这样，希区柯克的叙事学便成为这样一种东西：处于亚光中的肉身只反射关于肉身的剧情，如果剧情正好是悬疑，那它就只反射关于肉身的悬疑，不再有任何额外的反射。表现主义影像从此离开实验室，开始在主题公园探索自己的新语言。

《房客》是希区柯克自己认可的第一部电影，显然是因为它基本确立了希区柯克未来电影的光影风格与叙事立场。电影开头就是一张特写的人脸，一张失去环境信息的、充满整个画面的、正被谋害的姑娘的脸。它的光影结构和茂瑙的处理没有太大差异，但突兀地出现在电影开头，恐怕是茂瑙和朗从未想过的。希区柯克的意图很明确，将光影反射集中于脸的叙事部件：仰脸反射凶手高大，惊叫反射凶手恐怖。也就是说，希区柯克将茂瑙和朗经常使用的反射手法剧情化了，只保留制造悬疑需要的具体反射，清除与此无关的情感、情绪或精神的辐射（辐射需要由众多反射来一起完成）。

《房客》沿用了许多罗伯特·维内和茂瑙的光影技法，但做了一些改造：墙上窗格的投影面积更大轮廓更清晰；由窗口投入的运动光栅，其假想光源不是蜡烛而是过路汽车；房门上人的黑影，加了推近运动；被害人身上凶手的黑影；方格窗框门后面的房客和房客脸上的十字黑影；垂直俯拍的楼梯花纹；特写的人脸叠化，不像朗或茂瑙那样挤成喧闹的一团，而是前后相继，一个叠入另一个，更秩序化的形式感。

《房客》没有"茂瑙电影"中那种复杂的光影结构和大面积无序的光影运动，就整洁与秩序而言更接近朗的风格，但又缺少其影像的建筑体积感，而更侧重画面感。不过，这对于悬疑叙事来说是实用的。希区柯克注重人和人脸在画面中的地位，并以此展开**关于人的**悬疑叙事，也就是说，从光洁的人身与人脸平铺开去，在叙事时间线中构造事件的建筑体积与纵深感，而不是由身体或面孔直接向黑暗的地狱深挖。看看茂瑙如何处理《日出》男主角形象，这一点会变得非常清楚。这是总体倾向，自然会有例外，在某些片刻希区柯克又回到了强表现主义光影结构，尤其在他的早期电影里，他对自己未来的电影之路仍充满犹豫；在他成熟期的电影里，强表现主义光影风格的闪现通常都很短暂，为了制造快速"凸起"或是释放**异常**信号。《蝴蝶梦》也许是一个例外，庄园的光影结构自始至终都是强表现主义风格，但我之前说过，这部电影很难算是悬疑片，而是一部恐怖片。就《房客》而言，能让希区柯克在前辈大师中间崭露头角的是利用表现主义光影开拓了悬疑叙事，而非单纯的光影风格。

"亚光"是由对光影的结构、区域，以及情感和精神反射力精确管控的结果。希区柯克在以后的电影里对于光影的控制一如既往，几乎所有的汽车戏，都是由车内戏棚拍与自然外景的合成。朗尽管也在《马布斯博士的遗嘱》里进行了类似的合成，但他那样做是为了借此重新构造出复杂的光影花纹来反射疯狂。将反射变成纯粹的影像技法，对之进行精确管控，是因为精确反射是希区柯克的悬疑叙事美学的核心。《房客》中出现了大量的"悬念"的反射，事实上是"错误反射"：压向房门的黑影，蒙面，餐刀，拨火棒，房客入室时的腿部特写跟拍。这些被特写的"伪凶器""伪痕迹"将观众从一个落空的悬念诱导至下一个悬念，一次又一次延宕叙事进展。因而，尽管这样的反射服务于叙事，但却并不构成间接叙事。

希区柯克消除了影像作为情感与精神隐喻的纵深，但因其如此，他才有机会最大地增强作为悬疑叙事的纵深感或者说建筑感。也就是说，影像的亚光化或者说平面化，是为了将空间纵深转移给叙事：观众看到处于光源中心的漂亮女人正在遭受迫害或谋害，他们急于了解之前和之后的事实的体积与纵深。《深闺疑云》中加里·格兰特那只广角特写中"凸起"的手是其标志：正是由于影像以叙事纵深取代了情感与精神纵深，这只手的"凸起"才会**物理地**显得如此强悍，瞬间将观众带进了**一个疯了的男人**引发的"女人"的危机之中。"女人"在希区柯克那里是一团美的肉身，而不是一股深厚的精神。"女人"是在骑着骏马跃起的璀璨一刻显身在男人眼前，而不是在她的书房或是幽深的教堂。她不是被朗分裂为淫善双身的玛丽亚，或是被茂瑙塑造成圣母的克雷顿。她排除了一切精神象征，无善无恶，既不纯洁也不淫荡。希区柯克的女人拥有令人愉悦的单纯温度，从不像安东尼奥尼的女人那样缺乏热度，安娜，克劳迪娅，丽迪娅，维多利亚，她们脸上的精神反射力总是太强，总是被某种持续的情绪或精神气质控制，焦躁、忧虑、失落或是迷惘。正是影像的情感与精神辐射挡住了肉的美好气息。希区柯克的女人脸上没有这些东西，只有当下的鲜活的即时反应，像冰淇淋一样遇热即化，遇冷即凝。影像的辐射力消失了，影像的情感和精神指征消失了，留下了肉。也许《蝴蝶梦》稍有不同，但并没有走得太远。在《蝴蝶梦》中，我们不时看到惊人的意象组合，脸与钟，钟与水，脸与火，火与字，但当我们想继续往里察看的时候，发现里面是空。这一状况与"安东尼奥尼电影"中的那些著名意象刚好相反。在某些时刻，我们感觉希区柯克就要脱口而出，向我们讲述故事真正的黑暗部分，但很快，不是我们发现自己又上了一当，就是他自己巧妙地将黑暗化解了。夫妻俩看自己的旅行小电影那场房间戏里，妻子向丈夫表达自己的不安。妻子不仅在影像空间关系上一直被处于高位的丈夫压制，还备受密布整个房间的跳闪不止的阴影的摧残。它们表面上来自屋里的电影放映机，但给观众的印象是来自那个将自己大半张脸藏在黑暗中的丈夫，一头半明半暗的怪兽。观众会一时处于恐慌之中。这个世界唯一有能力保护"女人"，也一直在保护"女人"的骑士，突然无由来地掉转头来开始猎杀"女人"，这是一个关于地狱的话题。然后，丈夫打开了房间里的灯，魔鬼重新变回温和的丈夫。就像劳伦斯·奥利弗在重新关灯放电影前说的"Let's leave

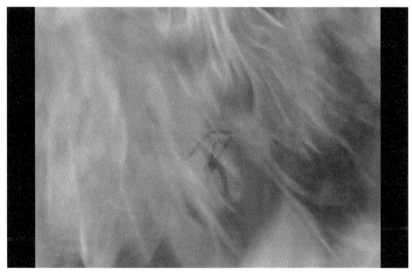

在焚烧女巫的火海深处，
"地狱花纹"初露尊容，
希区柯克就此收工

it there"，然后镜头从两人身后一点点推近前方的银幕：在影像的影像中，在作为影子的生活里，丈夫挨着妻子坐下来，在阳光下，降到与她一样的高度，与之相拥。就像《讹诈》结尾处指证凶手的"小丑"最后一次亮相，在希区柯克欲言又止之处，他再次以两可的隐喻封印，停止往下挖掘。从根本上，《蝴蝶梦》仍是一部商业类型片，如果我们把德文特妻子视为女主角的话，它就是一部恐怖片，如果我们把丹佛斯太太视为女主角的话，它就是一部猎巫片。只有当我们把死去的丽贝卡视为女主角的时候，这部电影才会变成真正的表现主义电影。但希区柯克知道自己应该停在一个字母的花纹标记上，再往下挖便是隐喻的深远地狱。这就是好莱坞的边界，《蝴蝶梦》已经走在这最危险的边界，而朗则是频频越过这条边界。无论如何，《蝴蝶梦》里的琼·芳登和《深闺疑云》中的琼·芳登是同一个琼·芳登，是同一个冰淇淋一般的**希区柯克的"女人"**。正是在琼·芳登成为希区柯克女郎之后，希区柯克开始持续描绘肉的光辉与受难。这恰好是他影像最伟大的部分。

朗制造了疯狂，而希区柯克制造了**疯狂的假象**。朗反复讨论疯狂本身，希区柯克对此毫无兴趣。筑造一个如此可观的叙事建筑，就是为了在最后一刻让它彻底坍塌，也就是通常所说的虚惊一场，因为唯有假象才构成娱乐。这便是"希区柯克悬念"的秘密。他的女主角必须是金发碧眼年轻貌美，不仅要经得起光照的考验还要能生辉，而男主角如果不能高大英俊，也必须有绅士气派，最好像加里·格兰特那样二者合一。观众对男女主人公的情感或精神生活的兴趣并不是在同情或移情层面上，而是在与故事走向相关的逻辑层面上。希区柯克后来频繁借用精神分析学来拍电影，为表现主义找到了更好的商业搭档。弗洛伊德，表现主义，两者有天然的亲缘性。这同时也意味着他需要重新平衡表现主义的精神反射与他的故事悬念反射之间的关系。无论表现主义还是弗洛伊德，都应当停留于表象，它们的融合应当是纯技术层面的，可以风格化，但必须避免像朗导演那样深陷其中，试图去揭开人性普遍的黑暗面。因而，希区柯克实际只是利用了弗洛伊德理论的叙事动力学的功能。那些影像确实反射到了人类黑暗潜意识**这一精神域**，但**这一精神域**本身是**作为已然确定之物**不进入他本人的讨论范围的。在**这一精神域**的磁力范围内，弗洛伊德提前设置了人的意识与行为逻辑的全部路径，它们是必然公理，现在用来作为"希区柯克悬念"要最终展示的逻辑线索。从《下坡》我们就知道，希区柯克本人对弗洛伊德揭示的那个黑暗本身充满了兴趣，但作为一名好莱坞金牌导演，他必须显得只对黑暗牵动阳光下的女人身体行为这一动力学现象感兴趣：这是一个多么有趣迷人的画面，一个光辉的女人，她的手喜欢伸向黑暗！至于那"黑暗"真身，他已将之永远封印于"麦格芬"的花纹之中。

《房客》在叙事学上的成就不只是确立了悬疑叙事的基本模型，它还开创了**局部叙事**，成为电影史上第一部**"局部电影"**。全片基本在

一个光辉的女人，
有一只喜欢伸向黑暗的手。
只有景象，
没有哲学

一张脸的"下坡"路，它被一大群脸吸食

特写、近景、中景之间反复切换，很少采用全景或大全景。这部电影里的特写比茂瑙或朗的任何一部电影都要多得多。它们确实也用来强化影像序列的某些部位，但更重要的是用来阻断影像空间的自行完整化。有趣的是，观众基本不会因为这部电影缺乏完整的空间交代而感觉故事接不上，这不是因为观众动用了想象来补齐残缺的空间（事实上观众的这种想象力补救是有限的，超过一定限度他们就会感觉不耐烦，正是这一点造成了《讹诈》杂货铺那场戏空间处理的失败）。原因是，在《房客》中，希区柯克虽然只摄取了事象"局部"，但通过"亚光"（反射控制）使影像变得直观，通过蒙太奇秩序保证了叙事的连贯与完整。比如电影开头，受害人，警察，围观者，三个局部，空间有严重缺损，但主要叙事关系并无缺损。局部叙事对于未来布列松的残缺叙事的探索意义重大。尽管布列松的残缺叙事有意制造叙事的断裂，但就影像表面形态而言，它依然是一种局部叙事。

与《房客》同年上映的《下坡》是希区柯克唯一一部放弃他钟爱的"悬念"故事来探讨社会话题的电影——个体创伤与社会面目。《房客》是希区柯克学习"茂瑙电影"的一个成果，《下坡》更像是对"朗的电影"的一次回应。《下坡》在"希区柯克电影"中太过特殊，我打算只讨论其中两个场景。

罗迪·贝维克在做陪酒服务时遇到一位男人面相的中年女人。他在对方诱导下陷入痛苦的回忆，看上去他就要成为女人的猎物。就在这时，大厅里有一位老人突然喝酒岔气，瘫倒在椅子上。有人拉开了窗帘。阳光一时灌了进来，照亮了整个大厅。这是一个振奋人心的意象。罗迪·贝维克缓缓转头。镜头缓缓从一个人摇向另一个人，最后落在身边这个有狮子一般的侧面的女人头部。阳光让隐藏在这昏暗的大厅里的人露出地狱般的众生相：麻木，邪恶。他看清了眼前这个女人，她缓缓转向罗迪·贝维克，切成特写后继续缓缓转动，露出有巨大吞噬力的贪婪相。她是吃他的人中的一员。罗迪·贝维克惊醒过来，决心离开这里。在片尾罗迪·贝维克昏迷在船舱那场戏里，他出现了幻视，把背对着他的船员当成了自己的父亲。他父亲像刚才那个狮子脸的女人那样，缓缓向罗迪·贝维克转过头来，凶狠地盯着他。他站起来走向镜头，停在半个脸部的大特写中。之后，惊恐的罗迪·贝维克看到了所有吃人者的幻影叠化。他再次看到自己的父亲变成码头巡警，像刚才那样转过头来盯着他看。这两处的处理表明希区柯克深谙表现主义光影叙事的精髓是什么，他也有足够的才能做出自己的发挥。如果将它们与朗对《赌徒马布斯》赌博那场戏中博士快速增大的脸的处理结合在一起，就可以得出我之前在空间关系中讨论的《少女莫妮卡》中的那两个奇特的"正反打"。它们都是表现主义的"凸起"，只不过事隔三十年，各方面的进展让伯格曼有机会将影像处理得更加精致从容。

不论就主题还是光影手法而言，《下坡》都可归入纯粹的表现主义电影。也许是希区柯克那个著名的幼年记忆，让他必须在自己的电影生涯早期对家庭和父权做一次彻底的复仇；不过很快，他英国人的玩笑精神占了上风，之后，是美国的娱乐至上。

《讹诈》是一部面容模糊的电影，前半部分是轻浮女子的背叛戏，中间变成贞女杀人，然后又变成了讹诈案，最后是一场追凶大戏。希区柯克显然仍在犹豫，应该选择走哪条电影之路。这种迷惘情绪自然也影响了光影表达（空间上的问题我之前已经讨论过）。这部电影到处布满表现主义光影花纹，但像是出于句法习惯，用意不明。电影开头警察逮捕一个社会无赖，用的是惊悚光影，但忽然场景又变得滑稽可笑；爱丽丝杀艺术家那场戏，整体上是表现主义恐怖光影，但一开始希区柯克又着力描述了爱丽丝的轻佻，因而在杀人之前，光影倾向与人物性格表达是分裂的。爱丽丝杀人后，希区柯克用了很多反射手法来描绘爱丽丝的心理状况，手指爱丽丝大笑的小丑，霓虹灯酒杯变成了行刺的尖刀，路边警察的手臂和乞丐的手臂变成了画家死后垂挂的手臂，最后，邻居长舌妇句句带"刀"，爱丽丝手里的面包刀突然飞了起来。小丑和长舌妇语音的处理令人叫绝，另外一些反射处理得太过简单直白，比如"手臂"，爱丽丝每看到一次路人的手臂，就要闪回一次画家那只垂挂的手臂。而事实上，当它们以特写进入爱丽丝主观视野的时候，对原意象的反射因而也对观众的刺激已经足够强烈，再重新闪回画家的手臂就过犹不及。不过在对于女性肢体的描绘上，年轻的希区柯克早早显露出自己的敏感。拿《讹诈》跟同样处理当下题材的《日出》做比较，希区柯克在这方面显然要胜老师茂瑙一筹。爱丽丝的两次腿部特写的运动镜头，她洁白的面孔在黯淡的人流花纹中游荡，其光影手法的精微都是茂瑙奔放的光影语汇处理不了的。

　　现在我要来讨论"小丑"的反射处理，因为正是这个反射出现的意象挽救了这部存在很多缺陷的电影。对准"小丑"这幅画，希区柯克给出了三次反射。爱丽丝进画家工作室后不久第一次看到了它，吃了一

一个刚杀了人的女人，
她的脸应当迷失，
她的下肢仍应舞蹈

惊。小丑画从特写迅速拉远，爱丽丝笑出声来，对画家说："我说，这个好，不是吗？"在杀死画家之后，爱丽丝找自己的衣服，发现画家把它扔到了画架上。她取下衣服，看到小丑突然手指着她大笑。她愤怒地一把抓过去，在上面撕了一个大洞。这个手指凶手的小丑的特写，不仅让观众看到了反射，也让爱丽丝看到了反射。这里有模糊的精神性隐喻，但主要地仍指向剧情，是人物具体感受的描绘。爱丽丝理应抓在小丑脸上或手上，但希区柯克要留它做第三次反射。爱丽丝自首未成，正要和男友一起离开警局，一个警员抱着那张小丑画和另一幅她和画家一起画的涂鸦进了警局，再次看到了画中小丑指着自己大笑。画外两个警察跟着发出持续的大笑。这最后一次反射，连同警察的狂笑，不仅指向了爱丽丝内心，也反射回这部电影自身。尽管这是一个意指不明的自我循环，但它留下了余韵；用爱森斯坦讨论蒙太奇时使用的"泛音"这一概念或许能更准确地传递影像中的这种漫反射状况。正是对反射"泛音"的探索，电影世界才最终发展出一种新的叙事形式：反射叙事。

关于这部电影我还想再说一点，结尾的追逐戏放在大英博物馆是一个不太理想的选择，尽管它的建筑体量之大与人形之小构成强烈的视觉反差，但仅仅靠这一点是难以支撑一场大戏的。也许希区柯克认为可以在讹诈者和博物馆数量庞大的历史物品和古代面孔之间建立一种反射，似乎，"讹诈"本身也是一种可观的古老物品。但这样的解释并没有得到整体叙事立场的支持。在局部处理上也是如此，当讹诈者顺着一根铁索从一张巨大的古埃及的脸边上滑下，观众却无法建立起两者之间的精神反射关系，只能看到纯画面、纯光影的大和小的关系。看一下《西北偏北》结尾那场追逐戏，我们就能知道希区柯克是如何来纠正自己年轻时犯的错误的：这个国家的缔造者和他们捍卫国家空间的目光，与这个时代的国家利益捍卫者，以及打算破坏这个国家的罪犯之间，可以顺利地构筑起有趣的精神反射。在这两部电影中间，有一部《破坏者》，最

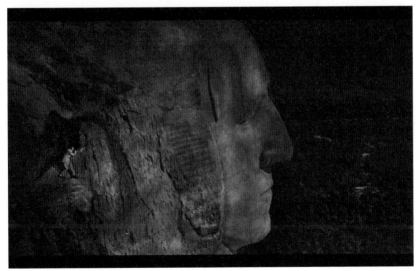

电影不能从历史或自由那里得到保护,
但可以与国家及其各种体制谈一下合作

后一场希区柯克选择在自由女神像上面拍，似乎他已经洞悉历史景观之于现实影像的蒙太奇力量，但他却在这里犯了一个反政治正确的叙事错误，对于电影，尤其是美国电影来说，这是致命的。你不能试图去拯救一个国家的破坏者，但国家意志并不代表自由意志，在自由女神身旁，即使面对一个国家的破坏者，你也不可以见死不救。这才是令希区柯克犹豫不决的地方，他的处理自然也是犹豫不决的：男主角去拉了罪犯的衣袖而不是手，于是他施救了，但罪犯还是摔死了。从大英博物馆走向自由女神像再走向国会山，正是希区柯克从"错误"景观走向"正确"景观的电影之路：体制是"希区柯克电影"的保护神，而不是历史或自由。

反射叙事与间接叙事

在《日出》上映后不久，第一部有声电影诞生了，"光体世界"第一次露出自己独立完整的面目，从此不再需要现实世界在银幕下方为它添置一架钢琴或一个乐队。如果一定要在当代电影与"古代电影"之间画一道界线，是否有声可能是最简便也最有说服力的一个标志。即使如此，我还是要将《日出》这部默片视为一部当代电影，因为，它开启了具有当代气质的运动叙事和反射叙事（我在这里只讨论后者）。反射叙事与普通反射的区别在于：反射在从物理空间进入精神空间后是否能激荡起丰富且持续的泛音。《讹诈》中的"小丑"接近反射叙事，但其他的绝大部分反射不是依赖"光影标记"就是依赖于人物所见，一个孤零零的象征符号或是一种具体的、由视觉触发的情绪或身体行为，算不上是反射叙事。

《日出》是一部美国电影，茂瑙一贯狂放的表现主义光影叙事明显受到了好莱坞电影工业干预：光影结构应当受到理性的光影逻辑的制约，不能继续像之前那样，想要什么样的光影就直接加上去。我们仍然能在《日出》中看到很多茂瑙之前的光影手法，但收敛了很多，比如对暴风雨的处理，远远达不到《浮士德》的水准；在后期光影处理的技术水准有明显提高，但它们大多都是人物正在描绘的场景的呈现，而不是像"小镇黑影"那样的幻象本身，因而实际上也是趋于理性。甚至那个著名的两人从乡野一直走进城里的抠像镜头，也不是出于人物的幻觉，而是叙述者的写意描述。从大量**光源被纳入画面**可以看出，电影工业也通过对光源假定的要求，限制了茂瑙在光影处理上的自由发挥。这意味着他必须在假定为**真实**的光影系统里重新构建"反射"，而不是随心所欲地利用光影来制造反射；然而也正是这种新的要求，将表现主义影像中即兴的反射行为推进至反射叙事。**一切景象都需要假定为影像空间中的日常现存物，它们中的某些部分被反射叙事捕获，但其原有日常秩序却不会因此受到干扰**。这是反射叙事的基本要求，就像本文开头讨论的《一个警察》和《克莱奥的五点至七点》中的情形。也就是说，反射已然在独立的情绪或精神空间中奏出自己深远的泛音，但光就影像表面看似乎又并无切实依据。在安东尼奥尼的黑白三部曲中，这样的反射层层叠叠，无处不在，但好像从不存在。如果我们一定要给安东尼奥尼的叙事学一个名字，也许没有什么比"反射叙事学"更为恰当。而这一叙事学的起点是《日出》。

《日出》描绘了城市与乡村的落差，城市展示出光怪陆离的表象与精神肌理，当它的影响力侵入乡村，乡村便失去其单纯面貌，也开始透出类似的杂乱肌理。由于城市入侵在这里并不是体现为乡村的物理改造，就只能借由人心的动荡来体现，因而，除了人的行为与表情变化，在光影叙事上，更多地需要借由反射来传达：城市的**光怪陆离**反射到人的行为、表情直至精神，被反射的精神再次将**光怪陆离**反射到乡村诸事象之中。在这个意义上，乡村在城市化运动降临之前就已经开始**向着城市改造自己了**。我们反复听到一个宁静的村庄由于城市观光客不断涌入而变得面目全非，因为村里人的目**光**变了。《日出》讲的是这一故事的极端版本。

这部电影的开头就是一个巨型的反射性场景，火车站内一面巨大的弧形玻璃幕墙，墙内外是密密麻麻的细小的人流与车流，火车头和它喷出的气雾将其局部遮挡、模糊。如果我们不仔细看，会一时难以辨别这是镜面玻璃还是透明玻璃。这便是城市玻璃墙在影像中的魔性。正是这一片头将我们一直带向 1959 年的《西北偏北》和 1961 年的《夜》的片头，它们讲的都是城市的**光怪陆离**的故事，一个是关于身份错位的，一个是关于精神病理的。玻璃墙在游乐场那场戏里还反复出现，效果同样迷离诱人。玻璃墙中的反射景象加速了女主人公的消耗，并令她再度陷入险境。当我们看完《日出》再来假想，如果片头不是对着一面巨大的玻璃幕拍摄车站内外的人流车流，而是直接拍一个候车大厅的熙来攘往的场景，会怎么样？我们的直觉会很快告诉我们，那样处理会失去很多韵味。反射叙事就是记录事象对于我们心灵的持续刺激与震荡，就好像我们敲了一下长长的音叉。

一位女观光客留在乡村不走，因为她勾引了一位年轻的有妇之夫。她来到一户人家，一脚踩在灶台上，让屋里的老妇人给她擦皮鞋。在乡村场景里，她的皮鞋即使不擦也已是异常光亮。她和男主人公约了在一片湿地见面。她洁净光亮的皮鞋将反射为月光下一长串肮脏的脚印，引向一片用来掩盖杀人痕迹的灯芯草。之后，我们看到了那片将我们一下子推进到当代电影的花纹，那片渔网和那片树影。茂瑙在这里巧妙地利用了我们之前讨论的"姿式"，这个负重的"姿式"是杀妻的罪念的反射，一个身体表情；在痛哭于教堂之前，他将一直纠缠于这个反射之中。为了清洗这一表情，茂瑙为他安排了一个阳光的花纹：彩绘玻璃借助阳光

不是反射把我们带到了现代社会，

而是现代社会将我们置于无限反射之中

投在墙上的净化图案。他在这片花纹前面悔罪，然后搂着手捧鲜花的妻子，像一对新人一样走出教堂，立在门口两旁的是正等着庆祝在教堂内完婚的新人的亲友。随后夫妻俩去了理发店，让丈夫理发修面，仿佛那些乱糟糟的胡子和头发也是内心之罪在身体表面的反射花纹，需要被彻底清理，然后夫妻俩又进了照相馆，将复元了的年轻挺拔的身体定格，然后丈夫带着妻子在城里的游乐场玩耍、舞蹈，并在之前试图杀死妻子的地方救起了妻子，那捆本来用于掩盖杀妻罪行的灯芯草变成了免妻子于一死的救命草。整个这条长长的反射叙事线索的起点，是那片迷人的渔网。男主人公胳膊下夹了那捆用于犯罪的灯芯草，走过一片被风吹动的渔网，它看上去层层叠叠，布满了错乱的线条，茂瑙在这里除了加入新的人物"姿式"，还加入了运动，镜头跟着低垂着脑袋的男主人公，从这一片精神反射物走进下一片精神反射物：大树浓密的阴翳，同时出现在前景、后墙以及主人公身上。他像小偷一般走进马厩，马突然叫了一声，让他跳了起来。今天，我们打开任何一部走红的美剧或英剧，经常会看到树影在汽车挡风玻璃上滑动的场景，而主人公通常正陷入复杂难言的情绪之中。当一个导演要求摄影师如此拍摄的时候，剧组里不太会有人想起这一反射技法是由茂瑙通过一代代导演传递过来的。

茂瑙在这部电影里捕捉的另一个反射也许比渔网和树影的反射更讨今天的电影导演们喜爱：鸟群。夫妻俩坐船去城里。妻子看到丈夫划船的动作古怪，饶有趣味地弯下脖子来打量他，但丈夫仍一味低着脑袋疯狂划船。她的笑容消失了，缓缓朝湖面转过头去，一群水鸟像受到了惊吓，突然从水面飞了起来。她陷入忧虑，朝另一边转过头去，一片更大的水鸟的密密黑点在水面上荡动。丈夫慢慢收起桨，站起来打算杀妻。妻子的身体向船头斜出，十指交叉，向丈夫做出一个哀求的动作。在丈夫悔罪以前，她会一直留在这个倾斜的、蜷缩的"姿式"里，像是一只受到惊吓的幼鸟。鸟作为不安精神或凶险情境的反射物，最著名的就是

"罪的姿式"

穿过一片花纹反射的泛音

1963 年上映的《群鸟》。相比之下 1967 年梅尔维尔导演的《独行杀手》
中那只笼中鸟的设置更为微妙，它不仅是男主人唯一的陪伴，也是他孤
独世界的完整反射。当主人公挨了枪击负伤回家，那只小鸟不时发出短
促、孤单的鸣叫。下一次主人公回家，正要打电话，小鸟冲他叫个不停，
在笼子里跳来跳去。他放下电话，走到鸟笼边上，发现它丢光了尾巴毛，
他准确地从中读出警察已经来搜过房间，应该是安装了窃听器。现在，
茂瑙的鸟已经被电影史遗忘，大家只知道 "吴宇森鸽子"。事实上，
在此文开头的《一个警察》中，西蒙走出大楼之后，街角就有 "吴宇森
鸽子" 振翅飞起，而《克莱奥的五点至七点》中的鸽群则比这还早。

反射叙事是由表现主义的光影叙事中的 "反射" 逐步发展起来的，
是流动的光影表象下的隐喻暗流，是与连续的物理运动交互感应的精神
运动。光影叙事的另外一条线索是由影子叙事逐步开拓的间接叙事。原
则上，所有影子叙事都是间接叙事。由于影子根本上是事物光影活动的
印记，因而通过寻找事物其他的活动 "印记"，间接叙事便逐步脱离影子，
建立起全新的带有信号反射气质的叙事。也因为此，我们实际看到的间
接叙事，常常是由 "影子" 与 "反射" 一起促成的叙事。当我们把间接
叙事推向极端的时候，我们便来到了残缺叙事。我想强调一点：间接叙
事、残缺叙事、悬疑叙事都离不开 "反射" 的参与，但它们都不是反射
叙事。前面三种叙事都指向具体的剧情或情绪，而反射叙事则指向连续
的、无名的情感或精神运动。由于**它与光影表象的直接叙事平行共生**，
我们甚至不能说，反射叙事是一种间接叙事，因为只有在极稀少的情况
下，才会出现一个反射叙事也是间接叙事这样的情况。也许这样说事情
会更清楚一些：看不懂反射叙事的观众仍能看懂一部电影的基本剧情，
但看不懂间接叙事、残缺叙事、悬疑叙事的人，则无从理解一部电影。

来看看 1931 年上映的《M》中的几个局部。电影开始后不久，小
女孩贝克曼拍着一只皮球走在人行道上，就像走在舞台上，光影与行人

整洁有序，明显经过编排。摄影机一路跟着她前行。《M》的整体光影趋于平实简约，事实上强化了朗一贯的理性主义洁癖和舞台感，而在某些局部，他仍会像以前那样给出强表现主义光影。摄影机跟着艾尔茜·贝克曼来到一个立柱前。贝克曼对着柱子一次次抛接皮球，摄影机跟着皮球抬升，停在一张悬赏布告前：皮球一次次打在"10000 马克悬赏，谁是凶手"的字样上。底下的文字信息是，六月一号以来已经有两个小女孩失踪，证据显示她们已经成了犯罪的牺牲品。随后，一个戴礼帽男人的半身侧影出现在布告上。悬赏令、皮球和人影合于同一画面。影子男人夸小女孩的球漂亮，问小女孩叫什么名字。小女孩说自己叫"艾尔

电影故事，

如果一个人只有影子出现在悬赏布告中，

他就是凶手

茜·贝克曼"。这是一个影子叙事，也是间接叙事，但明显地，这里的间接叙事与之前我们看到的各种借由影子来完成的间接叙事不一样。梦游者的黑影杀人或吸血鬼的手影掐心，是由一个动作或一系列动作构成的行为，虽然我们没有直接看见杀人，但通过影子变化，我们几乎就是看到了整个杀人过程。《讹诈》的杀人过程不只有影子，还有帘幕的动荡，这是从影子叙事中独立出来的间接叙事，不过，我们仍能从帘布的晃动判断人搏斗的基本过程。在《M》的这个段落中，除了嘴巴在动，我们看不到影子有什么动作，而且真人也没有出现，但我们却一下子接收到了**危险信号**。首先，如果人物不出场只有影子出场，**那影子本身就**是一种危险反射，它意味着人物想要隐蔽自己。另外，三个画面元素和两个画外声音出现在同一个镜头中，激发我们从它们彼此之间的反射想象它们彼此之间的实际关系：投下影子的应该是杀小孩的凶手，这样的话小艾尔茜已然处于危险之中。我们为小艾尔茜捏一把汗，但同时感觉到疑惑，如果画外这个男人是凶手的话，他怎么会让自己出现在布告前面？他怎么会选择在这个人来人往的时刻下手？难道不会是一个希区柯克式的骗局吗？等等。这样，由于信息不全，我们来到了叙事的分岔路上。就这一点而言，这一叙事不仅仅是普通的影子叙事，也不仅仅是普通的间接叙事，同时还是悬疑叙事与残缺叙事（叙事信息不完整，也无法通过反射令其完整）。

那个戴礼帽的男人带小艾尔茜在一个盲人老头那里买了一个人偶气球离开了。小艾尔茜妈妈在家里做好晚饭，摆好了餐具。有人敲门，妈妈面露喜色，开门后失望地发现是送报人。妈妈去楼梯口张望。空楼梯。画外妈妈拉长的叫声。接下去一连串的空镜。壁钟。楼下孤零零的叫卖声。回到楼梯。晾衣阁楼。画外妈妈的叫声变得急促。餐桌一角，餐具和椅子，无声，妈妈不再叫喊。这一段影像的风格很像成熟期的"布列松电影"的预演。无声，一只皮球（观众很快反应过来是刚才小艾尔茜一路拍的那只）从树丛慢慢滚向空地。无声，一只气球（观众再次反应过来是刚才那个戴礼帽的男人买给小艾尔茜的）在电线杆上飘动，四周密布的电线和呆立的鸟群一般的接线瓷头。气球被风吹了下来，在电线杆上磕绊了一下飘出画面，但没有风的声音。这是一段彻底摆脱影子叙事的间接叙事，充满了反射，但既不是被隐去的行动的反射，也不是本文开头描述的案例中的那种持续的情绪或精神反射，而是用**在**反射**不在**，进而让反射如雾霾一般包围那个**不在**的小艾尔茜所处的看不见的险情。所有间接叙事都有其未展露部分，因而可以笼统地说，所有间接叙事都是残缺叙事，但通常，观众都会有机会通过反射来大致看清那些残缺部分。在《M》这里却不是，我们只有关于残缺部分的大致方向的想象，因为**在**的部分反射的是**不在**，而**不在**没什么好展露的。这令我们想起《奇遇》中消失的安娜，和《蚀》的结尾处理。

当皮球从树丛里滚出来，我们猜想小艾尔茜遇害了。那只飘动在电线杆上的人偶气球是最令人叫绝的一笔，这是一个多重反射，它不仅更明确地反射了小艾尔茜遇害，还反射了这一事件令人哀伤的人类整体情景：一个对成人世界一无所知的孩子，用一个同样无辜可爱的气球能将她骗进凶恶的罗网，一个整饬的，由电线、电线杆以及瓷头密密织就的"形"，每一个"形"都看上去纯净无比，但组合成凶险意象。在气球意象处理上，我们遇到了很稀少的情交，它既可以说是间接叙事，也可以说是一个反射叙事。它让我们想起小艾尔茜刚才和同学告别，差点被车撞倒。她刚逃过一劫又很快遇上了M。现在我们只看到一只气球，却已经唏嘘万千，被这气球后面层层叠叠的反射带向生命最深远的阴晦不明之处。这是朗的理性主义最伟大的地方，它远比在这里给出错乱的光影中的一团错乱的电线要来得致命。

《M》上映时间是1931年，处于有声电影与无声电影的交接处，却已进行了声画分离实验（两个警察头目在各自办公室通电话，画面则

所有遗物都充满了悲伤的反射泛音

是警察在各处调查小艾尔茜失踪事件），比新浪潮的声音游戏早了二十多年。不过这部片子里很多环境声的缺失不完全是有意而为，而是早期录音技术的缺失造成的一个自然结果。但刚才这一段，声音的缺席无疑强化了整个洁净、空旷、迟缓的影像中的凝重的气氛，让观众在目睹一个个**缺席**影像时，有机会去思考更多更深远的**缺席**，小艾尔茜的**缺席**，凶手的**缺席**，人性的**缺席**，保护的**缺席**……从这里，我们可以看到 1949 年的《海之沉默》，1959 年的《扒手》和 1960 年的《奇遇》、1962 年的《蚀》，甚至，1977 年的《可能是魔鬼》。

布列松的残缺

　　"残缺叙事"作为风格标志几乎存在于布列松导演的所有电影中，其极端形态则始于《驴子巴特萨》。这部电影的主要叙事基础是驴子，因而整个电影，对于想要了解里面的人的观众来说，就是一个大的间接叙事，**人**和**人**的故事都被间接化，看上去残破不堪。"布列松电影"的阴冷之风正是从一头蠢驴开始的。我清晰记得上世纪九十年代末连续几天在大银幕上看"布列松电影"的感受。那个回顾展由激动人心的《死囚越狱》开头，在令人绝望的《金钱》中结束。《穆谢特》已经让我极其痛苦，后面居然还有一部《金钱》。好在《金钱》之前放映的《武士兰士诺》让包括我在内的大部分观众在电影资料馆影院里好好睡上了一觉，舒解了部分心头的阴云。穆谢特不是自杀，也不是被她的世界杀死的，而是被布列松杀死的，伊文不是被包围着他的那些虚伪的人推入绝境，而是被虚伪的布列松推入绝境。我当时是这样的观点，现在更是这样的观点。也因为此，我本不打算过多讨论布列松的残缺叙事，但我热爱的《死囚越狱》和《扒手》让我回心转意。

　　"布列松电影"里的人物，几乎都有一种"布列松风貌"（越到后期越厉害），一种远离激情的、优雅与冷淡的混合物，哪怕是圣女贞德。这些人的举止和表情像是被锁定在一个中间调上，既不会开怀大笑也不会痛哭流涕，既不会暴跳如雷，也不会稳坐如山。在别的导演的电影里，我们或许可以区分说，这是出于性格设置，那是出于表演要求，但在"布列松电影"里，我们难以做这样的区分，因为布列松控制了一切。事实上这已是残缺，就像一段音体饱满的录音被擦除了高音和低音，高频与低频，只留下中间那一段。这种残缺虽然是非叙事性的，但毫无疑问与叙事残缺密切相关，因为具有"布列松风貌"的人物对事件、环境和他人的反应度都会远远低于常人。对这样的人物和其相关人际进行描绘，自然会出现叙事上的相应残缺。如果一个非布列松人物打了一个布列松人物一拳，被打的布列松人物除了看看对方没有任何其他反应，那么，摄影机就没太多好拍的东西。如果这样的情况反复出现，而电影又至少得放上九十分钟，那摄影机就只能去拍点别的。于是，残缺叙事就出现了。

"布列松风貌"同样适用于描述"布列松电影"的剧情与影像节奏。剧情被抹除了高潮与低谷，热点与冰点，缺乏反差，缺乏起伏，缺乏戏剧冲突。影像缺少节奏变化，缺少蒙太奇冲突，总是一副不紧不慢不急不缓的神气。这种情况从《布劳涅森林的女人们》开始，越往后越明显，在《可能是魔鬼》达到极端状态。光影风格也同样，从最初的表现主义一路弱化，趋于平淡。

在此基础上，布列松再用大量的间接叙事取代直接叙事，用局部叙事取代完整叙事，甚至直接进行叙事跳跃，然后再对声画关系做大幅度削减，有时候削减声音，有时候削减画面，有时候两边都削减。这样便形成了我们一眼能辨认的只属于"布列松电影"的"残缺叙事"风格。在布列松早期导演的电影中，不论人物、剧情还是影像，都还相对活跃，他也总会以别的方式来补偿叙事的残缺，比如旁白，比如音乐，比如意象强烈的反射。这些补偿措施在他随后的电影中一一消失，叙事的断层越来越大，大到观众难以靠自己的主动想象来弥合它们。像《可能是魔鬼》这样的电影，如果不是像要对之做**科学解剖**似的从头到尾睁大眼睛，我们很多时候会搞不清楚眼前这些人物是谁，他们在做什么，他们为什么出现在那里，他们究竟处于什么样的精神状况。如果观众不愿怀疑人物在梦游，便只能怀疑自己是在梦游。

1945年上映的《布劳涅森林的女人们》是布列松的第二部长片，

光影和叙事手法都是明显的表现主义风格，不过已初具未来布列松影像的简约与消极。在布列松导演的所有电影里，这或许是最正常的一部，叙事无论整体还是局部，除了偶尔利用反射做间接叙事，并没有明显残缺之感。复仇与三角恋情设置让这部电影富于戏剧性，海琳娜和侯爵可归属于"布列松风貌"的人物，但仍不时有爆发之举。舞女阿涅斯的活跃性格则对他俩做出了十分积极的平衡。

1956 年上映的《死囚越狱》情形大不相同了：大量的对着局部拍摄的长镜头，大量局部与局部之间的运动与切换，纯净到抽象的环境声，大量反射率极低的间接叙事。电影的开头便是这样：弗朗西斯特写的双手，跟摇他左手拨动门把手，摇至他脸部，再摇至他左侧的囚犯脸部，再摇至左侧囚犯与最左侧囚犯铐在一起的双手，最后摇回弗朗西斯脸部，之后便在他的脸、手、司机换挡的手以及车前景之间一遍遍来回切换。车停，弗朗西斯跳车，急促的脚步声，但镜头留在原位，画面中只有他边上那个自始至终面无表情一动不动的囚犯近景。观众只能从虚焦的后车窗隐约看到一辆车停了，两声枪响，两个人影从那辆车里跑出来，又是两个人影从后车窗跑过。观众不知道弗朗西斯是死是活，是不是成功逃跑了，他们得在弗朗西斯跳车时的那个静止镜头中等上足足二十秒，才能看到弗朗西斯被押回原位，铐上手铐；接下去纳粹拿手枪柄敲弗朗西斯脑袋的镜头，则是前后两边叠化，只有敲击的影子和声效，镜头跟着弗朗西斯被押下车至一堵墙前，近景，背对镜头站立，局部镜头，而且长镜头，可以听到画外有德国人高声说话，一个士兵从他后面经过，冲他吐了一口痰……也许当我们看第二遍的时候，才能判断为什么弗朗西斯边上的人看到他准备跳车但毫无反应……

《死囚越狱》的叙事残缺通过与《乡村牧师日记》类似的第一人称日记体旁白得到弥补；越狱事件的设置，不论动机、行为还是枝节都很简单，再大的叙事残缺也不至于让观众看不明白；大量特写、表现主

反射存在于空的持续、
对空无反应、
微小的后景以及环境声

义光影，以及越狱悬念为影像营造了足够的紧张感，让观众能仔细看完
整部电影。因而虽然是残缺叙事的局部叙事，整个片子扣人心弦，毫无
布列松后期电影的压抑沉闷之感。事实上，即便最后越狱失败，这部电
影依然振奋人心，因为它的影像是热的。

　　1959 年的《扒手》以优雅之举展示反叛，这或许是所有反抗中最
感人的反抗。这部电影风格简约，表演节制，但并不消极。布列松喜欢
用后期声替代同期录音，很多导演都这样做，但通常都会用后期音体结
构来还原现场音体结构，让声音显得真实。但布列松则是在后期混音时

选择几种他想要的声音，抹掉所有其他杂音。不仅如此，他还会将那些留存在音轨上的声音处理得极其单调，听上去很轻，但清晰突出，带着迷人的刻板节律。在《布劳涅森林的女人们》中，布列松就对声音做了很多简化，到了《死囚越狱》，声音通过简化具有了乐感。构成《死囚越狱》最后十分钟的声音就几种，通过不断重复最主要的几种，火车汽笛声、一哨兵的皮靴声、另一哨兵骑自行车的吱嘎声，以及越狱者的旁白，让整段声音听上去就像是由不同乐器演奏出来的奇妙音乐。正是这种织体丰富的音乐性，让观众不会感觉到声音叙事的残缺。但到了《扒手》，布列松扔掉了声音的乐感，处理得更加简单，甚至抽象，有了强烈的残缺感，接近朗在《M》的处理方式。米歇尔打算在银行行窃。他走进大厅，除了他的脚步声，和街上传来的极其低微的马达声，我们听不到偌大一个银行大厅任何别的声音。他在桌子一角坐下，身后一个男人走动，发出轻微的脚步声，它消失后不久，画外出现了另一个人的脚步声，更长，更重一些，然后是那人站在柜台前取钞票的声音。轻微的取钞票的声音被从整个大厅空间单独提取出来，完全不符合现实逻辑，其表现主义意味接近《讹诈》中的那个不断重复的"Knife"。

在这部电影里，残缺叙事还涉及"叙事缺陷"，一种唯有布列松敢于运用的笨拙，经常借由人物的行为与肢体来达成。米歇尔打算对刚才那个取了钱的男人下手。他走在那个人前面，抓住门把手停了片刻，还微微转头拿余光扫后面的男人，等对方走到自己身后，他推门出去，然后又笨拙地转身，挡住那个男人，那个男人死死盯着他，他抬头看了那个男人一眼，旁白"我害怕"，放弃了。这时的米歇尔行窃已经有一段时间，也得到了师傅的指点，即使手法还不成熟，不可能做得如此生硬。同时，我们也不相信以布列松一贯的精微，不可能因为失手而把这一段拍得如此笨拙。取钞的男人来到街上，边看报边去招出租。街上的声音只有遥远的马达和简单的细碎的脚步声，听上去不太真实。就在那个男人弯腰跟司机打招呼的同时，米歇尔师傅及时插上去拉开了车后门。那个男人从他身后搭住他的背往外拉。米歇尔师傅趁机背过手打开了他的西服扣子。然后摄影机从车内拍两人的正面半身，米歇尔师傅打开对方西服第二个扣子，将手伸进他口袋。我们看不到人物的表情，也听不到从他们嘴里发出的任何声音，哪怕是一声不满的嘟哝，而接连几个动作包括镜头正反切都做得连贯优雅。然后，那个男人身体往前一挺，又忽然停顿了一下，看着就好像他特意让米歇尔师傅有时间将取到的钱包顺着他的衣服滑下，再从他身后接住它，交给边上的米歇尔。那个男人的这个忽然一停顿令人不解，如果不是缺陷，那是什么？很多观众可能会忽略这个停顿，因为这一段落整体上动作清晰，动人心魄，而且令人愉悦。如果是这样的话，那就需要马上追加一个问题：为什么观众可以无视这里的明确缺陷，仍觉得它完美？在下一场米歇尔独自街头偷表行动中，类似的"缺陷"变得更加明显。依然是轻微的马达和与人流不相称的稀疏的脚步声，依然是局部叙事。目标男人从街对面过来，米歇尔及时上前。镜头跟着他的脚移动，挡住目标男人入画的双脚，镜头迅速上拉，米歇尔右手抓住对方左手手腕使劲往马路牙子一拉，同时，一辆汽车的一角入画，发出短促的刹车声，目标男人跳舞一般跃进一步，跟着米歇尔跳到了马路牙子上，依然只有下半身画面，米歇尔依然抓着目标男人的手，后者食指和拇指捏着自己的帽子，在看不到米歇尔使力的情况下，后者居然不可思议地自己松开手指，让帽子落地，更不可思议地，米歇尔居然继续抓着他的手与他一起弯下去捡帽子。米歇尔用左手捡起帽子，交还给对方那只被自己抓着的左手。这完全不是在行窃，而是对方在配合他作案。为什么会拍得如此生硬？即便是那些成熟的"布列松电影"迷，也会被这些明确的"叙事缺陷"搞得晕头转向。但如果联系到后来火车上三人协作的大偷盗，一连串的偷窃与转移，布列松拍得行云流水，毫无生涩之感，我们就只能认为，那些"缺陷"是故意制

布列松的舞台
手的优雅与身体的笨拙

造的，就像银行大厅和街上那些极不真实的音轨那样。

这样的"缺陷"不仅在这部电影里存在，在布列松之后拍的电影里也存在。玛丽与杰勒德围着驴子绕圈。玛丽忽然跑开，奇怪地倒在地上。穆谢特推开想要强奸她的偷猎者。一连串不可思议的逃和追的动作。穆谢特慢慢倒在火堆前。在挣扎中，在柴火的噼啪声中，她发出毫无真实度可言的三个不同的"啊"。在《可能是魔鬼》中，书店老板让他的女员工带艾德维希去他饭店房间。之后，那个女员工带着艾德维希从电梯门出来，往走廊深处走。一个静止镜头，有近四十秒时间，一个又一个人木偶似的在饭店走廊默不出声来来回回，情形就像是在拍一场T台秀，直至那个书店女员工返回电梯。一个从未看过"布列松电影"的人，看到这个无缘无故的四十多秒的静止镜头，很可能认为自己片子的版本出了问题。一次派对后，阿尔伯特伏在床头抽泣，边上一只手轻轻拍了她两下背，她继续抽泣，那只手又轻轻拍了她两下背。她坐起身，像背课文一样说：我祈祷你能活着回来，我就能再次拥抱你，并像从前那样吻

哦，不幸的玛丽，不幸的穆谢特，
被"布列松姿式"附体的姑娘，
失足于"布列松笨拙"，
死于"布列松色情"

你。那只手拎起床单一角，阿尔伯特机械地转过头，让对方帮她擦眼泪。这时候镜头才给了反打，躺在边上的是男主人公查理。"我死了吗？"他问道。阿尔伯特答道："然后我醒来，发现你在我身边，真好。"这时，我们才能大致猜想到，刚才她哭泣，是因为做了一个噩梦。阿尔伯特的表演不是通常的收敛，而是有明确"缺陷"的僵硬笨拙。《可能是魔鬼》的残缺叙事可谓登峰造极，观众因此常常会对影像的具体语境失去判断，也就不太容易觉察上面这种叙事"缺陷"。在《金钱》中，伊文第一次出手将人推倒，和最后一次举起斧子杀人，都是极其生硬的拍法，但几乎所有评论都会将这两处的镜头语言视为布列松的简约风格的典范。

如果暴力隐藏于墙后，
那手就应当提前高举，
并且停顿

这意味着，当残缺叙事达到一定程度的时候，观众会很容易将那些看上去偷懒且生硬的拍法的实质辨认出来，视它们为有意而为的风格，而不是出于失误造成的"缺陷"。在《扒手》中，那些"缺陷"显得如此刺眼，是因为它们处于米歇尔整体的优雅灵巧的行为序列里，也因为《扒手》的残缺叙事能不断从米歇尔的旁白中得到补偿。观众能愉快流畅地看完整个片子的时候，一旦遇到那样的"缺陷"就会感觉到明显的断裂。事实上这种"缺陷"在《死囚越狱》就已经出现了：弗朗西斯贴墙站了将近两分钟，才趁着附近火车发出的轰鸣跑出去杀死墙后面的哨兵。在火车的一声尖叫中，他提前举起双手并有片刻停顿，这个停顿单纯作为人物的行为而言是不能令人信服的，但出现在带有强烈反射气质的火车尖叫中，它显得十分强劲有力，毫不勉强。之后是残缺叙事，火车声加一片黑的画面，直到十五秒钟后他重新回到画面中。除了火车声，我们听不到任何他刚才徒手杀人的动静。显然，后面的杀人叙事的残缺，也加强了前面那个举起双手略一停顿动作的魅力。这意味着，这样的叙事"缺陷"，在特定情景下可以被转换成独具魅力的叙事风格。这便是布列松这样做的依据。

我们必须把布列松看作表现主义的出色弟子才能完整理解这一点。回到罗伯特·维内《卡里加里博士的小屋》，在"影子谋杀"那场戏中那两只绝望的伸向镜头的手掌，在希区柯克的《深闺疑云》以更强大的凸起得到回应；凯撒杀雅娜时，那个**因美而停顿**的举着尖刀的 S 形，在希区柯克的《精神病患者》那里，变成塑料浴帘后面那个举刀停顿的黑影，那个停顿加剧了那场浴室谋杀的暴力气息。在《最卑贱的人》中，那奇特的螃蟹步中的转折和停顿，造就滑稽与尊严的眩晕，《出租车司机》中罗伯特·德尼罗踩出的小步舞带来了暴力时刻的瞬间解脱力，所有这些，都是之前我分析过的"姿式"带给影像的力量与魅力。布列松的那些"叙事缺陷"是"姿式"的一种变体，它们不再是作为人物的稳

唯有热情才能组织起空与满、
淡与浓的蒙太奇运动

定姿式，而是被转换成为布列松影像的"姿式"，不时地（因而具备了"姿式"必不可少的稳定气质）出现在"布列松电影"里。正是这些"姿式"让布列松在刻意削减叙事的戏剧性后能够随时重返戏剧时刻。它们是优雅中的笨拙，流畅中的停顿，自然中的刻板，生动中的僵硬，日常中的舞台腔。它们为"布列松之冷"保留了影像的最后热情。在《驴子巴特萨》之后，这样的"布列松姿式"越来越稀少，愈趋冷漠的影像和愈趋残缺的叙事又将它们完全遮挡。布列松导演已掉进人性的冰窟。

在《M》开头，小艾尔茜没有在平时的钟点回到家中，小艾尔茜妈妈虽然焦急，表演上却极其节制，肢体、表情和喊叫声有气质变化，但都相对平缓，加上大量的局部空镜和省减到抽象的环境声，差不多包含了未来布列松塑造自己的影像风格的那些最主要的元素。这一段影像的简约风格只是出于朗的理性主义的节制，并没有丝毫的冷漠。相反，我们能持续感受到影像自身散发的热度，那是出于作为导演的朗对于电影的基本态度：他谨慎地审视自己要批判的世界，也谨慎地审视用于批判的影像自身，生怕一不小心失去分寸，让道德激情的迷雾挡住真相，损害批判应有的力度与准确性。也因为此，我们才能看到后面警匪组织间的平行蒙太奇叙事，才能看到底层生活细致入微的运动画卷，贫困与盲目，粗鄙与可爱，勇敢与胆小，才能看到凶手 M 有机会对匪帮，对观众，发出他魔鬼般的控诉。

批判是一种激情行为，不可能出自一颗阴冷的心。影像可以节制简约，但仍应当具有热度，但如果影像冷漠，那就不能说是世界冷漠，而是导演冷漠。影像之热，可以来自茂瑙式的狂野，或是朗式的深邃，或是爱森斯坦式的蒙太奇冲突，或是罗西里尼式的持续凝视，或是安东尼奥尼式的宇宙视野，或是希区柯克式的游戏精神，或是戈达尔式的以"反电影"来反抗电影，甚至也可以来自伯格曼式的残酷，但不可能来自布列松式的冷漠。当我说《M》中妈妈等艾尔茜回家那段是"布列松风格"的预演，我指的是《驴子巴特萨》之前的那些"布列松电影"。

如果哭泣只是为了获取"姿式"，
那么眼泪就可以从超市购买

《驴子巴特萨》之后的"布列松电影"是冷漠的电影，以追求风格简约之名，从影像中排除他一贯排除的蒙太奇、凝视、戏剧性和游戏性，甚至也排除他曾出色地运用过的"反射""姿式""色情""音乐性"等剩下不多的、能让影像散发热量的东西。与《扒手》中米歇尔的眼泪相比，《可能是魔鬼》中出现的眼泪简直就是塑料做的。这是多么不可思议的虚伪之举，需要多么偏执的纳粹式暴力，才能将一个个因为各自的热情来到剧组的活人简化成为一具具冷冰冰的人偶，去生成如此漫长又冷漠的影像？电影的可怕蒙蔽力在于：观众即便不被布列松导演的那些冷漠的电影打动，也依然很有可能被它们深深吸引住，因为那里存在一个关于**绝对**的神话，即，绝对的导演权威可以造就影像的绝对冷漠！正是这种引人入胜的电影权力在帮助那些电影爱好者们为布列松开脱：这世界本来就令人绝望。

我不得不再次重复之前所说：拍电影是一种由许多不同特长的人共同参与的工业行为，不是一张纸一支笔的个人写作。一个导演如果真的对世界如此绝望，为什么还会率领一大帮人去拍电影？他千辛万苦指挥一队

不是伊文举起了斧子，而是布列松举起了斧子

人马去消耗大量胶片再请无数观众走进影院去看它们的热情从哪里来？除非他虚伪，他在撒谎。他的谎言就是：以自己纳粹的阴冷指证世界的阴冷。如果伊文那个虚伪的世界有罪，布列松的影像无疑是站在虚伪那一边的，罪的那一边。这不是像朗那样拿电影来批判世界，而是跟着世界一起犯罪。

在不同的称谓下

在 2017 年的影像写作工作坊期间，我通常会给学员放几个片段，让他们判断是出自谁导演的电影。

一个老人在办公室接到电话，从他答话中可知，对方是熟人，叫弗里德里克，从日内瓦打电话过来。画面叠入另一个公寓内的电话座机边，一个男人接起电话，从他答话中可知，对方是弗里德里克先生，是生人，他要霍顿先生接电话。这样，我们可以猜到弗里德里克从第一位老人那里要到了霍顿的电话，然后又打了过来。这位管家放下电话，推开边上的门往里走，门厅深处，一个男人在弹一首钢琴曲，显然，弹钢琴的就是霍顿先生。没有等这位管家走近霍顿，镜头忽然急速左摇，然后带着未知的强烈意图，往前推近话筒至特写，听筒朝着观众方向。钢琴曲仍持续从画外传来。显然，这是一个具有多重不明反射的间接叙事。弗里德里克一直没有出现在画面中，但他在等电话过程中肯定能听到霍顿正在弹的钢琴曲。如果这首钢琴曲反射着什么的话，那么，弗里德里克便会从那个"什么"与霍顿之间建立起关联。这是一首抒情曲，所以，很有可能这个反射指向情感，但也不能完全确定，它也有可能借着抒情的外壳隐藏了一个凶险的信息。这个反射在揭开谜底之前可以是无限的。

一个女人和一个男人一前一后，从客厅往外面的门厅走，摄影机在正前方跟着他俩缓缓后撤。女人微微垂着脑袋，眼角隐约有一点泪光；男人身体有些僵直，目视前方，没有表情。女人靠着半开的客厅门停下，半身近景，面部落在阴影中，男人从她边上左行出画，往另一个房间方向走，没有道别。女人侧过头去，盯着男人离去的方向，而镜头则一动不动盯着女人，没有转给出画的男人。女人缓缓转动脑袋朝向镜头，画外传来咔嗒的声响，像是那个男的在开房门，长时间静止不动的镜头这时忽然朝女人的脸推近，同时一道光从她脸上滑过，她的脸一时变亮了。镜头继续慢慢推近，女人眼睛连续闪动，那道被光亮驱逐的黑影又原路返回，重新盖住她的脸，同时画外又传来咔嗒一声，应该是那个男人关

间接叙事

反射在脸上的故事

上了门，镜头继续向女人推近至特写，她仰起脸来，眼光闪动。这一段也是非常经典的间接叙事加反射。没有给男人任何镜头，从画外传来的开门关门声，在女人脸上滑过的开门光和关门影子，都能判断男人在做什么。女人脸部的光亮与阴影交替似乎也是她的希望与绝望反射。男人对她关上了门，她的泪水在绝望的阴影中滚动。

还有一些别的间接叙事段落，通常那些没看过这些电影的学员，会判断是希区柯克的电影。也就是说，如果割裂地观看，这些段落具有明显的悬疑色彩。我打算把这里的情况讲清楚，然后结束本文。

事实情况是，在《讹诈》之后，希区柯克很少以形态如此具体明确的间接叙事拍摄电影了，反而更多地把本可以通过反射来传递的信息直接放在画面里。希区柯克的悬疑是总体上的，在他成熟期的电影里，最终谜底揭开之前，可以说里面的一切叙事段落都是间接叙事，而在局部处理上，他通常做两方面工作，一个是为观众建立错误反射，延误谜底揭晓，比如《艳贼》，玛妮刚开始行窃，她就和清洁工老太太并排出现在画面中，我们被希区柯克的反射引导向错误的方向，为那只随时会从玛妮口袋里掉落的皮鞋担心，直到皮鞋真的落地，我们也没能完全消除担忧，只是增加了困惑，然后第三人，一个工人过来为我们解开谜题，原来老太太耳背；另一种处理是，大的谜团从一开始基本清楚了，但躲在它后面的"麦格芬"却一直不露面，希区柯克借此导入一个又一个新的影像元素，在"麦格芬"四周铺开重重迷雾。比如《西北偏北》女主角现身，在她的真正身份亮出之前，希区柯克随时有机会将她塑造成各种方向的女人，爱情使者、轻浮女子、特工卧底、叛国者爪牙或是被他们劫持的人质等等，在这之前，所有关于她的叙事都可视为间接叙事。这意味着成熟期的希区柯克找到了新的间接叙事套路，他仍不断利用反射进行叙事，但已经不同于早期那种方式，而是线路更加漫长迂回的间接叙事。我要再次强调，不同于朗、刘别谦、布列松，希区柯克给出的反射通常是具体的，物质性的，是"亚光"中的精准反射。

有人问刘别谦本人什么是"刘别谦 Touch"。他回答说："这样的东西即使存在，我也不知道是些什么。那只存在于大家的脑海里。假如我意识到它的存在，恐怕它就会消失。"刘别谦的门生比利·怀尔德给出的答案是"超级笑话"，刘别谦专家们则给出了各种其他答案。这样，关于"刘别谦 Touch"是什么，便成了电影史研究的一桩悬案。

我的解释很简单，"刘别谦 Touch"就是一种依托于影像反射力的间接叙事，前面那个弗里德里克打电话的案例便是出自刘别谦导演的《天使》。"刘别谦 Touch"在具体手法上和人们津津乐道的"布列松反应"是一回事，因为布列松反应，就像我在前面举的第二个例子，也是依托于影像反射力的间接叙事。它们都是《M》中小艾尔茜失踪那段的变体，至于更早的源头及其演化过程，我们已经在前面讨论了很多。也就是因为它们都是同一种间接叙事，我的一些学员才会认为那些段落都是希区柯克拍的。朗来到好莱坞之后，在 1944 年拍了一部叫《恐怖内阁》的侦探悬疑片。瞎子老头抢蛋糕那一段，如果我们不了解朗的创作经历，或许就会得出结论朗抄袭了希区柯克的拍法，而事实上，他只是将《M》中发明的那种间接叙事用于了悬疑制造。我甚至愿意得出这样的结论：只要刘别谦和布列松愿意，他们也随时可以像朗那样拍出出色的希区柯克式的悬疑电影。可是为什么电影史要给"刘别谦 Touch"和"布列松反应"不同的命名？自然是因为观众明确感觉到这两种影像的气质截然不同，笼统地说，前者轻快后者凝重。我的解释是，造成这种差异的关键点不在于它们的叙事方式一样，而在于两人在利用反射进行间接叙事时的反射方向和落点完全不同："刘别谦 Touch"主要地指向情绪与情感，并落在光明与阴影的交界处，一种喜悦与忧虑的混合，而"布列松反应"更多地指向情感与精神，它们正陷于阴影之中。

扒手终于去看他病重的妈妈了。他跳下车，往楼里走，动作利索但不显匆忙。布列松在这里用了空镜出入画拍法。在这部电影的很多地方，他都采用了这样的拍法，尤其在涉及建筑物的门与楼梯的画面，不过他同时也使用淡入淡出来转场，偶尔也使用黑屏。第二年，安东尼奥尼在《奇遇》中开始频繁运用布列松的这种拍法，淡入淡出则几乎停用，黑白三部曲中的后两部则完全不用。但在他的上一部电影，1957年上映的《呐喊》中，他还只采用黑屏或淡入淡出来转场。因而很有可能，安东尼奥尼是从《扒手》借用了这一拍法。从空镜到空镜的拍法显然是从早期电影的出入画拍法拓展而来的，只是它大大延长了出入画前后的空镜部分，不仅形成一种影像风格，而且完全改变了原来的语义。它强调了"空"，突现了"残缺"，同时保留了原来出入画拍法的笨拙感。事实上，在"布列松电影"里，它也是"布列松姿式"的一个组成部分。而在安东尼奥尼的电影里，这种手法完全排除了早期电影出入画处理的笨拙感，成为一种更具进犯性的语言方式：我们总是能感受到"空"的环境在向人致意，虽然不明确，但是在致意。在黑白三部曲中，安东尼奥尼是将它作为与其"空"的哲学相应的整体影像语言的重要组成部分来广泛使用的。这种手法要处理的不再只是局部的影像风格或图像美学，而是图像人类学，它强化的不是残缺感，而是无人的建筑形态、人的闯入与离去的无痕、人与"空"彼此生成的运动关系。从1964年上映的《红色沙漠》开始，安东尼奥尼不再固执于此，处理得更为机动。布列松则在之后的《驴子巴特萨》中又重新采用《布劳涅森林的女人们》那样的淡入淡出，《圣女贞德》《穆谢特》《梦者四夜》则是非常紧凑的出入画。在《可能是魔鬼》中，他才又回到《扒手》那样的空镜接空镜拍法，并结合取景框的局部视野，进一步拓展自己的残缺叙事学。

扒手半低着脑袋径直走进房间，抬头，忽然止步，一动不动看着斜前方。通常这里需要一个反打，描述他所见。但摄影机延宕了这一语法需求，仍一直对着扒手。扒手的日记体画外音："她正在睡觉，很安静。"扒手犹豫着，十分缓慢地往前挪步。摄影机仍然没有给他妈妈，而是跟着扒手的脚步缓缓右移，直至他来到床前，慢慢跪下去，捧住一只老人的手。这里有反射，有残缺。扒手忽然止步，久立后极慢前行，速度和节奏的变化反射了母亲身体状况恶化出乎他意料，他内心除了吃惊，应该还有肃然。但事实上扒手表情没有太多变化，这是布列松的风格，也就是说表演缺失，属于他残缺叙事的一部分，但也因为表演缺失，我们对于扒手的内心反而会有更丰富的想象。另外，到现在为止，他母亲只出现了手，不是局部提喻，而是残缺，残缺得以成立，是由于母亲的状况已经提前反射到扒手的肢体变化：他改变步速和节奏，并跪了下来。扒手长时间看着妈妈，略带哀伤地低下头去亲吻她的手。下面的镜头不是直接反打，而是叠化入躺在床上的母亲的反打，就像是在前面打了一个句号，它加剧了之前叙事的残缺感。残缺不一定是要给出的没有给出，有时也呈现为观众期待看到的那部分在超限度的延宕后出现。我们事实上始终没看到妈妈对刚才儿子这一连串举动的反应，因为反打之后，妈妈对儿子说的是对他的歉疚与爱，而非对他刚才下跪行为的即时反应。邻居珍妮姑娘的背影在后景走过，她站在屋子一角，没有说话。这已不是普通的沉默，而是比《M》更风格化的"布列松语音残缺"。在表达了对儿子的期待之后，老人说："我要走了，孩子。"儿子不同意，说医生说她休息两三天就会好，又站起来问珍妮是不是。珍妮温和地看了他一眼，还是没有发出声音。叠入扒手和他的好友以及珍妮三人坐在椅子上的背景，前面竖着一些蜡烛，画外有人唱赞美诗。显然是在教堂。镜头一直一动不动对着三人一动不动的背影，足足半分钟以上。扒手欠身向前跪下，镜头及时跟着向他推上去，珍妮也跟着在前景起身，镜头越过珍妮身体对着扒手，他转过脸来，看着珍妮，脸上挂着泪水。这长久延宕后出现的脸部，一直缺失的脸部，是对扒手漫长的静止与沉默之下的**漫长的悲伤**的反射。珍妮和扒手的伙伴也跟着跪下。

两个上流社会的男女偶遇后相恋，男的是前面提到的霍顿，女的没告诉他自己名字，他叫她天使。晚餐后，两人从公园小径走近，较强轮廓逆光加柔和的面光。树影的花纹在女人的白色薄纱上滑过。弱表现主义光影结构。两人在长椅上坐下，女人一时难以决定，是跟眼前的男人私奔还是回到丈夫身边。她最后下定决心说出一个方案：下个周三五点钟在公爵夫人住处，你等我，如果我来，无论你叫我去哪儿我都跟着你走，不会提任何问题。如果我不出现，那你必须原谅我。永远都不要再找我，忘记我曾经存在过。发誓，你会为我这样做。霍顿回答说，什么都可以，除了一条，我不在乎你是谁，你是做什么的，我只知道，我爱你，你永远不会从我的生命中消失。我永远不会让你走。两人相拥接吻。"天使"忽然惊异地看着前方。镜头反打给站在对面弧形小径上的一位老太太，左手挎着一只篮子，右手轻轻摇动着一朵花，轮廓侧逆光，面部落在暗影中，能勉强看出她在笑，身后大片树丛的黑影，闪着光斑。如果这不是爱情片，这样的场面看上去就有点恐怖气息。霍顿起身朝老太太走去，镜头跟上，他拿了花，用生硬的法语让老太太不用再找零。老太太感激地笑着，低头收起钱，镜头没有反打给离去的霍顿而是继续向老太太推近（我在讨论空间关系的时候拿 1940 年上映的《蝴蝶梦》举例，希区柯克几乎用了跟这一模一样的拍法，没有将镜头转给刚出画的新德文特夫人，而是对着女管家丹佛斯太太直接推近。前面举的布列松的《布劳涅森林的女人们》的例子，也用了与之非常接近的拍法。眼前这部刘别谦导演的电影《天使》上映于 1937 年）。之后，镜头一直对着这位卖花的老太太，再没有出现霍顿和那位"天使"。但从老太太面部表情、头部和目光的移动、霍顿叫"天使"的声音以及脚步声的变化，我们基本能**看清**画面外发生的情景："天使"消失了，霍顿四下叫她找她，但没找到。老太太的表情从惊讶，疑惑，关切，到失落，最终轻叹一口气摇了摇头。这张脸反射了画外的整个故事。这是依托于反射的间接叙事，刘别谦处

间接叙事

眼泪和目光

理得极其迷人。但刘别谦的高明之处在于并不就此止步，他让老太太出画，然后又让她在刚才两位恋人坐过的椅子前入画，从地上捡起一朵花，显然是霍顿扔下的，有可能因为匆忙掉在地上，有可能因为失望任它从手上滑落，也有可能是一气之下扔了，无论如何。老太太抖了抖花，吹去了上面的灰尘，放回到了花篮里，然后转身，沿那对恋人来时路渐渐走远。镜头一直将她送到小径尽头。更进一步的反射，更深远的间接叙事：后面的捡花吹花，平实硬朗的离去的步履，让观众会禁不住猜想，老太太年轻的时候也可能是一位"天使"，不然那个没有拍摄的故事不可能如此完整地反射在她的面部和目光的细微变化之中；她现在境况应该不太好，生活清苦，每卖出一朵花都要把一点小钱小心藏好，决不愿意有任何浪费；同时，她依然有爱花之心，不忍让其委于泥土；她健康的步履似乎在告诉我们，尽管生活清苦，但她已经不再会把生命的任何遭遇当成不可忍受的折磨；她也重走了刚才那对"失散的"恋人的来时路，仿佛那里有她将陪伴她终身的回忆。与布列松不同，刘别谦的反射犹如指尖触动心灵轻柔的忧郁，有时候也触动幽默情怀，但永远不会像布列松那样指向黑暗。

第 三 章

假 定 的 作 者

《奇遇》，一种注视

　　即使是了解了《奇遇》每个局部的影像意图，观众仍有可能忍不住要问一个问题：安东尼奥尼究竟是在干吗？《奇遇》存在很多我们看不到的东西，很多漫游在普通影像逻辑之外的暗物质。我们需要在此生成一台辨认这些"暗物质"的观测仪，去看到这些看不到的。为了让问题便于讨论，我们还需要假定在每个安东尼奥尼导演的电影背后存在一个泛安东尼奥尼意志，而忽略电影作为黑暗事业难于在此额外展开的黑暗部分，况且，相比好莱坞，欧洲电影工业一向有导演中心制的传统，罗西里尼、伯格曼、布列松、安东尼奥尼，都在成名之后骄傲地享用了"某某某电影"这份来自欧洲电影工业的特殊福利。让这些大师的电影剧组的其他创作成员，不论被迫还是心甘情愿，都不得不默默吞下这枚非凯撒的也归于凯撒的苦果。在本文中，我也不得不做如此假定：安东尼奥尼就是电影《奇遇》的作者。

　　那么，安东尼奥尼究竟是在干吗？

　　看他的前一部电影《呐喊》无法找到这个问题的答案。《呐喊》的镜头自始至终跟着 Aldo 游走，这是一种热能，但影像却显得冰冷，

《呐喊》的远

因为它关注的 Aldo 绝大部分时间里处于摄影机的远端。Aldo 由远而近，只到半身，又很快由近而远，没有特写，更没有贴近特写的运动。《呐喊》带给观众不适是由于它的反意大利电影的气质，反罗西里尼的，也可以说是反但丁的。在罗西里尼或但丁的目光中，注视是一种运动，在节制时，是观察，冷漠优雅，在进取时，是凝视，伴随着文字或影像运动，生产情感涌动。《呐喊》给出的却既不是观察也不是凝视，只是不明的注视，就像不断给予 Aldo 的冷清的琴声。可怜的 Aldo 还来不及走近我们，镜头的热度已在空旷的田野上消散殆尽。

看《呐喊》之前的《女朋友》同样无法找到问题的答案，且同样令人不适。还是没有特写，不过摄影机没有不可思议地停在远端，而是贴着姑娘们的身体，在裙裾间来回穿梭，捕捉她们的喋喋不休，她们蝴蝶般闪动不止的无魅之影。尽管借助摄影机做如此近距离的触摸，观众却完全感受不到这年轻美好的肢体的温度。魅惑是影子最重要的属性，如果影像无魅，那么影像何为？

这两个电影的叙事姿态是文学姿态，而非影像姿态，因为影像靠空间距离的制造与克服及其相应的速度与密度来展示自身的热与冷。无论是前辈德·西卡、维斯康蒂还是罗西里尼，无一不以自己的创作阐明一点：意大利新现实主义电影的力量在于对真实的凝视，和一次次由凝视掀起的情感涌动。这一点决定了新现实主义电影从生活窃取真实的手段不可能是遥远呆板的记录，或是无动于衷的近距离徜徉。意大利新现实主义与德国表现主义也许谈不上什么亲缘关系，但要比通常的电影史断言的更近一些；关键在于，摄影机之于被拍摄物不是观察记录关系，而是陪伴关系，因而，摄影机具备了人格，它虔敬地展示着波动的大地上的"完整现实"。安东尼奥尼这两部电影走在它的反面，但并没有提供其明确的反人格的审视基础或批判目标，而只是展示了生活或日常局部。

《女朋友》之前的《不戴茶花的茶花女》，是一部几乎不用任何

《女朋友》的近

当安东尼奥尼要求演员既哭又笑的时候，
他离文学太近了

"正反打"，只利用有限的人物调度进行连续跟拍的电影。拍这个电影的安东尼奥尼显然没有摆脱观察家的流俗人性，在纪录式的拍法中表露对女主角的同情，有节制的同情。它不是反叛的，却是成立的，尤其克雷拉最后那张笑着哭的脸，是安东尼奥尼与流俗文学风尚的一次调情。面部运动和精神运动之间的文学性关系！一部电影一旦躲进这样的文学庇护，影像自身的得失便变得次要，甚至影像的失败也很容易被转译为一种特殊风格，但，是一种文学风格。这样的电影让观众人人有所收获，他们给予理解，喝彩，并满怀信心地做出自己的阐释。

就语法生成而言，有了《女朋友》和《呐喊》，《奇遇》的出现似乎是件水到渠成的事，它是两者的综合：《女朋友》的近加《呐喊》的远，《女朋友》的摄影机携带着肢体对局部空间的扭合，与《呐喊》对大空间的冷静维护。除此之外，新的进展是，在《奇遇》中，安东尼奥尼开始局部使用"正反打"。这意味着安东尼奥尼放弃了之前一贯的纪录式的单一视角，愿意偶尔将电影眼架到被拍摄者的另一端来重新展示它们的面目。但与好莱坞"正反打"的基本用法大相径庭，安东尼奥尼的"正反打"基本不代入人物双方的主观视野，不仅如此，他还大量使用了跳轴。不过主要地，他仍然像《女朋友》中那样，通过让摄影机追随人物移动而不是自身的主动易位来展示正反关系。而在一些安东尼奥尼刻意强调的段落，摄影机像一个低位探头那样听任人物在取景框里进进出出，彻底消除了意大利前辈导演钟爱的影像温度。

《奇遇》延续了安东尼奥尼此前电影的疏离感，不明的运动（叙事的、摄影机的和人物的）、频繁的跳轴和静止像框内部的复杂变化又为此平添错乱与恍惚。**神秘**由此而生，难解之处在于它主要地依赖摄影机态度和影像语法，而不是像《不戴茶花的茶花女》结尾处那些伫立不动的人群或《呐喊》中那群呆立田野边的老年人那样，依靠无先兆的群偶景象的安置——事实上是活力降格——来营造异常氛围。

那么，是安东尼奥尼电影眼在淡漠地看着《奇遇》的人与事吗？还是安东尼奥尼本人在淡漠地说着《奇遇》的人与事？不然，那又是谁在让我们看到《奇遇》的一切？撇开这个问题，我要说，无论如何《奇遇》都是一次革命，它逼迫观众在看完电影后表明态度：要不将其归为无聊之举，要不承认，在此前任何电影无视、自然也从未光顾的**空无之所**存在着所有导演都忽略的庞大影像事实，而就影像世界而言，这块神秘的处女地可能比所有已垦地都更加重要，因为它既不依赖于文学故事，也不依赖于演员表演，而是完全依托于影像自身（影像运动与影像关系）散发它奇特的**魅力**。《奇遇》给出了纯粹的**魅影**，是电影史影像独立日最重大的标志。作为导演的安东尼奥尼不是突然成长了，而是猛地一跃而起，成为了一个巨人，一个我们能确切感受到其完整又暂时无从寻找其完整性依据的巨人。

《奇遇》的第一个镜头安娜出场，用了霍华德·霍克斯在 1948 年

一个来自《红河》的直线运动拥有了安东尼奥尼的弧线

导演的《红河》复仇那场戏中发明的先静止再跟摇再跟着后退的拍法。在《红河》那场戏中,霍华德·霍克斯让约翰·韦恩以同样的方式走了三遍,掀起三排巨浪,将复仇意志展现得荡气回肠。而安东尼奥尼却用同样的句法传递了迷失氛围。撇开音乐与演员表达在里面起的作用,单纯就影像语法与《红河》作比较,安东尼奥尼没有去拍连绵的波涛,而是只拍了一道缓慢绵长的波浪,摄影机机位在一开始不是平视,而是稍俯的冷观,摄影机在左摇并后撤时并不是对着一片空旷的原野,而是紧贴着一道有迷宫气质的弧形树篱,在安娜转弯时镜头跟着大幅左晃,让人感觉她有可能会被甩出画面。

镜头跟着安娜停顿,画外传来一位建筑工人的声音:"这里以前有大片树林,以后会建更多的房子。"安娜的外交官父亲和一名建筑工人站在罗马乡村一大片正在开发的荒地前交谈。意大利战后城市扩张运动造成的环境状况很像这几十年的中国。安娜入画,摄影机仍一动不动留在全景处。工人走远,安娜边跟父亲说话边从他身前走过,摄影机这才迎上前去，从大空间进入局部空间，大致相当于从《呐喊》式的大空间进入了《女朋友》式的近身空间，衔接两者的是略带不安的人物和摄影机的双重运动。但影像并没有因为被放大而变热，而是仍带着《女朋友》式的贴身近观的冷漠。镜头被动地跟着安娜或是安娜父亲小范围移动的身影。它在运动（在跟随、在靠近、在取舍被拍摄物），但毫无热情。父女在同一画框里说话的时候，一个人的脸对着另一个人的背部，在面对面说话的时候，却给出了各自有独立画框的正反切，这是《女朋友》中鲜见的。摄影机比在《女朋友》中更贴靠人物，但人物之间的影像空间关系却显得更为遥远、隔绝。显然，安东尼奥尼推进了自《女朋友》开始探索的运动影像与精神隔离之间的反向辩证法。

空间关系标记了父女关系

遥远的正反关系，
插入两人情欲空间

那么，是谁把我们从远带到了近，从《呐喊》空间带进了《女朋友》空间？（回想一下可怜的 Aldo，从未有机会像给安娜的第一个镜头那样，从远景一口气走到特写）这是谁的眼睛在看？除了摄影机和安东尼奥尼本人是否还存在另外一双眼睛？更多的时候，它既不在远处，也不在静处，而是在最容易被影像灼伤的运动中，在近景和特写中，不紧不慢地观看世界与人的基本状况。如果我们无法解开这一谜题，就无法解开《奇遇》随之而来的一连串影像之谜，自然也就无法解开与《奇遇》构成三部曲的之后两部电影《夜》与《蚀》里面的谜题。

安娜顶撞了她父亲，因为他并不看好她与桑德罗的未来。安娜和她的闺密克劳迪娅驱车去城里见桑德罗。到了桑德罗楼下，安娜忽然不想见对方。她的说法是：恋人一旦分开久了，感情就会淡漠；如果一直相伴左右，就会感觉幸福。很难说这是在表达对相伴左右的幸福的渴求还是在否定相伴左右才会有的幸福本身，但显然并非特殊地指向她的男友桑德罗。从最初露面到现在，安娜一直是一副焦躁面容，备受困扰，但缺乏明确指向。这时，桑德罗从楼上探出头来叫了她。

两人隔墙相遇。亲吻后，安娜漠然看着男友，退开，手提包滑落茶几，粗暴地打在盘子上。桑德罗摆了一个舞姿想逗她笑，立刻又感觉不对劲。我们看不见安娜的欲望，但她脱了衣服，并走向卧床。两人相拥，克劳迪娅出现在楼下的远景中。桑德罗去拉窗帘，但只拉了一半。然后我们看到了一个出人意料的、从楼下克劳迪娅方位给出的反打。这个短暂的反打镜头显得毫无必要，造成了拖沓：没有哪个导演会在好不容易切进局部空间的双人关系之后，在内部尚有充足的空间关系（无论物理空间还是精神空间）需要处理的情况下，会为了一个短短几秒的反打镜头突然中途远远跳出整个双人空间，除非他不想再跳回去，但安东尼奥尼却又跳了回去。这个反打并不代表克劳迪娅的视角，因为它给在克劳迪娅身后，将三人关系纳入其中。按此逻辑，正打也非人物视角，因为它是从安娜与桑德罗相拥的身后给出的，将下面的克劳迪娅纳入其中。这里，我们感觉到摄影机的存在，但促使它做如此大幅度跳跃又出于谁的意志？当然，只有安东尼奥尼有此特权。但一位以语法见长的导演为什么要迎着如此明确的语法缺陷去胡来呢？疏离？这般大跳已不是疏离，而是间离。但间离也只是就结果状况而非导演意图而言，因为安东尼奥尼从不热衷玩间离游戏，不然《奇遇》不是会现在这个模样。

一道乔伊斯般的视线在人物间随意穿行，它有乔伊斯视线的自由尺度，却没有一点乔伊斯视线的好奇。它既非人物的，也非单纯地出于电影眼，甚至也不完全从属于安东尼奥尼意志。它从安娜出现的第一个镜头起就已经在那里。那它究竟是谁的？

安娜一次次举起头来，
等着欲望降临

镜头切回桑德罗与安娜的两人戏。桑德罗没有将窗帘拉严实，以阻断楼下克劳迪娅的视线，这让两人接下去的性行为显得随意、淫荡。从头到尾，我们看不到两人的欲望，但他们的性行为却一直持续着。这是无欲之性。克劳迪娅出现在附近小画廊。安东尼奥尼用一个长长的单向平移顺便嘲讽了单向度、平面化的中产阶级的艺术趣味。如果我们把画廊看成一个城市的小肿块的话，它将蔓延、扩散，变成肿瘤，变成城市的病理。桑德罗的住宅楼靠台伯河那一侧，克劳迪娅从一楼阳台向二楼桑德罗房间张望。特写，安娜睁着眼睛从性爱中缓慢地抬起一张无神的脸，缓慢地落下去，再次缓慢地抬起来。克劳迪娅从阳台走入楼内，仰拍的特写面部。安娜艰难接住男友的吻，缓慢地抬起头来。安东尼奥尼用安娜超常的迟缓之举，将这段性爱舞台化，凝固并强化无欲之性的面容。

在同一年上映的费里尼的《甜蜜的生活》中，我们也看到了舞台，那是一场接一场的狂欢舞会，而不是《奇遇》这种通过对人物行为与意图的延缓不易觉察地呈现的戏剧。两部电影都动用了意大利电影此前极少采用的表现主义影像技法，也都指向了战后欧洲城市重建后出现的物理异常与精神不适。世界正在人的对面奇异地耸立起来。在对面的世界尚且面容模糊之际，异常暂时展现为这面的人的种种怪相。因而，就从1960年看1960年，而不是从现在看1960年意大利电影的影像苗头，无论是《奇遇》还是《甜蜜的生活》，我们都不能就此断言，安东尼奥尼和费里尼已经不约而同开始讨论新异化问题。这两部电影只能算作是漫长的欧洲电影新异化讨论的两个引子。不过无论如何，《奇遇》和《甜蜜的生活》划出了意大利电影的分水岭。新现实主义已经局部接纳表现主义，世界已不再是那个世界，注视世界的视线也不应该再是以前的视线。

三位好友与一对夫妇一对情人一起出海。安娜睡得不错，似乎又开始享受情侣相伴的甜美。桑德罗向大海扔去一大叠报纸，提议游泳。

如同长时间注视一头野兽，我们的恐惧消退，只留下困惑

海岛被风蚀的锋利侧面层层展开,如巨兽一般撼人心魄。安娜忽然变得不耐烦,从急驰的游艇扎入大海。桑德罗怕她出事,也跟着入水。众人停了游艇一一入水。很快,安娜大叫有鲨鱼,匆忙回船。在更衣室,安娜将自己的一件衬衣送给克劳迪娅,并告诉她,其实没有鲨鱼。克劳迪娅猜是因为桑德罗她才撒谎。

安东尼奥尼总有太多的"闲笔",将镜头对准次要角色,他们的言、行和面容。在《奇遇》中,这些"闲笔"主要地展示了普遍的欲望之不当,其发动与断裂。这是辐射,是弥散,是从故事集中营的解脱,根本的,是基于一种我们暂且不能清晰辨认的视野。

众人上岛这段戏的大致拍法是:先拍小岛上运动中的 A,带着在后景移动的 B(桑德罗)、C(安娜),通过跟随 A 的运动,带出在后景移动的 D;然后利用整体空间中小岛与船的正反关系,反打拍 E(克劳迪娅),通过她的对话关系,进入新的正反关系,拍 B,再通过跟随 B 的运动,拍在后景中移动的 C。利用伙计的水果,再打回船上拍 E,通过 E 的呼喊,打到岛上拍运动中的 A,在山岩遥远的后景,C 行走中入画,E 也在前景入画……如此一层一层切入 B 桑德罗与 C 安娜的双人对话空间。

人物、摄影机、前后景、不间断的对话,一切都处于持续的运动之中,正反关系也处于不停流变之中(B 作为 A 的反打,但很快又成为 C 的正打,C 作为 B 的反打,马上又成为 D 的正打,实际变化远比这随意)。即使在抽象空间做一次沙盘演示,都会让人感觉眼花缭乱,而在一个崎岖的随处蕴藏凶险的小岛上,展开如此复杂的调度,还要配合演员的对话和走位,那就是疯狂。

有趣之处就在这里,看上去安东尼奥尼必须如此疯狂,才能让影像运动成为自由视线的随意掠物,才能让人与物成为合乎其普通情状的普通模样,最终让观众既看不到随意,也看不到刻意,更看不到疯狂。

大空间流体力学：

对话引导空间交换，

水果引导空间运动，

前后景引导空间转移，

从底处公共空间流入高处两人空间

一切能为观众所见的痕迹都是人的痕迹，导演的或演员的，而安东尼奥尼要避免的正是人的痕迹。似乎，他对影像做了如此精心的设置，就是为了让观众完全忽略它们。观众处于奇异的感受中：明明感到安东尼奥尼精妙地安排着一切，却看不见是哪儿被他安排了。这是对自由视线的最高虚拟！

但因为不明所以，观众一次次陷入困倦。我不得不再问一遍：安东尼奥尼究竟在干吗？他在这里虚拟自由视线意欲何为？为什么不直

接拍安娜与桑德罗，至少一两个过渡后就拍安娜与桑德罗吧。这自由
徜徉的目光究竟是谁的目光？暂时仍没有答案。一个个人物看上去都
怡然自得，不过看得出，他们处于并不剧烈的（多么不规范的用词）
迷失之中。摄影机摄取了这呈现为自由幻象的迷失，然后从其表面轻
轻滑过。

安娜的焦躁显得不合时宜，因为她看见了自己和他人的迷失，试
图寻找真实。她与桑德罗的两人戏，仍是人物调度加"正反打"的拍法，
用的基本是广角特写。安娜表达了对两人恋情关系的不适，桑德罗感到
费解。安东尼奥尼在这里做了几次小跳轴。不要指望安东尼奥尼犯低级
语法错误，对于影像大师来说，物理空间即精神空间，影像语法即影像
实质。除了画面美感和前后景人物关系的要求，两人空间关系中的每次
跳轴都会给观众造成跳跃感与错乱感，它们与安娜此时不安的精神状况
相吻。安东尼奥尼在《奇遇》中大量使用广角拍人物特写。特写的人脸
与后景的人物以及远处的海平面构成丰富多变的影像层次，让被大面积
人脸阻断的深景深画面充满了魅力：它同时是满的又是空的，同时是近
的又是远的，甚至，同时是静的又是动的。随后，安娜这张焦躁的反复
占据特写的面孔消失了，彻底地就此消失。此后，她只是作为克劳迪娅
和桑德罗的阴影继续存在。

在管乐轻柔的嘟哝中，这些人（有时候也包括痛苦的克劳迪娅）
开始梦游。隔绝将小岛变成舞台，就像电影开头那场性爱戏：日常秩序
的塌陷处，成为人的剧场，运动所需的时间和空间被重新分配。陆地生
活的意义在岛上失去了根系，这些人来到岛上本来就是想要享受这有意
而为的断裂，通过表演陆地生活来重温并肯定陆地生活之甜，一种作为
日常调料的虚假戏剧，一种可验证自身存在的**隔绝**表演：一块地毯，一
瓶酒，一篮水果，一次漫步，一个太阳浴，一次日落或日出观赏。他们
可以随时将这能使日常高度纯化的**隔绝**打碎，并安全返回日常。但是，

在本欲表演生活的地方，
他们表演起了梦游

由于一个主要人物失踪，如同一个激浪彻底打散了他们预设的舞台，他们的虚假戏剧也不得不就此中止。他们无法继续表演自己被从日常中连根拔起的快乐，因为他们现在是真的被从日常中连根拔起了。中产阶级的谬误在于，他们只会在自己预设好的舞台表演，一旦被抛出这个舞台，他们便成了一群游魂。这或许就是安东尼奥尼所说的反科学反未来的旧道德，一种看似丰富多彩，实质单向又平面的道德。这时候，自然意志入侵，控制了这些游魂，也控制了影像运动。

科拉多专注地看着一块地上捡的旧陶罐残片。他看了许久。他看到妻子茱莉娅远远迎面跑来，便冷酷但优雅地背过身去。茱莉娅困惑失落的脸。暴雨将至，海面升起一股小龙卷风。科拉多陷入沉思。风吹着

荒芜的戏剧

他谢顶的脑袋上稀疏的头发，后面是广阔的大海。这是荒芜的戏剧。一个近乎觉醒的虚无时刻，但他永远都不会觉醒。

在人的恍惚中，自然的面孔变得清晰。人之为主体的意向性消退，而自然仿佛拥有了足可辨认的意向性。大海，礁石和天空的空镜，涛声，自足的景象。桑德罗近景入画，神情怪异。他往纵深处走，镜头跟着他右移，一对夫妻一对情人四人入画，他们挤在一起，眼神空洞互不理睬。这冷冰冰的一群人占据了大面积的前景，隔断了后景的大海和天空，显得多余，令人不适。眼看要下雨，克劳迪娅、桑德罗和科拉多留在小岛，其余人坐船去报警。

清晨，克劳迪娅站在渔民小屋门口看日出。她穿上了安娜送自己的衣服。镜头里只有她和桑德罗，没有科拉多。

影像无阻无碍径直从突起的岛礁伸向大海和天空。由于人的意向性消失（两人已停止寻找，只是在等待），**看**只剩下**看**的行为本身，不再涉及为了看见什么。安东尼奥尼抓住了这纯粹的**看**的时刻，使**看**不再具有明确的影像生产机能，即所谓的主观镜头（即使在普通场境下，安东尼奥尼也经常半路拦截好莱坞式的主观镜头，使其看上去似是而非）。现在，我们迎来了全新的安东尼奥尼时刻，彻底的反好莱坞时刻。我们看到了空的人的目光与饱满的自然之躯的贴合方式。镜头从汹涌的海面，顺着海浪的节律和海风中弯曲的草茎缓缓左摇，直至桑德罗出现在画面里。他面向大海裹胸而立。他退向岩石，坐了下来，贴入后方大片的云层。人的目光不再是用以摄入自然面孔的身体延伸物，而是具有清晰意向性的自然将人浸入其中的长长触须，也就是说，自然接管了人的目光，成为施动者，成为运动影像的启动点，而人成为被动物，处于漫无目的的等待中，并因其被动与迷失，成为与岩石或海浪一样的无好无坏之物。正是人的空化与散逸，让人形能够重新贴合于自然之形。他的衣服与身体的抖动，就像草茎在风里抖动。

桑德罗向后看，站起来，克劳迪娅出现在后景。两人在岛顶远远说话，嗓音混合着风声。接着，一个不可思议的大跳轴，给桑德罗侧面近景，让观众一时辨不清克劳迪娅此刻的方位。"你很爱安娜。"桑德罗说。"是的，非常喜欢。"克劳迪娅在画外说。镜头跟着桑德罗前行，克劳迪娅自右入画。左右关系的两人面部特写，一个侧面，一个正面。桑德罗边说边向后方走，然后转身。克劳迪娅扭过头去。两人变成前后景关系，前景克劳迪娅特写侧面，后景桑德罗正面。桑德罗边说边前行，颠倒前后景关系：两个人的正面特写。在克劳迪娅说话的时候，桑德罗再次侧过脸来，回到最初的左右面部关系：特写，一个侧面加一个正面。这一连串的运动、跳轴与颠倒，放置于如流体一般光滑顺畅的影像句法群里，如果不细加观看就会从我们眼前不留痕迹地溜走。这是即将到来的两人的恋情关系在影像语法中的投射与预演。在宽阔的自然意志的背景前，这一投射与预演不再具有人的负面气息、人物的怨恨或导演的批判，而仅仅只是对命定之事的呈现。

海面上传来船只的马达声，两人同时扭过头去。镜头顺着他们脸部的运动缓缓摇向大海和群岛，没有船只入画。借助人的目光的触须，自然返回了自然。桑德罗和克劳迪娅在困惑中面面相觑。在摄影机对自然之眼的虚拟中，意义弥散成为意蕴。于是镜头又再次从海面摇向小岛，靠近这一小片人的困惑。克劳迪娅出人意料地从左入画，走向岛顶的远端。她刚才占据的前景重新清空。随后，桑德罗更为出人意料地从左入画，侧脸特写占据了克劳迪娅刚刚清空的那块空间。他若有所思，停留片刻，与远处虚焦的克劳迪娅构成前后景关系。

这是电影史上从未出现过的拍法："空"并不由时间线上的低密度景象或无人的空镜展示，而是借由充满银幕的人的远离来提示，然而这样做仍不够透彻，因为观众的视线一直跟着由近而远的那个人，不易感受到眼前已空。这眼前的"空"需要再一次由他人填充才能凸现出来。因而在这里，空不是一个静物，一个实体，而是一个运动，一个消逝，一个回忆，一个过去式。它是"刹那前"对我们昏暗双眼的一次猛击，逼迫我们进入回忆：只有当满将"空"驱逐出去的时候，我们才会真正觉察到"空"刹那前曾在此驻留。我们即刻感受着满，即刻感受着下一个满，我们回忆着消隐于满与满之间的那个空。当我这样表述的时候，我们便已进入现代科学或宇宙学的文学式呓语，而安东尼奥尼正是一位热爱现代科学的文学呓语者。

同伴们带着搜救队回来了。搜救行为始终处于远景。大伙儿站在山顶，远远观望底下搜救者细小的人形。没有，什么也没有。克劳迪娅再度陷入悲伤，其余的人开始各找各的乐子，重新在岛上游荡。有人捡

空的哲学：填一次，再填一次

了一只破陶罐。众人兴致勃勃互相传递，由最后那人失手打碎。在他们迷惘的时候，他们融入自然，在他们清醒的时候，他们迷失。

安娜父亲坐着汽艇来了。克劳迪娅拿给他安娜留在行李箱里的两本书，一本菲茨杰拉德的《夜色温柔》，一本《圣经》，显然它们是安娜曾经迷恋的，现在丢弃了。安娜父亲收下《圣经》，把《夜色温柔》给了克劳迪娅："读过这本《圣经》的人一定是坚信上帝的，是不会自杀的。"看上去，他并不真的确定这一点。

帕特丽娅提议大伙儿回蒙塔德斯，因为她丈夫也是桑德罗的合伙人艾托应该已经在那儿了。克劳迪娅要去米拉佐，那里的海警抓到了一些走私犯，安娜有可能是跟着某条走私船走的。桑德罗跟着克劳迪娅进船舱，突然吻了她。克劳迪娅没有拒绝，但很快惊慌地逃走了。

本打算回蒙塔德斯的桑德罗也跟着来到米拉佐。他在走私犯审讯室里一无所获，但打听到克劳迪娅正要坐火车赶往蒙塔德斯，便追到了火车站。克劳迪娅坚持一个人走。桑德罗在最后一刻反悔，并追上了火车。克劳迪娅说："桑德罗，我不想你这条跟尾狗。"而桑德罗其实是一条赖皮狗。他点出了克劳迪娅的心病："如果安娜还活着……"随即他又扭转事实："但是安娜不在。"克劳迪娅说出了自己真正的病痛：她在三天前目睹过桑德罗和安娜亲热的那一幕。"让我一个人待着吧。"克劳迪娅喊叫。紧贴着铁轨线，大海急速吐出厚厚的白沫。这一刻，安东尼奥尼回到了意大利电影传统，回到了维斯康蒂，但是，没有维斯康蒂在这一刻通常爱用的管弦乐队，只有急促的铁轨声。边上的车厢里，一个男孩想尽招数要套陌生姑娘近乎。克劳迪娅大笑，又发现桑德罗紧挨着自己，在闻她头发。她陷入惊慌，两次将脑袋伸出车窗。她将桑德罗赶下了火车。

警笛长鸣，人群拔足狂奔，小城马西拿一派混乱。这场戏是一个无由来的凸起物，一个影像的肿瘤。小城陷入疯狂的原因是一位自称格

没有意大利电影音乐的意大利时刻

罗里亚·佩金斯的十九岁女孩的裙子开了个口子。女孩用矫揉造作的声音谈论了自己，过去是作家，总是在与死者，比如托尔斯泰或者莎士比亚交流的时候，边写作边出神，不过对电影也很感兴趣。安东尼奥尼给了美女作家的裙子裂口一个特写：一个女人阴部的形状。

　　不仅是《奇遇》，三部曲中的另外两部《夜》和《蚀》也都描绘了类似的城市欲望肿瘤。事实上，欲望的病理展示散布于《奇遇》的各个角落。由于它们难以归属于人们习惯顺应的叙事主线，观众很容易把它们理解为安东尼奥尼式跑题。包括这里，一个阴部状的裙子裂口让整个小城的男人变得疯狂，会让观众感到费解：为什么要费这么大劲突然来说一件与桑德罗找安娜并不太相干的事情？唯有在小岛上，在自然意志舒展开来的地方，错置的欲望才会因为无所依托而自行消退（科拉多妻子，雷蒙多和桑德罗，都是如此）；作为欲望主体的人在欲望消退之

一次意大利聚会,
一个影像肿块

际陷入空洞、无所适从，但这正是他们最接近自身真实的时刻，也是他们有机会向自然意志敞开自己的时刻。而在城市里，一切错乱只会加剧，不可化解。

　　桑德罗来马西拿寻找报道安娜失踪事件的记者 Zuria，他有一些安娜行踪的新线索。年轻的美女作家在警车护送下冲出人海。Zuria 告诉桑德罗，她这么搞是有预谋的，为了把自己卖出去，五万块钱。桑德罗将信将疑，他要求 Zuria 再写一篇自己正在寻找安娜的报道，明天就见报。这样，他可以对公众和朋友有一个交代，最重要的是，可以把他下一站的位置信息传递给克劳迪娅。老记者趁机向桑德罗要钱。两个男人在彼此称意的笑声中远去。

克劳迪娅回到了朋友们中间。轻浮的茱莉娅找到了自己的新猎物，格菲多，一位十七岁的王子，画家。她请克劳迪娅一起去王子的画室看画。在画架之间，这位被丈夫冷落的女人当着克劳迪娅接受了格菲多求欢。场面很荒唐，克劳迪娅收起了笑容。她急急穿行在别墅迷宫般的走廊和楼梯间。她走下楼来，目视前方，有所期待。远处，雷蒙多在跟艾托和科拉多说没找到桑德罗。克劳迪娅失落地走开，不想跟大伙儿一起走。她刚才换了身衣服，就是为了和大伙儿一起离开蒙塔德斯，但桑德罗没有如期而至。

桑德罗按照老记者的提示来到特罗那一家药房打探安娜的下落，她来这儿买过药。很快，克劳迪娅也赶到了。除了两人眼神简短的交换和药店老板读的一段当天报纸关于安娜的最新报道，对于他俩这次约会并没有更多的交代。药店老板追出来说，安娜坐上了一辆去诺托的车。他看克劳迪娅的眼神引起了他妻子的警觉。

桑德罗从克劳迪娅车里取来行李包，让司机自己回去，他要和克劳迪娅继续找安娜。镜头跟着桑德罗，他将克劳迪娅的包放进自己的车里，直起身占据了画面前景，一个侧面特写，朝着画外的克劳迪娅。安东尼奥尼在这里重复了小岛上两人戏的拍法，只是这时"空"由于少了由近而远的绵延变化，显得更富悬念，而"满"也来得更加突兀：在桑德罗向左出画时，画面后景中虚焦的汽车还没有完全出画，两秒左右的"空"，克劳迪娅从左入画，与刚才桑德罗同景别的侧脸特写，填充了桑德罗留下的那个"空"。她看着画外桑德罗的方向。这是一个纯平面的局部拍法：镜头待在原位不动，等着两个人在其中进出，重复走同一条线路。仿佛镜头不仅对此具有预见性，也只愿意捕获它所预见的，不及其余。那么其余呢？在观众的想象或懒惰中，任其发生，任其不发生，

出，进，于一个空。

就好像 1960 年，

路边已经有了低低的探头

任其有，任其无，就像捉迷藏，你永远不知道对方如何穿越过来，你只看到对方突然出现在你面前。一个压平了的绝对视野，展示了局限中的绝对。一个非人的视野！

两人来到诺托，一个空荡荡的小镇，打探安娜下落。小镇有一个小教堂，也是空的。我们看到了类似小岛的拍法，同样的速度，从一些静悄悄的房屋移向静悄悄的教堂，稍俯。两人分头叫了几声，一无所获，决定离开。

镜头静候在一条弯道上，注视着停在弯道尽头的汽车，后方的教堂露出一角。后景中两人走向汽车，镜头开始以极其缓慢的速度向汽车推近。小镇空无一人，那么这又是谁的视线？镜头持续稳定地向前推，汽车发动，离开，教堂渐渐露出了它完整的面容。镜头这时远远地，正对着教堂和它顶部的十字架，停了下来。这一带有强烈意图又不知所终的摄影机运动，始于对人的凝视止于教堂十字。再次，一个空的，非人意志的呈示。它存在。

两个人脑袋构成一条垂直线特写入画。笑声。克劳迪娅终于在桑德罗的怀抱中笑出声来。两人跟跄前行，相拥着从镜头里跌落，只留下前方空旷的原野。接下去一段漫长的两人头部纠缠的特写，与之前安娜与桑德罗床戏的景别一致，不过与安娜的无欲之性不一样，至少我们能感受到克劳迪娅此刻的情与欲（镜头一直给到她的正面，桑德罗基本不是只露后脑，就是被克劳迪娅遮挡）。这是虚幻的爱情，只需头部，不及身体，不过太长了，太多了。如果不是从导演与演员之间的恋情做出解释，我们找不到什么理由非要将这段野合戏以大特写到大特写的方式拍得如此漫长。远处，一列火车在旷野与大海之间走出一条长长的弧线。火车声消失，似乎这场戏要在此收尾。但是安东尼奥尼又剪回到两人躺在地上的近景俯拍。火车突然又呼啸而至，紧贴着两人冲了出来。这是一次非凡的剪辑：从特写直接跳到远景，在远景中消失的物体突然又从

一个无人称视野，
缓缓向人推近

近景处杀回。如果按部就班从特写到近景再到远景，就不会具有这般跳剪对于观众的警醒能量。

两人在附近一座小城的特里娜克里亚酒店住下。在克劳迪娅等桑德罗的间隙，一群群男人上下左右围观了克劳迪娅。再次，一个古怪的欲望的小肿瘤，以沉默、缓慢、逐步膨胀的戏剧时空配置呈现欲望主体的梦游。克劳迪娅说她感到耻辱，卑贱，想要躲起来，因为她在做丑事，因为桑德罗对她说"我爱你",而她也相信了他的表达。

两人来到一个塔楼顶部,俯瞰下面的老建筑。桑德罗看到它们自由的布局,说自己想要中止与艾托的合作,干回建筑设计师的老本行。克劳迪娅说她知道他能创造很美的东西。桑德罗说:"今天谁会在乎美的东西?它们能维持多久……这个'今天'至少有一二十年了。"那么这个"今天"显然是从"二战"结束时的废墟堆开始算起的。

桑德罗低头越过一些放射状排列的绳子,忽然远远向克劳迪娅抛出一句话:我们结婚吧。这是对绳子的有趣利用,它是形式,它是隔断。克劳迪娅疑虑重重,走进绳子阵。绳子的进一步利用,在美妙的形式之外,还有缠绕、牢笼,还可以是婚姻的隐喻。桑德罗也走进了绳子阵,两人纠缠其中。克劳迪娅将绳子像绞索那样卡在自己脖子上,隐喻的推进。"我就要搞个明白。"她在苦恼中拉动了绳子,结果出人意料地响起了钟声,一个振奋人心的声响。至此,安东尼奥尼才将绳子这一道具的可能性一一挖掘,且不显勉强做作,因为在两人上楼时,已经出现了绳子与大钟相连的画面。只是由于那是一个以克劳迪娅为主导的画面,不仅观众忘了,连克劳迪娅自己也忘了这些绳子的功能。这无意敲响的钟声引起了远处钟楼的回应,为忧伤的克劳迪娅带来了欢愉。两人一根根拉动绳索,远近钟声彼此唱和,在小城上空响成一片。绳子和声音的线条将影像引向空旷的形式世界。

钟声解放了克劳迪娅。她和桑德罗住到了一起。紧接着是一段甜蜜的室内歌舞(我们可以将它当作戈达尔的《狂人皮埃罗》那段室内歌舞的前传):克劳迪娅穿着睡衣,借着录音机音乐在房间里任性起舞,向桑德罗撒娇。桑德罗没耐心等克劳迪娅梳妆,要顾自先下楼去逛街。"你要告诉我……"克劳迪娅妩媚地说,看到桑德罗在走神,一时变得不安。她半跪下来,看着桑德罗,忧伤地请求:"你要告诉我,你爱我。"影像句法随之跌落,安东尼奥尼用他极少用的常规"正反打",

钟声解放女人，

然后彻底捕获女人。

她受困于隐喻的错误反射

将克劳迪娅打回她应当看清的事实。桑德罗应付着说，待会儿见，撇下克劳迪娅走了。

　　画架上，一个漂亮的建筑外墙的涡形装饰刚描出一个像样的轮廓。安东尼奥尼给了桑德罗两次面部特写。他甩动手里的钥匙串，打翻了压在画纸上的墨水瓶，将画好的纹样彻底破坏。画稿的主人看出桑德罗是故意的，走上前来要打架，被年长的同伴劝阻。"你多大？"桑德罗问对方。"二十三。"年轻人回答。"二十三岁，嘿，我在二十三岁时打过无数的架。"三人的目光这时忽然转向画外：几位年轻的黑衣牧师，

失效的反射：
一条黑线

护着一大群黑衣小孩从教堂出来，在灰白的空地上拉出一条长长的黑线。桑德罗拍拍年轻人的脸快速离开。他白色的身影斜拉着插入人群。这条宗教的黑线自身似乎充满了意义，但在具体的人物行动的配比中又显得毫无意义。桑德罗靠近这沉默的黑色启示并不意味着他开始觉醒。他走向了启示的反面，就像刚才的钟声让克劳迪娅感到解放，事实上她只是步入了新的沉沦。宗教之形是宗教之形，在这里，仅仅展示为特定视野下的特定样态，非煽动的，非人性的，甚至，非启示的。

克劳迪娅刚要下楼，桑德罗回来了。他神色怪异，将克劳迪娅拉进屋里。他喷着烟雾，若有所思。他走到阳台，看了下街面，一言不发扔了烟头，又退进屋里，关上了百叶窗。他向克劳迪娅求欢。一切都显得不对。镜头既无意于审视也无意于放大这**不对**，仍旧沿用小岛上的既远又近的拍法，用带清晰的**世界后景**的广角跟着桑德罗任其由近而特游走。克劳迪娅拒绝了。

两人离开小城，驱车与正参加上流社会派对的朋友们会合。克劳迪娅无颜见好友帕特丽娅，但后者全然不在意，热心地为两人安排了房间。克劳迪娅倦了，不想下楼。桑德罗边换衣服边说：没想到自己会变得富有，在米兰和罗马各有一个房子，而且没有坏习惯。在下楼前，克劳迪娅再次拉住桑德罗的手臂：告诉我，你爱我。桑德罗说我爱你。克劳迪娅要求他再说一遍，桑德罗说我不爱你。他关上门，一会儿，又慢慢推开门：那不是真的，我爱你。

桑德罗无所事事，在一个个涌动着欲望的角落入画，出画。一个女孩从身边经过，是那位引发小镇疯狂的女作家，按老记者 Zuria 的说法是一位妓女。两人互相看了一眼，桑德罗走开了。他的合伙人艾托对他表达了不满。隔着倚栏，他与对面高高站立的女作家再次四目相交。这次他没有回避。安东尼奥尼给了一个很均衡的带两人关系的远距离"正反打"。桑德罗一个人在电视室里坐了一会儿，突然像是下了决心，

女性肢体展览，

对着空

一击掌站立起来。

克劳迪娅醒了，起身去桑德罗房间，他还没回来。她对着镜子里的自己做了一会儿鬼脸。她写数字打发时间。她穿上毛衣，从一个阳台走到另一个阳台，铁轨声，海风带来凉意。她在长长的走廊里奔跑，脚步声和回音响彻长廊。低位，摄影机静静等着她从长廊尽头跑近，直到她进了帕特丽娅房间。桑德罗没有跟她丈夫艾托在一起。克劳迪娅告诉帕特丽娅，她感到害怕："几天前我以为安娜死了，觉得自己也要死了。现在，我不会哭，我怕安娜还活着。每件事都令我害怕，甚至痛苦的消除。"她再次在长廊里奔跑，摄影机在同一机位再次耐心等她跑完整个长廊。

酒店遍地狼藉，克劳迪娅各处找桑德罗。她正要离开一个宴会厅，发现厅堂尽头的沙发里躺着一对男女，是桑德罗和那个妓女。桑德罗看到站在面前的克劳迪娅，羞愧地将脑袋埋到了妓女身后。克劳迪娅跑了出去。桑德罗起身，"女作家"用缓慢的充满肉欲的声调向他要纪念品。桑德罗向她扔下几张纸币。她伸展大腿，拿脚掌隔着丝袜慢慢钩着那些钱。

克劳迪娅跑到酒店外面一块高高的空地上，对面立着一个破损的钟楼，一棵树在风里发出声响。她对着飘动的树冠一动不动地站着。在安东尼奥尼的黑白三部曲中，风和树都具有说话的能力。在《夜》中，树的意象将变得更加重要，我们可以称其为"安东尼奥尼之树"。桑德罗也出来了。他扶着饭店门口的一棵树，停了好长一会儿，终于看到了站在高坡上哭泣的克劳迪娅。在"安东尼奥尼之树"旁，桑德罗第一次露出懊悔的表情。克劳迪娅哭泣的近景，声音干涩，听着有点不真实，颇具布列松的"笨拙"意味。桑德罗没有走近克劳迪娅，而是在她身后的长椅上坐下。他也开始哭。克劳迪娅走近他，犹豫不决抬起手，放到他脑袋上，安慰他。大全景，结尾，一幅纯粹图画：人与建筑与雪山。站立的人与坐着的人相倚的背景，右边耸立的旧建筑，远处，低平舒展的雪山与灰白的天空。在这静止的魅影中，人、建筑、雪山、天空展现形与质的彼此封闭与开放。它是整部电影影像空间运动的一个浓缩。

如前所说，我们可以视《奇遇》为安东尼奥尼关于战后欧洲新异化问题讨论的一个引子：问题已经显露，但尚不明朗。各种迹象都在指向一个信号：欲望和欲望运动改变了世界也改变了人自己。人正在成为人的异己。也许是因为《奇遇》在戛纳得奖引起了不小争议，安东尼奥尼专门谈论了这部电影，主要地，谈论了旧道德与科学之间的分裂。与其他讨论异化的左派知识分子不同，安东尼奥尼对科学和技术进步持格外积极的态度，而把问题症结归于旧道德的谬误。在另一则关于《奇遇》的访谈中，安东尼奥尼说："我现在更多地读一些关于科学的书，对天文、宇宙等涉及的东西有些着迷。一讲到宇宙便把一切都包容进来。"安东尼奥尼对于科学和宇宙学的嗜好由来已久，但从未像在《奇遇》那样与自己生产的影像和生产影像的语言之间做如此紧密的关联。

现在，我们有了答案：伸展在《奇遇》各个角落的视野正是令安东尼奥尼着迷的"宇宙学视野"，它可以把"一切都包容进来"（安东尼奥尼第一次采用宽银幕胶片拍摄这部电影，而且大量使用广角，让特写的前景能同时包含广阔的**世界后景**）。确乎，《奇遇》的秘密关乎**神秘**，但**神秘**只能作为观感来抒发而不能作为结论去简化讨论。一切关于**神秘**的秘密都需要从"宇宙学视野"得到解释。神秘来自行走于空中的不明意志，《奇遇》从这不明的那一端，追仿这不明意志的行走路线。于是，世界在光线与阴影的交织运动中徐徐展开，它是明确的，而身在其中的人，他们一贯明确的意志，现在瓦解为不明。这是一道崭新的捕捉影像的视线，无阻无碍地在人与物自身携带的空间中回旋，有时候展示为缓慢持续的推进，有时候展示为空间的突然跳转与扭曲，但并不是靠强表现主义的精神反射或对影像表面形态的干扰，而是基于对影像内

作为结局的图像：
启示被剥夺，
反射也随之消失，
世界只留下了纯"形"

部运动（非爱森斯坦式的影像与影像之间的矛盾运动）路径的重新透析
与选择。正是这一"宇宙学视野"帮助我们看清在岛上发生的一切，不
是指故事进展，而是指人的无依据状态，以及人在被意外清除了欲望谬
误之后退回这种无依据状态的积极面：人类身处世界并从属于宇宙，他
依然充满困惑，但不再像之前那样作为妄想的欲望主体信心百倍地站在
世界的对立面。

　　《奇遇》向观众展示了战后欧洲城市扩张运动下的普遍病理。它
审视，但并不依托于普通人性对此进行审视，情绪化的或左派倾向的，
因为"人性"可能就是引发此病理的根源，恰好是需要被审视的；它也
没有简单地投靠宗教启示或慰藉，因为宗教根本上不过是人类精神的一

个反射；它也没有躲进理性主义的反思的怀抱，做冷冰冰的解剖或间离的旁观。人道的，民族的，英雄的，宗教的，反思的，这一类视野一直被用于影像生产，是基于它们在影像生产史上展示的效力、说服力与同情力。总之，人类的效率和对于人类有效的效率，而安东尼奥尼打算迎面走向非效率：在人物的困倦处，在影像自身引发观众的困倦处，来呈示令你我昏昏欲睡的那个肿瘤。

《奇遇》的全新视野引导了全新的影像内在生产方式，制造出电影史从未有过的影像形态：疏离、均匀、平坦、神秘；它没有嘲讽、鄙视、同情、颂扬之类的人类习气，但也绝无布列松式的冷漠，而是像宇宙背景那样向我们持续传递着微波，并以足够的容量来包含我们已在上面否定了的全部影像特性：人道的，自然的，宗教的，反思性的，旁观的；它主要地不是一种固定的审视方式，而是一种随机的还原方式，既不出离也不沉浸，即使在克劳迪娅最激动不宁的时刻，大海在车窗外猛烈地吐着泡沫，音乐也不会响起，即便在她无聊的等待情人回家的时刻，它也不会进入她的"无聊"内部（安东尼奥尼是多么讨厌那个叫"内心"的东西，决不希望它抛头露面，尤其不能发出它自己的声音来）。这种随机的还原需要影像语言时时紧随那全然陌生的视野，不再受影像的流俗套语或影像的流俗好奇心任意驱使。就像桑德罗家内外那场三人戏，不安不再是表演不安，而是由不安的影像语言牵引的影像运动。岛上的戏也是如此，同伴的搜寻还原成为梦游，他人的搜救还原成为落在远处的可观看的表演。因而就整个电影而言，不是寻找安娜的主线被转移了，而是与其他众多事件一并还原为人类对自身的寻找（三部曲中的另外两部《夜》和《蚀》也都有类似的还原）。因而，《奇遇》变成了《尤利西斯》，人穿过欲望废墟的汪洋大海去寻找爱与爱人以及他自己，只是，尤利西斯的寻找是英雄的智慧行动，按安东尼奥尼的话来说，"那是人类的量级"，而《奇遇》里的人物的寻找是盲目的，因为"人类已经发现了这个世界是哥白尼式的，极其有限且在未知的宇宙中"，不再"有能力去感知其自身的尊严与重要性，其托勒密式的圆满成熟"。《奇遇》的宇宙视野是一次虚拟，一旦进入此虚拟，人的病容与目光也成为此虚拟的虚拟物，它呈现、审视，同时包容，但不给出问题的答案，或任何当下世界内部的解决方案。

《奇遇》为摄影机发明了新的朝向新的运动路线，它不再依靠惯常的影像幻术来向我们传递影像世界的异常消息，而是通过接管人类妄想的触须将他们拉回巨大的宇宙底噪之中，来重新平衡流俗影像的突起与平坦。人与世界是陈旧的，一如其道德，但影像是簇新的，一如陌生的宇宙。看上去，安东尼奥尼寄希望于科技能带着新人类进入宇宙深处。

天才来自空中，在我们昏昏欲睡的那一刻降临。天才以天才的方式观看当下并预言未来。在欧洲崭新的废墟上，人心的空洞正在形成，风暴即将到来，从影像刮向世界。

《夜》，植物后方的地平线

从人的高度仰起，机车侧面掠过，上面有行人和街景的投影，镜头止于半空，对着两个高层建筑物，一旧一新。马达尾音混入其他城市标志性杂音和上世纪五十年代新兴的电声，模拟着太空信号。透过高层天台巨舰般的暗影，一左一右，鸟瞰城市。就此沉降，紧贴着反射整座城市的玻璃幕墙。城市已在战后重新起飞，观众从《夜》的开头得到的却是一条下行线、一道漫长的反射和一份同样漫长的演职人员表：《夜》的剧组将为城市及其反射，为空中不明的电声，为人类精神的下行线给出时代的影像。

在安东尼奥尼时代，早期表现主义电影的光影艺术已经过数代转化，融解于各种电影之中。从《奇遇》开始，安东尼奥尼将表现主义技法引入意大利新现实主义，主要的工作是将刘别谦和布列松的反射叙事进一步隐喻化抽象化：观众不会再从一张老太太的面孔看到画外令人唏嘘的爱情故事，也不会再从一张布满泪光的年轻面孔读到对死去的母亲的哀思，他们看到的将是边缘更为模糊因而也更富涵盖力和动力学意味的精神隐喻。安东尼奥尼自况的"新现实主义的不肖子"指的就是这一点，因为通常认为，新现实主义是表现主义的对立面。电影史通常称安东尼奥尼叙事风格为"心理现实主义"，这并不确切，除了隔断影像历史，这一说法也局限了安东尼奥尼对影像艺术做出的伟大奉献，他走得远得多。

　　一个男人从病床醒来，冒汗，喘息挣扎。医生将他按回床上。因而以《夜》的假定，刚才摄影机是紧贴着一座病房大楼——城市病理的汇集地——下行，整座城市都反射于它的玻璃幕墙之中。病人叫托马索·格兰尼，得了癌症，时日无多。作家夫妇乔瓦尼·庞塔诺和丽迪亚驱车驶过一辆正在狂野作业的吊车，来探望他们的老友托马索·格兰尼。两人出电梯间时，对面病房的一位女病人叫住乔瓦尼·庞塔诺，说她房间的电话坏了，能不能叫人来修一下。她看到护士冲过来，便逃回了自己房间。

　　托马索·格兰尼是一位颇有成就的文艺批评家。他热情地祝贺乔瓦尼新书《季节》出版。他谈到了与作家夫妇的非比寻常的友情，谈到了自己的逃避，缺乏坚持的勇气。他妈妈来了。他有些不支。作家夫妇准备告辞，但托马索·格兰尼像抓救命稻草那样紧紧抓住两人手臂，恳求他们留下。飞机的声音忽然从窗户进来，屋里人陷入沉默。这已是观众第三次听到传自空中的飞机轰鸣。托马索·格兰尼回过神来，开玩笑说医院变得像夜总会，人们狂欢到最后一刻。护士送来了他叫的香槟。他大汗淋漓，丽迪亚要先走。他紧紧捧着丽迪亚的手说再见，但不放掉。丽迪亚说明天见，抽出手来快步离去。托马索·格兰尼喝下一大口香槟，再度不支。医院楼下，丽迪亚贴着墙壁在哭泣。

　　至此为止，除了比《奇遇》更随意地跳轴，《夜》的语法并无太过异常。但在乔瓦尼·庞塔诺掩门出病房开始，全新的影像气息便扑鼻而来："形"与"形"通过建筑形态与精神现象的双重反射产生我们全然陌生的纯粹之"形"。这是一种全新的美学关系，也是一种全新的思想关系。它没有批判意味，也没有赞美意味。在"事象地平线"诞生之前，它是涌自宇宙主义虚无边界的轻柔回潮，初涉终极荒谬，但尚不清晰。依据这一影像思想，人不再是周边建筑的一个他物，而是其难以拒绝的成员之一，与它们彼此反射，互为建筑。这一影像思想将在《夜》的前半部分大放异彩。

乔瓦尼·庞塔诺靠在门前，他自己的影子上，良久，身后是空的走廊。他垂头前行，摄影机跟上，刚才拦住他的女孩再次出现在他面前，向他借火。乔瓦尼·庞塔诺头部特写，电梯在他身后合上。他拿出烟，女孩说是火柴。乔瓦尼·庞塔诺划亮火柴举在自己身前。女孩走上前来，一口吹灭火柴，抱住了他。常规的"正反打"，给出的画面景象与节律却极为独特：两个人物的线条与两个门框的依存关系，电梯关闭时的模样和发出的声响犹如一声淡漠的拒绝，成为乔瓦尼·庞塔诺投入不良行动的借口（悲伤是多么短暂，自制力是多么脆弱，见电梯门合上，他重新向女孩转过头来），从一道将与妻子会合的正门前**被**吸入另一道突然开放的旁门。女孩将乔瓦尼·庞塔诺拖进房内。猎物没有丝毫挣扎，刚才举火的动作表明，他更像是一位捕猎手。镜头随两人下行，女孩伸腿踢上了门，落幅在门。下一个镜头起始仍是这撞击的门，但是从房间里面拍摄，紧接着女人入画，用身体压住了门。我们在这里再次看到了《奇遇》的拍法：落幅和起始都是空镜，人是提前离场者，又是迟到的外来嵌入物。

下面这段的病房戏，表现主义以最自然的面目出现，同时又具有新现实主义前辈不愿也无力企及的影像语言的复杂性。

女人从门边右移，镜头贴近，跟着移至空白墙面，跳至女孩全身，庞塔诺自左入画，从她前面走过。两人现在如同置身空旷的舞台，表演也自然有了舞台气息。女人走上前来抚摸庞塔诺。镜头跟着她的身体下移。她脑袋贴着庞塔诺的腹部突然一把抱紧他。她长发卷曲，举止怪异充满激情。在《奇遇》中，我们看到了无欲之性，在这里，我们见到了无情感的欲望。女孩蹲下身，抱着庞塔诺，从衣袖一直吻到手背。仰拍庞塔诺半身，他让女孩起来。女孩猛然伸上来两只手，抓住他的衣领往下拉。镜头再次跟着庞塔诺的身体快速下移至两个人剧烈左右摆动的头

一个病房内的舞台，
从空门接空门开始制造，
并非自天而降

部特写。晃动的幅度越来越大，如同疯狂的秋千。女孩张大嘴喘息，在越来越大的飞机的轰鸣中，她将乔瓦尼的脸拉进了自己嘴里，紧接着，镜头跟着两人旋转着飞速抬升，飓风般越过庞塔诺宽阔的后背运动至两人的面部特写，女孩激烈地亲吻庞塔诺，同时仰面朝天睁大惊恐的眼睛。飞机的轰鸣渐远，两人的欲望也随之暂时平息。从庞塔诺头部仰拍，下行，再盘旋而上，直至两人放开，整个剧烈动荡的运动只用了一个镜头，而且自始至终紧贴着两人头部。这是一次极难操作的拍摄，摄影师完成得极其出色，让导演得以完整表达欲望运动的激烈与连续。飞机轰鸣中女孩惊恐的面容是最直白的表现主义风格，但经过空白墙的舞台化引渡，显得自然贴切。

这一影像段落是意大利绵延与爱森斯坦蒙太奇以及表现主义反射的超级融合。即便对同时代的戈达尔这样的影像巨匠来说，这也是一个超级启示。它不同于希区柯克《美人计》中那种大跨度跟拍，跟着一对情侣特写的头部，或是一只从大全景突入的特写的钥匙，或是一杯迂回奔波的毒咖啡，在这些场景中，运动镜头主要是在于构筑由茂瑙开启的运动影像的极端表达：一根尖锐连续的长线，刺向特定的影像风格：表现的或悬疑的或兼而有之。无论在希区柯克那里还是在爱森斯坦那里，我们都看到了与其说是摄影机还不如说是导演个人意志的侵略干预，一方面导演意志彻底左右了影像运动，另一方面，他们又假定导演和摄影机从不存在，存在的只是影像本体，在希区柯克那里是爱情或悬疑故事，在爱森斯坦那里是未来速度世界。维尔托夫对爱森斯坦的反动不在蒙太奇（两人都崇尚蒙太奇），而是在于导演在电影生产关系位置假定上，在于影像本体没有将摄影机也包含在内的虚伪本体论哲学立场上。安东尼奥尼的影像世界自然也是风格化的世界，但这种风格化观众只能在总体上感受，而难以在具体场景的处理上辨别，原因是，安东尼奥尼和意大利新现实主义前辈一样信奉维尔托夫电影眼哲学，并坚守于维尔托夫电影眼的那一端，即摄影机与被摄物的关联那一端（法国新浪潮是在维尔托夫电影眼的这一端，电影眼与创造者之间的关联这一端。我在《无尽的写作》中已表达过）。也就是说一种**真实**的气息让观众暂时忽略了风格的存在。就这一段落而言，电影眼一方面保持了如前辈德·西卡、罗西里尼、维斯康蒂那种对被摄物强烈、连续的关注意愿，一方面又制造出爱森斯坦式的图像与图像之间的激烈冲突。事实上是安东尼奥尼提升了意大利绵延的速度，并且强化了绵延各段落之间的激变（不仅在这一段落），让观众难以确定眼前这个将近四十秒钟的影像段落是一个连续的长镜头还是由五个镜头组接而成，他们看到了激烈、跳跃的蒙太奇，同时又感受到了由持续的凝视织就的绵延。

女孩退至床上，将裙子扔飞。庞塔诺缓行数步，突然扑向裸身女孩。两个护士冲进来，对女孩左右开弓扇耳光，庞塔诺离开。丽迪亚泪流满面，在楼下等丈夫。他们要去参加庞塔诺的新书《季节》发布会。

女孩是疯子吗？我们不知道。托马索得的是癌症，一个疯女孩怎么会出现在隔壁病房？没有交代。但不牵强，电影从一开始已经将城市与病理通过玻璃幕墙完全混合。整个医院大楼戏有近二十分钟。一个影像肿块。与《奇遇》相比，城市病理在进一步恶化。

电影回到了开头的街景，玻璃反光，拥挤的人流与车流。车上，庞塔诺欲言又止，焦躁地频频扭头看丽迪亚。她很消沉。庞塔诺鼓起勇气跟她说了刚才那个女孩的事，形容为可怕。丽迪亚冷冰冰打断他，说这可以成为他写作的好素材，就叫《活着的和死去的》。

新书发布会现场，庞塔诺被众人簇拥，丽迪亚被冷落一旁。她离开了：一个冷淡的全景，越过铁栅栏门，丽迪亚背对着镜头，从大面积的阴影区走进拱门前一块光区。她在开始闲逛，神情变得轻松许多。一个停车场收费员，倚着墙角在啃面包。她驻足并冲他笑。在下一个街角，她遇到两个大笑的男人，她也乐个不停。她来到一个破败的建筑前面，

安东尼奥尼的超级融合：绵延、
蒙太奇与反射

无人称视野，
表象即真相

走了进去。晾衣绳下，一个光屁股小孩在哭泣，她试图安慰，没有成功。
地上一只破钟，指针停在十二点四十五。一块黑色的墙皮，一只洁白的
手，伸上去将松脆的墙皮抠下。这便是人与物在"事象地平线"上的模
样。跟罗西里尼《战火》中同样不可安慰的哭泣的小孩比，这个小孩的
哭泣已经不能触动我们，她被从成人高度俯拍，当镜头降至她的高度，
只拍了她半个脑袋。凝视依然存在，但不再是电影眼对于人或物象的凝
视，而是借用了主人公漫游的目光伸向虚无。

庞塔诺回到家里，唱机在播放意大利语课程，应该是女佣在学。
他支开女佣，独自留在书房。他站了一会儿，走了一会儿，在书架上倚
靠了一会儿，走到案前拿了信件，躺到简易床上，掀了一下窗帘。喧闹

退去，屋里只剩下皮鞋与地毯、手与纸张、风与窗帘轻微的摩擦声。从医院开始捕捉的人形与室内建筑线条的主题有了更明确的发展。镜头忽然切至占了画面大部分的高楼马赛克墙面，底下细小的丽迪亚在行走。这个画面构图很奇特，出现得有点突然，但并不突兀，不仅因为前一个镜头庞塔诺有掀窗帘的动作，更在于它与之前一系列逗留于庞塔诺宽大的黑色背影的镜头之间，存在着"形"与"形"的反射。

　　丽迪亚站在马赛克墙面前，空中传来电影开头那种飞机的啸叫声，然后是类似烟花飞升时的那种呼啸声。她举手仰望。她仰起的头部与另一侧大方块玻璃墙。人与建筑彼此反射，从庞塔诺转到了丽迪亚。一动一静一内一外，在平行中有对位，但重点在漫游的丽迪亚那儿。她的身

在事象地平线前，

反射无意义漫延

作为建筑的身体，

与作为身体的建筑

体在下意识地从城市中心地带向贫民区和乡野突破。

她在一堵落地玻璃墙前止步，看着里面。镜头切近，玻璃墙里有一个男人在读书，他边上大理石柱上投着他的人影。他转过头来看着丽迪亚。她走开了。人出画，但她的投影仍在画面中继续前行。

下面这个俯拍镜头展示了安东尼奥尼对"形"的洞察力，它基于茂瑙和弗里茨·朗和希区柯克一起开发的那个致命视角：比人类高一点点，比上帝矮一点点。安东尼奥尼在这里并不着力于描述人脸与地面之间的静态关系，而是在里面注入了"形"与"形"彼此蜿蜒衍生的和声：鹅卵石路边，一排斜向的炮弹形水泥柱栏，丽迪亚入画，蛇行在柱栏间，其中一个的顶部摆了一只藤篮，一位老太太专注地在刮冰淇淋吃，就好像她也成了其中一个柱栏。这个镜头触及令人心酸的人的境况，却透出虚无的轻逸感，因为奇异的视角和"形"驱散了它的部分现实气息。丽迪亚看了老太太一眼，继续贴墙前行，边走边脱下外套的一只袖子。新的"形"不断出现，与丽迪亚的身体和她悲伤的面孔构成新的反射。

她租车来到以前和庞塔诺居住过的市郊。她让司机在原地等。司机出了车，看着丽迪亚，许久，就像玻璃墙内那个男人无由来的注视。丽迪亚沿着铁栅栏走向边上一片废墟。一排衣衫不整的男人从铁栅栏的另一侧贴着一片木板房无声走来。两个男孩要在这里打架，另外的要作看客。他们一声不吭地打起来，动作十分野蛮。丽迪亚踉跄跑近。那个光着上身的男孩的背影，一次次暴烈地挥拳向下。丽迪亚大喊"住手"。打人者拳头停在半空，抬头来看丽迪亚，他的一个鼻孔在流血。终于，他放开对方，从地上捡起衣服穿上，面带嘲笑走到像士兵一般庄严直立的丽迪亚面前，挑逗地看着她。一头野兽变成了一个欲望体。丽迪亚犹豫着，被打翻在地的男孩这时才缓缓爬了起来。丽迪亚沿着铁栅栏快速走开，男孩在后面叫她等等，剩下那几个人在后景处重新打作一团。

同样是底层生活场景，安东尼奥尼的处理明显不同于电影前辈

在前辈发明的视野中，
加一道曲线

德·西卡（《偷自行车的人》）或罗西里尼（《战火》）。他对纪录片式的真实做了声音和画面的双重削减，同时对某些局部进行强化，让这场打斗富于舞台气息和隐喻意味。没有人说话，也没有挥拳之外的杂音，切至近景后也只有打人者在挥拳，挨打者并没有出现在画面里。那个男孩铁锤一样挥着拳头，看上去如此暴虐，令人震惊，仿佛被他骑在下面的那位青年正在溅出血浆，而他自己的拳头也随时会碎裂开来。

这里显然有朗和布列松的印迹，但没有朗审视，又比布列松多一些真实的重量。这是一场野蛮表演，用的依然是《奇遇》的配方：广角（环境），连续镜头（记录），特写（戏剧强化）。安东尼奥尼还在这里运用了"无人称叙事"：镜头忽然跳至一个既不属于人物也不属于叙事者的位置，冷淡地观望出现在它前面的景象，并用某个"形"对影像进行冷凝。这种"无人称叙事"接近《奇遇》中的"宇宙视野"，但离人更近，并更强调静止的"形"的地位。丽迪亚在铁栅栏的"形"前奔跑，打人的男孩追上来。这头小野兽停在一个铁栅栏的"形"里。摄影机位在铁栅栏后面，那个围栏明显进不去，也明显没有人在里面。在他的黑白三部曲里，我们会反复看到这一类"无人称叙事"：在不代表任何人的视野中，突然降临的"形"包容了观众眼前的全部事实。与通常的形式主义追求的效果截然不同，无人称的叙事中的"形"在包容现实的同时稀释现实，将过于浓烈的人间气腥稍稍推开，并将影像引渡至下一个虚无的场景，而不会任其泛滥开来，成为创作者自我沉溺的风格趣味。

这场废墟中的底层战争是病房那段疯女人戏的一个回应。在人类的精神地质中，无论是上层还是底层，都透着一股子安东尼奥尼崇敬的

一次贴地的暴力表演

一次高空的烟雾表演

古罗马诗人卢克莱修说的那种"隐密暴力"。

司机还在等丽迪亚。对面的田野上，一支土制火箭突然升向天空，发出之前我们听到过的那种呼啸声。麦田后方是一大片城市建筑扩张形成的大土堆，挡住了地平线。丽迪亚走了过去。两个男人在田里放火箭。一个呼啸着拔地而起的意象，构造了崭新的地面与天空的关系。在关于月球生活的闲言碎语中，无所事事的人群保持着面朝天空的姿态。这一场景的设置基于安东尼奥尼对宇宙学的迷恋。它意味着活力的复苏，让丽迪亚的游荡变得积极。

她丈夫庞塔诺仍在书房的小床上昏睡。写字台上的书页在微风中翻卷，发出声响，如同阵阵低语，将他惊醒过来。我们再次看到自《奇遇》开始的"物"的说话能力：在人的精神的塌陷处，人的躯体与四周的事物渐生奏鸣曲式的呼应，仿佛，人的失神是由于将自己的精神转移到这些事物之中。在黑白三部曲的最后一部《蚀》中，这一点有更惊人的表达。

在傍晚的光影中，镜头再次跟着庞塔诺在寓所内游走。用人已经走了，妻子还没回来。他走向阳台。镜头以安东尼奥尼式标志性的"迷失"突然一个大跳，从远处回拍他在楼群里的细小人形，然后又切回他的近景。边上的大楼里，一个秃顶的男人站在窗口在边吸烟边看着他。电话响了，丽迪亚打来的，要庞塔诺过去接她。

丽迪亚在杂货亭柜台上打电话，边上有一条铁轨，收音机里传来轻快甜美的音乐，两个女孩在空地的小桌边讨论紧身胸衣。这里的建筑物不再是城市的那种硬线条，稀疏，低矮，破旧，温馨。

庞塔诺开车到了。再次，摄影机在那个"比人类高一点点，比上帝矮一点点"的角度跟着乔瓦尼划出一道弧线，构造出他的身体与铁轨与破败的门墙、弯曲的小路以及地面的流动的"形"。他在一棵大杨树前停住，然后朝它走近，说："你为什么来这里？"这个跟摇镜头给人

被书籍的低语从梦中惊醒，

他和我们一起看到了迷失

的印象是，庞塔诺下车，走过一小段路，最后对杨树说了一句话。近景，丽迪亚从杨树前面转过脸（显然，她的面孔刚才贴着树干，这一想象多么迷人），跳轴，庞塔诺自右入画，两人处于并列关系，庞塔诺稍后又往前走，镜头跟着他后退，画面变成他的半身与丽迪亚树前的全身，前后景关系；他招呼丽迪亚走近，画面又变成稍俯的两人脸部的特写。仍是《奇遇》开始形成的两人空间关系连续糅合、变幻的拍法，但更为娴熟从容。考虑两人曾在这里住过，这一串的运动变化与他们此时的情感关系十分吻合。这是全片丽迪亚第一次与一棵树合影。联系后面的影像，这是一个极其重要的意象。

"很奇怪，这里一点都没变。"庞塔诺说，记忆让他变得柔软。

"不久就会变了。"丽迪亚说。

这两句对白是《奇遇》开头安娜父亲与建筑工人对话的前传：那里已经发生的，将在这里再次发生，一如当下的中国。

摄影机在轻柔的音乐中跟着夫妇俩缓缓而行。"形"变了，节律也随之改变。不过，他们要先回家。精神地质断层中的"隐秘暴力"将继续向前延伸。

在浴室，丽迪亚说她讨厌待在家里。庞塔诺提议去参加百万富翁吉拉迪尼家的派对。丽迪亚赤身裸体从浴缸里站起来，庞塔诺似乎什么也没看见，漫不经心点了根烟，继续对话。丽迪亚告诫丈夫："每个百万富翁都想将知识分子收到自己麾下，而他选择了你。"她穿了蕾丝新裙出浴，在丈夫面前走模特步。她看到丈夫饶有兴致打量自己的表情，一时又变得消沉，说不想去吉拉迪尼家，只想跟他待在一起。于是他们去了一家夜总会。

一场电影史上最高难度的脱衣舞表演，持续了六分多钟。在欲望场所我们见不到欲望，只有中产夫妻淡漠的眼神和雅致的交谈。而女性仍以其敏感，试图重新连接破碎的局。丽迪亚的侧脸探索着庞塔诺的侧

为什么你来这里?

他对树说

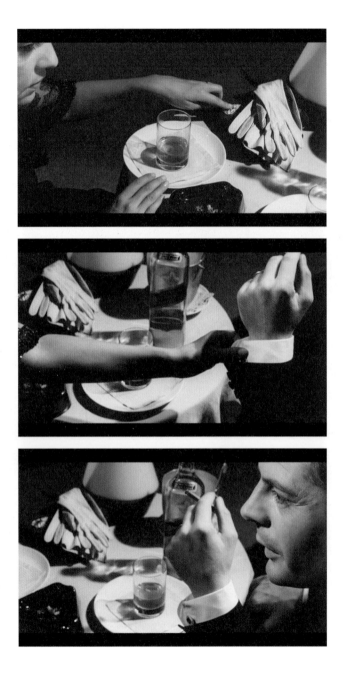

"形"摸索着"形",

建筑渴望着建筑,

人拒绝着人

脸，她优美的手，在杯盏间跳着小步舞，舒展向前，轻轻抓住丈夫的衣袖：一个备感孤单的"形"与另一个看不见自己孤单的"形"连接在一起。庞塔诺问妻子在想什么，丽迪亚说她正等着一个想法冒出来，可以感觉它呼之欲出。说着，她的神情狡黠，手缓缓从自己脸部升向头顶，在上面盘了两圈说："这里。"庞塔诺问她是什么，她不想回答。她改变主意，提议去参加吉拉迪尼家的派对。

富豪家门前空无一人，但停了很多车。别墅内草坪上，一群人正围在一起庆祝富豪女儿的马赢得首胜。派对就是为这匹两岁的马举办的。丽迪亚遇到一位旧友。夫妇俩分头交际，摄影机则东游西荡，一如它捕捉的资产阶级生活一样闲适无聊。别墅戏是整个电影的重头，摄影机将一直在此徜徉至剧终。富豪吉拉迪尼让手下带乔瓦尼到处转转。丽迪亚旧友的旧相好罗伯特驾车到了，丽迪亚趁机走开。她特写的脸从富豪家的交际生活表面缓缓滑过。在一个安静的楼梯下方，一位漂亮的姑娘独自坐着，在读书，更前面，是三截紧挨在一起的树根。她是富豪的女儿瓦伦汀娜。安东尼奥尼用一个长距离的"正反打"，给了两个女人彼此长时间注视的机会。

丽迪亚自甘寂寞。庞塔诺处处受宠，但仍兴味索然。丽迪亚告诉他，那里有一个漂亮女孩，正自得其乐，在读《梦游者》。丽迪亚朝一群趴在游泳池边疯狂大笑的女孩走去。暗处走来一个男人，死死盯着她，是罗伯特。丽迪亚避开，加入了丈夫和百万富翁夫妇的交谈。吉拉迪尼谈论了财富：他认为金钱带来的利益无足轻重，他总是把自己的生意当成艺术品，重要的是创造，某种永恒的东西。进而吉拉迪尼开始训导庞塔诺：像他这样的作家，重要的不是利益，而是他人的需求感。庞塔诺似乎意欲迎合富翁，说几年前自己如果不写作的话会自杀，但现在不会，总有别的办法。在添酒处，丽迪亚再次看到了罗伯特。

瓦伦汀娜趴在方格地板上独自玩滑囊，她自己刚发明的游戏。画面中有些家具似乎是半透明的。庞塔诺自左半身入画，看着远端的瓦伦

一个男人的虚影
注视着一个新鲜的女人

汀娜，他的侧脸和屋里的植物叠合在一起。他向前走，镜头跟着右移，现在我们明白了，刚才我们看到的是玻璃的反光，右侧才是他和瓦伦汀娜的实体空间。这个右移镜头的落幅处，前景出现了三根树干。瓦伦汀娜似乎对庞塔诺的到来浑然不觉。

　　"你能不能找些人来陪我玩？"瓦伦汀娜说，还是没看庞塔诺，富家女的风范。"我不行吗？"庞塔诺欠下身子。"不行，你太老了。"瓦伦汀娜继续玩游戏。"如果和你一起玩的话，我想我会变得年轻一些。"庞塔诺说，他的每一句话都是素养极高的作家才能准确拿捏决不会过火的挑逗。瓦伦汀娜邀请他一起玩游戏。庞塔诺第二次掷滑囊时，缝在滑

囊外头的一颗"小石子"掉了。两人撅着屁股在地上爬来爬去找。瓦伦汀娜放弃了，说："不过是一颗红宝石而已。"摄影机一直处于极低的贴地状态，在巨大的国际象棋一般的格子地板上，展示无伤大雅的色情。她年轻的肢体像多汁的果肉紧贴着光滑的地板，但两人似乎都毫不在意。镜头忽然跳接，一大群男女围成一圈参与这个游戏，在两人之间押赌注。瓦伦汀娜显得很兴奋。楼上的丽迪亚越过大玻璃窗看着下面玩游戏的人群，前面是那棵三分权树。她的背部特写，罗伯特在下方入画，仰头盯着她看。丽迪亚避到另一侧，注视着那棵三分权树。边上一个房间摆着一个电话。她给医院打电话，老朋友托马索·格兰尼已在十分钟前离世。她无声哭泣。

　　游戏的人群散了。庞塔诺叫住瓦伦汀娜。镜头从稍俯切入平视。这段爱情戏展示了比《奇遇》中的两人戏更舒缓流畅的空间糅合法，因为安东尼奥尼在这里偶尔会插入规矩的正反打，给运动空间以平滑过渡。整个片子仍有不少地方有意跳轴，不过比《奇遇》要少得多。镜头回到稍俯的两人侧面近景，庞塔诺吻了瓦伦汀娜。镜头越过丽迪亚特写的后背、前面的窗玻璃、那棵三分权树的黑景，可以看到底下瓦伦汀娜回吻了庞塔诺，然后走开了。

　　百万富翁希望庞塔诺为自己做企业文化，让工人和管理层知道企业历史和他所做的一切。他将付他高薪。庞塔诺表示自己出书挣钱够用。他既没有接受也没有拒绝百万富翁的邀请。

　　丽迪亚独自待在二楼露台。庞塔诺过来跟她打了个招呼，看到瓦伦汀娜在下面跑过，又匆匆离去。丽迪亚下楼加入了跳舞的人群。罗伯特成了乐队的临时钢琴师。丽迪亚走近他，身体斜倚在琴架上。一个男人请她跳舞，天却突然下起雨来。人们变得疯狂，纷纷往游泳池里跳。丽迪亚亢奋起来，也要往游泳池里跳。罗伯特及时出现阻止了她，说这样容易感冒。他把丽迪亚领进自己车里。

三个人三棵树。她目睹背叛。曾经的第三人刚刚离世

中产阶级的游戏
在雨的花纹中发疯

　　别墅停电了，庞塔诺还在找瓦伦汀娜。一个女作者拦住他想要跟他讨论写作。庞塔诺费了些工夫将她打发。

　　透过密密的雨纹车窗，丽迪亚与罗伯特在亲密交谈。车开得很慢，镜头一直对着雨帘后面这俩人。这个富于装饰气息的镜头来自希区柯克1927 年导演的《下坡》，安东尼奥尼将其变成一个可观的暧昧隐喻。对于丽迪亚来说，发生在这里的情欲是立不住脚的。镜头终于跳到俯拍的全景，前景是交通灯，底下是罗伯特缓缓驶近的汽车。两人下车淋雨。镜头切到两人近景，丽迪亚神情欢快。一列火车从他俩身后呼啸而过。我们在《奇遇》里已见识过比这更强悍的火车处理。罗伯特似乎要吻丽迪亚。丽迪亚回到车里，对罗伯特说："对不起，我不能。"

　　瓦伦汀娜站在廊下，看着雨水在自己面前落下。庞塔诺从后面走近。

特写，她转过头来，像《奇遇》那样，一个正面一个侧面，只是这次两人脸上落满了阴影。"我还没有笨到要去毁掉一桩婚姻。"她说完转身，隔着廊柱继续说，"从现在开始整夜陪着你妻子吧。"借助建筑物与表现主义光影结构，我们感受到两个人处于彼此隔离状态。在有声电影之后，表现主义光影结构应当具有现实说服力，安东尼奥尼深谙这一点。"是她将我送到你这里。这是我的奖品，我不管。"庞塔诺说。

雨水在玻璃墙上倾泻，后面是那棵分杈的树。瓦伦汀娜和庞塔诺先后特写入画，仍是一正一侧。"今晚我感觉很糟糕。"她说完就走开，摄影机与庞塔诺一起跟上她。她转过身来，说："游戏让我感觉开心了一点，现在糟糕的感觉又溜回来了，像一条忧郁的狗。"因为玻璃反射，一个空间变成两个空间，两个人变成了四个人，让人一时难以分辨哪边是真实，哪边是虚幻。贴着玻璃墙，瓦伦汀娜对着黑暗中的那棵分杈树跪下，雨影落在她丰润的肩头。庞塔诺伸手轻抚她的肩。她站起来，要上楼去取烟。

庞塔诺稍立片刻，跟着上楼。在瓦伦汀娜房间，两人有一场精彩的对话。仍是通过人物移动与起落进出影像空间的拍法，偶尔也仍有反语法的跳感，但总体上句法顺畅，为言谈的意义的流动留出足够的河床。瓦伦汀娜说爱是一种束缚，让人互相误解。庞塔诺说自己的写作陷入了作家中很普遍的年龄段困境：知道写什么，但不知道怎么写。爱情影响了他整个生活。瓦伦汀娜说：你只是太软弱了，跟我一样。她站起来，倚着墙抹香水，问庞塔诺为什么跟自己说这个，毕竟她只是一个喜欢富人生活的物质女。随后，她蹲下身去，放了一段自己的录音，庞塔诺请求她再放一遍，她却当场将它抹掉了。那只是些胡言乱语，她说，她只是喜欢观察事物，不需要将它写出来。年纪轻轻，但已经沾染了安东尼奥尼式的虚无。在录音里，她谈到一部电影中忧郁的狗叫声、飞机的声音，随之的寂静给自己的快乐感受。"将耳朵贴在树干上仔细聆听，那

光体建筑的正反面

声音也许发自我们内心，但我更愿意相信那是发自树自身。"她说随后它被一种噪音打断，关上窗户也无法隔断的噪音。她要自己选择要听的声音，不要那些无用的说话的声音："但你只能听之任之，随波逐流一般。"

庞塔诺告诉瓦伦汀娜，她父亲给了他一份工作，以后两人会常见面。瓦伦汀娜说自己去年遇到一个男孩，只要她想要试着沟通，爱情就会消失。她又问庞塔诺为什么要替她父亲工作，他并不需要那些钱："你需要的是一个女孩，一个新的开始。"庞塔诺说："不是一个女孩，是你。"他试图吻瓦伦汀娜的时候，电来了。两人离开房间，穿过走廊，遇上了从台阶迎面而上的丽迪亚和罗伯特。四人面对面静立片刻，瓦伦汀娜将丽迪亚领回房间去弄干身子。庞塔诺扭头走开，跑去向刚才拦住他说话的女孩扔了句俏皮话又迅速离开。

两个女人相向而立。严谨的过肩"正反打"，丽迪亚主动进攻，要瓦伦汀娜说出自己的真实想法，免得自己去猜。瓦伦汀娜微笑着走近她，说自己什么也没想，只是想把她弄干。吹风机的暖风为她们带来快乐。两个女人很快就融洽了。男人们，包括庞塔诺和罗伯特，在外头讨论酒、金钱与政治。庞塔诺对钱的两可态度引来了罗伯特借引用名言（有可能出自之前他们提到的海明威）发起的攻击："我们这个时代是卑劣的反哲学的，害怕坚持正确的价值观。"庞塔诺不客气地给予回击。相较于男人们的紧张，房间里的两个女人越来越放松。瓦伦汀娜为丽迪亚倒了一杯威士忌。

这个小小的室内空间变得像面团一样柔软，在唯有安东尼奥尼才自如掌握的影像语法中不断变幻着形状。两个女人都面向镜头。瓦伦汀娜问丽迪亚要不要告诉她发生的一切。丽迪亚说还是别说了。瓦伦汀娜说好吧，反正我也不善于招供。我在想我究竟擅长什么，不是爱也不是恶习，我甚至都不喜欢威士忌。丽迪亚喝了一口威士忌，举起酒杯，看

女人一团融洽，
男人彼此挑衅

着它说：我想我找到了适合自己的恶习，它美好，它温暖。她说完起身出画。顺着瓦伦汀娜的目光，镜头跳至两个女人的全景，丽迪亚举杯在桌子这头一把摇椅上坐下，对面玻璃上投出她的人影，在她和自己的影子之间，瓦伦汀娜仍坐在桌子那头，现在她拎着空酒瓶站起来，看着玻璃上两个人影，对着它坐了下来。这样，两个女人一前一后，一齐背对着镜头。这个鲜有导演会采用的画面随即通过反打置换成一个充满活力的前后关系画面：瓦伦汀娜特写在前，丽迪亚近景在后，两个女人各自贴着画框左右两侧，一个前倾，一个后仰，构成一个敞开的柔软的倒八字，中间是一道竖立的门。这一画面是一连串影像运动的结果，不仅富于建筑美感，也极具隐喻气质：就在丽迪亚开口说话的时候，她俩的男人，庞塔诺从门口闯入。稍作犹豫，他选择站在门边倾听，与两个女人构成一个完美的三角，前、中、后，特写、半身、全身。"你还不知道岁月的沉重，一切都是徒劳，"丽迪亚说，没有觉察到身后的庞塔诺，"我感觉像是要死了，真的。结束这种痛苦吧，让一切重新开始。"瓦伦汀娜说："无所谓什么新。"丽迪亚说："是啊，无所谓什么新。"她侧过脑袋，看到了自己的丈夫，便起身向他走去。庞塔诺没有看妻子，而是紧紧盯着瓦伦汀娜。接着是连续的匪夷所思的影像空间的拓扑运动，一如三人心灵关系一般扑朔迷离，令人眼花缭乱：镜头从刚才的三人前后关系切至丽迪亚一人特写，她边说边向画左移动："不管我说了什么，我都不觉得嫉妒。"摄影机跟着她的头部，直至瓦伦汀娜入画，起身与丽迪亚构成前后景正反关系，接着，庞塔诺由左入画，成为三人正反关系，夫妇俩的背部与瓦伦汀娜的正面，几乎是等边三角。"希望我们能再次见到你。"庞塔诺对瓦伦汀娜说。几乎在镜头反打的同时，瓦伦汀娜从右出画，只留下乔瓦尼夫妇的正面。镜头单独追加给瓦伦汀娜墙前半身，很快又切至新的稍深景深的三人前后关系，夫妇俩的背部和瓦伦汀娜的正面，也几乎在切至新的三人前后关系的同时，庞塔诺向前走向

就像描绘一棵三分杈树一样

描绘三个人

瓦伦汀娜，在他起步之后，丽迪亚快速向左出画。镜头又迅速切至她由左向右行走，并跟摇，带出前景中特写的庞塔诺，画面变成夫妻前后景关系，庞塔诺举起手，反打，夫妻间前后景关系变成情人间前后景关系，庞塔诺抚摸瓦伦汀娜的面颊。瓦伦汀娜在他身后自左出画。像刚才拍摄丽迪亚那样，镜头切至她自左向右行走，与丽迪亚构成前后正反关系，丽迪亚上前亲吻了瓦伦汀娜，在亲吻时，庞塔诺自左入画走向门口，并转过身来，画面变成两个女人和一个男人的前后关系，丽迪亚转身也往门口走，变成瓦伦汀娜与夫妇俩的前后关系，三个人都是背面，但夫妻俩在出门前先后又转过身来看着瓦伦汀娜。反打，瓦伦汀娜独自站在窗前，倚柱而立，音乐起，她说："你们俩让我疲惫不堪。"正打，夫妇俩迅速离去。反打，瓦伦汀娜微微撇一下脚，踩了地上的开关，灯暗下，留下她窗前的剪影。

这一段是影像流体空间塑造法的典范，是对 1935 年希区柯克导演的《三十九级台阶》中陌生女子与理查德·汉内室内两人戏的一次登峰造极的升级。那场戏我们在之前讨论过，更像是对之前《讹诈》的失败表达的一次复仇，是流动影像空间营造的纯技法的展示，有没有那场房间戏对整部电影而言无足轻重。在到达好莱坞之后，对于人物空间关系的探索，希区柯克在 1948 年自己独立制作的《绳索》中做了一次极端尝试，在 1960 年上映的《惊魂记》的开头也有有趣的表达，那同样是他自己担任制片，此后便鲜有突破，他的兴趣更多集中于运动影像与悬疑叙事。《绳索》是整体空间限定上的极端实验，它让拍摄变得无限困难，但在局部空间句法的探索上，这部电影并没有太多特别之处，不及之前的《三十九级台阶》和之后的《惊魂记》。

《夜》刚才这场戏首先是一次高难度语法炫技，远不只是像刘别谦或维斯康蒂那样通过适度的人物和摄影机调度增加影像空间的活力。借助语法之精妙纯净，影像彻底剥离其实体空间的芜杂，构筑起属于其自身的自主空间，足可反射超越性的宇宙样态；另一方面，影像行云流水的表面也反射中产阶级优雅有度的行为仪态，其内部的一次次空间流变则可视为三人精神关系内部结构的对位隐喻，这使得精神运动在没有台词的同步支持下依然能清晰直观，从而解放语音及其相关语义，令其有机会自由流淌。

多么惊人的织锦！需要多么复杂的层层叠堆的精妙工艺！其迷人之处在于普通观众会只见其纯净与美好，而对这一长串流体力学空间变化几乎视而不见；它是如此顺畅连续，又如此缺乏戏剧性（在这一点上，安东尼奥尼没有背离意大利新现实主义绵延传统），除了最后那个镜头，观众甚至看不到任何用以风格展示的特殊光影结构。安东尼奥尼做到了让最复杂的语法看上去平淡无奇，这是乔伊斯式的大师风范。这样的影像让我们看到了电影的新希望：希区柯克为投合好莱坞而抛弃的珍珠可以重新加以培育并大放异彩。

已经是清晨，夫妻俩走在别墅前的高尔夫球场上。乐队还在演奏，边上东倒西歪坐着几个客人。昨晚那个拦住庞塔诺说话的女孩在哭泣。建筑的痕迹消失了，展现在夫妇俩面前的是一大片开阔的树林镶边的草坪。镜头缓缓上摇，任两人走远，然后又切回正面近景，跟着两人缓缓前行的步伐后撤。庞塔诺告诉丽迪亚，瓦伦汀娜父亲给了他一份工作，不过他可能不会接受。"为什么不？这是个好机会。"丽迪亚说，庞塔诺停步，她继续前行。"最终你的生活还是属于你自己的。"她转过身来说。庞塔诺露出诧异的神情。

镜头回到两人背影，前方出现了三棵树，左边一棵，右边两棵，夫妇俩走在中间。两人走到两棵树边，停了下来。这是《夜》第三次近距离拍摄树。关于树的灵性和说话能力，我们在《奇遇》的最后一场戏里已经感受过。在《夜》里，物的灵性更加泛化，建筑、书籍都具备了类似的能力，但主要地，尤其在电影后半段，随着建筑意象逐步消退，树的意象及其模糊的灵性反射一次次得到加强。在这最后一幕，树的形象获得了更明确更强大的影像能量。以安东尼奥尼的细致与精准，他的电影里不会有任何一个镜头、任何一个画面、任何一个运动是无缘无故的，包括让夫妇俩停在两棵树边上。就像他完整利用《奇遇》中的那些敲钟绳并传递出完整的套装隐喻那样，他也将完整利用夫妇俩身边这三棵树。镜头切到两人全身斜侧面，她和他一动不动站着，就像边上那两棵树。丽迪亚告诉庞塔诺，托马索死了。"什么时候，你为什么不告诉我？"庞塔诺问。"你当时在楼下玩。"丽迪亚说。她诉说了自己与托马索之间的感情，对她而言，托马索不仅仅是朋友。她边说边向前走，至近景，后面那棵树出画，只留下她和前面那棵树："他从来不谈论自己，总是说我，只有我。而我从来就不明白，对自己考虑得很少。"她重新转过身来："年轻时我们是多么愚蠢啊，无法想象一切都有结束的一天。"镜头转给庞塔诺近景，和他身边的那棵树，丽迪亚的画外音继续传来："而你，只会谈论你自己。这对我来说是那么新鲜，让我欣喜若狂……"很规矩很对称的反打，丽迪亚和她那棵树，她还在不停诉说，流下了泪水："因为我爱你，爱你，而不是他。"镜头再次回到乔瓦尼和他那棵树，他一直默默听着，接受了丽迪亚的全部说法。再次，以安东尼奥尼的细致与精准，这里的隐喻是显而易见的：当夫妇俩并排站立的时候，两棵树也在一侧并排站立，当夫妇俩各自分离的时候，两棵树也分离于他俩各自的画面。同样显而易见的是：无论两人有多么悲伤，各自有多少心事，他们都选择站在两棵树边上说话。因而，这两棵并肩而立的树意味着一种对话能力，让边上的人在长久的彼此冷漠之后有了交流的欲望和勇气，传递彼此的语言和气息。

丽迪亚独自向立在另一侧的第三棵树走去，它和傍晚她结束游荡时依偎的是同一种树，杨树。她掩面而泣，镜头稍带动荡跟上去，像一只手抚摸她裸露的背部。她忽然满脸泪影转过来："我想要死是因为我不再爱你了，所以我很绝望。我真希望我已经老了，希望我对你的奉献已经到了尽头，希望我不再存在，因为我不能再爱你了。"庞塔诺自右入画，现在是两个人，同一棵杨树。两人就像是回到了傍晚时分，在他们最初居住的地方，那一棵杨树前，庞塔诺正是在那棵杨树底下找到了丽迪亚。丽迪亚说，这就是她在夜总会时脑子里冒出来但不愿对他说出来的想法。她向丈夫追溯了"爱之死"的完整历史，庞塔诺却坚持认为她仍爱着自己，因为她并没有选择死亡。

夫妇俩在树前坐了下来，边上一个球场沙坑，前面是茂盛的青草和树木。庞塔诺看上去心怀诚意，谈论自己的自私，对妻子的忽视。但对丽迪亚来说这是远远不够的。她回顾了她和乔瓦尼、托马索之间的三人关系，它涉及的偏差和不可避免的谬误。乔瓦尼想要解决两人面临的问题，重新开始："我爱你。我肯定我依然爱着你。我们回家吧。"丽迪亚似乎早有准备，坚持要让乔瓦尼看到"爱之死"的真实面目，因为杀死爱的正是他本人。她从包里取出一张纸，将我们带到电影史津津乐道的"读信"那一幕："今天早晨，我醒来的时候你还在沉睡……"丽迪亚慢慢往下读，写信的人描述了清晨的微光中他爱人的呼吸、发丝、双眼和皮肤的光泽，写到了对醒的惧怕、完全拥有的奇迹和爱的永恒，"我们终其一生都将如此。时间的流逝和感情的消亡都无法摧毁我们之间的联系。"丽迪亚读完信，庞塔诺问是谁写的。丽迪亚说："是你。"在长久的静默之后，庞塔诺突然变得像个孩子一样冲动，紧紧搂住丽迪亚亲吻。镜头跟着两人的身体倾斜，直至他俩倒进边上的沙坑里。"不不，"丽迪亚轻声哀叫，"我已经不再爱你了，你也不再爱我了。""什么也别说什么也别说。"乔瓦尼急促低喃。丽迪亚接受。镜头跳开，低位从前方俯拍两人滚在沙坑里亲吻。音乐起，镜头进一步跳开，从后方，低机位，越过前景那两棵静立的树拍远处沙坑里滚动的两个人，然后缓缓左移，第三棵树，以及更多的树木和青草，以及半遮半露的地平线。

像描绘两棵树一样

描绘两个人

放火箭现场曾出现过一小段残破的地平线（城市拓展的结果），在这里，地平线也没有完整显露，但至少是未受破坏的。

与《奇遇》一样，《夜》并没有为它展示的危机提供明确的解决之道，但不同之处在于，《奇遇》的结局更像是一种权宜之计，而《夜》的最后一部分显然一直在尝试从人所依存的周边自然生命样态中获取积极的提示。

我们再次观察到安东尼奥尼对于异化问题的独特态度：不将批判之矛指向异化后的世界景象，而是指向人，尤其是异化的主要推动者——男人。关于城市及其建筑，尤其在电影的前半部分，我们不仅看不到《大都会》式工业巨兽的吃人面孔，看不到流行的对于钢筋混凝土的"城市丛林"的憎恶，相反，它们看上去纯净美好，像是具有传递生命微波的活力。反而是人，处处失去活力、显出病症。因而，在安东尼奥尼的视野下，异化的结果并不完全是人创造了工业或城市怪兽成为自己的对立面，而是曾经圆满的人在其造物过程中抽空自己的灵魂，将其赋予了他的创造物——城市、城市建筑，以及其他物件。这样，我们最终在电影里见到的事实是：人与建筑物的各自特性虽然颠倒了过来，但当他们依偎在一起的时候，像仍具"托勒密式的圆满成熟"时期的人与环境一样自成其完整性，只是这是一种我们全然陌生的完整性，接近安东尼奥尼后来说的"事象地平线"中呈现的万物的荒谬，纯净如宇宙的荒谬，就像飞机失事现场，"一只整洁的古怪的男性的手，抓着一只小小的白色的塑料咖啡匙……下面放杯子的地方，有一块血渍，仿佛在这种情况下，搅拌血液远比搅拌咖啡来得有道理。"尽管如此，拍《夜》的安东尼奥尼还不是提出"事象地平线"的安东尼奥尼，不管这条路事后从《夜》的方向望去有多么清楚，《夜》的前半部分呈现的事象仍呈现为表面的陌生完整，尚不具备"事象地平线"上呈现的那种荒谬。在这样的完整性中，作为独立的人已经不存在：他昏昏欲睡，而她游游荡荡，寻找着最后的生机。城市在消失，记忆在复苏，树第一次出现，引导了夫妻俩第一次温暖的对话。随后城市病又回来了，随后，在另一棵三分权的树前和树下，旧的爱情死亡，新的似是而非的爱情萌生，它"令人疲惫"，然后，在三棵树中间，对话又重新开始，交流十分残忍，但无论如何胜过由华丽的步法或语法支持的冷漠。在某个场合，安东尼奥尼指责了乔瓦尼·庞塔诺最后那个举动的粗鲁，不顾女人的拒绝，但他的影像却留下了另外一些痕迹，向我们低语：完整的地平线已不会再有，这些草这些树是富人高尔夫球场上的树和草，但它们依然是草，是树，是离目前这些人最近的自然，完全回到原始森林里去诉说爱情反而更不真实。这不顾体面的野合，无论多么狼狈，都是残忍交流的结果；如果他们有出路，那么，去成为草去成为树去成为大地上的作物，就是他们恢复交流能力重获生机的唯一的出路。

二十年之后，安东尼奥尼写了一个故事，关于一个男人和两个女人，他心目中的《夜》的续集。他想要为主人公的性格注入新的冲击力，以避免其愚昧，但故事最后仍滑向了《夜》的轨道。

《蚀》，培育一个空

黑暗中，电声模拟汽笛和喇叭长鸣，混合在钢琴重音与其泛音的轰鸣中。钢琴重音一记接一记强压汽笛，并控制局面；汽笛声混在泛音的轰鸣中猛地拉起，随即戛然而止。像是刚刚经历了一场与城市杂音之间的战争，琴音变得清亮神秘。

男人的退化之快令我们吃惊，在台灯、书籍和嗡嗡响的圆形电扇之间，他已是一副丧尸模样，一动不动坐着。"形"与"声"不再是对人缺损的完整性的弥补，反而强化了人的丧尸特征。镜头对着他足足有半分钟。女人从窗帘前转过头来，神情低迷，但仍保留着对事物的兴致。透过一个空心小画框，后面有一只装满烟头的烟缸和一个不锈钢小雕塑。两人应该有过一次彻夜长谈。女人拿走烟缸，将不锈钢雕塑放到画框中间。她兴致顿失，轻叹一口气，像是被什么纠缠，脸色重新变得呆滞。男人稍稍欠动身子，镜头也跟着微微拉开，他在看女人。低机位，很多桌椅腿中间的女人的腿。

空间是断裂的。字幕结束后两分钟，观众才第一次看到两人在同一画面中的空间关系，前景男人的脑袋，后景女人全身。女人被困住了。她转过身，拉开窗帘一角，看到自己投在窗玻璃上的那张像被吸食过一般的苍白的脸，落在一团更加苍白模糊的树影里。她放下窗帘，脑袋沉落，身体在下面的沙发里缩成一团。她再次转过脸来看男人。正面的男人，仍死了一样坐着。

女人说出《蚀》的第一句台词："里卡多。"对方问："什么事？"女人说昨晚讨论过的事情她心意已定，她这就走。"去哪里？"里卡多问。

女人叹口气，收拾起杯盘。她从厨房出来，看到男人石化了似的直挺挺坐着，两眼空洞，死盯着前方。镜头稍俯跟着她的半个脑袋走近男人，像一片无知的波浪靠近一段黑暗的海滩，直到她的后脑和男人的正面一下一上叠在画面中央。一个不会有第二个导演敢用的绝对反打：稍仰，画面中央，底下男人的半个头顶和上面女人的正脸。这是绝对的、僵硬的、生机全无的、一分两半的世界。女人露出一丝惊恐的表情。镜头重新跟着她的半个脑袋缓缓退开，离开这缓缓旋转着的石化了的男人。女人盯着对方退到墙边，那里有一面镜子。观众率先看到了镜中女人的脸，一张受害者的脸。她忽然看到了镜中的自己，一张因为太久注视死亡而染上了死亡黑影的脸。她轻呼一声，转身倚靠在镜子上。她回过神来，快步走向另一侧玻璃窗，拉开窗帘，一个阳具形的建筑物立在前方，四周的荒凉让人感觉它像一艘太空船。男人自左入画，伸手去摸她的背。她惊恐地转过身来。男人好像活了过来，显得很躁狂："我发誓，做任何你想让我做的事情。我想让你幸福。"女人说自己从二十岁认识他，一直过得很幸福。现在她要离开，不能再为他做翻译了。男人继续："你不再爱我了吗？你不想结婚吗？"女人说："我也不知道。""总该有什么理由吧。""我真的不知道。你想让我幸福，但我根本不幸福。"他去拥抱她，她躲开："请你不要再碰我。"她看着男人，倒退着出了房间。

这段戏的语法比《奇遇》和《夜》中的男女两人戏要简单许多。不再有线条繁复的人物与摄影机调度，而是代之以相对简约的跟拍、摇摄、"正反打"等常规语法，因为男人已彻底退化，女人已彻底耗尽，一切已成定局。影像之魅没有丝毫减损，只是它不再完全由语法的而更多借由事象的魔性来传递：迟滞的摄影机运动，人声与表演的缺失，反射性意象的过度活跃。唯有如此，我们才能跟随女人瞥见世界的恐怖真相：死人不死，成为无餍的空洞，不生产，只吞噬。女人越往里投注自

退化的男人和受摧残的女人

己的活力，这空洞就越大。她唯一的选择是离开这可耻的"男人"。

维多利亚快速拾级而下，离开这座漂亮的建筑。她远远走在那个阳具状建筑下方，踩着未修完的马路镶边的水泥砖。她沿着弧形的马路走来。再次，安东尼奥尼用了《奇遇》开头那个运动：固定，跟摇，跟退。同一个运动句法在三个电影里是三种气质。在《红河》里是连续的复仇的波涛，在《奇遇》和这里是一道长长的波浪，但在《奇遇》中，中间有与安娜焦躁的面容相称的急速甩动，在这里，是灾后的迟疑与解脱，线条平稳舒缓。接着是一个"安东尼奥尼跳剪"：在人物近景后面接一个大远景，前景有树干，后景是在修马路的凌乱场面，然后再跳回稍俯的全景，越过长满野花的小土坡，维多利亚轻快地甩动围巾打路边野花。

里卡多没有放弃，又驱车追了上来。见维多利亚不愿上车，他停了车要跟她"走走"。维多利亚住宅楼下这场对话多少让感觉是回到了《夜》的人与建筑关系的表达，不过在这部电影里，这已不是重点。里卡多终于放弃了，响亮地带上了铁门。

维多利亚站在玻璃门与砖墙之间目送里卡多，包裹在洁净规整的几何图形中的一个惘然的软体。她推门往里走，摄影机跟着她在玻璃门外平移，横过建筑立面的一道道竖线，直到后景露出一小截台阶，停，接一个空镜，仍由竖线切割的楼道转角，在维多利亚入画时镜头迅速跟着她盘旋，后面幽暗的窄缝中生出一道狭长的小门，她的家。这两个镜头的组合有一种奇特的隐喻之美，就像是观众在毫无准备的情况下忽然被一股影像的波浪送进了一只蜗壳，身不由己地一路往里旋，受伤的维多利亚就居住在这仅有一层透明薄壁的蜗壳深处。

一个欧洲中产者的居室，不算阔绰但整洁雅致。镜头与维多利亚保持着距离，在一侧跟着她朝窗户方向移动。她满脸倦怠走到窗前，外头，枝叶茂密的树冠在风中发出低语。

一个建筑，一个移动，一个隐喻

股票交易所前，汽车喇叭声听着像一种节奏古怪的音乐（回应电影开头的城市啸叫声），维多利亚下了出租车。前厅，一个老头鼻尖顶着画面边框在看公告牌，维多利亚从老头后方横穿，进入交易大厅——一个影像肿块。

黑白三部曲每部都有各自的"影像肿块"，《奇遇》是一个小镇，《夜》是一座病房大楼，在这里，是股票交易所，人群聚集地带的病理现象。就视觉而言，之前的肿块到这里已变成真正的肿瘤，并且是以一个滑稽的形象，一位几乎失去视力的老头以决意出画的死命架势盯着公告牌看开场。在三部曲里，**异化**的面目第一次变得清晰可辨：意义匮乏，无意义冗余，错置的欲望极度膨胀，人造物成为人的对立面。这是肿瘤的实质，是之前两部电影展示的人类病理的演化结果，尽管在故事层面，安东尼奥尼依然像以前那样，借由男女主人公情感路径展开他的影像哲学探索。

交易大厅内，人们号叫着来回穿梭。一个老人举着望远镜。一个中年人脸色苍白，向维多利亚打探内幕消息。维多利亚妈妈也在这里炒股，她的代理人是一位年轻英俊的青年皮耶罗，他打了一通电话后飞奔着扎进人群，疯狂地挥舞着手臂喊叫："我要在二十的时候买进两万的芬斯德鲁股票。"周围立即有许多老人振臂回应："我卖出五千。""我要在二十的时候买进两万的芬斯德鲁。"一个男人揪着皮耶罗的脖子亲吻："你在干吗？"皮耶罗回答说："赌。"他冲出人群，跟人报喜："我挣了一百万里拉。"维多利亚好不容易走到她妈妈身边，她妈妈却完全没心思跟她说话。

面对这团影像肿瘤，我们看到的不仅是人群的混乱，还有语法大师的语法缺失，就像一位医术高超的医生面对一块彻底恶化的肿瘤一时一筹莫展。大厅广播突然传来一个老人的声音，要大家为他上午死去的同事默哀一分钟。一时间，人们呆立不动，大厅里只有电话铃声此起彼伏。皮耶罗隔着立柱对维多利亚低语：他认识那个死者，不过这一分钟值十亿里拉。"医生"在他束手无策之际用最粗野的休克疗法（像第一场戏那样，以事象的魔性代替语法的魔性），从各个角度各个景别拍摄这些默哀的人群，拍满了整一分钟。这静止的一分钟，让观众看清了它两侧的滚滚脓流。一分钟后，狂嚣再起。

维多利亚妈妈大赚了一笔，她无心听女儿说话，买了点水果便顾自走了。

夜里，维多利亚想把一块植物化石挂到墙上去。她敲榔头的声音引来了邻居安妮塔，两人聊天的时候，安妮塔的朋友玛塔从对面楼里打来电话，邀请两人过去玩，她老公不在。这是一场安东尼奥尼通常不屑处理的"过渡戏"。玛塔是出生并生活在肯尼亚的意大利人，因为局势动荡刚回来。她家墙上挂了许多非洲的照片和一些猎枪，地上铺了一些兽皮，还有一个大象腿做的单腿茶几，踩在一张巨大的斑马皮上，看得

股票交易所，
一个影像肿瘤

出是个富裕人家。维多利亚走向一张雪山图片。玛塔说：那是乞力马扎
罗。维多利亚重复了一句："《乞力马扎罗山上的雪》。"海明威的名
字曾在《夜》里出现过，这里再次提及。显然，这位喜欢以简洁白描营
造神秘感的作家是安东尼奥尼所爱。海明威的文字对《蚀》的影响尤其
明显：以事象魔性替代语法魔性，展示影像之魅。安东尼奥尼给了乞力
马扎罗一个满屏画面。维多利亚放了一张非洲音乐唱片。鼓声激越，镜
头在非洲土著的人像前平移，忽然跳到三个非洲女人的静止画面，两个
是活人，一个是照片。维多利亚头戴假发身体涂成黑色，脖子上套了一

堆钢圈，耳朵上挂着两只大铁圈，傻呆呆看着前方。也换了非洲装束的安妮塔背对着镜头，将一张非洲女人的照片举在维多利亚边上。镜头跳开，维多利亚身上裹着一块披肩，单手叉腰站在照片墙边。安妮塔转过头来问玛塔："像索马里女人吗？"维多利亚跟着非洲鼓乐跳起了她想象中的非洲舞，边跳边啊啊叫。她越跳越疯，抓起屋里一把非洲长矛，上了女主人的床做狩猎状。玛塔从背光处走出来，一动不动看着两个朋友。她重新打开灯，沉着脸说："够了，别跳了。"

这场疯疯癫癫的非洲舞来得很突然，安东尼奥尼没有给维多利亚化妆的镜头就直接让她变成了一个非洲模样的女人。这个时间轴上的大跳是惊人的一笔，由于前一个镜头是与之相似的非洲人像，观众会暂时忽略这一跳跃，但当他们反应过来的时候，刚才那道时间的裂缝以及**真**与**假**之间的"矛盾冲突"就会比普通蒙太奇强烈得多（按爱森斯坦的蒙太奇准则）。女主人的尴尬显然不是被**假**刺痛了，而是被**假**后面露出的**真**刺痛了：这有产者屋里的一切只是些俗气的道具。

三个女人在床上喝酒闲聊。玛塔说起了肯尼亚正陷入混乱：六百万黑人仅有十人上过大学，是"六百万文盲"，人人都带枪，要赶走六百万白人。玛塔家的狗"宙斯"逃走了。找狗的时候，玛塔对维多利亚说自己也许回不了肯尼亚了，她老公不喜欢那里，可在这里她没地方去。她想念肯尼亚的那些"文盲"。维多利亚说："你也许觉得这里不比在家乡快乐。这儿任何事情都很复杂，爱也是。"

这些对话像是一种"价值坦白"，安东尼奥尼通常不屑于做这类交代。维多利亚看到"宙斯"在远处，便追了过去。"宙斯"按她的指令学人直立行走。她大笑不止。黑暗中传来金属杆子碰撞的声响。自《奇遇》开始，我们一再见识建筑、书籍、树叶的说话能力，但从来没有像这些黑暗中的铁杆子那样发出如此陌生又如此清晰动听的语音。维多利亚露出新奇的神情。镜头跟着她左移，然后对着远处两排路灯停下，任

非洲，

作为装饰，

作为游戏

维多利亚出画。一长排微微晃动的金属杆子，前景左侧有一棵新栽的树，一些木棍围成锥形在四周加固，让金属杆子的"形"变得丰富。维多利亚远远地自右入画。空镜出入画安东尼奥尼已用过很多，但在这里，"事象的魔性"大大加强了这手法的能量：**离去**的力量、**不及**的力量、**无**的力量，加剧了随之**到来**的力量、**超越**的力量、**有**的力量。金属杆子摇晃着，从容地吐出一个个语句，比之前的大海、书页、树叶的低语都更富于生命的灵性。这近在眼前但我们很少有机会听到的金属声响，带着长长的奇特的"形"，就像外太空一个物件，或者，外太空一直就存在于地球，在某个城市的某个角落。

维多利亚背对镜头站在那排金属杆子下方，她往镜头方向走了几步，又再次转过身去盯着它们看，然后一步一步倒退着出画。一截圆柱体斜面，维多利亚倒退着近景入画，眼睛仍盯着前方，金属杆子的声响仍不住传来。仰拍的金属杆子的特写，它们看上去像是一些旗杆。

从来没有哪一只电影眼如此专注地凝视一个"空"，让主人公从远处一点点走近它，伫立良久，又面对着它一步步退开，以免错过任何一个声响任何一次动荡。它迫使观众跟着维多利亚一起去看去听这个"空"，接受它为一个能在黑暗中自洽的生命体，一个语音饱满的灵性生物，清晰、绝对，且宽宏大量。

从这时起，《蚀》有了重大变化，新的精神空间诞生，并且是以物理空间的颠倒形式，就像维多利亚的倒行。三部曲每一部都有在特定时刻出现的凸起意象，传递具有转折性的启示。在《奇遇》是上岛前那道巨大的屏障，把我们引向海的意象；在《夜》里是拔地而起的自制火箭，把我们引向树的意象；在这里，是一排铁杆子，最终将把我们引向一个无限膨胀的太空意象。

俯拍维多利亚，从刚才那个圆柱体的上方，现在我们看到这个圆柱体其实是一个雕塑的底座。维多利亚还在看那些金属杆子，忽然间，

一件乐器，
一种语音

她仰面向上，看见了自己头顶的雕塑。她退开一步，边盯着它看边绕着
它转了半圈。然后，带维多利亚脑袋的反打，一个健硕的舞蹈的人体，
胴体在路灯下闪着微光。这个俯仰"正反打"是一次奇妙影像溢出，给
人的感觉是金属杆子在告诉她上面有一尊雕像，或是，她突然间感觉那
些声响是自己头顶的某个生命体发出的。这一俯仰"正反打"是先从雕
像这一头发起的，然后才从维多利亚这一端反打仰看雕像。似乎不只是
那些金属杆子，这塑像也同样是一个生命体，在主动向维多利亚发出对
话邀请。一个颠倒的次序，一个隐喻：相较于活力四射的塑像，活人的
生命反而正在沦陷。

黑夜的邀请

维多利亚走到塑像基座的另一侧，从叮当响的金属杆子慢慢收回目光，像是进入了自观。下面的转场很惊人：画面极左一道光，剩下是一片黑暗。气质上，它是上一个场景的延续，但观众不会再次遭遇启示，相反，他们将要再次目睹男人的堕落。

画外，里卡多在喊维多利亚。维多利亚头部入画急速移向窗前，看到底下的里卡多，又立即退回黑暗。她薄纱裹体的臀部在前景入画，里卡多处于下方，后景。镜头从楼下里卡多后背仰拍维多利亚的窗户，他捡起一个石子扔了上去。他愤愤地扔掉手里另一个石子，走向玻璃大门，使劲地晃动门把，发出刺耳的声响。

机翼与飞驰的地面，聚积着白云的天空与晃动的城市。维多利亚跟着安妮塔和她老公一起坐私人飞机出行。"那边，我们飞到云里去吧！"她突然指着前方亢奋地叫起来。下了飞机，众人往停机坪边上一个酒吧走。安东尼奥尼拍了酒吧内外的慢和无所事事，一个因失去一切目标变得极度柔软的"空"。"待在这儿真舒服。"维多利亚对迎面走来的安妮塔说，面带喜悦。

然后，回到那个肿瘤，它仍在继续恶化。皮耶罗与一位老者一起走进股票交易大厅。老者告诫他要控制买进，苏联的状况不妙。一个胖子正把烟盒里的香烟都一折两半。一个男人手持一只玩具电扇边走边扇自己的脸。皮耶罗拿着一沓前一天的交易单跟自己的搭档和下家一一落实。铃声响起，股票开盘即涨，大厅陷入混乱。维多利亚母亲也进了大厅，她拿出一小包盐，撒在地上，要求得一点好运气。皮耶罗接到一个米兰电话，那边在大跌。人们陷入恐慌。维多利亚妈妈拉住皮耶罗绝望地问他怎么办。皮耶罗说只能卖出。维多利亚被裹在人流里。她妈妈呆坐一角，听不见女儿说什么。皮耶罗告诉维多利亚，大部分人已经破产，她妈妈也损失了有一千万。她一路跟着一位损失了五千万里拉的老头进了附近一家药房。这位步履蹒跚的老头向店员要安眠药。她又跟着他来

一次呼吸

肿瘤破裂。

一个损失惨重的老头，

坐在酒吧门口画了一些小花朵

到一家咖啡馆。老人向伙计要了一杯水，然后在一张纸上写了些什么。他服下一片安眠药留下那张纸片走了。维多利亚上前拿起那张纸，上面画了一些花朵。致命的安东尼奥尼文学意象！

维多利亚坐皮耶罗的车去找她妈妈。维多利亚给皮耶罗看了她爸妈的照片。在照片里，她的家庭看上去完整又温暖。她来到自己以前的卧室，桌子上有一层灰。她大笑着躺到自己睡过的小床上。皮耶罗坐到她身旁，俯身要亲吻她。她避开，一时变得消沉。她妈妈回来了，满脸沮丧，对皮耶罗说："我拿首饰来支付你吧。"皮耶罗坐进沙发里，很快睡着了。

夜里，皮耶罗的老板让秘书，从公司最大的大户开始，告诉他们股市的实情，说完他来到走廊，很多等在那里的小户围了上来。他向他们传达了虚假的利好消息。皮耶罗有个欠公司钱的客户消失了，眼前几个客户又对他纠缠不休。他愤怒地将他们轰出门去："你们亏钱的时候就是我的错，你们挣钱的时候呢，想到过我吗？你有压力，我也有压力。"

他约了女友在公司附近见面，看到她把金发染成深色，极为不满。两人站在路边一个菱形格的铁门帘前。镜头突然跳进门帘里面，将菱形格作为前景花纹拍摄两人。一个无人称机位，是形式主义机位，更是注视哲学机位。皮耶罗气走女友，开车去找维多利亚。股市与情场双双崩盘，影像从世界多面体收缩到男女双面体。

皮耶罗找维多利亚似乎是里卡多找维多利亚的重复事件，但两者的影像地位却完全不同。里卡多是后景中的外来物，从黑暗的一角强行闯入画面，试图用石头和噪音来突破维多利亚的防线，都失败了。而皮耶罗，从缓慢的踱步和对细节的辨认开始。他在"安东尼奥尼之树"的黑影中出现，扶了一下树干进一步减缓自己的步伐。镜头跳至他身后，耐心地跟着他，楼里出来一个女人，镜头等她出画，然后又跳至二楼维多利亚房间，继续全景俯拍这个女人直至她上车。维多利亚微笑着避开皮耶罗的视线，

一个花纹，
一个无人称视角

却又走到边上的窗户窥看他。这已不是躲避，而是在躲猫猫。一个醉汉跳舞一般出现在皮耶罗身边，笑着跟他打招呼。从维多利亚身后俯拍醉汉，他看到了维多利亚，驻足，礼貌地举右手致意，招呼道："你好，美女。"一个彻底无害的男人，让维多利亚放松下来，她笑着问对方："你是谁？"两人对等"正反打"近景。醉汉试着再次举手致意，结果发出一声"呃"，又晃开了。皮耶罗用他花花公子的修辞对楼上的维多利亚调情。安东尼奥尼很公平地给了两人同景别的"正反打"。维多利亚神情轻松。前边传来车轮与地面的急速摩擦声。刚才的醉汉驾着皮耶罗的跑车从他身边飞驰而过。

这段戏里出现了安东尼奥尼通常不爱用的常规"正反打"，对等地给予醉汉与维多利亚、皮耶罗与维多利亚，在后两人之间甚至还出现了完整的正、反、合语句，相应地，他之前惯用的那些调度复杂的运动句法则被大幅度削减。联系到之前维多利亚家里那场"过渡戏"，和稍后玛塔的"价值坦白"，我们在这部电影里不时看到也许对别的导演来说再正常不过，对安东尼奥尼来说却有些不可思议的"正常"影像，像是有意要解除其一贯的语法武装，回归日常节律。

一个近景，河边打捞现场。阳光强烈，岸边围着一大堆观看人群。那个醉汉把车开进了河里，死了。为什么安东尼奥尼要在一场本来就拍得极其"松散"的戏里再额外加一个醉汉？为什么要安排他去死？为什么还要拍一个死掉的路人甲的打捞现场？

在那场令维多利亚感到"待在这儿真舒服"的机场戏后，我们回到了城市欲望的核心地带，目睹肿瘤最终破裂，维多利亚神情紧张，被挤压在男人中间找自己的妈妈。前一场戏影像稀薄，漫无目的，一切都像奶油一般在融化，后面那场戏密集拥挤，影像面目也一团混乱。在这两场戏之前是丧尸男里卡多找维多利亚的戏，而这两场戏之后则是靓仔皮耶罗找维多利亚的戏。因而整体上，这里存在一个具有反射效果的双对称结构，它需要皮耶罗找维多利亚这场戏是里卡多找维多利亚那场戏的对立面，同时还应是机上戏和机场戏的一个延伸体，以及对肿瘤破裂的股市戏的一次拨乱反正。而维多利亚也急需一个解除自己戒备的契机：男人是城市异化的主要推动者，受益者也是受害人，他们已经或正在沦为丧尸；必须清洗他们身上的一切丧尸特性，让自己变成彻底的无害物，才能让劫后余生的维多利亚在面对男人时不再惊慌。而城市异化和人的丧尸化的病源，在安东尼奥尼的哲学里，在于欲望和对欲望目标的执着，清洗它们就是让这两样东西迷失。最有效又最安全的方式是醉，是酒精。这不是以酒浇愁的迷失，是欲望与目标感的主动自我解除。

男人若想重生，就当先死一次。汽车在阳光下被打捞起来，车体局部有一些受损，一只车灯还在水里亮着。这是安东尼奥尼最喜欢的意象，他在自己的导演故事《他们已谋害了一名男子》中写了这个意象（我无法确定这个故事写在前还是《蚀》拍摄在前）。整个故事就三句话："他们在费拉拉谋杀了一个人，将他的车子推进波河的支流。冬天，大雾迷漫乡间。车子整晚沉于水底，车前灯未熄。"在这里，车灯在阳光下没有那么明显，而且从水里吊上来的时候车灯紧贴着画面底部，容易被观众忽略。这场戏的第一个镜头就拍了潜水员和岸边的看客，接着又拍了跳到水中的潜水员近景，如果想要强调车灯在水里亮着的意象，安东尼奥尼可以给这里加一个潜水员下潜后看到汽车在水下的状况。但显然，那样做违反安东尼奥尼的影像哲学。单就影像谈影像，安东尼奥尼影像的神秘气息是将表现主义嵌入新现实主义的结果。三部曲里有大量的无人称视角突然跳出然后又很快复原，像是一个不经意的举动，一个疏忽或是一个语法瑕疵，而画面透出的特殊魅力又让观众可以信赖这样的跳转在影像上的合理性，他们或许感受到了安东尼奥尼追求的神秘，但更乐意简单解释为纯粹的形式主义嗜好。这样的理解在大部分情形下是可以的，但在这里不再成立，因为车灯亮着出水并没有什么形式主义需要的画面美感。我不想说他目前这样处理有多好，只是想说，不管他多么钟爱那样的意象，他都不可能违背自己关于神秘影像的基本哲学：神秘从日常中不经意跃出又迅速回归日常，没有办法刻意追求。从影像的风格塑造而言，表现主义应当无缝嵌入新现实主义的日常景象才能构成安东尼奥尼影像风格，而不是直接去成为一位表现主义电影导演，就像《夜》中那个疯女人的病房戏，利用白墙向表现主义过渡，就像结尾处的三人房间戏，人物在画框中看似随意地移动进出，将空间逐步拓扑化，就像那些发出声响的金属杆子，是在寻猫途中偶然瞥见，尽管形态奇特，但也只是日常事物。因而，一旦他将镜头伸入水下拍摄亮着的车灯，它便

一个无害的男人，

举右手致意

一只手，

一个痕迹

一个弹力姿式，

一个弯道，

两个视野

成为一个被从日常秩序中单独揪出来强调的意象。即便后来他真的在《一个女人的身份证明》中拍了雾中车灯，这意象依然没有被刻意强调。不仅三部曲就主旨而言是反异化的，安东尼奥尼的影像哲学本身也是反异化的：抽象表达应当消融于日常的痕迹及其秩序之中。这便是他"散漫""不知所云"的影像风格的缘由。水中车灯意象的神秘必当是**无处不在但似乎从不存在**的神秘，它和三部曲中其他那些显示了灵性征候的"物"的指向是一致的：在人类生命之外或人类生命结束处，或许存在着另一种灵性生命体，它们不时发出自己的语音、传递某种信号或留下某种痕迹。

当皮耶罗的跑车抬出水面的时候，我们看到昨晚那个醉汉以一种奇怪的姿式斜卧在里面，他的右手伸挂在车门外侧。如果不是以那样的奇特扭曲的姿式而是以普通姿势定格于他死亡的那一刻，想要让岸上的观众既看见不灭的车前灯又看到他挂在车外的一只死亡之手，这只手将只能是他的左手。也就是说，如果想要让他的右手作为死亡之手暴露在外，又想观众同时看到不灭的车前灯，那么，这位醉汉就只能以这种古怪的姿式死在车里。左手与右手没有任何区别，除了这只右手昨晚向维多利亚缓缓举起并行礼，让一直处于丧尸世界威胁下的维多利亚放松下来，开心地笑出声来。我们看到安东尼奥尼一方面散漫随意，另一方面又极度的心思缜密，这是他身上最迷人的矛盾特质。这只死亡之手在刚出水的时候是举着的，随后它垂了下来。镜头从皮耶罗与后面的人群的局部突然跳到维多利亚行走的近景，洁净的敞口白衬衣和黑裙子，面带好奇目视前方，步姿带着弹性，一个鲜活饱满的生命体。摄影机跟着它同步后退，让它在阳光下、在弯道前，在观众**动、静**难辨的眩晕中持续地闪耀；更大的眩晕在于，这阳光下眩目的鲜活生命是紧挨着那只死亡之手后面出现的，正是它促成了她这一刻的解放身姿。

还是安东尼奥尼的标志性剪辑，镜头出人意料地突然跳至一个俯拍的大远景，看客人影细小，周围街道阒无人迹，"空"的气息扑面来

一个死亡的姿式，

那只右手

至。这是一个猛烈的预兆！随后它消失了，镜头切回维多利亚与皮耶罗见面的近景。"我很高兴你叫我出来。"维多利亚说。"那里有具尸体。"皮耶罗提醒道。"不会吧，那个醉汉？"维多利亚惊疑地转过身来。"不是他还能是谁？"皮耶罗说。

吊起的汽车近景，那个醉汉的右手举在车外，像是还在跟维多利亚打着招呼。那只手的正面特写，上面似乎还残留着向漂亮女人行礼时的美好记忆！此刻那个漂亮女人仍站在它对面。维多利亚猛地掉转脑袋，喧闹的人群中的一张失神的脸，并不是与死亡之手对应的特写，但是够了，黑影已经降临到她脸上：无害者将死去，然后，他将从死亡的那一头再次伸出手来向她行礼。我们可以用任何语言来尽情赞美这一段蒙太奇的伟大，并任由它的创造者将我们带入地球上的外太空。

维多利亚还在频频扭头看打捞现场，皮耶罗一脸轻松走在一旁，说："应该是慢慢沉下去的，车体没什么损伤。"维多利亚困惑地转头问他："你担心的是车体？"他没注意到维多利亚不开心，对着她出画方向继续说："我打算把它卖了，才开了 5000 公里，擦一下跟新的一样。"年轻英俊且富有朝气，但皮耶罗身上已有异化男人的丧尸特征。维多利亚露出一丝苦笑。然后我们再次遇见了那个"比人类高一点点，比上帝矮一点点"的视角，这次摄影机越过前景一片松叶的遮挡，拍摄两人在下方行走，中途维多利亚停了一下，伸手摘头顶的松针，摄影机也跟着停顿，然后快速掠过这片"花纹"跟上两人。

皮耶罗频频偷窥维多利亚敞开的胸口。路边草坪上的水龙头正喷着水，维多利亚快活地跑过去，把水甩向皮耶罗后笑着跑开。一丛低矮的棕树，维多利亚近景后退着入画，向镜头方向转身成脸部特写，她陷入忧伤，微弱的钢琴声加入，她轻叹一口气，再次转身，镜头在她身后拉开，皮耶罗嘴上咬着一根草也到了。附近两位老人也许是夫妇在听钢琴演奏。年轻情侣的到来让老人变得拘谨，直到他们离开，才又恢复放松的神情。

大俯，两人沿着一条空荡荡的马路一直向前跑，对之前那个大俯的回应，奔向"空"。仍是大俯但稍稍切近，两人跑到弯道。"空"再次消退。它需要得到影像的反复培育，才能逐步成形，拥有自己的脉息。马路对面一辆童车上系着一只气球，边上一个男人骑车离去。维多利亚躲到一棵树后，两只小指伸进嘴里打出口哨。骑车的男人下了车，转头来看皮耶罗。维多利亚大笑。她摘了气球，喊来楼上的玛塔，让她拿枪射气球。

两人继续前行。路口，皮耶罗对维多利亚说："走到那儿后我会亲你。"维多利亚神情忧虑，但还是向马路对面走去。摄影机在"比人类高一点点，比上帝矮一点点"的角度，从后方跟拍两人踩着斑马线前行。两人停，并排的头部特写。"到中间了。"维多利亚说。皮耶罗看着她，没有实施亲吻计划，两人继续前行。

马路对面有一个建了一半的建筑物，四周围满了草帘子，底下是简陋的木护栏，拐角处有一只破铁桶，里面装了水。此后的半个多小时，摄影机大部分时间都在反复拍这个角落，一个奇特的"空"，用中文的"太空"来指称它也许更合适。皮耶罗双肘靠在护栏上，维多利亚背对着镜头向他走近，画外传来树叶的窸窣，然后才是它们在风中颤动的特写。树的低语如此迷人，甚至性格活跃的皮耶罗也一时陷入沉思。看上去他还有机会阻止自己进一步退化。维多利亚露出了笑容。皮耶罗去亲她，她没有拒绝。两人嘴触到一起，维多利亚忽然缩紧双肩将头仰开，惊疑地盯着皮耶罗看。当皮耶罗想再次亲她，她拒绝了。"我走了。"她说。钢琴的长音。她走到拐角，回过身来，将手里一小截木片扔进了那个装满水的铁桶里，继续向前走去。皮耶罗在后面跟了几步，树叶在两人头顶飘动。镜头跟在维多利亚后面，就像皮耶罗在跟随她。她突然转过头来想说什么但没能说出口，因为皮耶罗已不见踪影，空荡荡的路口，一个男人骑车拐弯。维多利亚转身出画，路口彻底空了。

维多利亚背对镜头一动不动站在台灯前，很久，她转身走到床边

欢愉和忧虑

去打电话，忙音。皮耶罗在床上边读报边打电话，他放下电话准备服药，电话铃声又响了。他拿起话筒，对方没出声。两个"喂"之后，他号叫着向对方发出第三个"喂——"砸下了话筒。俯拍维多利亚独自坐在床上，无力地放下话筒，将脑袋靠在壁板上。特写，痛苦的脸，轻叹后垂下。钢琴重音，一大堆空心水泥砖，维多利亚身穿白色短袖短裙从空心砖后方走过，来到那个未完成的建筑的转角处。四周寂静，只有琴键颤动的泛音伴着她细碎的脚步声。仰拍天空，她特写的金发脑袋从画面下方慢慢入画又出画。广角大远景，维多利亚走在那个建筑的下方。镜头跳回近景，在"比人类高一点点，比上帝矮一点点"的角度，俯拍维多

新的元素

利亚站在那只装水的铁桶前。她伸出手臂，划了几下水，上次她扔在里面的小木片漂到了铁桶中央。这是她为**这里**做的一个记号。**这里**似乎对走近它的人有着不可思议的影响，尤其皮耶罗，第一次来这里就有一些奇妙的变化。它是十字路口的拐角，是未完成，是废墟，是空。"空"将在此得到耐心的培育，并以小木片为支点逐渐膨胀开来。

维多利亚神情稍稍变得轻松，她扬起脸，注视围在建筑四周的草帘子，它们在风里微微荡动。她斜倚在转角的树干上，听到附近传来轻快的马蹄声。一匹骏马拉着一个坐在小车斗里的男人从斑马线上跑过。镜头跟着马从维多利亚贴着树干的脑袋左摇，皮耶罗进入画面。他站在斑马线边上，远远看着前面维多利亚的背影。这位迟到先生今天特意提前赴约，结果维多利亚到得更早。皮耶罗点了烟。维多利亚一直盯着他看，身后树叶婆娑，不安仍没有完全消退。她又伸手去拨铁桶里的那个小木片。镜头从她的特写的手旋转至两人半身，皮耶罗说他买了辆新车：宝马。他问她是不是该去什么地方。她说那就去。他问她他家如何。她说那就你家。轻舞的树冠下，一位短发青年从拐角处走近。"那男人好俊啊。"维多利亚对皮耶罗说。在短发青年刚才现身的方位，一位护士推着一辆坐了孩子的童车缓缓走来，她停下来拎了一下袜子，出画。

这个路口依然和他俩上次来时那么安静空旷。这次，人和影像都变得更慢。两人的对话松散，听任信息随意流淌，动作和神情变化得到更完整的呈现，不再与剧情进展直接相联。镜头不时追着陌生路人，似乎想要发现什么，但又似乎无足轻重。

两人来到皮耶罗家里，但似乎仍处于刚才的慢中。维多利亚走到窗前。阳光打在对面建筑上。粗壮的油画框似的窗户中央，站着一个中年女人，像是在盯着维多利亚看。仍是莫名注视，这次，前景多了窗格的黑影和维多利亚半个金发脑袋，一个美妙但缺乏明确意义的"形"。对面的女人退回黑暗中，维多利亚也随即左移，后方出现了一尊女人的

影像,

关于绘画的隐喻

塑像。她盯着它看了一会儿后出画，女人的塑像仍留在画面中。黑暗中，皮耶罗推开半扇门，门外的一幅油画下方，维多利亚白色的身影坐下。两人一黑一白一站一坐一背一正，像是落在门框黑影里的画中人物，就跟刚和对面楼里那个女人那样。

房间里有些阴暗，从陈设看这是一个旧派有钱人之家。皮耶罗说他出生在这里，但平时不住这儿。他为维多利亚倒了酒，又拿出一盒巧克力请她吃，打开后发现是空的。维多利亚大笑起来。她走到木质百叶窗前往楼下看。再次，一个无人称视角，从外头透过百叶窗拍两人，一个有趣的"形"，然后又跳回室内。两人互相问了对方昨晚在做什么，两人都撒了谎，都表示自己昨晚过得不错。话题涉及股票。维多利亚说："那与其说是职场，不如说是格斗场，或许这并不是不可或缺的。"皮耶罗说："你要多来几次就知道了，一旦卷入你就会变得疯狂。"洁白的维多利亚在黑墙前转过身来，问道："为什么疯狂皮耶罗？"这个画面给得太过强烈，看上去她根本不想给对方回答的机会。

两人隔着玻璃门对视，笑着。维多利亚隔着玻璃主动去吻皮耶罗。她只有在确定安全的时候才会放松下来，就影像而言，她需要跟自己喜欢的男人相隔于某个"形"。皮耶罗拉开门吻维多利亚。没一会儿，她又惊慌地逃走，短袖被撕了一道口子。皮耶罗向她道歉。她自嘲道："衣服破了是布料的原因。"她去找针线，发现了一支"脱衣"钢笔。安东尼奥尼极难得地给钢笔和手一个大特写。维多利亚想脱下衣服，抬头看到对面皮耶罗父母的画像，打消了念头。她走到窗前。世界之"形"纷沓而至：三个黑衣嬷嬷远远走来。露天咖啡的方形白桌子，三个男人在说话。街角一个吃冰淇淋的士兵。旧建筑群。一如既往，镜头忽然跳到外头远远地拍维多利亚，她白色的人影站在窗口，一记孤零零的琴声。古老的建筑，陷在阴影里。

皮耶罗从另外一道门溜进来。一阵慌乱过后，两人手臂舒展，十

视野即形式

指相扣，像是在舞蹈。皮耶罗不再急迫。维多利亚似乎也在放松下来。摄影机缓缓靠近她的脸，在令人眩晕的墙纸花纹前，仍带着劫后的疑惧与哀伤。

两人躺在草地上，对面是一个锥形顶建筑。皮耶罗说感觉自己身在异国。维多利亚说，跟他在一起，她也有这种奇怪的感觉。皮耶罗说："那你是不愿意嫁给我了？"维多利亚说："我没想过要结婚。"维多利亚的回答超出了皮耶罗的理解力。他问维多利亚她前男友是不是理解她。维多利亚说："没什么需要理解的，只要彼此相爱就能互相理解。"皮耶罗问她："告诉我，你觉得我们能在一起吗？"维多利亚说："不知道，皮耶罗。"皮耶罗生气地站起来："你只会说不知道吗？什么都不知道那为什么要和我见面？不要又说不知道。"维多利亚说了一句让皮耶罗更摸不着头脑的话："我希望我没有爱过你，或是更爱你一些。"

屏障暂时无法逾越。眼前这个男人看上去还没有变成丧尸，借着欲望肿瘤的破裂，正在逐渐恢复人的生机，但他毕竟长久身处城市病理的核心，骨子里潜伏着成为丧尸的病灶，很有可能成为又一个里卡多。作为异化世界的受害者，维多利亚还无法完全信赖他。

两人在皮耶罗的公司里亲昵。维多利亚看上去很开心，和皮耶罗一起模仿着刚才公园长凳上一对恋人的滑稽动作，发出大笑。两人在嬉戏中滚到了地板上。这是一个不可思议的段落。镜头一直近距离紧随着两人，就影像而言这是热的。两人互相挑逗并开怀大笑，因而就表演而言，也是热的。但这段影像很难让我们感觉到恋人间的甜美与热烈，每次维多利亚大笑的时候，我们都会担心，她随时可能被这笑声抽空，重新被忧郁抓住。

这场戏的第一个镜头是从门口拍摄两人躺陷沙发里，低机位，因而观众基本只能看见沙发的侧面，一个冷淡的"形"。随后是一个近景俯拍，两人搂在一起，摄影机一动不动，只是在维多利亚向外翻身的时

如末日将至

解放的迹象

候被动地跟着移了一下。下一个镜头仰拍维多利亚，仍是固定机位的静止镜头，跳开后还是固定机位静止镜头，在两人往门边运动的时候，跟摇并推近，然后回到静止，然后，"正反打"，两人都不说话，模仿着他俩遇见的那对恋人互相盯着对方。回到正打，维多利亚发出大笑。接下去直到两人倒地还是类似的拍法，以静止镜头为主，加冷静的"正反打"，和极其节制的小范围被动跟拍。因而尽管镜头贴得很近，我们却感觉不到它的热度，它在注视，在观察。而这对情侣一直都在笑闹，没有内部的激情与深情，没有爱的沉醉和与之相应的欲的火焰（身体的欲火，而不是丧尸的占有欲），那是维多利亚最需要的。不论摄影机的态度还是两人的状况，都让人感到他们的笑声难以持续太久。就在两人倒地的时候，门铃响了。维多利亚猛然抬头，皮耶罗也跟着仰起头来。两人静止的面部特写，神情仿佛末日将至：它，这片孤岛幻象之外的那个现实世界，就在门外。两人屏声静气，装作屋里没人。"很晚了，"稍后，维多利亚说，"是考虑你而不是我。"两人走到门口，维多利亚止步，陷入忧虑。皮耶罗在一旁静静等待。维多利亚抱紧他，脸上第一次有了幸福的神情。爱情降临，与爱需要的缓慢与守护的耐心一起。"明天，再见。"皮耶罗注视着维多利亚，说了两遍，带着忧伤的颤音，第一遍是征询，第二遍是肯定。维多利亚点点头。"还有后天。"皮耶罗走近一点又说。"还有再后一天。"维多利亚说。"还有再再后一天。"皮耶罗接着说。"今晚也是。"维多利亚走近一点说。"八点，老地方。"皮耶罗说。维多利亚轻轻点头，伸手摸皮耶罗的脸，再次抱紧他。当爱情涌自肺腑，情侣的唇齿颤动，吐出语音，变成诗句。希望在徐徐降临，在告别时分。两人同时向镜头急速转过脸来，神情如同永别。

皮耶罗目送维多利亚下楼。楼梯正在维修。几乎占满画面的横七竖八的大木板后面，维多利亚顺着转梯下楼。随之是一段平行蒙太奇。皮耶罗走进自己的办公室，把刚才为避免打扰全都拿掉的话筒一一放回电话底座。维多利亚脚步迟缓，挨着那些烂木板下楼。她停下来，靠在了一截烂木板上。这是一个力感饱满的蒙太奇意象：一个备受丧尸世界折磨但依然洁白年轻的肢体，靠在一堆黑色的用于建筑丧尸世界的烂木板上。皮耶罗露出从未有过的轻盈的微醉的神情。镜头跟着他的头部经过门口经过百叶窗，经过被风吹起的纱帘和白墙，在他平时做记号的黑板边上停下。现在，他的神情像是要从虚空中抓取一个回忆，一个启示。镜头对着他自己办公桌上的电话，然后跟着他的转椅旋转，拉开同时沉降，皮耶罗落座，他将自己桌上的和身后两只话筒也放回底座。风掀动他后面墙上挂着的纸片。电话铃声立刻响了起来。皮耶罗在案前坐好，抬起头来看着前方。墙上另一些纸片也开始翻动，发出声响。我们很容易回想起《夜》里的情形，在庞塔诺陷入昏睡时，书页卷动的低语惊醒了他。这是泛灵论的启示时刻。纸片的响动与此起彼伏的电话铃声构成了我们每天听而不闻的奇妙音乐。当纸张与电话机被剥除其全部社会功能——资料、记录、通讯，它们将变回自己原初所是的物件，纸是轻盈的，电话是音乐盒。皮耶罗露出微笑，身体后仰，享受着不同音质的电话机铃声与纸片翻动构成的交响。他的头发开始在微风中飘动，脸上有解放的迹象。

维多利亚往楼梯上方看了一眼，迟缓地往门口走。她忽然加快步伐，离开了大楼。街上很喧闹，维多利亚很快就和一个女人撞了一头。她在一道菱形格的铁门帘前停下，皮耶罗和他前女友上次约会的地方。安东尼奥尼再次跳到铁门帘后面，在同样的机位和角度拍摄维多利亚。一个反射，一次对我们的事件连续感受的唤醒。她转过身，仰起头，镜头跟着上摇，阴翳密布的大松树和大棕榈树，一片巨大的不规则"花纹"落在一片菱形花纹之内。镜头越出铁门帘仰拍那棵大松树的树冠，右摇，维多利亚出人意料地再次一头金发入画，她站着不动，一会儿她转过身来，低头看着观众，又像是在思考什么，嘴角泛起像是觉悟也像是无奈的微笑，随后从左出画，留下空镜。

摄影机回到两人约会的那个路口，并一直留在那里直到电影结束。这是电影史上的影像奇迹，在安东尼奥尼之前，从没有人以这样的方式拍一个角落，更不会有人想到，放弃蒙太奇需要的矛盾结构，通过静物式的拍摄就能制造出如此惊人的爆炸效果，不仅是影像意义上的，更是想象力意义上的，从我们内部自我生成裂变一直到宇宙大爆炸。它向我们确证，宇宙最基本的奥秘可能存在于我们身边任何一个不起眼的角落，因为任何一个不起眼的角落都有可能是一个地球上的外太空。支撑着这超凡影像运动的是安东尼奥尼的事象地平线和宇宙主义。不从这一点理解，电影最后那个镜头就会成为电影史上最无意义的大特写，最莫名其妙的收尾。

现在我们可以更透彻地理解，为什么这一段落之前的影像语法相较于上两部《奇遇》和《夜》都要通俗简明，相反，意象却变得更加活跃而且突出。显然，这是"事象魔性"替代"语法魔性"的自然结果。这部电影是三部曲中的最后一部，涉及世界的终极观看，语法的局部审美与哲学干预意志应当后撤，以免影响事象的自我显现；魔性事象的展示应当处于散漫的日常序列之中，一方面避免形成局部的表现主义的凸起，损害整体叙事的真实与随意，另一方面，又能保持其自然流动的连贯性，在为最后的密集意象运动保留充足空间的同时又能顺利融入其中。

终于，在波浪不惊的海平面之上，我们看到了一艘庞大的让人目眩神迷的意象巨舰。这场戏是之后的《放大》的前奏，是《扎布里斯基角》结尾大爆炸的灵感源头。安东尼奥尼的电影生涯没有结束，但他的影像哲学已提前抵达自己的极限。

最先入画的是推童车的女护士，小孩坐在车里。童车已是第三次出现，并且在最后这个段落里出现了三次。它与空心砖、水龙头、小木片、马车等另外几个意象一起，维持着影像外部形态与内部逻辑的连续性。借由这样的连续性，我们可将皮耶罗视为里卡多的过去形态，将维多利亚视为皮耶罗的前女友新生形态，将此处视为彼处的延伸，将此时

在事象地平线上

视为彼时的延续。镜头左摇，草坪上一个喷水的龙头，远处是电影开头就出现过的圆顶建筑，对面是那个未盖完的大楼。一片笨重的钢琴泛音，与那堆空心砖同时出现。然后是转角的树和树叶的声响，那个装水的铁桶的俯拍，上面漂着那块维多利亚用来做记号的小木片，由此上摇到边上那棵树，在上次拍摄中，维多利亚拨完木片后靠在了它上面，仰头看围着建筑的草帘。从进入建筑转角到现在，所有镜头几乎是上一次拍摄的重复，只是人已不在那里。草帘的镜头之后比上次多了两个脚手架的镜头。从这里开始的，影像不再受人的视线的束缚，但依然边追踪过去，边向未来世界伸展。紧接着，在大间隙的钢琴击键声中我们听到了那奇妙的马蹄声。摄影机完全重复了上一次从树干特写左摇追着马车的运动，那时，维多利亚脑袋倚靠在树干上，落幅处皮耶罗现身。与童车一样，我们很难确定这驾马车与上次的是不是同一个。最明显的变化是那堆空心砖，它变得陈旧而且零乱。铁桶里的水也少了许多，这一点让我们更加无法确定这个傍晚与上一场约会戏是否是同一天，虽然两人约的是"今晚八点"。马车过后，我们看到了各种新生的影子的"花纹"，声音和摄影机移动带有强烈的悬疑感和太空色彩。斑马线上有西装男人走过，像皮耶罗，但不是。同样的树叶窸窣，加入了新的树干上的蚁群。鸟瞰整个街角，又切至公车近景，水流声进入，特写铁桶破了（影像连续但时间急跳），镜头顺着水流一直跟到下水道，然后另外一种声响进入。镜头长时间对着一个又一个从未出现过的路人，他们意图不明，似乎都成了空心砖或铁桶那样的物件。公车门打开，一个男人拿着报纸下来，头版大标题是"各国核武器竞争"。孩子们在嬉闹，草坪上喷水的龙头忽然被拧上阀门。镜头跟着一位金发女子，很像维多利亚，她转过头来，不是。铁桶里木片还在，水在继续流出，在斑马线上生成一幅水墨。两个突如其来的颈部与眼部大特写加一个脸部特写加一个近景，一个老人站在路中央，稍停后转身离去。这两个惊世骇俗的大特写一个给了头颈连接处一个给了镜片后面一道目光，将影像从一个个孤立无名的人突入**这一个**人的放大的局部，然后重返**这一个**坚固的人形面向"空"的孤立无名。在原先人的意义被抽空之处，人的新的特性得以呈现，他和他四周的每一块碎片都开始展示出其自身的独特，都如同维多利亚看到的那排金属杆子一般迷人，并自行于彼此之间构成无穷反射。

现在，我们看到了那排金属杆子的力量，它扭转了丧尸的进程，从人类腐败处将影像转向太空。没有它就不会有后来的机场静止意象，不会有像是出于神的愤怒的"单纯人"的祭品，那只举起的死亡之手，就不会有皮耶罗解放的目光，不会有这位傍晚时分伫立凝望斜前方的老者，自然也不会有这一角落的爆炸。这一个巨大的"空"，从遥远的过去点点滴滴的"空"培育而成。

很多观众会从结尾的拍摄得出结论，维多利亚和皮耶罗都没有赴当晚的约会，他们的恋情结束了。我想说，两人的爱情是结束还是继续，对于这部宇宙主义的电影来说都不重要。异化的人的故事已经结束，物自身一如既往，依然在生长中分解、消退，同时织造新生。唯有依托于宇宙之"空"，在人与人的缝隙里，在人自身内部的缝隙里，反复注视并培育这"空"，人才有可能恢复洁净，人的故事才有可能像小木片的故事那样追上宇宙自身的节律。"空"并非"无"。

如果男人不再沦为未来的丧尸，女人不再成为丧尸的受害者，那无论维多利亚与皮耶罗是否继续相爱，都如同这一角的生成与消亡，是无人知晓的宇宙故事的一部分。在老者转身离去后，我们看到了一条黑色裂缝，从铁桶里流出的水流进了这条缝里，随后是那位坐在童车里的婴儿抬起头来，被护士推出画面。婴儿第一次以特写出现，并且接在老者与黑色裂缝之间，充满了隐喻或者说反射的泛音。天色已晚，一个陌生女子特写的脸在铁栅栏后张望，像是无名的老者的一个泛音，路灯颤动着亮起，电影开头的杂音变成遥远的号角重新吹响。一群人下了公车回家，在机车马达和细碎的脚步声中转过路口。电子与钢琴重音的轰鸣，宇宙在放大的路灯里炸开。

我们所有的陪伴与等待只是为了得到一盏路灯吗？这不是巨大的空虚吗？这是巨大的空虚，但不会比太阳的虚无更大。对于宇宙主义影像哲学来说，一个路灯的大特写，其能量等同于太阳。

第 四 章
越 界 者

闭合与突破

我们的眼睛是有边框的，可我们却想要看到无限，看不到无限，我们也想尽可能看到更多、更深。四十年前中国普通家庭的电视机是九寸，现在已能铺满整面客厅墙壁。电影胶片从最初的 16mm，也有 8mm，到 35mm，一直发展到极其昂贵的 70mm，只有大制作电影才用得起。电影画幅，1932 年最早确立的行业标准是 1.33∶1，就是通常说的 4 比 3，1952 年出现了宽银幕电影叫 Cinerama，由 cinema 和 panorama 两个单词合成，也叫全景电影，画幅变成 1.85∶1，后来又变成更宽的 2.35∶1。我们还想要全方位声光电实体震撼，就又有了立体电影和 360 度环幕电影。

就影像内部状况来说，不论观众还是创造者，都是想要尽可能涵盖更多。从格里菲斯开始电影就不断在往"大"做，"大"的叙事，"大"的制作。《一个国家的诞生》已是大制作，格里菲斯还要接着拍一部场面更大的，历史和空间跨度更广的《党同伐异》。他因此破产，再也拍不了电影。格里菲斯在《党同伐异》开头引用了惠特曼的诗："Today as yesterday, endlessly rocking bringing the same human passions, the same joys and sorrows"（今天如昨天，无穷无尽滚动，带来同样的人类激情，同样的欢愉和悲伤）。同样的故事十年后发生在法国人阿贝尔·冈斯身上，他想用六部超级长片拍拿破仑一生，并在时代做好相应技术准备之前就实施三机拍摄三屏放映。《拿破仑》第一部在电影界引起轰动，但也让阿贝尔·冈斯从此不计成本一味求大。在下一部电影《世界末日》的拍摄中，冈斯终于被自己无节制的制作野心拖垮。他的创作和生活从此急转直下，

"大"毁掉了古巴比伦,

也毁掉了格里菲斯和冈斯

没有机会再拍另外五部《拿破仑》。

可我们还是难以抑制将世界尽收眼底的渴望。电影刚起步时，"大片"还有机会各具特色，现在，"大"被拍光了，不论是电影院里的还是手机上的"大片"就都变成了同一副面孔：到处火光冲天，所有人都在飞……上 B 站搜一下"城市宣传片"，你会发现看着都差不多：都是 4K、高速、延时、航拍、大广角加大摇臂，左摇右摇，快慢快慢，T 台和夜店，新款机器人，小孩学步、少年滑板、老人打太极，这里一个特效那里一个特效，声效和音乐也像一个声音师出的……如果不是标题打着深圳或南京，你根本分不出哪儿是哪儿。

人眼不仅有边框，也会疲劳，整天看超现实主义式的庞然大物或是接受高密度的影像信息也令人厌倦。在更多的时候，我们想要回归自己的自然需求。无限叙事只存在于博尔赫斯的小说中。有了这样的认识，又有了格里菲斯和阿贝尔·冈斯的教训，我才会看到有杰出的创造者进行卓越的反向努力：他们主动接受**边框**的挑战，甚至有意将自己的创造闭合于**不可能**之中，然后从中寻找突破与超越。他们的创造给人以信心：我们的渴望是真切的，即使在最严厉的限制下也是有机会达成的，但人的渴望应当是人的渴望。

一张底片

《放大》拍摄于 1966 年，不论景象还是叙事都十分散乱。电影主要事件是摄影师托马斯随手拍下的一个普通胶卷和它的影像状况。安东尼奥尼将整部电影的可能性封闭于这一小只胶卷之中。如果这是一部侦探片，这样的自我封闭很容易理解，但《放大》不是，它不属于任何类

寻视的目光。

闭合的突破点

地毯花纹或者底片噪点，
密集的信息或是一团乱麻

型片。如果一定要说它是什么片，我们或许可以说它是一部时代片，一部跟上世纪六十年代欧美青年精神状况有关的片子。也就是说，安东尼奥尼要用一个普通胶卷来拍整个时代。这个想法有些离谱，但安东尼奥尼做到了，他将照片的放大行为当作电影的核心运动，在执着的、对图像的持续放大中，让"放大"本身变成了那个时代的致命隐喻。

"放大"的契机是照片中那个女孩慌乱的目光。顺着她的视线，托马斯看到公园栅栏后面的树丛里似乎有些什么。他拿来放大镜，对那个部位做了标记，然后不停洗印放大那个局部，最后出现了一个形态模糊的男人和他手里的一把手枪。观众脑子里这时可能会出现一个闪回：托马斯在偷拍那个女孩和中年男人的时候，也是躲在那一排栅栏后面的树丛里不停地"Shot"。也就是说，在托马斯观察到的注视关系之外，还存在着片中其他角色和观众观察到的注视关系。安东尼奥尼在这里就开始为观众铺设想象空间的延展通道。

托马斯给刚才上门来向他索取胶卷的公园女孩打电话，她留的是一个空号。他在和几个女模特的疯狂胡闹中突然抽身，长久注视墙上其中一张远景照片：背身的女孩脚下有个什么东西。他拿来一个大底片相机对着那个部位翻拍，然后继续放大：地上那个东西看着像一具男人的尸体。

"放大"如同一根导线，不仅伸入托马斯上午在公园偶遇的杀人事件，也同样伸向之前和之后的其他事件与景象，并使这部散漫的电影的时空发生了变化：所有松散无序、易于忽略的景象中都有可能隐藏着某个重大的事实，难以置信的幻觉中有可能隐藏着致命的真相，飘忽的事件，游荡的人和精神都有可能通过反复放大获得一个全然陌生的形体，一个实在的形体。接着，事件又开始反向运动：没有人在意托马斯通过"放大"获取的杀人信息。

他回到那个公园，他反复放大的那块草坪上确实躺着一具男尸。他返回摄影棚，所有照片和底片全都不翼而飞，除了那张落在水池夹缝里的模糊的男尸照片。他给好友 Bill 的女友看那张照片。她的反应是："这很像 Bill 画的一幅画。"早上，托马斯再回那个公园，地上那具男尸已不见。一桩已经暴露的杀人事件被重新消减到一个接近虚无的极限值：一张模糊不清的、看着像抽象画的照片。

真相如何不再重要，它只是局部事件，重要的是真相的惊人属性如何由小小的底片浮现于人的眼睛：放大，放大，再放大，不停放大。然后，重新闭合于黑暗，沉没于日常之下。世界就如镜头晃过 Bill 和他女友艰难做爱的那块布满杂色斑点的地毯，看着没有什么意义，又似乎充满了奇特的暗示(托马斯甚至在大街的人流中又看到了照片中那个女孩，他下车追上前去，对方已不见踪影）。因而，这也是一部关于电影哲学

放大要接受放大的风险

虚无

的电影: 影像的形式与力量均来自持续的凝视与放大。事实在持续地呼唤电影眼的靠近, 在一团日常的乱麻中, 一张时代的面孔渐渐浮现……这是整个意大利新现实主义电影的秘密。

电影的结尾十分著名。托马斯和一群小丑打扮的年轻人隔着铁丝网观看一场没有网球和球拍的网球赛。包括托马斯在内, 所有人都充满热情地注视并追随着空无运动。托马斯捡起那个出界的空无, 将它扔回小丑中间。

《放大》唯一的瑕疵是那把枪, 它在屡经放大之后还如此清晰, 事件的核心部件因而被一个具体的轮廓封闭了起来, 与广阔无边的虚无断绝了联系。放大行为不仅有其信息峰值, 而且信息在增强的同时也会有所衰减, 如果在信息峰值到来之后仍继续放大, 原信号就会飞速蜕变。枪会变成不分彼此的胶片颗粒, 之前捕捉到的枪的信号会重归于无。就像我们被眼前一幅画震惊, 我们渴望看清它里面的秘密, 于是我们上前一步, 又上前一步, 这时, 这幅画消失了, 变成了油画颜料, 那个震惊也随之消隐, 于是我们又退了回来……显然, 这把从黑暗中浮现的手枪对于观众来说实在太刺激太富于戏剧性了, 安东尼奥尼不舍得因其模糊蜕变减弱其刺激性、戏剧性。这样一点贪心, 让一场本当无限循环的"膨胀—爆破—塌陷"运动在其虚假的高潮点定格中断。他忘了"放大"的初衷在于展现其突破力, 让一切景象同时与其实体端和虚无端保持自由关联, 既可以从暗黑中炸开, 也可以重归于黑暗。在这一关键部位, 安东尼奥尼还是被"大"的神话给耽误了。

影像的可能性闭合之处, 正是安东尼奥尼寻求突破之处。因而《放大》也像是一个关于创造的隐喻: 我们盯着脑子里的一个点, 慢慢变成一个闪烁的亮斑, 它还没有实际意义, 但挥之不去, 我们持续地注视它, 在身体各个部位积聚能量, 围绕着它, 我们感觉它呼之欲出, 马上就要爆开我们有限的肉身, 然后我们投身创造, 然后我们恢复宁静。

一个房间一个镜头一部电影

　　《夺魂索》是一部一镜到底的电影。在这里，希区柯克把一部电影长片的可能闭合在一个室内场景和一个超长镜头里。这是只有希区

真相闭合在一只柜子里，
在我们关注的食物下方

柯克这样的"疯狂的理性主义"导演才敢想象的电影方案：将庞大的电影工业塞进一个小小的公寓，并在其中开辟出两条不能受丝毫干扰的通道，一条调度复杂的演员连续表演通道，一条能制造出丰富的人物关系的摄影机连续运动通道。灯光、道具、调度、表演、拍摄，任何一丁点闪失都可能让之前的劳作前功尽弃，然后从头再来。这听上去像是一个永无止尽的工作，若不是希区柯克这样的偏执狂带队，这里涉及的任何一个操作难点都足以让一个普通电影剧组彻底崩溃。如果某个制片人要求某个导演这么干，那么这位导演基本上会选择走人。幸好，希区柯克自己就是这部电影的制片人，这也是他第一次做自己电影的制片人。

希区柯克需要面对的不仅只是上面这些创作绝境，他还要再额外增加自己和团队的工作难度：他想要纽约的天际线，并在电影结尾处让落日余晖和建筑物上的霓虹交织涂抹一张张人脸。他在定制的公寓里安置了一面巨大的玻璃墙，这意味着一天中变化最剧烈的黄昏时段的户外逆光将一直左右室内的人工灯光的布局；尽管希区柯克找到了两条完美的逃逸之路，但大量电影生产避免不了的投影还是会随时落进取景框内，这要求剧组每个成员的每次身体挪动都得极其小心；为了保证摄影机运动的自由度，得不断有助手配合着挪动满屋子的道具，这必然会发出噪音，而希区柯克又要将"现实主义"推到尽头，要求有同期录音的声音空间效果，所以，他得以完全同样的节奏同样的线路拍两遍电影，一遍取声音，一遍取影像；最重要的，它一方面要将现实主义真实推到尽头，一方面又不允许出现现实生活的冗长乏味，它还必须是一部带有鲜明希区柯克标志的电影，一部充满戏剧张力的悬念电影。

希区柯克一贯信奉"剪刀"的力量，但在这部电影里，他放弃了"剪刀"。由于当时每盘电影胶片只有十分钟左右，这部八十分钟的电影不得已利用人体和物件的暗部作为过渡剪了十刀。不过，一个缺少观影经

突破是一项漫长的工作

验的观众是完全看不出剪刀的痕迹的。尽管这是一部从头绵延至尾的电影，但并不像同一时期的意大利电影那样是弱蒙太奇电影，相反，它是一部具有生动又丰富的蒙太奇语言的电影。在同一镜头里，蒙太奇变化越复杂，失败的概率就越高，而在整部电影里，摄影机几乎一直在运动之中，它要求演员的表演甚至比他们在戏剧舞台上更加连续、自如。实现这一点，不只取决于希区柯克强大的调度能力，更要求整个剧组具有如瑞士手表一般的精密的配合度。

《夺魂索》是一部在受严厉限制的固定戏剧空间里演出的自由蒙太奇电影，一部让虚构事实的连续性绝对同步于无限现实进行时但又能超越现实的平凡的电影。它是一个奇迹。

残片与静像电影

爱森斯坦的《白静草原》根据屠格涅夫的同名散文改编，拍摄从 1935 年开始到 1937 年终止，持续了两年。这个二十分钟的片子很少被人提及，但它开创了一种全新的电影形式：静像电影。

由于与当时苏联的意识形态需求不一致，《白静草原》中途受到苏联电影事业管理局和莫斯科电影制片厂相关人士批评，然后由莫斯科电影制片厂进行扩大审查并提出改进方案，但新方案依然没能让这部电影逃过厄运，拍完后它便被封存了。爱森斯坦也为自己"根深蒂固的知识分子的个人主义"写了一份长长的检讨。不幸，已拍完的胶片又在之后的"二战"中遭遇炮火，抢救出来的那部分胶片要剪成连续画面已经不可能。直至 1967 年，才有人利用胶片残段，结合爱森斯坦当年的拍摄笔记，重新剪辑成现在的二十分钟电影。

突破，封禁，毁坏，
闭合，突破

即使在我们关于电影异数的"闭合与突破"的议题里，《白静草原》也是一个异数，因为这次，"闭合"与"突破"发生在不同时代。"闭合"是因为双重灾难，而"突破"则需经后人之手来发掘爱森斯坦已经赋予它的非凡影像潜质。潜质，而不是已成事实，它需要被激活。一段段反复遭受毁坏的胶片，出于后人对它们的创造者的崇高敬意而遵照其原意勉强连成一部电影，一旦成形便令世人震惊：一部伟大的电影可以拍成这样！

这样的突破方式，就算爱森斯坦在世，应该也难以料到。从他之前的创作思想和实践来说，他是不可能去拍一个静像电影的。尤其在无声电影时代，按照爱森斯坦的理论，电影最需要的也是电影最强大的能量来自影像的矛盾运动，蒙太奇是加剧影像矛盾运动的最有效手段。尽管爱森斯坦不太可能亲自去拍一部静像电影，但他已经为这样的未来电影做好了最充分的准备。在他的电影笔记和电影教程中，他画下了大量用于说明影像蒙太奇叙事关系的草图。即便作为静止图像，蒙太奇的冲击力也已跃然其中。

从《白静草原》数量稀少的静帧中，我们能清晰感受到每个画面内部蕴藏的风暴。当画面与画面构成全新的蒙太奇关系后，叠加后的画面内部风暴结合了观众对于断裂时间线的主动想象，具有了丰富又奇异的外部延展性。我们没有看到站在瞭望塔上的孩子被他父亲的子弹打中坠落于地，但我们像是中了狂想之邪一样难以自禁，一定要把孩子长时间瞭望的画面和他躺在地上的画面缝合起来，在自己的脑子里一遍遍描绘着孩子如断翅的飞鸟一般的坠落线路。我们热切地要用自己的想象的心血凝合大师创造的残缺影像，我们得到一种奇怪的满足，仿佛我们自己也是参与了激活面前的残缺的影像的创造活动。

爱森斯坦蒙太奇诗学的完整展示离不开运动影像，但影像之间最根本的蒙太奇动态关系并不会因为运动消失而消失。基于这一点，二十五年之后，法国电影导演克里斯·马克用同样的静像手法拍了自己的名作《堤》。在电影史上，《堤》比《白静草原》有名得多，实际却比《白静草原》弱小得多。这或许是因为，作为电影特殊形态的静像电影，由于时间外在绵延被终止，运动被定格，就需要具备比普通电影更强大的蒙太奇矛盾关系，让观众有机会通过自己的想象来激活静像之间的空白。相比《白静草原》，《堤》在这一点上做得远远不足。《堤》出现在有声电影时期，克里斯·马克有机会动用漂亮的声效和画外音，但我们可以发现，情节连贯的旁白与真实的环境声效远不如相对抽象音乐那样刺激观众。这说明静像电影比普通电影更需要为观众留下想象的余量。正

就像此刻，
我们用赞美和想象
与爱森斯坦一起工作

是影像想象余量储备的欠缺，让《堤》难以达到像《白静草原》那样感人至深。

在抄袭中创造

《赝品》是奥逊·威尔斯导演的最后一部电影。公众熟知的是他二十六岁时导演的处女作《公民凯恩》，一部无论是影评人、电影节、电影史都给予最大限度赞美的电影。对于公众来说，奥逊·威尔斯导演的别的电影都没有《公民凯恩》那样耀眼，但对于奥逊·威尔斯的影迷来说，导演《公民凯恩》的奥逊·威尔斯和导演《赝品》的奥逊·威尔斯是同一个神。对我而言，《赝品》是奥逊·威尔斯导演的所有电影中最接近个人创作的作品，也是他最好的电影。它将抄袭与创造、纪实与虚构、影像叙事与叙事讨论不分彼此完全混为一体，开创了一种我们今天依然无法对之做出确切界定的影像形式，称其为电影是最流俗的说法，也是最简便的说法。

奥逊·威尔斯为自己预设了一个囚笼：以别人拍的一部电影作为主体来创作一部自己的电影。对于绝大部分创造者来说，这是一个荒谬绝伦的想法。那部别人的电影是一部 BBC 纪录片，讲了一个匈牙利仿作大师艾米尔·德·霍瑞（Elmyr de Hory）的故事。他自己的作品无人问津，他的仿作却被众多博物馆和收藏家如获至宝当作大师真迹收藏。他的传记作家克利福德·欧文（Clifford Irving）担任了这部 BBC 纪录片的编剧，中间有一些对他本人关于艾米尔·德·霍瑞的访谈。这位传记作家是一位更加疯狂的伪造大师。他曾伪造飞机大亨霍华德·休斯的自传，并签

唯有骗子才能真实地
面对"真与假"

下百万出版合同。虽然被揭穿，也因此获刑一年半，他还是通过骗术成功拿到了那笔百万巨款。这事曾在美国轰动一时。那么，一部基于伪造者写的传记并由伪造者亲自编剧的关于另一个伪造者的纪录片，比普通纪录片更不可信吗？那么由一个更放肆更天才的骗子奥逊·威尔斯以此为主体创作的这部《赝品》呢？是否更是一个赝品？他有资格在这样的电影里讨论"真与假"吗？不论如何，奥逊·威尔斯在这部电影中讨论了"真与假"。

威尔斯从黑暗中的独白开始，边在自己的摄制组前表演魔术，边面对观众回答了这个问题："这部电影是关于诡计、骗术与谎言……某种谎言，但我保证，不是这次，在接下去的一小时，你们从我们这儿听到的一切都是真实的。"可是，接着现身的电影的主角艾米尔·德·霍瑞却对着BBC的采访镜头说："Fake fakes（假作假）"，那么什么是真实？

《赝品》拼合的元素极其驳杂，而且各自都十分强大；他在这部片子里讨论"真与假"主题，就像是令人眩晕的无限自我反噬。奥逊·威尔斯必须在每一点上都处理得超乎想象同时又合乎情理，才有机会完成这疯狂的突破。他在那部 BBC 纪录片里插入了下面这些他自己的东西：他将自己埋在一堆堆彩色胶片铁盒之中，边看这部纪录片边给予引导性旁白；他让摄影师偷拍他的情人 Oja Kodar 在街上款款而行，和附近男人的贪婪表情；他带剧组去小岛会见德·霍瑞和欧文，参加在德·霍瑞家的派对并记录；他本人在做名牌广播节目播音员时期（拍摄《公民凯恩》之前两年）制造的那个令所有美国人震惊的弥天大谎，外星人入侵地球；最后他又杜撰了一个 Oja Kodar 诱惑毕加索，并获得大师为她定制的二十二张肖像的故事。奥逊·威尔斯以他天才的魔法之手将所有这些东西和那部 BBC 纪录片糅合得天衣无缝，难分彼此。

这部被后人称为"新电影"的电影，并没有获得与自己的成就相匹配的电影史地位。没有《赝品》，之后出现的那些伪纪录片，包括阿巴斯的《特写》，将难以想象。何况《赝品》的构造远比《特写》复杂，影像肌理远比《特写》丰富。它不仅挑衅公众的道德感，还挑衅了作为电影工业核心部件的电影版权，它甚至挑衅了威尔斯的这一创作行为本身：这该算是个人创作还是导演作业？该算是偷盗还是创造？它是纪录片还是电影？是 BBC 的还是威尔斯的？这部《赝品》是谁的作品不重要，是不是也是赝品更不重要，威尔斯说不说谎也无所谓，因为他是魔术师，而魔术师就是演员，重要的是：威尔斯将它带到了我们面前。

最后一部分 Oja Kodar 和毕加索的故事拍得异常活跃。在威尔斯的虚构故事里，他自己的情人 Oja Kodar 是毕加索最后一位模特儿。毕加索为她画了二十二幅人像，并答应赠送给她本人，她也确实全都运走了。但是当它们在画廊出现的时候，毕加索怒火冲天：这二十二件令媒体赞叹不已的毕加索新作，竟然没一幅出自他本人之手。那么电影中出现的

如果你既拥有胶片又拥有屏幕，
为什么不拿它们诚实地撒点谎呢？

这些人像是谁画的？是毕加索的原作还是出自仿作大师艾米尔·德·霍瑞之手，或是出于另一位罕见的赝品天才 Oja Kodar 子虚乌有的爷爷之手？这样或那样的区别在哪里？

《赝品》的这一部分是一个"闭合与突破"的完美范例，它是整个大"闭合与突破"中的一个小"闭合与突破"。

《赝品》公映于 1973 年年底。毕加索死于 1973 年 4 月。也就是说在电影拍摄期间，毕加索不是刚死就是马上要死，不论奥逊·威尔斯多么大牌（事实上他后来依然伟大，但不再那么大牌），他都不太可能请到毕加索来出演毕加索本人。如果他另请一个演员来演毕加索，这部电影会变得非常庸俗轻浮。可他必须拍摄这段关于毕加索与 Oja Kodar 的虚构故事，它可以满足威尔斯的双重需求：让影像充满肉与诱惑（肉与诱惑可以软化影像空间，是电影的重大法宝），并借此完成"真与假"的讨论。

这样，这一部分影像的创作可能性便基本闭合：糟糕地拍，或干脆放弃。两个都是奥逊·威尔斯不能接受的。他想出了第三方案：让毕加索的照片来演毕加索！又一个不可能完成的任务。而且可用的毕加索的大部分照片都是黑白的，而《赝品》的其他部分全是彩色。这看着像是自杀。

奥逊·威尔斯用他高超的魔术师才艺，为这几张黑白照片发明了一种蒙太奇结构，让这些静止不动的"毕加索"看上去活灵活现，甚至比毕加索本人更富于影像的魅力：他将这些"毕加索"置于白色的窗框和百叶窗帘后面，不时来回闪动百叶窗；他给了"毕加索"一个俯视的角度，在"毕加索"住所楼下安排了 Oja Kodar 的朋友吹长号，扰乱"毕加索"的清静；他突出了声音的控制力，窗户和百叶窗帘的声响，Oja Kodar 的脚步声，长号声，鸽子翅膀的拍击声；他用自己的不断插入的旁白引导观看态度，让观众与影像保持疏离，对真实与虚假之别全无所

如果所有人都认定这是马蒂斯的原作，
那么就作品意义而言它就是马蒂斯的原作

谓；他不断变换 Oja Kodar 的装束和运动节奏，不断变换它们的叠化方式，制造整段影像的梦幻气息，以与毕加索那些黑白照特写的虚幻气质相吻，同时让观众与"毕加索"一起经受 Oja Kodar 肉体的诱惑；他不时插入毕加索的那些古怪画作，与"毕加索"的脸部构成映射关系，以强化毕加索独特的创造氛围；然后，Oja Kodar 的胴体顺理成章进入了"毕加索"画室，出现在那同一帘百叶窗后面；接下去的工作不再那么艰苦，只需在 Oja Kodar 的胴体和从画布背面拍摄的毕加索的创作以及 Oja Kodar 的人像作品之间做来回剪辑就可以大功告成。为了让毕加索的黑白照片显得更加平衡，威尔斯后面又加进了另一个人的黑白静像，那位一直在仿制毕加索所有作品 Oja Kodar 的爷爷。

威尔斯借这位自己杜撰的子虚乌有的爷爷说："在我死之前我发现我需要相信一些东西，我必须相信，艺术自身是真实的……毕加索，你从一个毕加索时期到另一个毕加索时期变换得如此之快，就像一个演员，就像是你自己的一个赝品。"威尔斯又引用我们无从考证的毕加索的话："艺术是一个谎言，一个让我们认识到真理的谎言。"

影像世界里只有影像事实。

毕加索本人不一定比他的照片更能构成一个有趣的影像事实

我们无法判断是否毕加索本人来演这部片子会比它现在的样子更好，但显然，威尔斯如此大胆处理照片超出了所有人的想象。它让故事的这一部分显得迷雾重重（威尔斯确实也加了许多浓雾景象），更贴合威尔斯要讨论的议题：什么是真实，什么是虚假。什么是美，什么是诱惑。什么是创造，什么是模仿。什么是作品，什么是版权。版权保护的是真，是美，还是某种权益。真实是否出于欲望的幻觉，美是否源于肉身的诱惑。创造可以停留于关于创造的幻想，还是当始于并止于创造行为本身，阅后即焚令其快速重归虚无，或是它必须有一个作为作品的实体的痕迹来证明欲望曾经相伴左右。

在电影的最后，奥逊·威尔斯笑眯眯看着我们说："在刚才的十七分钟里，我一直在说谎。"这自然是他开始时保证的一小时真话之外的时间。问题是，他是如何在整个电影剪辑完成之前，在整条电影时间线完全确定之前拍下这一条的呢？也许以他一贯的狡黠，他会提前拍上十条："在刚才十分钟里""在刚才十一分钟里""在刚才十二分钟里"……也就是说，在电影完工之前，他并不知道自己说的哪句是谎言，哪句是真话。但这也不过是我基于电影工业标准流程所做的想象，而天才是永远乐于、勇于，也有足够的能力站在一切标准流程之外的。

乔伊斯的视线
——《尤利西斯》第十三章前半部分的叙事编织法

本讲座需要：

五个可调光手电，代表夕阳，教堂，三位姑娘。

五个可移动支架用来绑手电

一束地灯，自地面向上投射，代表烟火。

三个桶，代表三个孩子。

一个皮球，代表皮球。

一位相关原文段落的朗读者

我选择《尤利西斯》下半部开头这章，也就是全书第十三章的前半部分来这里跟大家交流，原因是，我在十七年前读这本金隄译的《尤利西斯》时，这部分文字给我留下了极深的印象：通过层层叠叠的叙事视线变化所作的层层叠叠的悬念设置，以及由众多叙事视线彼此激荡而成的蒙太奇幻术，都柏林的日常市井景象变得如爆炸场面一般热烈可观。不过当年我不能完全搞清楚这里面的叙事状况，因为这些文字显而易见的琐碎与它们最终引发的爆炸效果之间，存在背离。因而，重读这一章的前半部分，也是为了解开我当时的困惑。

我同时想要尝试，撇开乔伊斯为这部小说精心设置的神话对位关系，从中间抽出一部分文字来阅读，看看《尤利西斯》是否还会那么引人入胜。

第十二章是发生在酒馆内的一场言辞之战，从下午五点左右开始，由一位身份不明的酒徒"俺"来叙述，描绘了酒馆内的唇枪舌剑和街上的盛大集会。结尾状况混乱激烈如地震，主人公布鲁姆被公民拿一个饼干罐头打出酒吧。

然后便到了第十三章，我们要来讨论的这部分文字。我们看到了一幅庄严的黄昏图景。给人的感受是上一章结尾爆发的战争之后的静寂，与自然的慰藉：

> 读：（第一自然段）
> 夏日黄昏展开它神秘的怀抱，要将世界搂在其中。在那遥远的西方，太阳已经开始向天际落下，一个去得匆匆的白昼，只留下了最后的红晕，恋恋不舍地流连在海面上、在岸滩上、在那一如既往地傲然守卫湾内波涛的亲爱的老豪斯山岬上、在沙丘海滩那些野草丛生的岩石上，最后但并非最差的红光还落在那宁静的教堂上，那里时时有祈祷的声音穿过静寂的空间，投向光辉纯洁如灯塔的她，海洋之星马利亚，是她的光永远地给在暴风雨中颠簸的人心指引着方向。

这是叙述者的视野，夕阳与大海的咏叹，语言优美，但不是异类。这里的视野是由夕阳和夕阳光来组织的，它引导出平展的海滩和耸立的教堂，教堂如灯塔一般指引着"暴风雨中颠簸的人心"，"时时有祈祷的声音穿过静寂的空间。"

> 读：
> 三位姑娘正坐在岩石上欣赏黄昏美景，享受那清新而并不太凉的空气。

小说异类的面目显现于第二段开头。"三位姑娘正坐在岩石上欣赏黄昏美景"。第一段中的普通叙述者视野，让渡给了三位姑娘的视野。于是，读者从第一段文字看到的，便是这三位姑娘看到的，读者从中获得的感受便是这三位姑娘要传递的感受。三位姑娘的视线，织成了读者所见的黄昏美景。只有在这三位姑娘出现之后，读者才发现，他们刚才看到的最初的黄昏美景，是一个悬念。显然，如果她们不出现，这一悬念就不存在。也就是说，在谜底揭晓之前，谜并不存在。这迥异于普通小说的悬念设置：读者理所当然，知道悬念是什么，在哪里，于何时出现。

在常规写作中，叙述者通常会从一开始便说清楚，有三位姑娘坐在海边岩石上看落日，然后写落日美景，然后也许再回过头来写三位姑娘的内部状况。理所当然的上帝视野，想远则远，想近则近。

乔伊斯自称是以亚里士多德的细致入微，来观察妓院和酒馆生活的作家。他的写作目标是要就着日常市井材料来创作自己的英雄史诗。这是前辈作家从未尝试过的。上帝视野—俯视，或史家视野—旁观，难于观照市民生活的琐碎细节，因而必须从市民自己的视野内部、市民与市民之间的视线关系中去探寻其英雄气概，和作家需要的观察尺度，才会让他的工作具有说服力。

现在，借着第一个悬念揭晓，读者跟随三位姑娘一起收起远眺的视线，进入以姑娘们的肉身为基本尺度的人际情状的内部观察。我们的视野从无限远景，变成了十米内的全景，里面涌动着市民视线特有的融融暖意。

尽管已经将读者引入市民中间，乔伊斯仍然必须放弃自己作为叙述者的叙事特权。一旦他运用此特权开始组织世界景象，柔软的世界景象就会立刻冻结，变得僵硬冰冷，仿佛它不再是个活体，而是手术台上的一具要被解剖的尸体标本。无数先辈作家都向我们展示过这样的尸体标本，靠着作家们的非凡洞察力和描摹天才，我们会不时感觉到这些尸体有复活迹象，但那只是一种假想情状，由尸体解剖展露的内部组织细节激发推断。乔伊斯不想为读者做尸体解剖，他要与读者一起接受人物的视线牵引，并任由其编织他们自己的世界景象。

三位姑娘带了三个小孩。伊楝·博德曼照看躺在童车里的弟弟，凯弗里妹子带了两个不到四岁的孪生弟弟。乔伊斯是一位表演游猎叙事的作家，他没有像别的作家那样对人物的叙事地位作流俗划分，并依据叙事官僚等级秩序进行集中描摹，将各个人物一次性完整呈现，而是让叙事路线随着这个小小世界的情状的潮汐游弋，这潮汐自人物视线中不断涌起。

> 读：
> 她们常常结伴来到这里，在这心爱的僻静去处，在泛亮
> 闪光的波浪旁边谈点知心话，议论一些女性的事情……

无论这些小孩怎么折腾，"她们"，姑娘们，是要来这里"议论一些女性的事情"的。女性的"议论"，也就是八卦，将成为这一章前半部分的叙事基调。

在第二段一开始，从伊棣·博德曼，到她小推车里的婴儿，再到凯弗里家的两个小男孩，再到逗弄车内婴儿的凯弗里妹子，结合当下情状按部就班做笼统描摹，仍带着浓厚的常规写作的官僚气息，直到我们由笼统描摹转入：

> 读：
> 凯弗里妹子在他车前弯着腰，逗弄着他的小胖脸蛋儿和
> 下巴上可爱的小酒窝儿。
> ——听着，娃娃，凯弗里妹子说。大、大地说：我要喝水。
> 娃娃学着她呀呀地说：
> ——娃娃哈苏。

当下情状即时捕捉。

> 读：
>
> 凯弗里妹子亲亲热热地搂着小不点儿，因为她特别爱儿童，对小受苦人最有耐心……

"小受苦人"称谓是一个轻嘲，接着，没有重启句子，从即时事态描摹，直接转入一般现在时态叙说。

> 读：
>
> 汤米·凯弗里喝蓖麻油，非得要凯弗里妹子捏着他的鼻子，答应给他烤得发脆的面包头，或是浇上金色糖浆的棕色面包才行。

这一迅捷的转换，可视为插入。有了这一插入，再加随之而来的这句流俗的感叹"这姑娘是多么会哄孩子呀"，作为叙事者的乔伊斯，及时化身为身份不明的市井人士之一，开始在姑娘和小孩之间滑行。滑行的依据就是前面的"议论"，我们可以视其为女性的"内部八卦视线"的投射。到目前为止，我们要暂时将议论主体和对象全都归于眼前这三位姑娘。

即使如此，我们依然不清楚，"这姑娘是多么会哄孩子呀"这句话是谁在说。它可以是叙事者亲昵的旁观画外音，但也可以是伊棣·博德曼的内心独白，还可以作为一个悬念，是某个已经出场但并未在叙事中现身的人的一声独白。显然和前面一样，这一悬念只有当那个人物出现的时候，如果有那个人物的话，才能被确证为悬念。

紧接着，我们看到了对凯弗里妹子的描摹。

> 读：
>
> 凯弗里妹子，她可不是弗洛拉·马克弗林赛那号娇生惯

养的美女。心地比她善良的少女人间难找，她那吉普赛风韵的眼睛里常带着笑，熟透了的樱桃般的红嘴唇间，常有逗人开心的话，这是一个极端可爱的姑娘。

依然延续了刚才那句"这姑娘是多么会哄孩子呀"的暧昧叙事立场。这一段的收尾在：

读：
伊棣·博德曼听了小弟弟的古怪话，也笑了起来。

显然，伊棣·博德曼的笑是接刚才婴儿的"娃娃哈苏"。这样，乔伊斯让我们确认，刚才所有这些关于凯弗里妹子的描绘是一个插入，既然是由伊棣·博德曼来收起这个段落，我们自然可以认为这一插入出自正照看童车里的弟弟的伊棣·博德曼的意识，自然，也可以说是叙事者借由伊棣·博德曼的意识倾向说出了这句话。无论如何，这一插入都因此自行填补了插入产生的缝隙，而叙事也因此获得喘息之机，返回一开始的流俗叙事秩序，以便及时按着这一秩序将叙事推向下一环节：凯弗里的两个小弟弟。他俩因为一个金苹果而起了争执（让我们忘掉希腊神话吧）。

落在这一事件上的视线，依然可以是伊棣·博德曼，因为刚才那个插入段落由她收尾，但也可以是她和凯弗里妹子两人的共同视线。凯弗里的话是两位弟弟的法律，她需要迅速处理这一事件。她在警告了杰基之后，转而又来安慰倒地的汤米。

安慰的方式是在呵斥杰基后，转头来是问他：

读：
——你叫什么名字？叫黄油，叫奶油？

——不啊，眼泪汪汪的汤米说。

——伊棣·博德曼是你的心上人吧？妹子问他。

——不啊，汤米说。

——我知道了，伊棣·博德曼的近视眼流露出狡黠的眼色，用并不与人为善的神气说。我知道谁是汤米的心上人了。格蒂是汤米的心上人。

——不啊，汤米说着已经要哭出来了。

借着伊棣·博德曼逗弄其中一位孪生男孩汤米，乔伊斯这才为我们引出了第三位姑娘：格蒂。两个小男孩第一次在全体三位姑娘的视线中穿针引线。

我们一开始就已经知道，有"三位姑娘正坐在岩石上欣赏黄昏美景"，但其中之一格蒂异乎寻常，隔了很久才最终在这里出现。在普通小说中，这是不可思议的。无论如何，现在，第三位姑娘格蒂出场了。

"可是，谁是格蒂呢？"

格蒂首先是一个悬念，是这章里出现的第二个悬念，其次是一道视线，一个叙事动机。夏日黄昏的夕阳刚出现在我们面前的时候，我们只有一重视线：叙述者视线。当"三位姑娘"出现的时候，海滩上的夕阳美景便叠入了第二重视线。而当格蒂现身，我们眼前的夏日黄昏便融入了第三重视线。正是它，让前面两位姑娘和她们照管的小孩的场景变得格外自然。

每一次新视线的出现，都是作为上一重视线的叙事悬念。在格蒂出现之前，伊棣·博德曼、凯弗里妹子和她俩带来的三个小孩之间的状况，是由她们的内部视线来呈现的。她们展示了对孩子世界的道不尽的乐趣。但作为在她们外部观望的读者，我们却不免对洋溢其中的琐碎的世俗气息感到厌烦。她俩越是沉醉其中，我们越是感到不耐烦。叙事法则追随了叙事视线。琐碎的不仅只是叙事视线下的景象，也是叙事自身。

当格蒂出现，我们对于事件和叙事的琐碎感受便有了归属。先前的内部视线，成了外部视线，也就是格蒂的视线。我们先前的不耐烦，似乎正是这位目前其形象依然空洞模糊的格蒂的不耐烦。

可是，谁是格蒂呢？这个问题带着古怪的八卦气息。这位八卦者可以是叙述者从上帝的降格，也可以是格蒂自己。但到目前为止，最有说服力的应该是另外两个姑娘伊棣·博德曼和凯弗里妹子。既然她俩琐碎无聊的状况由格蒂的视线呈现，那关于格蒂的状况，对等地，应当出于她俩的视线。这样，当"谁是格蒂"这个问题出现的时候，格蒂的外部视线，再次转化，成为三位姑娘之间的内部视线。二对一，格蒂处于八卦之灾的中心。她将接受八卦视线和八卦叙事的长时间侵扰，也就是前面所说的"议论一些女性的事情"，主要地，是关于格蒂的事情。

悬念总是为更重大事件或更重大角色设置的。在经历了第一悬念之后，我们很容易产生一个阅读直觉：相比于自然景象，三位姑娘应当是主角。在经历第二悬念之后，我们认为：相比于两位姑娘，格蒂应当是主角。遵照这判断，下面的文字主要地，应当留给格蒂。

读：

可是，谁是格蒂呢？

坐在离女伴们不远处独自凝眸望着远处出神的格蒂·麦克道尔，丝毫不差是迷人的爱尔兰妙龄女郎中最美好的典型，比她更美的无处可觅。凡是认识她的人，没有不夸她是美女的，不过有些人常说她不完全像是麦克道尔家的人，倒是吉尔特拉普家的成分更多。她的身段纤巧苗条，甚至有一些近于纤弱，然而她近来服用的铁质胶丸，对她起了其好无比的作用，比韦尔奇寡妇的妇女药片效果强得多，过去常流的东西现在就好得多了，那种疲乏感也轻得多了。她的脸庞白净如蜡，透出象牙般的纯洁，产生一种几乎是超越尘世的神态，然而她的玫瑰花苞般的小嘴，却又是地道的爱神之弓，是完美的希腊式嘴唇。她的纤细纹理的雪花石膏似的手，十指尖尖，用柠檬汁和油膏女王擦得白而又白，不过说她戴着小山羊皮的手套睡觉或是用牛奶浴脚都不符合事实。那是贝瑟·萨普尔有一次告诉伊棣·博德曼的，那时节她和格蒂闹翻……

细致浓烈的八卦叙事，紧贴着女人肉身。看上去符合女性的口味，但在摹拟女性妒羡的轻嘲和自得背后迷漫着男性的窥看气息。格蒂成了叙事中心，却依然是东一下西一下的观察与评价，围绕着女性的世俗关系来进行，而不是巴尔扎克或托尔斯泰式的由外表到精神的高效描绘，让读者无法在短时间内凑起她的整张脸，整个身体，或是哪怕最表层的但相对完整的人物状况。

在描绘了格蒂的身段之后，我们看到了一个广告，铁质胶囊，然后是月经问题。接着相对紧凑地，我们看到了格蒂的脸，格蒂的嘴，格蒂的十指，然后文字又滑向护肤用品和广告，然后是关于是否睡觉戴手套和是否用牛奶洗脚的八卦，然后滑向更远，来到了关于牛奶洗脚的八卦的延伸八卦。隔了半页之后，我们才总算有机会来接着看格蒂的眼睛和眉毛，然后是与此相关的《公主小说周刊》美容页主编的八卦，继续往下，才有格蒂的秀发出现和指甲，以及它们今天之所以如此好看的相关八卦。

八卦是人们快速接近一个陌生人的有效方式。我们不能快速地得到一张完整的脸，但我们快速地得到了我们兴趣对象的相关习性，以及她的人际地位和处境。在八卦叙事中，一个人的身体不再由其自然秩序与特征来定义，而是由她对身体表部特征的调理，调理所需的社会供给，供给所涉及的流行观念与广告，以及女人间争风吃醋的美容竞赛来定义……八卦叙事是喜剧叙事，它的喜剧性正来自叙事的琐碎低效，无休止的叨叨同时催生厌倦和对厌倦的反讽。在八卦关系里，眼睛和嘴并不是最近的，眼睛可能和某个牌子的眼药水或太阳镜才是最接近的。因而在八卦叙事中，格蒂的眼睛和嘴哪怕隔上几页纸，也是一件再自然不过的事情。

读：

一时间，她低垂着略显忧郁的眼睛沉默不语。她原想反唇相讥，但是话到嘴边没有说出来。她的本性是要开口，她的尊严却要她闭口。那对娇美的嘴唇噘了片刻，但是她抬头看了一眼之后，却发出了一声清新如五月的早晨的欢笑。她非常清楚，没有人知道得更清楚，伊棣为什么说那话，都是因为他对她冷淡了一些，其实不过是情人的口角而已。有人看到那个有自行车的少年在她的窗前骑来骑去，照例就会把鼻子气歪了的。现在不过是他父亲晚上把他关在家里用功，准备参加快要到来的中级考试得奖，他打算高中毕业之后上三一学院学医当大夫，和他哥哥 W.E. 怀利一样，他哥哥还参加了三一学院的大学自行车赛哩。他也许并不十分注意她的心情，她心里有时有一种沉重痛苦的空虚感，一直刺到最深处。然而他年纪还轻，也许到时候他就会懂得爱她了。他家里人是新教徒，格蒂当然知道谁是第一个，在他之后才是圣母马利亚，然而才是圣约瑟夫。可是他实在是无可否认地英俊，鼻子那么端正，从头到脚不折不扣的青年绅士，头形也是，他不戴帽子的时候她从后面一看就知道不论在哪里都显得不寻常还有他骑自行车双脱手绕过电灯杆那劲儿还有那些上等香烟味道多好闻而且他们俩正好个子也一样所以所以伊棣·博德曼认为她特别特别聪明，因为他就不到她家那小小的花园前去来回骑车。

远，为了导向近，他者，为了导向自我，外部，为了导向内部。两个姑娘和三个小孩暂时离开了我们的视野，因为叙事视线已经滑向了格蒂内部。读者不容易察觉这一叙事转移，因为之前的八卦趣味并没有中断。八卦保证了转换的顺畅，同时符合"以亚里士多德的细致入微来观察妓院和酒馆生活"的写作需求。当叙事视野转入人物内部，八卦叙事便同时转化成为意识流叙事。人类的意识流，就是人类未经自我意识辨认的八卦滑行，通过无休止东拉西扯，把外在的和内心的事无巨细一一呈现。由于毫无征兆，读者依然有机会将滑行后的叙事视线视为前一视线的延续。

在《尤利西斯》中，乔伊斯在将落在人物不同层面的视线进行叠加的同时，也将叙事自身进行层层叠加，因而叙事者的身份并不总是明确的。这关乎写作滑翔的自由，更关乎人物市井位置的确认。

当格蒂现身，及时让叙事切入她体内变得迫切。这位孤芳自赏的姑娘表面上是在看日落，但却非常在意两位同伴的举止。她是如此敏感他人对自己的看法，并时刻准备着在内心给予驳斥。"她原想反唇相讥"，指的是一页纸之前两个姑娘跟汤米开的那个玩笑。这是对因叙事插入引起的跳跃感的填补，是对时间的追回。乔伊斯要让读者感到时间并没有跳跃，这一页插入与其他部分是在同一时间线上的平行叙事行动。这一内部八卦的插入引出了一位不在现场的男性，格蒂的前男友，骑自行车的少年，他现在只有一个"他"，这个他以前经常骑自行车从格蒂窗前过，却从不去伊棣小花园里走。

这是由女性的争风吃醋关系带出的新人物。自行车和双脱把，带来了时尚趣味，这样，我们才有机会观看格蒂的穿衣打扮（在叙述者取消自己的叙事特权之后，叙事推动就得仰仗人物的行为动机）。在描述前面两位姑娘时，这方面全然没有涉及，这是由角色的叙事地位决定的。

读：

　　格蒂的穿著并不花哨，但是有一种时尚追随者凭直觉而来的风度，因为她意识到他可能出来，有那么一点可能性。一件整洁的衬衫，她自己用摩登染料染成铜青色的（因为《女士画报》上预计铜青色要流行），漂亮的尖领口一直开到胸前凹处，带一只小手帕口袋（她在口袋里总是放一块棉花，洒上她喜爱的那种香水，因为装手帕不挺括）……

　　又是整整一页多纸，几乎每一样女性衣着的外在描摹都跟着一个时尚趣味的八卦片段，一种紧紧咬着格蒂内心的窃窃私语。她踌躇满志又忐忑不安，感觉要被放鸽子了。

　　关于格蒂的文字里越来越多透出女性的私密气息，是受世俗关系和世俗见解压抑的格蒂有意而为的人体博览，但明显复合了男性放肆的窥视意味，像是边上有一双男人的眼睛正在一点一点盯进格蒂身体的隐秘部位。我们不仅大胆步入格蒂的闺房，还翻遍了她的衣柜和抽屉，甚至，那本上了锁却又在边上放了钥匙的日记。

读：

　　然而－然而！她脸上有心情压抑的神色！烦恼一直在啮咬着她的心。从她的眼睛里可以看到她的灵魂，她愿付出任何代价，只要能回到自己那间熟悉的房间内，没有别人打搅，再也不用忍住眼泪，痛痛快快地哭一场，发泄一下憋在胸内的感情，不过也不能过分，因为她知道对着镜子该怎么哭才好看。你可爱，格蒂，镜子说。

　　为了战胜同伴，得到男友，格蒂甚至还在镜子面前练习哭泣。上周她穿了一件绿色的衣服，给她带来了坏运气，结果她的前男友被父亲关在了家里准备考试，今天她特意换了件蓝色的衣服，满怀希望来沙滩赴约。随着暮色降临，她的希望眼见就要落空，

读：

苍茫暮色中的脸庞，现出了无穷的悲伤和向往。

蕴藏在格蒂蓝衣服底下的爱欲和愤怒随时要喷涌而出。

"你可爱，格蒂，镜子说。"这是一个直接引语，一个非同寻常的寓言手法。它如此不同寻常，看上去像是一个修辞错乱，让读者不禁疑惑，是否需要从格蒂的总体文字氛围中来重新辨认这个句子。在这个句子之前，我们已经身处骄傲的格蒂的闺房，似乎是出于主人的邀请，我们的任何窥看都是如此从容不迫，且自然合法。我们听到了卧室里发出一串串有关格蒂衣饰的窃窃私语。因而在两个"然而"之后的情感高峰处，镜子开始说话。确切地，是急欲发泄"憋在胸内的感情"的格蒂突然抑制不住内心激动，替镜子喊出了这一声。

由于这里人物独白和外部描摹之间没有任何过渡，这句话也同样具有两可色彩，作为出人意表的生硬寓言，和作为顺理成章却不加明言的内心独白。这是乔伊斯的惯用技法。

在接下去的文字里，格蒂与那个男孩的故事，与海滩上另外两位姑娘的目前状况交替进行，但始终以格蒂的故事为主导。像之前一样，描摹另外两位姑娘是为了通过人际八卦，回到格蒂的白日梦：由于对迟迟没有现身的新近恋人的失望，她想象着自己心目中"男人中的男人"应有的模样。

读：

意志坚强从来就不是雷吉·怀利的长处，而追求并且赢

得格蒂·麦克道尔的，必须是男人中的男人。但是，等待，永远是等待人来求，今年是闰年，但是也很快过去了。她的最美好的理想，并不是一个迷人的王子拜倒在她的脚下，献上一份稀罕奇妙的爱情，而是一个有男子汉气概的男子，脸上镇静而有力量，也许头发已略见花白，但是还没有找到理想中的心上人，他会理解她，将她搂在他的怀抱之中庇护她，以出自他那深沉热情的性格的全部力度搂紧了她，用一个长长的热吻安慰她。那就是天堂一样了。在这和煦的夏夜，她热切盼望的就是这样的一个人。她的全部心愿，就是要被他占有，归他独占，成为他的订了婚约的新娘，或富或贫，或病或健，相守至死，从今以后，直至今后。

叙事隐隐现出新的方向，给读者一个预感：格蒂狂野的黄昏终将引出某个全新的元素。一位从来没有在本书其他地方出现过的姑娘，她的叙事地位不可能始终如此重大。

新的叙事元素出现了，是一只皮球。它成了海滩上众人的视线中心，它的运动将引导众人的视线去为新的叙事方向和叙事空间采集更新的、更重大的叙事元素。

读：

可是汤米说他要皮球，伊棣告诉他不行，娃娃正在玩球，他要是拿，就会打架，可是汤米说球是他的，他要自己的球，并且马上跳着脚撒起野来，可不客气。

在孩子和两位姑娘的争执中，这只皮球的叙事倾向被很好地掩藏了起来，直到凯弗里妹子放肆地大声说出"屁屁"这个词，让格蒂听到了，并评价为"不成体统"，并判断"对面那位先生听到了她的话"。这只皮球蓄势待发。

> 读：
> ——我真想给他点儿什么，她说。我真想，可是给在哪儿我可不说。
> ——屁屁上呗，妹妹嘻嘻哈哈笑着说。
> 格蒂·麦克道尔听到妹子大声说这么一句不成体统的话，她可是要她的命也不好意思说出口的，马上低下了头涨红了脸，比玫瑰还红，伊棣·博德曼也说肯定对面那位先生听到了她的话，可是妹子满不在乎。

我们暂且不能确定这位先生是谁。如果算上格蒂被父亲关禁闭的男友，这是这章开始以来的第四个悬念了，不过与前面的悬念不同，这个悬念在出现的时候，并没有像前面那样已然解开。由于它显而易见的意义重大，它也将不会被一次性解开。

> 读：
> 这时空中传来了歌咏声和响亮的风琴圣典声。这是耶稣会教区传教士长可敬的约翰·休斯主持的男人节酒静思会，念玫瑰经、讲道和举行最神圣的圣体降福。他们在经受了这个令人疲倦的世界中的狂风暴雨之后，来到那波涛之畔的简朴殿堂内，不分阶级地相聚一堂（这是最能给人启迪的景象），跪在纯洁无瑕者的脚下，吟诵洛雷托圣母祷文，祈请她为她们说项，那些熟悉的老词，神圣的马利亚，神圣的童贞女中之童贞女。在可怜的格蒂听来，这是何等的可悲！如果她父亲也能用起誓的

办法躲开酒魔的毒爪，或是服用《佩尔逊周刊》上的包治酒瘾的药粉，她现在可能就已经有了自己的马车，比谁也差不了。一回又一回的，当她不点灯坐在炉火余烬前（因为她讨厌有两个亮光）出神的时候，或是整小时整小时地望着窗外雨打锈桶茫茫然沉思的时候，她反复对自己说过这话。但是，那毁了多少家庭的可憎饮料，从她的童年就已经给生活蒙上了阴影。可不是吗，她甚至在家庭的小圈子内，就亲眼见到了酗酒引起的狂暴行为，见到了自己的父亲成了酒精麻醉的奴隶，完全失去了自制，如果说格蒂有一件事情是知道得比什么都清楚的话，那就是一个男人居然能向一个女人举起手来而并非表示友好，这个男人就应该被列为卑劣者中最卑劣的人。

皮球的功用尚且隐晦不明（这是典型的乔伊斯式的精致，他不会让任何叙事动机光秃秃地直接暴露在读者面前），教堂又传来新的叙事因子：从教堂内传出的男人节酒会的音乐布道声。教堂这一灯塔般的精神引导者，第一次以穿越空间的声音出现，并引导了叙事。这不是一个单向的声音，而需要我们借着它传至海滩的线路，将视线反射回教堂内部。格蒂有这个能力，因为她对里面的状况非常了解。不过，教堂内部的展示也是一个混合物，格蒂对其此刻内部状况的假想，与叙事借由它的声音线路进入其内部所做的描摹不分彼此。

从本章开头，我们已经知道，滩边的这座海洋之星玛利亚教堂，是要"给暴风雨中的颠簸的人心指引着方向"的。当格蒂内心逐渐陷入狂热的臆想的时候，它便一次次带着自己的使命呈现在格蒂眼前。就叙事功能而言，它不是来安抚格蒂，让她起伏的心潮归于平静，而是与其他叙事动机一起，作为格蒂内心的回响，来煽风点火，推波助澜。

读：

教堂内的歌声，仍在继续向法力无边的童贞女、向救苦
救难的童贞女祈求庇护。陷入沉思的格蒂，几乎视而不见，
听而不闻，既没有留心两位女伴和那一对嬉戏中的孪生兄弟，
也没有注意从沙丘草地上下来沿海滩散步的那位先生。

"那位先生"第二次现身，这次，他从沙丘草地走到了海滩散步。
既然离姑娘们这么近，他自然难以幸免，立即被拖进入了她们的八卦世界
里。她们评价了他的鼻子和八字胡，他的模样一点点变得清晰。这不是一
束新的视线，但它的运动线路和神秘气息，让我们可以确认，它是一束属
于这个人际空间的稳定视线。读者很容易猜想，是否会有新的叙事悬念从
这位先生身上展开。因为语焉不详，且一晃而过，这一悬念本身成了悬念。

叙述重新又转向格蒂。这次她居然对教堂的声音听而不闻，对那位
古怪的先生也视而不见。格蒂面向教堂的视线，引导了格蒂面向她内心
世界的视线。格蒂因为教堂初次传来的节酒静思会的音乐和讲经声而陷
入关于酒鬼父亲和她本人可怜的命运的深思。它进一步推动了格蒂对于
之前的"男人中的男人"的渴望，同时抖出一大堆家长里短和柴米油盐
的八卦，依然少不了广告。总之父亲功能的缺失，让格蒂对于未来的男
人有了异乎常人的渴望。但无论这渴望多么强烈，它与乔伊斯笔下的其
他人物一样，都无一例外地需要经过生活八卦充分稀释，而不是像经典
小说那样将其一再集中，浓缩。这是乔伊斯的叙事哲学，一切事物都存
在于与其他关联事物的复合之中，一切叙事也都处于与其他关联叙事的
复合之中。

安顿好格蒂的内心世界，我们却一时看不到同样处于八卦迷宫中
的外部世界的出路，很快解决方案来了。那只皮球再次出现，这回，它
有了一条更有趣的运动线路。

读：

那一对双生子现在倒是用最受赞许的兄弟和睦方式在玩了，可是最后杰基小朋友他真是天不怕地不怕谁都不能否认故意使出吃奶的力气踢了一脚，把球踢向了盖满海草的岩石那边。吃亏的汤米自不待言，毫不迟疑地立即大声表示不满，幸好独自坐在那边的黑衣绅士殷勤相助，把球截住了。我们的两位斗士都大喊大叫自称球主，凯弗里妹子为了避免麻烦，喊着请绅士将球扔给她。绅士握球瞄了一两次之后，从海滩底下向凯弗里妹子掷了上来，但球落在了坡上，滚到了岩石边小水坑附近，在格蒂的裙子底下停住了。两兄弟又争着要球，妹子就叫她把它踢开，随他们去抢，于是格蒂缩回一只脚，心里恨这笨球滚到了她这里，踢了一脚，可是偏没踢着，引得伊栋和妹子都笑了。

——再接再厉呀，伊栋·博德曼说。

格蒂微微一笑以示接受，同时咬住了嘴唇。她的漂亮脸蛋上淡淡地泛起了一片娇艳的红色，但是她决心要踢给她们看一看，于是把裙子撩起了一点，刚刚够的那一点点，看准了球，狠狠地一脚，把球踢得好远好远……

无论皮球的出现多么自然，它必须得派上自己的用场。就像第一次教堂声音破空而来是作为更重要教堂内部叙述的引子一样，前面由凯弗里第一次扔向沙滩的皮球运动，也是它现在进行更重要的运动的引子。这一次，皮球滚到了那位身份不明的黑衣先生脚下（他是刚从沙丘来到海滩的，并且，衣服有了颜色）。他截下皮球，瞄了两次，从海滩边掷了上来，鬼使神差，落到了格蒂脚下便停住了。

在肆无忌惮地翻遍格蒂的卧房之后，我们对这位姑娘有了更多的要求和期待。皮球给了格蒂机会满足我们的要求和期待：她必须露出身体的局部，才能把球踢回去。

　　读：

　　……两个小家伙也跟着球往卵石滩那边冲了过去。完全
是忌妒，当然，没有别的，因为对面那位绅士在看着，就要
引他注意。她感到一股热流涌上脸部，这在格蒂·麦克道尔
总是一个危险的信号，两颊一下子就涨得通红了。在这以前，
他们俩人还只是交换过最不经意的眼光，但是现在，她从自
己那顶新帽子的帽檐底下，向他投去了试探性的视线，而她
所见到的神情，在苍茫暮色中是那样的倦怠，那样的憔悴，
她觉得从来没有见过这么悲哀的面容。

　　我们已经可以确认，这位先生的视线就是一直陪伴在我们左右的
叙事的视线，两者的窥视气息非常一致。这样，弥漫于之前文字中的男
性的窥视气息也就有了自己的归属。这一确认，让叙事视线再次后撤一
层，并与前面的三重视线复合。本章的第四道悬念在一关关解开，但仍
没到终点。

　　这位绅士是从底下把皮球扔上来的。他的位置从沙滩高处，走到
了海滩的低处。因而，他看姑娘们，主要是格蒂，视线是稍仰，这是一
道赤裸裸的色情视线。而对于处于沙滩上部，内心正经历动荡的格蒂来
说，这是一道爱慕视线，它便于及时吸附于格蒂随时可能专门为他打开
的人体展览。"把裙子撩起了一点"只是一个引子，我们等待着比这更
加狂野的展示。促成这一点，还需要一个更激烈的引导因子。

　　我们的这一预感和期待来自格蒂那个"决心要踢给她们看一看"
的心声，来自她那"狠狠地一脚"。它们是由男友爽约带来的失落和教
堂声音的感召同时催发的爱情狂想曲的前奏。

"好远好远"。格蒂实在太讨厌她的同伴和她们带来的小孩了。那个世界与她格格不入，并一直在干扰她孤芳自赏。在那位黑衣先生出现之后，将自己和那个世界隔绝开来，对格蒂变得尤为迫切。她决意要把空间调度开，把球踢得尽可能远，以便将自己的外部视野纯粹化，只留下与自己内心世界相关联的部分，教堂、暮色，和那位极有可能是"男人中的男人"的黑衣先生。她需要及时在那位身份不明的先生和她之间撇出一块宽敞的自由空间，来举办她惊心动魄的人体博览会。

读：

从教堂的敞着的窗户中，飘出了焚香的芬芳，也带来了未受原罪玷污而受孕的她的各种芬芳名称……

教堂透出光，传出福音，逸出芬芳，它是正在被欲望的风暴抽打的格蒂迫切需要的精神迷药：一个凡人心愿终将达成的承诺。

读：

大圣徒伯纳德在他那篇著名的祈祷文里，歌颂了最虔诚的童贞马利亚为人祈求的法力，说向她请求保护而被她抛弃是从来没有的事，任何历史时期都没有这样的记载。

但那个小婴儿的古怪叫声再次打断了她的思绪。

读：

格蒂恨不得她们把这个吱呀乱叫的婴儿送回家去，他才是她的人。

格蒂再也不愿意将视线投向同伴这一侧，因而她掉过头来，面向着很快就要涨潮的大海。

读：

她凝眸远眺海面。多么像从前那人在人行道上用各种颜色的粉笔画的，留在地上被人踩掉实在可惜……

夕阳就要消失，从前那个人（过期多快！），虽然像各种颜色的粉笔画，可已经被人踩掉。借着教堂窗户飘来的焚香的迷惑力，海滩下方那位黑衣先生成了格蒂幻想的唯一出口。那个没有出现的男孩，很快变成"很遥远的事了"。格蒂奏响了她的狂想曲：

读：

到那时，他兴许就会以一个真正的男子汉本色来温柔地拥抱她，将她的柔软的身体紧紧地搂住，把他的爱情献给她，只献给她一个人，她是最最属他个人所有的小姑娘。

如果把这里展示的欲望完全归于格蒂头上，我们会感觉有些失度。但乔伊斯借着黄昏之光编织的复合视线，让这些过火的文字变得安全。在格蒂燃烧的视线中，早已掺入了那位黑衣绅士的窥看视线。我们可以把它理解为格蒂的内心动荡，也可以理解成那位黑衣绅士幻想中的格蒂的内心动荡。它们互相推波助澜，几乎混为一体，并失去节制。

读：

罪人们的庇护者。受苦人的知心人。Ora pro nobis。说得不错，不论是谁，只要心诚而又有恒，向她作祈祷决不会

迷失方向或是被抛弃······

教堂的声音再次传来。从一开始，它便已亮出自己的责职：如灯塔一般指引着"暴风雨中颠簸的人心"。

有了这一承诺，格蒂无论如何都不会迷失，可以大胆挺进欲望丛林。

现在我们要借格蒂的想象，走进教堂内部，去看一看它给格蒂的这个"承诺"有多么可靠。

> 读：
> 康罗伊神父正在祭坛边协助奥汉隆牧师，低垂着眼睛进进出出拿东西。

这位康罗伊神父，格蒂与他之间有一个私人秘密。

> 读：
> 那一回，他嘱咐她不用担心，因为那不过是自然之声。

借着格蒂无际飞奔的欲望，乔伊斯将女人月经的油彩贴到了教会的脑门上。读者看清了这位叙事者对教会的基本见解。教会也一样清楚乔伊斯的立场，它禁止《尤利西斯》出版。

就像是对大海落日最后光线的挽留，格蒂的黄昏梦在教堂的福音与芬芳的推送下渐趋疯狂。她急需被导入更加广阔的自由的空间，让她可以无所顾忌，对着上帝所在的天空的方位，剥下包裹着她肉身的一切，肆意开放。

这一叙事目标需要一道能够让身体进行更大尺度运动的牵引力。皮球没有足够的说服力来完成这个工作。倒是教堂，作为暴风雨中颠簸心灵的灯塔，可以胜任这一使命。不过目前，它已耗尽自己的叙事可能，暂时不能给予更多。格蒂的人体展示等待一个全新的灵感的刺激。

在追自己的双胞胎弟弟时，凯弗里妹子给了格蒂这一灵感刺激。那两个"讨厌得像阴沟水似的小猴子"为了追皮球，跑向了正在涨潮的海滩。这样，凯弗里妹子的奔跑线路需要经过那位海滩下方的黑衣绅士。

读：

她跳起身，喊着他们跑过他身边往下冲去，头发在她脑后甩着，她的头发的颜色是够好的，可惜不多，可是不论她擦上多少什么劳什子，总是不见长长一些，她就是没有这福分，只好白摔帽子生气。她跨着公鹅似的大长步跑着，居然不把她那裹紧身上的裙子从侧面撕开真是奇迹。凯弗里妹子是有不少的假小子性格的，冲劲很足，一有机会就要表现自己，因为她会跑，她这样跑着，就把她的衬裙边缘都飘出来让他看见了。要是她不小心绊着点什么，穿着她那双有意拔高自己的法国式弯底高跟鞋，摔个大跟斗才活该呢。Tableau！那倒是一个很妙的亮相，可以供这样一位绅士观赏的。

对于格蒂来说，这就像是自己借着别人身体的一次演习。

光就要消失，视线也将随之消失，情形变得急迫。文字在教堂内部，海滩上的两位姑娘和三个小孩，格蒂的与那位黑衣绅士互相交织的目光与幻想，来回跳接。这段急速变幻的海滩黄昏的蒙太奇，带来的阅读的急促感，也是格蒂和那位黑衣绅士急促呼吸的一个隐喻投射。两人明目张胆，第一次四目相交：

读：

她几乎能看到他眼睛里迅速产生反应了，闪出了爱慕的光芒，使她的每一根神经都受到震颤。她又戴上帽子，以便从帽檐底下用眼角瞅着他；她的带钢扣的皮鞋晃动得更快了，因为她接受了他眼中的表情，呼吸紧张起来了。他盯住她看的那种神情，活像是一条蛇在端详它的猎物。她的女人的本能告诉她，她已经使他的心里大乱。

连"好管闲事"的"老处女"伊棣·博德曼都觉察到了，并向格蒂提出了疑问。

读：
你心里在想什么事？

格蒂回答说，她只是纳闷天是不是晚了。她希望别的人快点走开。凯弗里妹子走向黑衣绅士去问了时间。黑衣绅士的表坏了。他猜是过了八点，因为太阳已经下山了。《尤利西斯》处理了一天中的连续十八小时，因而这个提示相当于安置在这个章节的钟声。如果不抓紧时机，一旦光阴落，一切展示都将变得毫无意义。作为读者，我们迫切希望那两位此时已成多余人物的姑娘和她俩带来的孩子们赶快离开海滩，为这迟迟未能上演的最后的盛宴腾出舞台。我们要一睹为快。

夕阳已经沉没，教堂之光变得显要。现在似乎只剩下了它，可以让乔伊斯引导格蒂和我们继续冒险。在黑衣绅士的身份悬念尚未解开之际，我们心中又出现另一个悬念：这座"给暴风雨中颠簸的人心指引着方向"的灯塔，要把格蒂和我们带向哪里？

有了前面的铺垫，读者此时已不需要借助格蒂的想象，可以直接由叙事者带我们进入教堂，观看里面的情形。

读：

这时他们唱 Tantum ergo 的第二节诗了……

涨潮时分，教堂内的活动，格蒂与黑衣绅士的心潮，以及另外几个人的画面，开始更快速地来回跳转。

读：

她觉得有一种感觉涌上来布满了全身，她从自己头皮上的一种肤觉和紧身胸衣下的不舒适感，知道一定是那事情来了，因为上回她剪头发那次也是那样，因为有月亮。他的深色眼睛又定定地盯住了她，如醉如痴地欣赏着她的每一根线条，确确实实是拜倒在她的神座前了。世界上如果有一个男人是毫不掩饰地用热情凝视的眼光表现爱慕心情的话，那就是这个男人了，从他的脸上可以看得清清楚楚的。这是对你的爱慕，格特鲁德·麦克道尔，你是知道的。

伊棣和凯弗里妹子终于要走了。在离开之前，她给了格特鲁德·麦克道尔最后一击：

读：

后来伊棣问她，她的最好的男友把她扔了，她是不是心碎。

格蒂的回击是：

读：

一瞬间她的蓝眼睛里感到了眼泪突然而至的叮蜇。她们的眼睛正在无情地探察她。

但格蒂已经无所畏惧。

读：

她勇敢地强忍住泪水，向她新征服的对象投去会意响应的眼光，让她们看着。

——嘿，格蒂敏捷如闪电地笑着回答，还把骄傲的脑袋猛的一抬。我的帽子愿扔给谁就扔给谁，因为这是闰年。

闰年。月经。声浪。心潮，与此刻正在上涨潮水构成关于"涌动"的复合意象。

读：

因为这时宁静的海滩上正好传来了教堂尖塔的钟声。

当格蒂在对同伴说起自己正好到来的月经时，叙事者顺路让格蒂特意戏谑地用了与教堂传出的钟声和福音相吻的词：降福了。

黑夜终于降临，两位同伴带着她们的小讨厌鬼们要走了。格蒂博览会需要的舞台出现了，可是光呢？除了那个灯塔般高冷的教堂之光，已经消失殆尽。格蒂博览会开幕需要一个契机，格蒂将奋不顾身将它一把抓住。

它出现了，正是格蒂肉体博览会需要的那道视线牵引力，它将在格蒂千辛万苦等到的自由空间里尽情绽放。

义市的烟火在教堂边腾空而起。借着义市烟火，她看到了另一束烟火。

读：

她看了他一眼，视线相遇时，一下子一道光射进了她的心里。那一张脸盘上，有白炽的强烈感情在燃烧。坟墓般默不作声的强烈感情，它已经使她成了他的人。现在他们终于单独相处，没有旁人来探头探脑七嘴八舌的了，她知道他是可以信赖至死不渝的，一个品格高尚、直到指尖都绝无半点含糊的人。他的双手，他的面部都在动，她也感到全身一阵震颤。她向后仰起身子去看高处的烟火，双手抱住了膝盖以免仰天摔倒，周围没有人看见，只有他和她，她的姿势使她露出了腿，优美好看的腿，柔软溜圆的腿，她仿佛听到了他心跳的声音，听到了他的粗声呼吸，因为她知道男人的这种强烈感情，特别冲动的……

两束烟火互为隐喻，合成一个新的关于"开放"的隐喻。它们互相映照并呼唤"开放"最放荡无忌的实相。

两位观看者，格蒂和那位陌生绅士留在了海滩上。格蒂通过观赏盛开的烟花展示，单独向这位陌生的黑衣绅士展示了自己盛开的身体。街头寻常可见的色情场面，在乔伊斯笔下变得惊心动魄。

> 读：
> 她尽量尽量地将身子向后仰好看烟火，有一样怪东西在空中来回飞，一样软软的东西，飞去又飞来，黑黑的。她看到一根长长的罗马蜡烛式的烟火从树丛后面升向天空，越升越高，人们都紧张屏息地看它越升越高，都兴奋得不敢喘气，高得几乎看不见了，她由于使劲后仰而满脸涨得通红，一片神仙般令人倾倒的红晕，他还能看到她的别的东西，轻柔布的裤衩，这种布能紧贴在皮肤上，比另外那种绿色小幅布的好，四先令十一，因为是白色的，她听任他看到，她看到他看到了，这时升得很高很高，有时候一时都看不见了，她因为向后仰得那么远，四肢都颤抖起来了，他清清楚楚地看到了她膝盖以上很高的地方，那地方从来没有任

何人看过，甚至在荡秋千或是涉水的时候也没有人看过，而她并

不害羞，他也不害羞，这么肆无忌惮地盯住了看……

至此，两人的视线、激情和内心独白已经完全融合在一起，不分彼

此。句号也随之在"她"和"他"两个主语之间消隐（这个需要核对原著，

因为在萧乾的译本里，是有许多句号的）。一切都是我看到他看到我看

到……借由这个无限循环创造、展示并欣赏彼此的观赏与观赏想象。

读：

然后，一切都露珠一般融化在灰暗的天空中：万籁俱寂

了。她在迅速坐直身体的当儿向他投去一瞥，眼光中有令人

怜悯的可怜巴巴的抗议，还流露出羞涩的谴责，使他像姑娘

般地红了脸。他是背靠着岩石站着的。利奥波尔德·布卢姆（原

来是他）默默地站着，在那年轻无邪的眼光前低下了头。

我们隐藏了半天的主人公终于出场了。最后一个悬念揭晓。此前

所有的景象，现在，蒙上了一层，确确实实，布卢姆的色彩。

幻想展示会结束，现实露出了它寒碜的尾巴：布卢姆手上多了一

片冷兮兮黏糊糊的东西，那位格蒂姑娘终于走了，原来她是个跛足。

借着前面与格蒂姑娘的意识交融，我们将毫无牵强之感，在这一

章的下半部分，进入布卢姆内心的八卦世界。

请读者比较乔伊斯的八卦叙事与《金瓶梅》彻底平面化的市井闲

话以及海派作家鸡零狗碎腻腻歪歪的写作。

第 五 章
影 写 时 代

无尽的写作

黑暗中的光体

电影已重返梅里爱时代。一个世纪前被驱逐的"魔法"重新统治了影院的黑暗世界。依仗新法术和新法力（电脑与全球资本），"魔法"驱逐了人，一直作为电影法宝的"女孩和枪"（爱情、性、暴力）也成了它的附庸。然而，"一切在于人——一切为了人"，"魔法"如何毁灭梅里爱电影也将如何毁灭当今电影。

眼睛遇到黑暗，瞳孔就会迅速放大。魔术表演利用的便是这一点。魔术师将观看者的目光吸入其黑暗部分，他手掌的折叠与遮挡部分，让他们的眼睛持续处于紧张状态，以便捕捉随时降临的魔法奇迹。这里，黑暗是魔法集中释放的标志与场所。

影院黑暗箱体是魔术黑暗的延续与扩展，观众来这里就是为了与魔法约会。由于黑暗无法看见，而光难以直视，因而必须隔断阳光，才能让人造光与黑暗交织，在空白幕布上投出适合人眼观看的、由反光与阴影织就的光体运动，这便是电影。作为由资本控制的"黑暗事业"，电影与"魔法"有天然的亲缘关系，电影事业理当就是"魔法"事业。性、暴力具有与魔法奇迹相似的目光掠夺功能，它们确实也曾经成功地取代过魔法的位置；但禁忌阉割摄影机，也阉割票房，它迫使观看者在面对**过度的**性与暴力场景时掉转头去。而在数码时代，对图像的**遮挡**与

靠着电影魔法，
人类在上世纪初提前登月

折叠有了无穷的可能,也让影院的黑暗箱体可以无止境地上演魔法盛宴。问题是，没有人愿意一直睁大眼睛，让瞳孔持续放大，一刻不停地模拟自己的死亡瞬间（库布里克把它当成一种酷刑）。奇迹只能偶尔发生，即使一次比一次惊奇，一次比一次盛大。在更多的时候，我们的眼睛想要回到自己日常的松懈状态。

光与黑暗都不会败坏，但光体运动会败坏。光体运动的败坏就是光与黑暗的编织法的败坏，就是电影的败坏。在梅里爱"魔法电影"之后，虚构剧情，尤其是历史传奇故事，很快充斥影院银幕。人类渴望借助电影这一可以乱真的光体幻影来重新看一遍自己的历史，而不只是像以前那样读一遍自己的历史，不过不是普通的历史，而是历史的虚构，

让眼睛持续睁大是一种酷刑

英雄与女人、刀剑与欲望。至于卢米埃尔兄弟的纪录式影像,人们早已对此失去兴趣,没有人还会为迎面而来的火车大惊小怪。一切必须可观!在黑暗箱体里,理当上演"奇观"。因而,表面上是真实取代了魔法,其实是虚构取代了魔法,表面上是虚构取代了魔法,其实只是一种魔法取代了另一种魔法。

维尔托夫家庭三人组从"电影眼"的两个方向实施电影拯救:面向当下世界,面向摄影机自身;前者针对虚构,后者针对影像本体认知,两者都涉及同一问题:影像何以真实。在苏联当时情景下,这一关于**影像真实**的新颖阐释显然是对爱森斯坦的影像本体论的强悍回应,但就世界电影而言,其震荡要比这深远得多。这是一种全新的影像哲学,尽管维尔托夫小组一直围绕着蒙太奇来实践其影像哲学,但这一哲学最耀眼的不是在影像生产的方法论,而是在对传统影像本体论的颠覆。它终结了影像生产,尤其是摄影机地位,在影像本体论中缺席的历史,同时也让电影这门一直饱受怀疑的新艺术从现代猛然跃进到当代,能与文学、音乐、美术等艺术家族的其他成员共处一堂。

　　没有《持摄影机的人》，我们或许可以想象美国电影（在那里，唯一神圣的是虚构，而不是"电影眼"中的世界景象），但我们将无法想象战后意大利电影和法国新浪潮电影。前者注重"电影眼"的持续凝视力（为求绵延放弃蒙太奇多面体，其重心点在摄影机的前方，世界那一侧），后者更在意"电影眼"的即兴注视意愿（借助时空裂痕展现自由，其重心点在摄影机的后方，导演这一侧）。二者都得益于"电影眼"的在场哲学，并结出各自的硕果。戈达尔是新浪潮的一个例外，也是电影史的一个例外，但并不是"电影眼"在场哲学的例外。他试图超越新浪潮，成为乔伊斯那样通览一切的人物，但前提是《持摄影机的人》已提前向他示范"电影眼"的超级缝合力，并能够支持他继续前行：爱森斯坦的蒙太奇（包括声音蒙太奇）与意大利人的绵延可以完美融合；布莱希特的间离与罗西里尼、维斯康蒂的激情可以相得益彰；世界可以碎

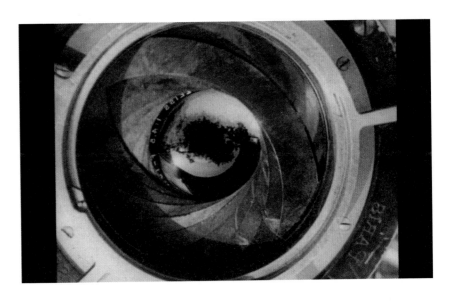

"电影眼"的朝向：

面向当下世界，面向摄影机自身

裂成影像单子，而影像单子可以以新的节律波动，汇合成全新的世界的河流；剧作家与导演、取镜框与剪辑台、创造者与资本家，他们之间的战争与和平可以作为影像事实的不同侧面来一起展示。总之，戈达尔的野心有赖于"电影眼"哲学：电影的真实是"电影眼"中的真实。

维尔托夫小组与爱森斯坦一起阻止了苏维埃电影对资产阶级趣味的虚构娱乐的依赖。他们分别通过热切投身于社会洪流的"电影眼"，和光体运动最有效的时空重组方案，展示了人之为主人的真实。在美国，情形正好相反，虚构娱乐是电影资本最重大的宿主。尽管这就是维尔托夫小组眼中的腐败电影，但围绕着"女孩和枪"，美国人探索了电影作为娱乐工业的极限，拓展出形态丰富的类型电影。美国电影并非没有哲学，只是没有关于**真实**的哲学，或者说，美国电影关于**真实**的哲学就是娱乐哲学，只不过，在华丽的"娱乐"后面，从不间歇地上演着与欧洲大陆同样**真实**但更加血腥的电影斗争。对于美国最有才华的电影创作者来说，没有什么比这"娱乐"更加残酷。他们还必须将此残酷强咽下肚，瞄准机会将"电影眼"调转过来，对准它。

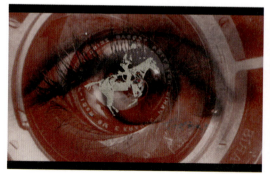
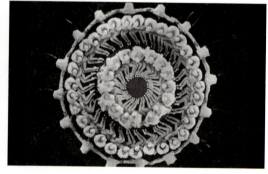

电影的真实是"电影眼"中的真实

"电影眼"之外的"真实"：繁花似锦的美国电影

取景于生殖器高度

"一部电影就是一个女孩和一把枪。"

　　在祛除"梅里爱魔法"之后，人类千姿百态的躯体作为黑暗中的光体持续闪耀了整整一个世纪。电影有了伟大的收获，它在各个方向上完成自己。它不仅已经"被发明出来"，而且臻于完善并正走向终结。但是，巴赞心中那个"再现世界原貌"的"完整电影"的神话不可能实现，因为统治着这一黑暗事业的资本并不关注"世界原貌"，它想要取代"世界原貌"：制片取代导演，团队取代个人，制作取代创作，魔法取代真实，观赏取代凝视。

　　我们必须等到影像光体有能力离开黑暗，在光明中重新与我们的眼睛相遇。包裹它的迷雾将得到清除，它的纯洁将恢复，各种新的语言将随之诞生。

观看革命

电影院曾经有一副圣殿的面孔，在城市的核心地带，一个独立建筑或是与剧院合体。在晚餐之后睡觉之前，情侣们大致有两个小时可以一起坐在影院里，借着黑暗与世隔绝。影院制度定义了电影制度：电影最好与情侣幽会同时开始，一起结束。电影院是电影的归宿。人们批判电影工业，通常只是批判电影生产，而不涉及影院体制，即便战士戈达尔，也从未真正将战火引向影院体制。但这一圣殿现在岌岌可危，因为观看革命爆发了。

影像观看的革命始于电视屏。电视不像电影那样依赖黑暗与安静。家庭成员乐于在饭后咬着牙签看电视，有说有笑，随意走动。这是以家庭为单元的全新观影习俗，反过来又影响图像输送。在新闻和娱乐节目之外，漫长的连续剧情很快统治了电视。九十分钟电影被置换成两集四十五分钟，加插十五分钟电视广告。电影工业和电影院需要接受挑战。好莱坞在上世纪五十年代初推出了被弗里茨·朗讥讽为"蛇和葬礼才有此需要的"立体声宽银幕，作为一个商业暗器来对付自己的新对手——电视。立体声宽银幕以电视无法企及的精良制作，将一度被冷落的历史传奇重新拉回到电影院。人们在电影发明之初已经观看过的"历史"，现在要在更盛大制作下再看一遍。1956 年的《十诫》比之 1923 年的《十诫》，1959 年的《宾虚》比之 1926 年的《宾虚》，除了大，除了立体声，它们失去的是美国电影最珍贵的品质：以生命换影像的激情。

一大群人，
一块大银幕

二十年后，电视机不仅普及每个家庭，在尺寸上，它也试图追上电影银幕。对此，安东尼奥尼产生了错觉。在 1985 年的一次采访中，他说："当我们家里的电视屏幕，变得像电影屏幕一样大时……就没有必要区别电影和电视了，因为那时它们将融为一体。对不同类型的电影探索也是一样……不管是适用于电影院的还是电视电影。"这是电影人一厢情愿的以退为进的消极幻想。可事实上呢？关于影像生产与观看的一切都在飞速演化。电影工业不得不时时对此做出反应。表面上，电影产业体量变成巨大，实际上，它可选择的道路却越来越有限。

录像和光碟让观影单元进一步变小，独自一个人或两个人一起看一部电影，他们面对屏幕的方式已接近他们面对书籍的方式。影像的个人自由阅读由此开始。现在，想要将人们劝进电影院去，需要电影工业

电影童年的故事：

用生命换取影像

给出全新的诱惑：更理想的视听，更多的场次选择，更丰富的放映空间，主要地，更紧张更刺激更娱乐的影像奇观。这触及了影院的生存方式。它们中的大部分将消失，剩下的要做出符合新消费需求的功能改造，除了最大限度利用影院时空，还需要联成一体，变成由大公司统一运作的院线；在中国，影院直接搬进了大商场……教堂般激发遐思的影院穹顶消失了。如安东尼奥尼所说："大电影院已经变成了许多小电影院。以前的电影屏幕非常巨大，现在已经变得小多了，另一方面电视屏幕反而越变越大。"但电影与电视并没有融合。电视剧确实越来越接近电影的模样，但那不是融合，而是电视与其他视听系统一起对电影原有地盘的进一步蚕食。除了让电影银幕变小，电视的进犯也同时促成了影像巨人IMAX放映系统在上世纪九十年代的流行。在IMAX世界里，只有清一色的电脑魔法在满天飞舞。

手提电脑和各种视频播放器将屏幕缩小到只能容下一双眼睛，然后，大屏幕手机将自由移动、信号传输与互联网合为一体，让影像光体终于能够挣脱黑暗，走向卧室，走进地铁，走上大街。随时随地，人们默默无言，飞蛾一样扑向自己手中由密集细小的人造光束编织成的刺眼的影像。现在，没有 3D 或 IMAX 播放大片，人们基本不会随便走进一家电影院。戈达尔显然乐于接受这一点，主动将自己的电影做成了3D。技术是中性的，问题不在于 3D 和 IMAX，而在于这样一个事实：今天的电影工业系统不得不让绝大部分3D 和 IMAX 系统只用来播放"魔法"电影。"魔法"，只剩下"魔法"有可能来拯救电影：维持庞大的电影工业体系顺畅运转，同时吸引大批观众重新走进影院。马丁·斯科塞斯在上世纪拍了三十年暴力电影。而在 2011 年，他依靠新一代数码电影机和电脑特效，以一部《雨果》向电影魔法始祖梅里爱致敬，一口气夺得五个奥斯卡金像奖。电影再次被逼入梅里爱走过的"魔法"之路，只不过那一次是手工，这一次是电脑。已经制作过两遍的"历史"，美国人用电脑制作了第三遍，只是这一遍，除了梅里爱的阴魂是真的，一切都是假的，连第二遍时全力张扬的"大"都成了假的。美国电影在上世纪初打败了以梅里爱为旗帜的法国电影，成为世界电影中心，百年之后又重新借梅里爱魔法还魂，以求躲过一劫，这不是什么巧合，而是昭示电影确确实实走到了穷途末路。

一切在于钱，一切为了钱，能帮资本家收回投资的只剩下占满排片表的"魔法"：速度与激情，爆炸和毁坏，外太空和内太空，变形者和异能人，过去的未来现在的未来和未来的未来，每一部电影都要拯救一次世界，让观众眼睛持续睁大九十分钟。厌倦来得越来越快，资本家必须全力以赴持续加大投入，才能让观众一次次走进影院。电影生产变成了单纯的资本游戏，留给电影语言探索的时间是零。

梅里爱烧"月亮",电影浴火重生,
马丁·斯科塞斯再烧"月亮",电影露出了死亡面容

在工业技术问题上,安东尼奥尼和戈达尔都持开放态度,但显然安东尼奥尼并没有对中性的技术必然附着的意识形态足够警惕。仍出自前面那个访谈,在被问到对于电影未来的看法时,安东尼奥尼流露了对美国最新 3D 电脑技术的羡慕:"整个意大利只有一台 3D 电脑,而在美国,斯皮尔伯格和卢卡斯都在使用这样的电脑,他们对于这种电脑已经司空见惯,借助它们,可以制作出我们无法想象的出色特效。"安东尼奥尼的致意是对他在黑白三部曲中形成的宇宙主义电影哲学的反动。这一哲学具有惊人的包容度,但无论如何不包容对好莱坞的羡慕,因为其包容度正好源于其冷淡。斯皮尔伯格和乔治·卢卡斯的好莱坞自然值得讨论,可以以安东尼奥尼的"事象地平线"来讨论,也可以以戈达尔的影像人类学来讨论,但与其急匆匆讨论其**永远中性**的电影科技问题,不如先来着重讨论一下电影资本如何支配电影工业,电影工业如何支配电影观看的问题。资本不仅购买了我们观看世界的眼睛,也购买了我们观看世界的欲望。世界的形状已不是眼睛的形状,而成了金钱的形状。"这两位

是用军队和炮火,
还是用五根火柴和一只手来拍越战?
"用手去思考。"戈达尔说

意大利导演比同时代人领先了 100 年。"1978 年，希区柯克对安东尼奥尼和费里尼发出由衷赞叹。两位意大利人，一个从肉体一个从虚无，走到了希区柯克都有出色表现但从未达到的极限。也许从好莱坞自己阵营的这只虚无主义大花瓶发出的声音还不够有说服力，也许是安东尼奥尼自己变得软弱了，或是他太过孤单，又从他那条空荡荡的"事象地平线"上踱了回来。总之，在上世纪八十年代之后，安东尼奥尼的创造力是明显衰退了，具象渐渐替代了抽象，肉影和烟火气渐渐挡住了"事象地平线"。同样热衷于技术革新的戈达尔却一直不倦地，不仅从电影观念，也以自己的电影实践，对斯皮尔伯格和乔治·卢卡斯的好莱坞，对特吕弗的好莱坞，对戈达尔的好莱坞 (最大的一个败笔)，对一切资本主义的好莱坞，实施攻击。他也因此保护了自己的创造力。革命即创造，不仅针对敌人，也针对朋友，也针对自己，不仅针对自己的软弱，也针对自己的力量，也针对自己正在使用的语言，以语言提问语言，但从来不是消极的自我怀疑或自我否定。在革命即创造后面，我需要再加一个尼采式的命题：革命即肯定！这是戈达尔赠予我们的关于"革命"的最佳行动阐释。

各种电影节和电影基金仍在努力召唤电影天才，但电影工业体系已不可能催生从前那样的伟大导演。才华需要唤醒，天才需要培育。生产一部类似《扎布里斯基角》或《轻蔑》或《阿玛柯德》那样的伟大电影需要很多钱，无法通过现在的院线放映和其他发行渠道收回。而生产一个安东尼奥尼或一个戈达尔或一个费里尼则需要更友好的空气，更持久的耐心，更广泛的供养，当然，更多的钱。创造者是世界的消耗者。如果我们只会以经济学衡量一位创造者的价值，那他们都该在刚展现出自己天分的时候就被毁掉。事实上，我们已经在这么干了。曾经热爱自由电影的巴黎人也不例外：影院在"二战"后的五十年里消失了百分之七十。电影屏幕与四十年前相比没有太多减少，但留给艺术和实验电影的屏幕从十年前的三分之一多降到了现在的十分之一。2014 年，巴黎

连费里尼也难逃厄运，
因为"肉"只消耗热情，
不消耗魔法

只有两家影院放映戈达尔当年的新片《再见语言》，而在五十年前，巴黎人需要排长队才能观赏他的第一部长片《精疲力尽》。

我们的时代已经不再生产好的电影，只生产图像品质好的电影，并且其工业技术和流通渠道控制在制片商、电视台和网络巨头手中。个人影像创作的图像品质难以满足经过百年电影工业洗礼的观众的需求。时代需要一台轻便如笔的高品质摄影机来判决影院电影死亡。一旦人人可以拿起"笔"来从事高品质影像创作（自由总是与意愿实施连结在一起。所谓高品质影像，是指你对影像品质拥有选择权，至少不是被迫去使用低画质机器），影院电影就将很快走向终点。有一天你想上街去买一份报纸来看看，这才发现，不久前还占据每个街角的报亭已经难觅踪

电影的问题不是魔法的问题，
而是魔法资本主义的问题

迹。这很快也将是电影院的结局：当人们忽然想要去影院看场电影的时候，已经找不到一家影院。

那将是电影之死。唐诗都可以死，为什么电影不能死？痛击电影的最大凶手并不是资本家，而是时代。无论规模还是密度，人们读掌中屏都远比读书疯狂。新时代已经来临。图书占领我们房间、沙发和部分时间，掌中屏则占领我们一切有手的空间和时间，就像是从我们的手掌中又长出一只新的手掌。读书仍是一种特殊行为，看电影更是，但读掌中屏不再是。我们终于不需要走进一个黑箱体，或捧起一本沉重的图书，去成为一个特殊的阅读者。在我们增生的手掌深远的黑洞内部，旋转着一个无穷时空的光体宇宙。人人都是光体宇宙的读者，需要巨量的影像光体才能喂饱。无论悲观主义者认为这事有多么糟糕多么畸形，对于影像创造者来说，这就是属于他们的新时代。特殊读者的出现依赖阅读的普遍性。如果人人都在读书，就会有人在读陀思妥耶夫斯基或乔伊斯，如果人人都在看电影，就会有人在观看《德意志零年》《赝品》或《电影史》。如果人人都在读影像，时代最有才华的影像作家就会被召唤出来满足他们的需求。

1887 年，慕布里奇用照片制作出最初的运动光体

个人摄影机

发明电影的人——按巴赞说法——"既不是工业家，也不是科学家，而是耽于幻想的人。"在一百多年前，在技术条件尚未齐备前，就偏执地要把静止图像变成运动影像，将照相机变成摄影机。尽管如此，法国电影家协会却把 1895 年视为电影史的开端。当年的协会主席皮寇利给出的理由是："因为那一年，才有人真正买票去看电影。"依然是钱。那么皮寇利说的是"电影票房史"。无论如何，慕布里奇当年将手中的照相机变成摄影机完全不需要票房的支持，而只需要热情和好奇心。现在，照相机正在再次变成摄影机，情形很像慕布里奇拿照相机拍下奔马和裸女的连续运动的那一刻。只是这次，是普通人手中数码相机和手机变成了高品质的摄影机。

即使身在监狱或流放地，作家也常常能凭一支笔一沓纸写出伟大的作品。影像创作者却一直受制于器材与制作成本，很难独自一人，以低成本做出高品质影像来。如果影像创作不能像文字书写那样接近零成本，它就难以拥有文字书写一般的自由度。

1966 年，戈达尔在《男性，女性》里想象："二十年后，人们带着小型电子产品在街上走，各种感官愉悦与性快感都能得到满足。"我们已然处在这样的时代。数码技术的广泛民用也发生在影像生产领域。2008 年年底，一台叫 5DMARK Ⅱ 的数码相机的问世，打破了电影工业

在他离开前书写他，
用文字和影像，
构造他的"真实"之影

垄断影像生产的局面，它的全画幅视频品质达到了影院播放级别，而低廉的价格和轻巧的体积又让普通人有机会像拿起笔写字一样拿起相机来拍摄运动影像。中国人给了这台相机一个"无敌兔"的昵称。在五年时间里，"无敌兔"都牢牢占据了个人视频拍摄的无敌地位。所有使用过"无敌兔"的人都会对它给影像生产带来的巨大冲击记忆犹新。从这时起，我们才真正处在了人人可以拿起相机从事"影写"的时代。

2011 年年初我买下一台"无敌兔"，决意要像写文字一样凭一己之力来写影像，独自完成通常由一个剧组来完成的前后期工作，实施一直萦绕我脑子里的"完整写作"，就像电影最初从萦绕在幻想家们脑际的"共同念头之中，从一个'完整电影'的神话之中诞生出来"。我将这一工作命名为"影像写作"，区别于"书写"，可以叫它"影写"。

我花了四天半时间拍摄了我父亲，又花了四个月剪辑出《你好，元点》成片。这支"影像笔"用起来还有点陌生，可是写作谁都会，没有什么人可以教我。我的工作已经开始。

从前的一次写作现在变成了两次，一次是拿相机对着世界写，第二次在时间线上对着世界的影子写。所有的感受都需要被再感受，所有的观看都需要被再观看。出现在摄影机和剪辑台前的是同一双眼睛，看与再看不再被资本或职业分隔。

现在，越来越多的民用小相机超过了"无敌兔"的影像品质，体积上也比"无敌兔"更加轻巧，与此同时，一些专业后期处理软件也开始积极瘦身，快速融入普通个人电脑系统。影像创作的自由度正在接近文字书写。就目前而言，两者在生产和阅读上已经达到了均衡：在创作端，影像写作还没有文字书写低廉便捷，在接受端，影像阅读已经远比文字阅读自由普遍。这意味着我们可以期待，两种写作的作品品质也将很快彼此接近。

一部《追忆似水年华》可以是厚厚的七卷，可以几年都不读完。一个伟大的个人影像作品为什么不可以是五十个小时或一千个小时？有了互联网和各种视频终端，读者想看就看，想跳就跳，想停就停，想快看拿手机，想细看用投影，想拉片用电脑。朋友们聚到一起，在吃饭喝茶时聊起某个一千分钟的影像写作，并不需要一起坐下来通看一遍。它闪动在各人的脑子里，有人对这一段印象深刻，有人对另一段情有独钟……当我们可以像面对某位作家写的书籍那样面对某位作家写的影像的时候，我们面对"未来的司马迁"和"未来的罗西里尼"的方式就变得非常相近。

影像写作

　　命名在于指认并廓清事实，可以在事实出现之前，也可以在事实出现以后。受命名的事实会日渐丰富，甚至边界模糊，但不失其基本属性，就像饺子的品种越来越多，有些与包子难分彼此，但不会变成粽子。"影像写作"也一样，它是一次全新的命名，但不能算是对一个全新事实的命名，就像爱森斯坦命名了"蒙太奇"，但在他之前就已有蒙太奇；戈达尔没有提出"影像写作"，但在我看来，《电影史》是影像写作。"影像写作"的命名，针对整个现有的电影工业、从电影生产到电影放映的相关制度，以及依托于电影工业的相关影像创作模式，也针对一个已经来临的人人可以"影写"的时代。在影写时代，电影作为电影工业的透视灭点，消失了。

　　在我命名并实践"影像写作"之前，有不少前辈提出过类似的概念，但由于用于书写的"笔"（不论前期还是后期）在新世纪之前仍是电

影像写作是一种写作，
一件个人的事情

在光的上方，
紧贴着镜头，
书页透出背面的文字，
就像皮肤透出血脉

影工业的核心部件，他们在提出这类概念时，就不可避免会受到流俗电影观念与电影工业生产体系的局限。也就是说，在我们这个时代之前，"Camera stylo（摄影笔）"或类似概念的提出仅仅具有想象意义，而无实际的人人可以投身其中的实践意义。

2009 年，我拿家用摄像机写了胡昉新书《镜花园》的评论。一些地方我边说话边拿摄像机紧贴着文字移动，或是拿彩色马克笔在书页上画出一道道横线，镜头与纸张、马克笔与纸张之间滋滋啦啦的摩擦声混在我自言自语的评论里，就像是我的评论与这本书之间关系的附注，有时候为空白或迟疑加上重音，有时候拓宽语音的质疑或赞美。那时候我还没有提出"影像写作"的概念，但其创作方式已是影像写作。

无论当时还是现在，我都非常喜欢这个作品的低画质。不过这样的创作没有继续，当我发现自己只有低画质一种选择的时候，我认为这样的创作是不自由的。我需要一支能自由书写的笔来实现我自由的影像写作，我也只能在那时候，借由进一步的影像写作行动来提出"影像写作"这一概念。戈达尔的情况也大致类似，尽管我把他的《电影史》当作影像写作，但他本人和他的影迷们基本上仍是把它当成电影的一种。他曾戏称"自己是半个小说家，半个散文家"，但又抱怨说："这一点在电影界并没有得到认可。这实在是很糟糕。"可见，他仍是在**电影的构架中**寻找自己的探索的位置。戈达尔是电影之子，从来没有也不愿意真正离开他热爱的电影和他与之搏斗一生的电影工业，自然也不可能提出类似"影像写作"这样的概念。

布列松提出"电影书写"，试图让拍电影成为像文学写作一样"需要进行严肃调查和研究的事情"。但布列松的"电影书写"仍然依赖于电影工业制作体制和九十分钟电影放映体制，并不是影像写作。布列松晚年导演的一些电影，在形态上，也许让人感觉接近我说的影像写作，但完全不是。影像写作强调的主要地不是作品的形态，而是创作者完整的个人实践。"影像写作"这一概念的抄袭者们显然对这一点缺乏理解力，他们认为概念是说出来的，认为影像就是影像的最终样子，这才会把"散文电影""艺术电影"之类的东西归于"影像写作"。我不得不引用我六年前说的话来再次强调："写作就是个体直接面对媒介、面对未来阅读关系的一种实践。在这一点上，影像写作跟普通写作很接近。"写作是个人的事业，一个彻底孤独的事业，没有哪部文学传世之作由多人分工合作写成。影像写作也当如此。在这个意义上，不论伟大的电影前辈与他们的团队一起创造了多么美妙的电影语言，他们的创造工作都已在电影工业体系中得到了最好的指认和命名，不必给予新的命名。包括布列松的电影和戈达尔的绝大部分电影，都不能称其为"影像写作"。

　　如果我们能像看待一个蜂巢那样公正地来看待一个电影剧组，我们也许可以说《持摄影机的人》是维尔托夫三人组电影，但一定不会说《战舰波将金号》是爱森斯坦的电影。两人的工作都有赖于苏维埃政权对电影的政治效用的超凡理解力：电影不仅能反射现实，还能制造现实。他们都得到了新政权强有力的工业和政治支持。爱森斯坦比维尔托夫更机会主义，更懂得"配合"之道，即便如此，他也因为拍摄《白静草原》而受到了当局——也即委托制作方——的严厉惩罚。他为此写下了检查。

　　在电影资本还没有完全统摄剧组时，维护导演中心制暂时是保证电影顺利生产的必须。无论在拍摄端还是剪辑端，资方不得不选择由导演而非代表自己利益的制片人来主控电影生产，并向剧组的其他成员施压令其就范。这种倾斜关系最终以电影生产中的"自然律"固定了下来。不论是摄影师、剪辑师还是演员，为了保护自己有限的权利和创作机会，都会顺应这一基本斗争格局：**服从**导演的创作旨意，奋力咽下自己的创造力被"主创"吞噬的怨恨。这样的"自然律"能够维持，是基于绝大部分导演助理和摄影师，甚至是场记，都"自然地"怀揣着一颗有一天要做导演的心，他今天的付出将是明天的收获，今天的被剥削将是明天的剥削。这一情形有点像今天的传销。当然，即使是在这一格局下，导演和电影资本之间的斗争也永远存在，罗西里尼抱怨"这套体制会强加如何拍摄之类的规矩，喜剧，向上，爱情故事，总是这类东西……所以主要地是要建立一套发明、创新和培育的拍摄系统，远离制片厂和组织的约束，能够自由地表达"。显然，罗西里尼要争取的是导演的权力，他只是在与资方的斗争中将其泛化为整个剧组的权力，并将每个剧组的成员都描绘为电影的创作者，一旦斗争结束，他们又会"自然地"回到导演意图执行者的身份，就像费里尼出任《战火》的导演助理，除了向罗西里尼奉献自己的才华，他也会站在罗西里尼一边与控制着钱的"体制"与"组织"进行斗争。他要在这样的斗争中学习三种才能，电影拍摄技能上的，资本斗争上的，和剧组控制上的，以便在他自己做导演的时候，他能进入罗西里尼当时的角色。

当制作完全胜过导演的时候，导演在剧组中的地位就接近一个象征物，就像女王之于英国，天皇之于日本。资本千篇一律的特性决定了，完全由资本控制的电影生产会摆脱导演和他的团队的创作个性，生产出千篇一律的电影。这便是上世纪五十年代之后好莱坞电影工业的基本状况。

"独立电影"或"作者电影"，都仍是**电影工业的框架**下的集体创作，是电影而不是个人影像写作。无论是伯格曼还是布列松，都在拍过一两部电影之后就在电影开头写上"伯格曼电影"或"布列松电影"，而不是之前的"导演伯格曼""导演布列松"。这是欧洲电影体制对于导演地位的保护，有赖于前面说的那种斗争格局的形成。导演们自然乐于享用这一特权，管理需求只是其一方面，便于名正言顺地进行才华掠夺和经济剥削是其另一方面。在这一点上，好莱坞做得赤裸也彻底得多：是制片人而不是导演说了算。那些"作者电影"的导演学着伯格曼、布列松，也在片头写上"×××电影"，他们很清楚这样做能给自己带来什么样的收成。很多人觉得这是一件最自然不过的事情。确实，它就像奴隶主拥有奴隶一样自然。但当个人影像写作变得像文字书写那样普遍的时候，这件事就会变得像现在有人还拥有奴隶一样不自然。

我们反复看到头一年还全力批判电影体制的导演，第二年就成了电影体制的看门人。没有哪个自称"独立电影"或"作者电影"的导演不等着尽快得到资本支持，尽快侵占电影资源，尽快扩大制作规模，尽快进入院线系统，因为他渴望的，他搞的，仍是电影。他行使着比传统电影生产体系中的"导演"更凶狠的经济和才华的掠夺权，却仍能安享与"导演"一样的体制的保护。

从来就不存在什么"独立电影"或"作者电影"。电影不需要独立也不可能独立，伟大的电影从来都是斗争的结果，上面布满创造者们与资本与电影制度近身搏斗的迷人痕迹。戈达尔终生与电影工作体制搏斗，走到了巴赞那个"神话"的边缘（电影并非终于阿巴斯，而是终于戈达尔）。但是，是搏斗，无尽止的搏斗，从来不是撤离，他必须通过与体制的搏斗，在这一体制里完成自己的工作。当他为追求独特的表达，不断缩小团队规模，降低创作成本，并漠视器材工业等级的时候，他的导演工作就越来越远离电影工业的要求和需求，接近个人写作。只是接近，但依然不是。戈达尔在五月风暴之后与戈兰一起成立了"维尔托夫小组"，尝试以电影共产主义反抗电影体制的实验。这意味着戈达尔很清楚，对于电影而言，"作者"是导演的一个罪名。电影共产主义听上去与个人影像写作一样纯洁，至少它试图追求影像生产与个人写作类似的革命与纯洁，但它是一个乌托邦，只要他和他的团队**仍在电影工业的框架下**生产影像，就不会存在什么共产主义。一切反抗电影体制的电影都不过是电影体制不经意的喷嚏。喷嚏有喷嚏的意义，不是因为它彻底，而是它表达了不认同。"维尔托夫小组"解散之后，戈达尔又重新回到**类作者**的电影创作，让我们有机会看到《电影史》和其他一长串全新的电影。他不再试图通过电影共产主义反对电影，而是通过进一步远离**电影工业的框架**来做一些不再那么像电影的电影。他接受了自己是"电影之子"的命运，但决意做一个不肖子，所谓"正确的谬接"，电影永远的隐喻。这是难作自我了断的立场，但是一个诚实的立场，唯有如此，戈达尔才能在其晚年重新展开与电影的搏斗，一场更精彩也更艰辛的搏斗。

当代艺术家做各种各样的影像装置，拍各种各样的艺术电影，他们考虑更多的是如何让影像外部形态与众不同，但对电影工业的影像生产模式、规范和标准却全盘接受，马修·巴尼如此，克鲁格如此，比尔·维奥拉也是如此，都争相用大制作、好器材把自己的电影拍得更"大"一些，而这，正好是影像写作要抗议的。没有什么电影比克鲁格的《资本论》更虚伪了。他讨论的是马克思和他的著作，却从来没有跟观众说清楚，他拍摄这部冗长的电影的钱是从哪儿来的，是出于恩格斯式的个人资助还是有资本或财团背景。他没有足够的才能和体力像马克思写《资本论》那样独自战斗，他也没有足够的诚实或勇气回答我的质问（隔着实时传输视频）：他做这部电影的钱是从哪儿来的？他为什么不在这部叫《资本论》的电影里以马克思的方式分析自己的电影资本？他的剧组由哪些人组成，有多少人？它是如何运作的，内部是否存在着与普通剧组一样的、导演对剧组其他成员的金钱和创造力的剥削掠夺？

你随便走进一个艺术家剧组，对，就是剧组，在生产关系管理上全力模仿好莱坞剧组，差别只是规模的大小，你会看到比普通剧组更虚伪的状况：艺术家因其著名代理机构的游说，获得一笔同样著名的艺术基金的支持，不出意外，成片最后将由蓬皮杜收藏，自然，这也是艺术游说和交际的结果。艺术家不会导演，有了钱有了蓬皮杜，找个专业导演太容易了也太便宜了，只要给挂名字，不管是助理还是策划对方全无所谓；艺术家有几个点子，但不成立，找个做剧本的太容易了也太便宜了；艺术家不懂摄影机运动，不懂后期剪辑、调色与声音，一切仍是太容易了也太便宜了；就算艺术家什么也不会什么也不干，最后还会署上艺术家的名字，"×××作品"，比广告公司做得还要直白。

纪录片（或纪录电影）不是影像写作。纪录片都是有"导演"的，其生产模式就是普通电影的生产模式，其目标也和普通电影一样，是要最终进入电影奖励和播映体制的。作为电影工业体系中的一个分支（不管它有多大），纪录片（或纪录电影）已得到恰当的命名。

但"影像作家"不再是导演，不是他没有什么好导的，而是导演不再具有导演原本的意义。"导演"是电影工业体系中的一个链条，影

《阿玛柯德》给出了很多景象，
却鲜有影像

像作家不再是其中的链条，无论在创作端、发行端、观看端还是奖赏端，
都不是。表演仍然会存在于"影像写作"中，但和"导演"一样，演员
不再具有演员原本的意义。

　　像《阿玛柯德》这样的电影，或是帕索里尼或塔可夫斯基导演的
一些电影，算是影像写作吗？还是称它们为电影吧，散文电影或随便什
么电影。即使不从电影生产与流通方式，单就影像形态来讨论，这些电
影也跟影像写作没什么关系。《阿玛柯德》或《美狄亚》或《潜行者》
这些电影里面有不少独特的影像的语言，但依然遍布电影程式语言的印
迹。即便疯癫如费里尼，他导演的《阿玛柯德》的"自由"里仍有一股
子工业标准的味道。《阿玛柯德》向观众提供了很多"自由的景象"，
而不是给出自由的影像语言。"影像写作"并不是"景象写作"。如果

我们对自由的渴望，甚至都不能让我们表达这渴望的语言变得自由，我们的自由意愿就需要被怀疑。

真正影像写作从戈达尔开始。《电影史》是一次无与伦比的个人影像写作。它与文学写作的工作态度一致："一个个体通过严肃的研究，揭开一个又一个谜题。"尽管如此，《电影史》的写作仍是得到了电影工业支持。无论动用史料胶片，还是补充当下拍摄和录音，还是在传统剪辑台前的工作，都有赖戈达尔从电影工业的战场上获得的巨大资源。因而通常，人们仍习惯把《电影史》称为电影作品。恐怕也只有戈达尔，可以凭一己之力，在旧体系中书写未来。巨人总是能凭借旧时代提供给他的资源和营养独自走进未来时代，而普通人，只能等着那个时代降临。

无尽的写作

当创作者从团队退回到个人，他与世界的关系，与真实的关系，与观众的关系，与摄影机的关系，与时间线的关系，也就随之改变。在一个纪录片团队里，世界的形状就是世界的形状，是可以得到还原的，但对于一个影像写作者来说，世界的形状只能是眼睛的形状，它的本来形状只是一个神话。在旧电影体制下，除了戈达尔，奥逊·威尔斯和罗西里尼的一些作品的局部也十分接近影像写作。原因就是，他们更多地是以个人方式而不是导演方式来面对世界及其影像创造。

罗西里尼没有提出"电影书写"，但罗西里尼比布列松更接近"电影书写"。在《德意志零年》中（再次引用我自己说过的），"一个孩子在废墟中行走，摄影机在一侧不近不远耐心相伴，小心翼翼地保护着

罗西里尼用镜头保护着男孩，
废墟中细细的双腿

它与孩子之间的呼吸关系，严肃专注又即兴自由。这样的影像运动，是
个人写作的开始。你接近这个事物，就是个人情绪的某个触点，一个为
影像摄取生命的契机。你感觉一个机器的存在，一个人的存在，一个触
点的存在。"

　　技术总是中性的，是在这样的意义上：它一方面在提高工业壁垒，
一方面也在奋力大众化。作为创作者，我既不回避技术，也不迎合技术。
当我放弃一切辅助设备（我甚至不用录音器，直接用了音质极差的"无
敌兔"原声），独自手握一台高清相机在我父亲身边划动的时候。这便
是一个与时代现实有关的事实，一个面向个人呼吸的高清事实。一切个
人语言的变革都有赖于我们与我们面对的事实的合作，包括我们手中的
机器和它对面的拍摄物，也包括我们身体内部的诸多事实，这面与对面。

《你好，元点》我只拍了四天半，而且认为"足矣"，因为那就是我的**个人事实**（我已在该片展览前的"自述"中表述了这一点）。

关于写作的基本信条，关于我对真实的理解，我现在依然持 2011 年创作《你好，元点》时的观点，但是，我的**创作事实**却发生了根本的变化。《你好，元点》的创作，让我看到了重写《人类学》的新维度：我需要在关于北京的书中给主人公的家乡一个他乡的角色，并在体量和质量上可以与北京相应。主人公不停地滑行于家乡与他乡之间，常常无法分辨哪边是家乡哪边是故乡；我需要让他来组织家乡与故乡间的互相凝望及相应的视线反射，不论它们会带来多少语言、思想与情感的错乱、眩晕或眩光，它们都是他所面对的诸多事实中的事实基点，并深植于他的每一思每一言每一行，守护同时更新他的**自我组织**。在这意义上，家乡不再是他唯一的事实基点，甚至也不再是事实的唯一起始点，它很重要，但只是作为多重的、嬗变的、移动的事实基点之一。他在何时何处张望他处，这何时何处就是他凝望的他处的元点。

是影像《人类学》还是小说《你好，元点》？
意义，可以成为图像，即便图像毫无意义

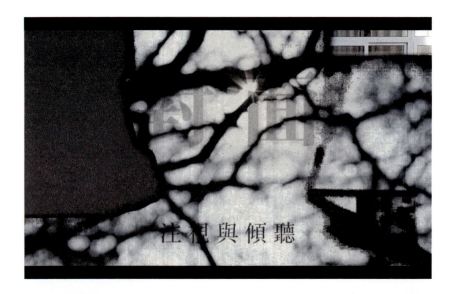

注視與傾聽

每个人的孤独
是其创作最好的方法论

每个人对面的事实和
他身体内部的事实

《人类学》的写作和出版，又反过来促使我重新修改《你好，元点》，要修改的不是其主题，而是其作为穿梭的目光与目光的编织法。因而，不是文学进入了影像或是将影像文学化，而是作为行动的文学写作进入了作为行动的影像写作，就像当初，作为行动的影像写作进入了作为行动的文学写作。这一**反馈**给我的启示是：两种写作就作为个体行动而言是同一种写作，它们就像家乡与他乡那样互相凝望，彼此反射。

在后期处理过程中，"元点"又自行衍生出新的含义。我当时考虑把之前做的一些作品局部剪辑到新的《你好元点》中去，就把"无敌兔"架到我身后，拍我对着电脑在时间线上来回拖动鼠标、敲击空格键看这些作品，其中包括《光体1》。当我把这些新拍下的素材也放到时间线上看的时候，我感受到了画面里的显示屏中的《光体1》散发出的全新的魅力，在某些段落，画面里的显示屏中的《光体1》比《光体1》本身更富于魅力。这个时候，我才想起《持摄影机的人》《电影史》，以及《赝品》，它们涉及的关于**看与再看**的问题。尽管我很早就了解这些前辈的工作，也在一些场合跟人谈到看与再看，而在《人类学》的漫长创作中，我也将作为作品的《人类学》的生成，与这部作品里面的人物尤其主人公的**自我生成**，以及作品中的主人公的创造行动的语言进程，做成互相反射并彼此印证的多重"元事实"结构。《人类学》展示了双重观看中自我的溃散以及语言对此的反动，一个从元音中的元音"啊"开始的关于凝合与创造的故事，关于《人类学》描述的世界，也关于《人类学》自身。但只有当我真正开始观看"自己在观看"的画面的时候，这些事实才突然间变得鲜明。它彻底改变了我的新版《你好元点》的语言方式与创作格局，它的英文标题也从原来的"Hello original"改成了现在的"Hello Metapoint"。"元点"不再是"源头"，而是成了"起始点的回溯点"。《人类学》的故事又反刍一遍：你在何时何地回溯某个起始点，你的回溯之地就是那个起始点的"元点"，它是多重的，嬗变的，移动的，一如我们的**自我**。这一想法并不是通过借鉴前辈的作品或梳理相关理论获得，而是从我个人的影像写作与文学写作实践中自然产生，是以最真切可感的方式，而不是抽象生硬的方式进入我的创作。

影像写作应该怎么写？电影史就是一个庞大的影像语言库。除了向伟大的电影家们学习语言（当然，所有电影语言都需要经过影像写作的影像批判才能更好地利用），我们的孤独是我们语言的更重要的来源，也是我们从事创作的主要方法论。每个人都有其各自的**内部事实**与**对面事实**，影像写作者必然将以各自的方式从其**内部**和**对面**偷取其各自的影像事实，并形成其各自的影像语言。当更多的创造者投入个人影像写作时，各种全新的影像写作语言将随之涌现，并逐步构筑起丰富的"影像写作"的语言簇。那时，我们将迎来影像写作世界的巴尔扎克、爱伦·坡、陀思妥耶夫斯基或乔伊斯。

2006 年，戈达尔在蓬皮杜做了一个叫"乌托邦之旅，让－吕克·戈达尔，1946—2006"的展览，它原本该叫"Collage(s) de France, archéologie du cinéma, d'après JLG"（法国拼贴之戈达尔心目中的电影考古），一个规模大得多的展览，他为之精心准备了两年，因为资金问题不得不缩小规模并更名。"乌托邦之旅"展览跨偌大三个厅，看展的人却非常稀少。采访他的作家 Christophe Kantcheff 说："很多人都认得（connu）你。"戈达尔说："但事实上从来没有认识（reconnu）我。"他向 Christophe Kantcheff 讲了一位挪威穷数学家的悲伤故事，一时间眼泪汪汪，但铁人依然犹豫，自己的情感流露是否恰当："这是同道者，这些应该更多地在一种工作关系里面谈论，在一份报纸里，在一部戏剧中。电影拍摄持续三个月，然后大家各奔东西。但这也很正常，这也很正常，但我仍对这里的冷漠感到很吃惊。"戈达尔热爱的但丁从来无惧在读者面前露出自己的悲伤与脆弱，因为他指认的那位"同道者"就是他的导师维吉尔，他对导师的关系是情感关系，而不是工作关系。在中国，屈原与贾谊与司马迁的故事，差不多就是荷马与维吉尔与但丁的故事，情感如电流穿行在这些人的身体里，语言与对语言的信仰也借这一通道传递。这个通道对于戈达尔来说显然消失了，对我们来说更是如此。没有人允许戈达尔流泪，因为如他所说："我们这儿不是剧场，我们这儿不是……因为这个地方，这，是一个很大的停车场。"这远不只是一个隐喻，而是今天的电影事实。安东尼奥尼说，每个事物都有它的"事象地平线"，甚至宇宙本身。戈达尔和他的电影遇到了自己的"事象地平线"，在这里（不是被蓬皮杜，而是我们的时代），他被还原。戈达尔，或是安东尼奥尼，无论他们对电影持什么态度，迎合、批判或是革命，也无论他们的创造力是渐趋衰退或葆存良好，他们都早已经被电影工业抛弃，从电影产业的链条上脱落，从他们热爱的黑暗中的光体序列中消隐。电影工业允许自己以回顾展的方式怀念他们，但不允许他们以

黑箱中的光体源于剧场，
但蓬皮杜只是一个很大的停车场，
"电影隐喻"身处其中

活着的创造者的面目继续现身于电影生产。他们消亡于自己在世之时，这是生而有罪的电影之子无可躲避的命运：银幕最终要变成"裹尸布"。裹起电影，连同它的全体孩子们。

这个"乌托邦之旅"回顾展的副题叫"à la recherche d'un théorème perdu"（追寻消失的定理），追仿了普鲁斯特的名著。（在 2000 年拍短片《21 世纪的起源》中间，戈达尔已打出字幕："à la recherche du siècle perdu""追寻消失的世纪"）这是一个有趣隐喻，关于一位电影家的文学隐喻。或许戈达尔本人都不能也不愿真正看清楚这一点：自从他上世纪八十年代末开始创作《电影史》之后，他已经是一名孤独的作家，不再是一个电影家。整个电影世界都认得他，但已经完全不认识他，更不想要显得还能记起他来。这位电影之子却要等到自己几乎已经说不动话的时候，才决定不再与电影为伍。他用一个短片回应戛纳的"同道者"的 2014 邀请："我很久以前就不再是这个群体中的一员，于是我也不再是你们认为的我之所是。"创造者，毁坏者，戈达尔是电影时代的一个双重标记。他是电影在灭亡前的一个不愉快。结语："它（《再见语言》）不再是一部电影，尽管这是我最好的，一曲简单的华尔兹，我亲爱的主席。我希望你们在倾听它时，能借此发现那关乎你们将至的命运的正确谬接。"戈达尔电影中有大量"正确谬接"，终于，他决定离开这陪伴他太久的"正确之谬"了，要开始放他的华尔兹。

我不是电影之子，不需要离开作为电影宿命的"正确之谬"，只需要无尽的开始，因为作家的宿命仅仅是最简单不过的**一个人写**。就像慕布里奇在一百多年前独自面对一个裸女、一位骑手、一个婴儿或是一只手，一次次按下快门线，写下一首首轻盈的循环短诗，影像写作者将以自己的孤独还"光体"最初的纯洁。在巴赞的"完整的电影"梦想破灭之处，时代将重新出发，走向"完整的世界之影"。它不再试图实施对世界的完整模拟，而是要在众多**偏面的、受局限的**个人的无限写作中求得语言与面目的完整。它既不完全**嵌入世界**，也不在意**替代世界**，它将**自成世界**。

出现在我们眼前的光体不再只由反光与阴影织成，更多地，将是发光粒子本身，它的单位亮度紧追着太阳。在我们直视太阳之后，我们眼前会飘满黑斑。人类或许能够克服直视人造光源对于眼睛的伤害，但将难以避免直视更为强大的孤独巨人创造的影像对我们内心那双眼睛的刺痛。那些我们无法直视的瞬间，我们无法直视的他人命运，将变成一束束细小尖锐的光直接刺入我们内心那双眼睛，在它们的视网膜上留下飘动黑斑。

电影已经终结，影像写作刚刚被发明。日出之时，"世界之影"已初现其动人的轮廓。走近它，需要的不是勇气，而是对独行之乐永不枯竭的热情。

注

　　本文部分观点在 2011 年《你好，元点》于广州维他命空间展出前的《关于＜你好，元点＞的自述》以及在展览期间与胡昉的对话《关于高清与影像写作》中已有表述。在那之前，我已与作家李宏伟谈过自己关于"影像写作"的基本观点。从 2011 年至 2015 年，我陷在《人类学》的修改、出版及后续事宜，中间只抽空创作了寥寥几个影像作品：2013 年的《光体 1》和 2015 年为《人类学》的出版专门创作的影像写作系列；因而，关于"影像写作"我并没有继续探究，事实上也没有他人来继续讨论或实践"影像写作"。2016 年春天，我决定补拍一年素材，扩充 2011 版的《你好，元点》。一年后，《你好，元点》变成了《你好元点》，英文名从原来的 *Hello original* 改成了 *Hello Metapoint*，时长由原先的九十分钟变成了六小时。之后，《新美术》的特约主编董冰峰约我写一篇完整的文章来说清楚我当初提出"影像写作"的来龙去脉，因为不时有人想要认领"影像写作"的命名权，而他们给出的关于"影像写作"的解释又不过是类似"作者电影""散文电影"之类的电影变种，那正好是我要全力反对的。对我而言，"影像写作"最重要的部分不是提出了一个新的概念，而是同时对创作者提出了行动的呼吁：抛弃电影与电影工业的资本支持与体制便利，投入个人写作实践。显然，创作者在影像写作的前后期需要克服的困难会远远大于也多于文字书写，而他们能得到的荣誉或许还远不如文字书写。唯其如此，当一个人如此投身于影像写作实践，他才会明白影像写作意味着什么，至少他会立刻明白，影像写作与非影像写作远非只是观念之别。实际情形是，我至今没找到什么同道者。也因为这一点，在影像写作领域，我没有他人观点可以引述，他人的作品可以讨论。为了保证给《新美术》的文章能独立成文，我不得不复述自己以前的一些观点，并引用自己曾经说过的一些话。我站在除了自己空无一人的新的战场上，除了自说自话，自行其是，我不知道还能做些什么。本文在 2017 年《新美术》二月刊发的文章基础上有新的补充。

附录 1：
关于高清与影像写作的对话
胡昉与康赫的对话

关于"高清"

胡昉（以下简称 HF）：

高清是一种有趣的迷恋，它也许是和我们生活中的一种幻觉有关系，需要更清晰地逼近真实这个幻觉，它也暧昧地意味某种品质，当它跟所谓的品质画上等号，它实际上是通过图像的意识形态来进行一种宣传，同时也推动了一个产业。因为任何一个工业产品的后面，实际上涉及到一种集体的意识和欲望，当它被传播，被广泛接受，它有点类似于一种共同的梦幻。在某种意义上来说，我想影像工作本身需要去破解这种迷障。

康赫（以下简称 KH）：

人的眼睛它是不分阶级的，差别在于视觉意识。一个受过电影史熏陶的人比别人更容易接受"模糊",因为他拥有关于"模糊"的历史意识,但仅仅是历史。啊不错,这是一个老片,一场经典。不过他与普通人一样是基于日常参照来判别"模糊"与否,比如无线电视、有线电视、胶片电影、影院高清数码,因而在现实层面,他对于清晰的要求可能比他人更加被动。他接受二十世纪八十年代的模糊影像,但不能接受二十一世纪的模糊影像。对当代影像,他希望以电影工业的最新标准从中直接看见一个清晰的现实,一个状况,要不然,他会认为不仅仅是影像,连影像中的现实也是模糊的。

HF:

创作工作的有趣之处,包括破除某种意识的封锁,而突然呈现出某种意识产生的根源和效应,这里面,没有个体的主动性就无法达成这个发现。就像我们在超市里看的东西,举个例子,一个产品说明,它连同这个产品整个的一个形象是绝对一致的,它尽量避免一个相对的、自我批评的评价,实际上它尽量隔离了围绕着它的现实,而只呈现出制造出来的一个确定的形象。如果没有基本的意识训练,你无法诊断这些产品宣言的精神分裂症状。

KH:

高清技术的绝对性是一个更加特别的东西。除了隔绝现实,自说自话,它更强大的绝对性是隔绝历史，以人人都乐于接受的淘汰和替换毁灭大部分历史，将小部分踢进博物馆去。它对自己也是如此，在第一天吹嘘自己完美，而在第二天说"我完美"的已是其下一代。这确实是分裂。

一个有电影史常识的人也会接受二十一世纪生产的模糊影像，但通常，是基于谅解，"哦，当时的处境只允许他拿家用摄影机来完成这部作品。"这样的影像意识是关于"真实遗痕"的意识，影像制作状况在影像中留下了"真实"的痕迹，而无关影像本身"真实"与否。"真实遗痕"是残留于二十一世纪的模糊影像最为动人之处，但也仅此而已。作为"真实遗痕"的模糊与粗糙是受到保护的，而且是被刻意保护的，仿佛它就是那个电影的生命内核。这样的影像意识远不是戈达尔在《电影史》和他最近的《电影／社会主义》中使用二十世纪八十年代录像机技术的那种影像意识，那是另外一回事。在戈达尔那里，录像机影像以惊人的、比高清更接近绘画的新鲜面目出现，它在高清时代为被高清埋葬了的旧技术寻回了灵魂，并宣告其不死，不可替代。非高清既不是作为"真实痕迹"，也不是作为历史隐喻，它与高清一起构成戈达尔式影像的全新真实。

HF:

当戈达尔使用二十世纪八十年代的技术的时候，它不仅跟你的生存经验有关系，也跟你的成长有关系。

KH:

既涉及审视也涉及情感。二十一世纪视觉中出现旧技术"影像"的首先是一个布莱希特式的陌生事件，但同时旧技术影像的"真实"体温扑面而来。如果我们的眼睛对视觉的需求大致接近，我们就可以像接受一个杯子一样自然而然地接受并使用高清。

但流俗的高清观念只是影像工业迷宫的一个部分。台阶在不断抬高，对清晰的要求并不意味着清晰本身，而是意味着它背后的制作。好莱坞总是令人吃惊地把无穷无尽的制作秘密呈现给我们，但它显然不是想要让我们达到，而是想要告诉我们，我们达不到。我给你演示一双阿凡达的眼睛是如何做出来的，以便让你知道这是致命的。如果你也想要这样一个高清视觉，你就搭建一个类似的制作团队。

HF:

这些影片的花絮正是影片的广告。

KH:

甚至不仅仅是广告，而是在展示一个强大的、矗立于你之外的现实。你唯一能做的就是坐在影院里乖乖地把《阿凡达》看完。你成不了一个独立作战的人，一个可以拿起笔来写字的个人。如果你做编剧，只能编中间某个环节，如果你搞电脑，你只能做几根睫毛。这便是技术的迷障。我们需要做的是让技术回到它单纯中性的本来面目，以非《阿凡达》的方式来看待并处理它。

HF:

对，我想在上世纪六七十年代的情境里面，戈达尔对技术就是极端敏感的，这种敏感一直保持到今天。问题在于他并不是多么需要与时俱进地、不停地更新自己拍摄工具的技术；而是说，他实际上是怎么样带进对这个技术背后的意识形态的某种独特的理解，使电影的可能性在这个基础上保持一种持续的开放度。所以在这里的问题并不是要不要用高清的问题，涉及的是更为根本性的影像意识问题，人怎么样看世界？人跟影像的关系里面，应该怎么样化解工具的执念。

KH:

戈达尔是技术和器材狂。时代的前沿影像技术总是能及时进入他的电影。不过他经常混合使用不同时代的影像技术，来传递自己的影像世界观。比如，《电影／社会主义》，每一种影像技术都携带着相应的影像世界观。高清也有它适合表达的影像隐喻，只不过远不是万能。

关于"影像写作"

HF：

在我看来，这几乎是一个历史性的倒退：对高清和 3D（高清的另一种表现形式）的沉迷，几乎将我们的视觉意识重新撤回到追求形似的历史阶段。只不过，这次是和新技术产业合谋，借着大商场的电视墙和购物中心的 IMAX 影院，在影像美学上的普及格外深入人心。

KH：

作为导演，不必刻意回避高清。技术永远是中性的。它们会在制作体系中互相凝合提高壁垒，将普通影像写作者拒之门外，但同时也在催生更新的技术冲破这样的壁垒，并及时将其大众化。最糟糕的情况常常是，在我还没有尝试独行的时候，我已自觉生机渺茫，早早向边上的大旅行团投降。

我用 5D 相机拍我父亲，并非单纯因为它是高清，最重要的是它方便我随时贴近现实。当我放弃一切辅助设备（我甚至不带录音器，直接用了音质极差的 5D 原声），手握高清相机随意在我父亲身边划动的时候，这是一个与时代现实有关的事实，一个面向个人呼吸的高清事实。

HF:

最根本的问题还是回到你说的那种电影作为个人写作的可能性，我理解的这个写作实际上是个隐喻，当然，这个写作不是文学意义上的写作，如果它是文学意义上的写作的话就意味着这是两种不同的媒介和运作系统。

KH:

可如果我们就是把它当作写作，而不去区分是不是文学写作呢？使用的媒介不一样，对事物的描述也不一样，但是它就是写作，我的意思是，写作就是个体直接面对媒介、面对未来阅读关系的一种实践，在这一点上，影像写作跟普通写作很接近。布列松提出"电影书写"，试图让拍电影成为像文学写作一样"需要进行严肃调查和研究的事情"。但布列松的"电影书写"仍然依赖于电影制作体系，和九十分钟电影放映体制。真正的影像写作从戈达尔开始。《电影史》才是一次无与伦比的影像写作。它不是文学，但与文学写作的工作态度一致，一个个体通过严肃的研究，揭开一个个谜题。

HF:

在这里面，个体的介入，和对过程的这种把握是一个很重要的要素。

KH:

戈达尔的大部分电影也都有或大或小的团队和制作。未来影像写作会更加开放。比如我打算写一个影像，像构思一个小说一样想象这个影像需要哪些东西，偶尔拿拿手机，偶尔拿拿别的什么来拍，偶尔找一些现成的影像资料。最后我决定要研究一个影像，要研究一个农民怎么样吃饭，他的母亲在城里过着怎样的生活等等。

《电影史》的大部分影像是别人的，但无碍于它成为个人写作。未来可能会出现"影像作家"这样的东西，没有什么导演，没有什么好导的。导演是一种职业，是工业体系里面的一个链条。当你可以弃之不顾独自工作，你可以不进影院阅读电影的时候，导演就不再有什么意义，表演还会存在，但演员也会像导演那样失去意义。他是一个乐于做些什么事情的人，一个可能会与我发生什么关系的人，但他不是演员，我也不是导演。我独自写作，独自面对影像，而不再是与他人一起面对制作程序，面对电影节，面对影院系统，面对发行。

情况正在变得不太一样。我决定持续不断地对相关影像进行积累和研究，我打算写个一千小时的电影。观众不会在一个固定的地方用固定的播放工具一次性看完，他会像翻一本书那样，今天翻一页明天翻一页。当更多的人进行类似的影像写作和影像阅读的时候，影像写作就会成为像一个人拿起笔来写一段文字那样自然简单的事情。大家碰到一起，在吃饭喝茶的时候聊起某个一千小时的影像写作，并不需要一起坐下来将它看一遍，那不可能也没有必要，它在我们彼此的脑子里，有人对这一段深刻，有人对另一段情有独钟……这样，影像离书籍越来越近，而离九十分钟电影制度会越来越远。不过，这并不妨碍影像仍是影像，文学仍是文学。

HF:

我想这是一个非常有意思的区别，例如我们可以谈到阿兰·罗布-格里耶，他非常强调电影跟文学的区别，他从不根据小说改编电影。

KH:

……当代艺术家经常做各种各样的影像装置，这和我说的影像写作不是一回事，当代艺术家考虑更多的是如何让影像外部形态与众不同，但对影像制作工业却可以全盘接受，而这个正好是影像写作要去全力抗争的。如果认为影像写作只是让自己的影像形态区别于别人，他便一只脚已踩进了电影工业的陷阱里了。个人影像写作需要从改变影像和观众的关系、摄影行为在影像中的地位，以及影像作为写作的内部语言问题入手。让影像不再单单成为指向观众的欺骗或致幻工具，一种工业心理学关系。《阿凡达》这样的电影自然是在延续这种古老的欺骗关系。由于制作规模被无限扩大，观众倒是越来越轻松地甘愿接受这种欺骗了。骗了就骗了，大家都心照不宣，在影院里该笑照笑，该哭照哭。就这一点而言，《阿凡达》比早它六十多年的《德意志零年》还要原始得多。罗西里尼没有提出电影书写，但他的电影比布列松更接近电影书写。一个孩子在废墟中行走，摄影机在一侧不近不远耐心相伴，小心翼翼地保护着它与孩子之间的呼吸关系，严肃专注又即兴自由。这样的影像运动，是个人写作的开始。你接近这个事物，就是个人情绪的某个触点，一个为影像摄取生命的契机。你感觉一个机器的存在，一个人的存在，一个触点的存在。

HF:

对，另外一个很重要的变化是，我们进入了一个更容易获取图像的年代。这就意味着图像这种资源、素材，甚至包括现实本身——现实本身也被图像化了，想想今天人们之所以热衷于去往现场，更多只是为了让现场喂养手中的数码相机或手机。在今天讨论现实的时候，我们也同时在讨论媒体意义上的现实，通过无数种中介来呈现的现实。高清所涉及的也是这种"蜕变"中的现实观，完全可以想象，高清将逐渐模糊我们在现实中考察现实的清晰度，正如 16∶9 将成为我们对现实的取景框一样。未来也许将只有高清的现实和低清的现实这两种现实，中间无限的灰度将被忽略不计，而高清的上限不断前移，直到逼真和真实合一，现实和拟像合一。

因此，我们需要更加推进地去看，实际上影像写作已经不再是一种态度甚至也不是一种抵抗，而是一种必须。就像今天你面对所有图像的素材的时候，某种意义上它们不仅没有构成我们对真实探讨的必要条件，更多的情况它甚至是一种误导、诱惑和对真实的干扰，我想从这个层面来说：影像写作一方面必然灵活地连接起很多具有影像可能性的因素，而另一方面它本身成了对捕捉真实存在的一种特定的实践。

KH:

撇开摄影机与事物的关系，影像的真实性自然与影像呈现介质相关，但真实性不会只依附于某一介质，或最前沿介质，比如16：9高清。每种介质都会有自己的接近影像真实的优势，比如录像机介质之于影像的绘画性。可是，如果没有戈达尔的个人影像写作实践对于录像机介质潜能的开拓，录像机的优势可能就永远不会出现。高清也一样，作为新生事物，它的可能性远没有被发掘完。好莱坞工业也经常用5DMARK II 来拍摄局部，但不过是利用了它的便携性做一些讨巧的事情。就这种技术之于影像真实的潜在优势而言，好莱坞工业不是一个最理想的开发通道，需要有更多的个人来投入这样的发掘工作，而不是拿起机器就想着我得如何提高它的配置，来拍一部好莱坞式的大片。要拍大片，至目前为止只需要钱不需要高清。我的感觉是高清小机器应当会开拓手持即兴拍摄的新空间。手持是最容易跟上人体呼吸节奏的，由此触及影像真实性的或许不是绘画感，而是呼吸感。

……影像写作的前景也同时依赖于整个末端的阅读。新的阅读行为会催生更丰富的影像书写……

关于"影院"

HF:

我们今天已经更多地习惯在电脑屏幕前浏览和阅读影像，这里涉及到另外一个我很感兴趣的问题，就是伴随着我们一起成长的"电影院"，公共的观影空间，它的公共性在今天毫无疑问在消失（这并不妨碍它成为一个人头涌动的消费场所，但它今天已然成为购物中心的一部分），但是我们如何去看它所携带的一种传播的可能性？对我来说，蔡明亮电影《不散》（2003）是一个关于影院在今天命运的很好的寓言。《不散》正是发生在一个空寂的影院里的电影。如果说，正是一个没有观众的影院，成就了蔡明亮的这个电影，那么，是否我们可以将《不散》视为对未来观众的邀请：空寂的影院，在今天究竟意味着电影的再生，还是死亡？

KH:

影院就是夜生活。我们八点半吃完饭到十点钟，它是一场电影，所以你只能拍成两个小时的电影。为了让夜生活稍稍夸张一些，我们破例允许《阿凡达》加长到两个半小时，但不会更长。我们所习惯的与情侣静坐于黑暗之中的长度大致就是两个小时，所以影院制度就是两小时制度。但是未来呢？

HF：

目前的技术会涉及一个新的传播和交流空间问题，例如，我们可以设想一个影像作品，可以通过 App，大家下载来看，但当你这么做的时候必然还是面对一个传播和交流空间的问题。

我感兴趣的是说，例如我把手机，iPad 都视为影院空间的时候，那么它将如何反过来影响影像的创作？

KH：

我想说的就是我们需要更多的交流可能性，而不是依赖九十分钟与别人坐在一起观看之后才能实现交流。如果影像的讨论交流像小说诗歌的讨论交流那样自由，如果影像的发行传播也像图书的发行传播那样自由，那么影院体系所垄断的整个电影观赏习惯就会被打破。

HF：

另外一个方面，电影工业还是会不断提供热门的消费品。

KH：

哦是，它肯定会搞出更强大的制作来，用一万人的团队来做一个《哈利·波特》花十年，也挺好看的。我会跳着看，用十分钟看完两小时的片子。

HF:

是的，但是它们也能成为你的素材。

KH:

这个是特别有意思的，会成为素材是特别有意思。在电影史上，格里菲斯这样的人以失败告终。一部《党同伐异》把他拍得破产了，最后穷困潦倒死掉了这么一个大导演。这就是他和电影工业体系的关系：他关于电影的伟大预言携带了一个更大的谬误。开始他是要拍一个巨人电影，但是最后他却只能被招安。因为他不再考虑他和影像的关系，而只是一味考虑要与众不同，超越一切。当一个人这样想的时候，他自然就会渴望得到大体制的支持。成为与众不同的最直接的方法就是像集权者那样把别人的能量收集起来全都由自己来花掉。在格里菲斯之后，我们反反复复目睹一代又一代新导演重复这位巨人的谬误。大部分导演都经受不住这样的诱惑，就像大部分作家都经受不住畅销的诱惑。追求个性与追求招安仅仅是咫尺之遥。

一个批判电影工业的人，第二年你发现他已经成了电影工业的看门人。他只是在电影工业遏制他随意贴个人标签这一点上，认为工业是他的障碍。但是这个标签是什么做的？如果是金线织的，那意味着它就是一笔钱，如果是人道主义织的，也是一笔钱，但是一笔虚伪的钱，如果是情感织的，最后终究也会变成一笔钱，如果是环保主义织的，结果还是一样。像《海洋》这样的电影很好看，但是那只能由机构来完成，个人做不了，也不需要去做。《辛德勒的名单》，一个关于"二战"的罪恶与忏悔的电影，更像是教会做的工作，那就让一个畅销导演来做这种花里胡哨的精神服务吧，让他去煞有介事添油加醋吧，让他命令作曲家接着在里面煽风点火吧。一个独立的导演或影像作家不会像《辛德勒的名单》那样去泛泛讨论信仰与种族的关系。这是一个陷阱。

　　本对话发生在 2011 年 9 月，广州维他命艺术空间康赫影像展览期间

附录2：
关于《你好，元点》的自述

　　我差不多是买完 **5DMARK** Ⅱ 相机就开始拍这个关于我八十岁父亲和我的出生地的电影了。之前我只玩过家用摄像机。我花了五分钟的时间为我"职业跳槽人"的履历增加了一项"影像作家"的身份，主要是用来向人请教这款相机的一些基础功能。五分钟就是我和技术的基本关系，别的，就边使边发挥吧。

　　在我拿起相机拍摄的时候，我没有再把它当作摄像机，而是当作了一支笔，尽管这支笔用起来有点陌生，但写作谁都会，也没有什么人可以教我。后期剪辑也是如此。我经常在关上电脑的时候对自己说："嗯，今天写得不错。看明天能写成什么样。"无论如何这决不是文学意义上的写作，但无论如何这是写作。

　　全部拍摄时间是四天半。足矣。让影像留在表面，这是我写作的基本信条之一。如果我继续在小镇待下去，去追踪人事表面下的生存状况，仿佛真有什么别的东西存在于表面之下，也就是通常人们称之为"真实"的那些东西，如果那样，这个片子就会变成一个烂大街的纪录片。剥自然是可以的，但如果我们面对的是一个洋葱，剥掉多少层都不会让它变得更加真实。有人挖空心思要把真实拍得更真实，有人则喜欢把虚构拍得像纪录，我的工作并非与他们相反，非要把真实拍得像虚构，我只想说，一切真实均始于构造，就此而言，真实于我同时存在于虚构与纪录之中。所有的问题只在于我如何面对真实进行影像叙事。

　　最初我只是想拍一些我父亲的影像，我怕他时日无多。我从未想过这些影像可以凝合成某个形状，更没有想过它们还可以拥有一些属于自己的观众。如果不是胡昉提议，这个片子甚至都不会有普通话字幕。一个没有公众观看需求的片子最后剪出来却是九十分钟，说明它内部存在着一个顽固的九十分钟电影机制。就这一点而言，我不幸仍是在现行的电影制度内尝试自己的影像写作。尽管在此之前我对当今电影工业一直持批判态度，但显然没有直接指向九十分钟电影体制。《你好，元点》仍是一个屈服于影院式两小时集中影像阅读习惯的事物。习惯源于制度，也成就制度。

好吧，至少我通过《你好，元点》的写作真切瞥见了未来影像写作的广阔天地，走入这片新天地需要的不是勇气，而是对独行之乐永不枯竭的热情。

写在 2011 年 9 月广州维他命艺术空间康赫影像展之前

附录 3：
关于影像写作的几句话

影像写作是一种写作，它用影像来从事书写与表达，是文字书写的延伸，从拿笔在纸上写到拿相机在时间线上写，创作者可以用任何他认可的写作手法写他乐意写的任何东西。

影像写作与文学写作一样，是个人的事业，一个彻底孤独的事业，是个体直接面对媒介、面对未来阅读关系的一种实践。

影像写作既不是文学也不是电影，它是冲破文学与电影、纪实与虚构边界的影像行动。它只认可真实，影像真实，写作者个人的影像真实和阅读者个人的影像真实。

影像写作针对整个现有的电影工业、从电影生产到电影放映的相关制度，以及依托于电影工业体系的影像创作模式，它针对电影整体的败坏，也针对一个已经来临的人人可以"影写"的时代。

2018 年

图书在版编目（CIP）数据

黑暗中的光体 / 康赫著 . -- 北京：作家出版社，2021.1
ISBN　978 - 7 - 5212 - 1087 - 3

Ⅰ . ①黑…　Ⅱ . ①康…　Ⅲ . ①随笔 – 作品集 – 中国 –
当代　Ⅳ . ①I267.1

中国版本图书馆 CIP 数据核字（2020）第 147995 号

黑暗中的光体

作　　者：康　赫
责任编辑：李宏伟
装帧设计：孙惟静
出版发行：作家出版社有限公司
社　　址：北京农展馆南里 10 号　　　邮　　编：100125
电话传真：86 - 10 - 65067186（发行中心及邮购部）
　　　　　86 - 10 - 65004079（总编室）
E – mail: zuojia@zuojia. net. cn
http: // www. zuojiachubanshe.com
印　　刷：北京尚唐印刷包装有限公司
成品尺寸：170 × 230
字　　数：398 千
印　　张：30.25
版　　次：2021 年 1 月第 1 版
印　　次：2021 年 1 月第 1 次印刷
ISBN　978 - 7 - 5212 - 1087 - 3
定　　价：150.00 元

作家版图书，版权所有，侵权必究。
作家版图书，印装错误可随时退换。